KB190114

트루 비즈

위즈덤하우스

이제 진짜
중요한 이야기를
해볼게

트루 비즈

사라 노빅 장편소설
김은지 옮김

차례

- 본문의 모든 수어는 미국 수어(American Sign Language, ASL)이다. 수어는 모두 이탤릭으로 강조되어 있다. 등장인물들이 수어로 대화할 때는 해당 언어의 시각적인 특성을 반영하여 왼쪽 → 오른쪽 → 가운데 → 오른쪽 3/4 → 왼쪽 3/4 등으로 정렬이 구분되어 있다.
- 모든 각주는 옮긴이 주다.
- 인명, 지명, 기관명 등의 외래어 표기는 국립국어원 외래어표기법을 따랐다. 단 일부 굳어진 명칭은 두루 통용되는 표기를 사용했다.
- 원서에서 대문자, 밑줄, 이탤릭 등으로 강조한 곳은 모두 볼드체로 표기했다.

로키마운틴 농인학교 학생들,

펜실베이니아 농인학교 학생들,

플로리다 맹인과 농인학교 학생들,

세인트 리타 농인학교 학생들,

그리고 이 세상 모든 농인을 위해

청각장애인으로 태어나는 자들은 분별력이 떨어지며 사리 판단이 불가능하다.
—아리스토텔레스, 기원전 384년~322년

나를 비롯해, 결함이 있는 인간 부류의 재생산이 이 세상에 대단한 재앙을 가져올 것이라 믿는 사람들은 청각장애인들 간의 결혼이 이루어지는 원인을 면밀히 살펴 이를 교정할 것이다.
—알렉산더 그레이엄 벨, 1883년

청각장애인들의 청력을 되찾게 해주는 인공와우라는 놀라운 의료기기를 생산해온 기업이 제품에 결함이 있다는 사실을 알고도 수년간 아동과 성인들에게 해당 임플란트를 판매해온 것으로 밝혀졌다.
—NBC 뉴스, 2014년 3월 14일

페브러리 워터스가 수학 시간에 아이들 앞에서 타이콘데로가 2번 연필로 자기 귀를 찌른 건 아홉 살 때의 일이다. 칠판 앞에 선 선생님은 분필로 구구단 12단을 써내려가던 중이었고 그 덕에 페브러리는 연필심을 뾰족하게 깎을 수 있는 시간을 벌었다. 멍하게 선생님을 바라보고 있던 친구들이 드르럭 드르럭 연필 깎는 소리에 그쪽으로 시선을 돌렸다. 페브러리는 펠트 천이 덧대어진 회전의자를 딛고 비틀거리며 책상 위로 올라가 두 다리를 떡 벌려 자세를 잡고는 자기 왼쪽 귀에 연필을 푹 찔렀다.

헉, 교실에 있던 아이들이 일제히 숨을 멈췄고 까만 칠판 속에 정신이 파묻혀 있던 교사도 잠에서 깨어난 듯 고개를 들었다. 선생님은 책상 위에 서 있던 페브러리를 어깨에 둘러메고 달려 나갔다. 생각했던 것보다 피를 더 많이 흘려 보건실로 달려가는 길 위로 크림슨 색의 피가 뚝뚝 떨어졌다.

보건교사가 연필심을 뽑아내고 상처가 그렇게 깊지 않다는 것을 확인하고는 붕대를 감아주었다. 이윽고 페브러리가 보건교사를 따라나서 복도를 지나 도착한 곳은 교장실이었다. 그곳에서는 비서가 '부적절한 폭력을 행사하거나 난동을 부리는 행위를 한 학생'을 위한 정학 서류를 준비하고 있었다. 그들은 페브러리의 부모님께 어떻게 연락을 하면 좋을지 의논한 뒤 페브러리를 집으로 돌려보냈고 그녀는 일주일간 정학에 처해졌다.

한편 자기 피를 희생해 친구들에게 25분간의 황홀한 자유를 선물해준 페브러리는 순식간에 4-B 교실의 영웅이 되었다. 반대로 학교에서는 이 일을 학생이 도움을 청하는 신호로 받아들였지만. 교장이 이 일을 페브러리의 '가족 문제'라 부르기 시작한 걸 보면 말이다. 아빠가 데리러 왔을 때도 말했지만, 페브러리는 정말로 화가 나거나 한 게 아니었다. 구구단을 듣는 게 지겨웠고 책상 위에 달린 고장 난 등의 지직대는 소리와 철제 의자가 끽끽거리며 바닥을 끄는 소리가 신경을 거스른 것, 그게 다였다. 아빠는 모르잖아, 한시도 쉬지 않고 그런 소리를 **들어야** 한다는 게 어떤 건지. 페브러리가 그렇게 말하자 아빠는 할 말을 잃었다.

페브러리가 특히 참을 수 없었던 건 등 뒤에서 대니 브라운이 부르던 엉터리 노래였다.

"페브러리는 털이 많지, 노란 눈도 먹는대."

농인들이나 자기 딸 이름을 페브러리°로 지을 거라고 그녀는 그때 생각했다. 달을 가리키는 단어 중에는 여자아이 이름으로 사용해도 괜찮은 것들이 몇 개 있다. 에이프릴, 메이, 준 같은. 그런데 페브러리

° 영어로 2월을 뜻함.

라니, 이 이름은 사회의 가이드라인을 잘못 이해한 결과가 확실했다. 하지만 그녀의 부모는 겨울을 사랑했고, 친커핀 오크나무 가지 위에 쌓인 새하얀 눈의 고요와 아름다움을 사랑했으며, 그녀가 어린 시절을 보낸 농인들의 세상에서는 그런 아름다움을 진실로 소중히 여겼다. 부모님의 친구들은 다른 사람들 눈에 따분하게 보일까 봐 걱정하는 부류의 사람들이 아니었고 페브러리는 그들이 뭔가를 비꼬는 말을 하는 모습을 본 적이 한 번도 없었다. 그녀는 그런 세계를 떠나고 싶지 않았다. 4학년 교실이라는 적대적인 땅으로 향하기 위해서라면 더더욱.

내면으로 농인이 되면 된단다.

그날 밤 페브러리의 엄마가 딸의

이불을 덮어주며 말했다.

하지만 다신 그런 짓 하면 안 돼.

물론 지금은 많은 것이 변했다. 페브러리는 아침 햇살에 눈살을 찌푸린 채 리버밸리 농인학교 교정을 바라보며 생각했다. 인터넷이 농인들에게 세상을 열어주는 창이 되어준 덕분에 농인들의 문화도 진화해왔고, 주류가 사용하는 은근한 빈정거림이나 속어를 알아들을 수도 있게 됐다. 게다가 지금은 귀가 멀쩡한 사람들도 자식들에게 별의별 희한한 이름들을 지어댄다. 과일에 동물에 방향 이름까지 동원해서.

농인 세상은 더 이상 페브러리의 안전한 천국이 아닌 직장이 되었고 지금 그녀는 완전히 망해버렸다. 교장으로서 학교에서 일어나는 아주 사소한 일까지도 전부 파악하고 있어야 했는데, 상상할 수 있는 가장 최악의 사태가 일어난 것이다. 페브러리는 다른 사람의 자식을 잃어버리고 말았다. 그것도 두 명씩이나. 오스틴 워크맨과 엘리엇 퀸.

그들은 10학년, 11학년[*] 룸메이트였다.

경찰들이 클레르 홀 앞에 이동식 감시 장치를 설치해 신시내티와 콜럼버스에 있는 국토안보부 CCTV에 접속했다. 그들은 아이들의 GPS 위치를 파악하려 했지만 발견한 거라곤 기숙사 휴게실 테이블 아래 가지런히 놓인 세 대의 휴대폰뿐이다. 세 번째 휴대폰이 나타나자 없어진 아이가 또 있는지 확인하기 위해 기숙사 방을 전부 다시 뒤졌다. 하지만 학생들은 모두 자기 방에 있었다. 이윽고 엘리엇과 오스틴의 부모들이 도착해 페브러리와 경찰을 향해 그리고 서로를 향해 소리를 질렀다. 수어와 구어가 뒤섞이고 엉켰다. 이내 스웰 교육감도 소리를 지르며 나타나 성명서를 작성해야겠으니 교장실 열쇠를 내놓으라고 페브러리를 을렀다. 세 개의 카운티에 있는 휴대폰을 가진 모든 사람에게 곧 비상경보가 울릴 것이다. 페브러리는 아침 뉴스에 나가 브리핑을 해야 했다.

페브러리는 아래층 학교 화장실로 재빨리 숨어 작은 세면대 앞에서서 머리를 묶고 립스틱을 다시 발랐다. 이런 티셔츠를 입고 서도 되는 걸까 잠시 생각했다가, 이 마당에 옷이나 신경 쓰고 있는 자신이 한심해졌다.

다시 교정으로 돌아가 경찰차 근처를 서성였다. 자기 이름을 딴 달인 만큼 확신하건대 계절에 맞지 않게 벌써 따뜻했다. 이슬 맺힌 풀잎 위로 햇빛이 부서져 내리고 눈이라고는 보이지 않았다. 꽤 훌륭한 잔디밭이었다. 아직 봄이 오진 않았지만 세심하게 관리한 덕에 이글턴 블루그라스는 벌써 푸릇푸릇했다. 수많은 피크닉과 레드 로버 게

[*] 한국의 고등학교 1학년, 2학년에 해당함.

임[oo]을 견뎌낼 수 있는 강한 품종으로 페브러리가 직접 고른 것이었다. 그녀는 언제나 학생들을 즐겁게 해주려고 최선을 다했다.

페브러리는 언론에 나서기 전 마음을 가다듬고 이 혼란스럽고 흥분된 상황을 가라앉힐 만한, 적어도 기름은 들이붓지 않을 만한 단어를 신중히 골랐다. '잃어버렸다'는 말은 적절하지 않았다. 그런 단어를 써서는 안 된다. 그녀가 아이들을 어떻게 한 게 아니니까. 아이들이 도망갔다, 그래, 오히려 이편이 비슷하다. 그렇다 해도 그렇게 말하면 학교가 감옥처럼 보일 것이다. '달아났다'는, 학대라도 있었던 것처럼 어딘가 불안한 분위기를 조성한다. 마침내, 그녀는 '사라졌다'라는, 책임 소재가 불분명하고 수동적인 이 단어를 쓰기로 결심했다.

스웰 교육감이 다가와 페브러리에게 성명서와 함께 엘리엇과 오스틴의 8×10 크기 학교 사진, 그리고 커다란 머그잔을 건넸다. 그녀는 커피를 들이켜며 사진을 바라보았다. 버튼을 채운 셔츠를 입은 두 소년, 미소 짓는 얼굴은 아니지만 단정하고 쾌활하다. 오스틴의 눈은 워크맨 집안의 상징, 스피어민트 색에 가까운 밝은 초록빛을 띠고 있었다. 엘리엇의 눈은 몹시 짙어 거의 검은색이라 할 수 있다. 페브러리는 그의 뺨에 난 흉터가 아닌 두 눈을 바라보려 애를 썼다. 순간, 두 소년이 자신을 쏘아보는 느낌에 소스라친 페브러리는 잡념을 떨치려고 힘주어 눈을 깜박였다. 스웰 교육감에게 머그잔을 넘긴 뒤 페브러리는 임시로 만든 단 위로 올랐다.

생방송이 시작되자 페브러리는 먼저 아이들의 사진을 들어 보여준 뒤 내려놓고 성명을 발표하는 동시에 수어로도 말했다. 소년들의

[oo] 열 명 이상의 아이들이 편을 둘로 나누고 같은 편끼리 손을 꽉 잡아 상대편이 자기 구역으로 넘어오지 못하게 막는 게임.

인상착의에 관한 짧은 설명에 이어 교육감의 성명서를 읽었다. 리버밸리 농인학교는 현재 밤낮으로 콜슨 카운티 경찰서와 긴밀히 협조하고 있으며 학생들이 최대한 신속하고 안전하게 집으로 돌아올 수 있도록 모든 노력을 동원하고 있다. 아이들을 발견하는 경우 즉시 화면에 있는 번호로 전화해달라. 마지막 말을 전하고 있을 때 주머니 속에 든 휴대폰이 울렸다. 잠시 정신이 흐트러져 말을 멈추자 기자들이 기회를 놓치지 않고 질문을 퍼부었다. 여기저기 쏟아지는 질문 세례가 하나의 웅성거림으로 뭉뚱그려지는 가운데 가장 가까운 곳에 있던 남자의 목소리가 그녀의 귀에 꽂혔다.

학생들의 장애 때문에 특별히 걱정되는 점이 있으신가요?

페브러리는 불쑥 화가 치밀었다. 지금 같은 때 사람들을 자극하면 안 된다는 사실은 알고 있지만 할 말은 해야겠다.

다른 10대 청소년이 실종되었을 경우와 마찬가지로, 똑같이, 학생들의 안전을 걱정하고 있습니다.

하지만 학생들이 귀가 들리지 않는다면—

아이들은 청인인 다른 아이들과 동등한 지적 능력을 갖추고 있습니다.

학생들이 인공와우를 하고 있나요?

페브러리는 이런 정보를 너무나 당당하게 요구하는 기자의 뻔뻔한 질문에 몹시 놀랐으나 얼굴색을 감췄다.

TV에서 미성년자의 의료 정보를 노출할 수는 없습니다, 기자님.

기자는 얼굴이 잠시 달아오르는 듯했지만 세상의 관심을 포기할 생각이 없었다.

범죄가 연루되어 있다는 증거가 있나요? 형사 사건으로 보십니까?

기자는 그녀의 턱 끝에 마이크를 들이대며 유감이라는 듯한 표정을 지어 보였지만 두 눈은 그것이 거짓이라 말하고 있었다.

실례하겠습니다. 이제 경찰 쪽에 가봐야 해서요.

페브러리가 단에서 내려왔지만 기자는 그녀에게서 눈을 떼지 않았다. 기자의 말이 맞다. 엘리엇과 오스틴은 귀가 들리지 않기에 더욱 위험할 수 있었다. 비록 기자가 뜻한 것과는 완전히 다른 의미에서지만. 만약 아이들을 발견한 순찰관이 멈추라고 외치는데도 그들이 듣지 못해 계속해서 달리면 어쩌지? 아니면 아이들이 **정말로** 도움이 필요한데 경찰을 부를 방법이 없다면? 다행히 일이 다 잘 풀려 아이들이 아무 탈 없이 집으로 돌아간다고 해도, 아동보호국이 인공와우 이식 논의에서 자기 쪽 주장을 내세우는 데 이 사건을 빌미로 이용하면 어떡해야 하느냔 말이다. 페브러리는 기사를 통해 다른 주에서 무슨 일이 일어나는지 잘 알고 있었다. 엄습해오는 불안한 마음을 가라앉히려 입술을 씹었다. 또다시 앞서 걱정하고 있는 것이다. 그녀는 휴대폰을 확인했다. 멜에게서 문자가 와 있었다. 괜찮아? 뭐라고 대답해야 좋을지 모르겠다. 주머니에 전화를 집어넣고 고개를 드는데 누군가를 기다리는 듯 경찰 밴에 기대 서 있는 또 다른 학부모가 보였다. 찰리 세라노의 아버지였다.

워터스 교장 선생님?

찰리의 아버지가 덩치에 비해 작은 목소리로 그녀를 불렀다.

지금은 말고요! 당신 아이는 다른 날 얘기하죠. 페브러리는 이렇게 외치고 싶지만 꾹 참고 말했다.

세라노 씨, 지금은 상황이 좋지 않아서요. 학교는 오늘 닫습니다. 찰리는 집에 데리고 가시면 돼요.

찰리 아버지의 얼굴이 하얗게 질렸다.

그러니까, 찰리가 여기 없다는 말씀인가요?

네— 무슨 일 있으신가요?

그게, 찰리가 어젯밤 몰래 집을 빠져나간 것 같은데 전 부인에게 간 것도 아니라고 하고……. 그래서 전, 아마—

그의 시선이 황급히 교정으로 옮겨갔다.

젠장.

페브러리가 나직한 신음을 뱉었다.

휴대폰이 세 대가 있었지.

네?

찰리의 아버지가 물었다.

몸에서 힘이 빠진 그가 차에 기대 초조한 얼굴로 두 손을 연신 비벼댔다.

전 잠시—페브러리는 뒤에 있는 경찰 휘장을 가리켰다—경찰에 이 사실을 알리고 올게요.

잠깐만요—

잠시면 돼요, 세라노 씨, 정말 잠깐이요.

그녀는 경찰차 뒤로 돌자마자 앞바퀴에 대고 마시던 커피를 토하고 말았다.

6개월 전

10학년이 되기 전 여름방학, 느릿느릿 진행되던 부모님의 이혼이 드디어 마무리되고 아빠가 양육권 분쟁에서 이기면서 찰리는 농인 학교로 학교를 옮기기로 했다.

8월의 오하이오 콜슨은 대단히 후텁지근하고 각다귀들이 창궐해 열대 지역처럼 느껴지기까지 했다. 주차장에서 가정법원까지 걸어가는 그 짧은 길에도 찰리의 아빠는 온몸이 땀에 흥건히 젖어 안마당에 들어서며 정장 재킷을 벗었고 엄마는 페이즐리 무늬 손수건으로 눈썹을 훔쳤다. 법정에 서자 판사가 판결문을 읽어 내려갔지만 찰리 귀에는 창턱 위에 올려진 공업용 선풍기가 바로 옆에서 웅웅대는 소리만이 들릴 뿐이었다. 선풍기 바람에 포니테일로 묶은 머리카락이 허공에서 어지럽게 춤추었다. 이를 몇 번이나 정리해보려던 찰리는 이내 그만 포기하고 벽에 붙은 장식을 하나, 둘 세기 시작했다.

마침내 판사가 말을 끝냈을 때 찰리는 **그래서 뭐가 어떻게 됐다고요?**

하고 소리치지 않기 위해 자기 안에 있는 힘을 모조리 끌어모아야 했다. 대신 부모님을 따라 밖으로 나갔다. 어디로 가는 건지는 묻지 않아도 된다는 사실을 곧 알아차렸다. 엄마와 아빠는 둘 다 얼굴에 눈물 자국이 남아 있었는데 아빠의 눈물에는 미소도 함께 서려 있었다.

아빠와 엄마가 고용한 값비싼 변호인들의 실력은 양쪽 모두 팽팽했다. 찰리가 이해하기로 결국 판사를 설득한 건 자신의 형편없는 성적표였다. 전혀 사회적이지 못한 나날들이 이어졌던 게 문제였던 것이다. 서류상으로는 오래전에 해결된 것처럼 보였지만 초등학교 시절 품행이 좋지 않았던 점 또한 한몫했다. 사실 이 문제들은 한 번도 해결된 적이 없었고, 당장 학교에서 쫓겨날지도 모른다고 아이들을 협박할 때를 빼면 어른들이 진짜 문제에 관심을 기울인 적은 거의 없었다. 무엇이 판사를 결심하게 했든 찰리는 그저 벗어날 수 있다는 사실에 기뻤다. 제퍼슨 고등학교에서는 아주 작은 실수만으로도 몇 년 동안이나 놀림을 받아야 했다. 어떤 남자애는 초등학교 6학년 체육 시간에 방귀를 뀐 일 때문에 아직도 놀림을 받고 있으니 청각장애가 있는 사이보그 여자애가 무엇을 말하든, 뭘 하다 걸리든 그것보단 나쁠 게 분명했다. 여자아이들에게 일어나는 일은 언제나 그랬다.

이제부턴 완전히 다를 거야.

집으로 돌아가는 길에 아빠가 말했다.

물론 판결에는 조건이 따라붙었다. 필수 교육 시간에는 반드시 인공와우를 착용해야 했다. 그 기계 때문에 찰리는 머리가 아팠고, 애초에 인공와우의 쓸모없음에서 시작된 다툼 때문에 결국 이혼에까지 이르렀는데도 그랬다. 부모님은 절대 인정하지 않지만 말이다. **누구의 잘못도 아니다.** 이건 찰리 집안의 만트라°였다. 아무도 그 말을 믿지는 않았지만.

찰리가 어렸을 때, 아빠는 유튜브에서 인공와우 이식 후에 들리는 소리의 시뮬레이션을 찾아보았다. 아빠가 영상을 클릭하고 또 다음 영상을 클릭하는 동안 찰리도 옆에 서서 그것을 들었다. 컴퓨터 스피커를 통해 흘러나오는 소리는 희미했다.

끔찍해. 〈엑소시스트〉에 나오는 악령이 내는 소리 같잖아.

아빠가 말했다.

찰리한테는 안 무서울 거야.

엄마가 대답했다. 엄마도 뭘 잘 알고 하는 얘긴 아니었지만 어느 정도 일리는 있는 말이었다. 그러나 찰리가 더욱 무서웠던 건 마치 딸이 그 자리에 없기라도 한 듯 말하는 엄마의 태도였다.

엄마는 미인대회 코치이자 음악가였지만, 그녀는 영화 〈홀랜드 오퍼스〉의 주인공 같은 순간은 결코 겪어본 적이 없었다. 물론 그런 순간이 있었다고 해도 그건 아마 다른 방식으로 나빴을 것이다. 소프트웨어 엔지니어인 아빠는 기술을 잘 아는 덕분인지 오히려 인공와우의 단점을 더 잘 이해했다. 게다가 그에게는 농인인 사촌이 있었다. 찰리의 눈에 아빠의 사촌 안토니오는 70년대에 태어나 한철 일하는 농장 일꾼 부모를 둔 것이 행운이었다. 안토니오의 부모에게 미국은 낯선 땅이었고 그들 또한 영어를 배우는 처지였기에 아들이 영어를 제대로 하지 못할까 봐, 혹은 이중 언어를 구사해 손해를 보게 될까 봐 겁에 질려 살지 않아도 됐다. 그의 가족들이 아는 수어라고는 아들이 학교에서 배워 오는 몇 개가 다였다. 안토니오 삼촌은 학교를 졸업한 뒤 장사와 납땜질, 이러저러한 것들을 배웠고 결국 부모님을

• 깨달음을 얻기 위해 외는 진언.

앞질렀다. 귀는 먹었지만, 이른바 **아메리칸드림**이었다.

찰리는 부모님이 딸의 청력에 문제가 있다는 사실을 알았을 때 안토니오 삼촌에게 연락해 인공와우 이식 수술에 대해 어떻게 생각하는지, 농인인 딸에게 교육은 어떻게 하는 게 좋을지, 조언을 구하려고는 했는지 궁금했다. 아니면 처음부터 이 모든 것들이 두려움에 잡아먹힌 엄마의 독재 아래 그냥 진행되었던 걸까. 어느 쪽이든 기회는 아주 오래전에 지나가버렸다. 안토니오는 찰리가 네 살일 때 차 사고로 세상을 떠났고 그에 대한 기억은 이따금씩 엄마가 남편의 유전자를 향해 저주를 퍼부을 때나 소환될 뿐이었다. 찰리는 그 뒤로 농인을 만나본 일이 없었다. 이식 수술이 성공하기 위해서는 분리가 대단히 중요합니다, 의사가 경고했던 것이다. 듣는 법을 배우려면 백 퍼센트 기기에만 의존해야 한다고 했다. 기기는 두뇌에 소리를 불러오는 일까지만 할 수 있다. 그 소리들을 해독하고 의미 있는 소리와 그저 소음일 뿐인 것을 가려내는 건 찰리의 몫이었다. 수어는 단 한 번도 고려되지 않았다. 수어는 속임수나 목발 같은 것으로 간주되었다. 찰리가 수어를 알게 되고, 수어를 쓰는 다른 사람들을 이해하고, 그래서 필요할 때마다 수어를 쓸 수 있게 되면, 구화를 배우고자 하는 동기가 사라진다는 것이었다.

수도 없이 많은 전문가가 이식 성공률을 최대치로 끌어내는 방법으로 연습을 내세웠기에, 주류가 만들어놓은 판 위에서 찰리는 최선을 다해야 했다. 헤엄치는 법을 배우든가, 아니면 그냥 가라앉든가. 언어 치료가 결합된 연습을 통해 찰리는 소리 뒤에 감춰진 뜻을 찾는 법을 배웠다.

찰리는 세 살 때 인공와우 수술을 받았다. 이상적인 상황은 아니었지만 새로운 신경 회로가 만들어질 시간은 충분했다. 모든 객관적 지

표는 수술이 성공적이라 말했다. 아무도 찰리 앞에서 대놓고 말하지는 않았지만, 앞으로 잘 헤쳐 나가지 못한다면 그건 이제 자기 자신이 문제라는 뜻임을 찰리는 깨달았다. 그건, 찰리가 충분히 노력하지 않았다는 뜻이었다.

찰리의 상태를 가리키는 전문용어는 '오럴 실패(oral failure)'였다(학교 친구들이 알면 이를 두고 얼마나 놀릴지 한번 생각해보라). 찰리가 말할 수 있는 건 그녀가 구화를 할 때 바보처럼 보인다는 뜻이었다. 하지만 찰리는 바보가 아니었다. 그녀는 모든 걸 스스로 깨쳐야 했는데 찰리가 처한 환경은 공부에 전혀 도움이 되지 않았다. 공립학교 교실이 어떤지는 모두 잘 알 것이다. 움직일 때마다 끽끽 소리를 내면서 겨우 역할을 하는 책상이며 의자들, 왁자지껄 떠드는 아이들, 등을 돌린 채 칠판 위에 수업 내용을 쏟아붓는 선생님들, 절대 조용할 틈이 없는 소음의 소용돌이다. 로봇 귀를 단 채 주변에서 무슨 일이 일어나고 있는지 60퍼센트는 알아듣고, 입술을 읽을 수 있을 때는 그보다 더 낫다면 대단한 거라고 찰리는 진심으로 생각했다. 하지만 학교에서 60퍼센트란 결국 D를 의미했다.

찰리는 자신의 인공와우를 떼어내고 싶었다. 이 기기를 유지해야 한다는 조항이 엄마에게는 위로이자 상이라는 걸 알고는 있었다. 그리고 희망이라는 것도. 언젠가는, 그 언젠가는 딸이 머릿속에 끊임없이 쑤셔 넣어지는 잡음을 마침내 이해할 수 있게 될 거라는 한 줄기 희망. 하지만 찰리에게는 아빠의 방침 아래 살 수 있게 되었다는 것이 부정하려야 부정할 수 없는 승리였다. 찰리는 리버밸리 학교에 기숙사까지 등록했다. 아빠와 함께 학교에서 제공하는 방과 후 수어 수업도 듣기로 했다. 이제야 모든 게 제대로 돌아가는 것 같았다.

엄마는 항소하지 않았고, 늘 포기해버리는 찰리도 약간은 화가 났다.

TV에 나오는 엄마들은 자식을 되찾기 위해 끝까지 싸웠다. 자식만이 그들 삶의 이유이고, 뭐 그런 것들 알잖나. 하지만 한편으로는 엄마와 아빠, 찰리 모두 법정에 드나드는 일에 지쳤던 것도 사실이었다.

이제 찰리의 물건은 대부분 아빠 집으로 옮겨져 있었다. 아빠 혼자 거의 1년째 살고 있는 그 아파트는 새로 지어진 건물로 강변에 자리 잡고 있으며 큰 창과 개방형 주방도 있었다. 사전 속 '독신남의 안식처'라는 단어에서 방금 막 튀어나온 것처럼 생긴 그 집은 프랑스 스타일을 추종하는 엄마를 미치게 한다는 점에서 생각지 못한 보너스를 제공했다. 찰리는 기숙사에 아주 적은 짐만 가져가기로 했다.

학기가 시작되기 2주 전, 찰리와 부모는 찰리의 새로운 학교를 방문했다. 교장은 키가 크고 균형 잡힌 몸을 가진 여자였고 짧은 검은색 머리를 뒤로 묶고 있었다. 인사를 나눈 뒤 자리에 앉아 눈높이가 비슷해졌음에도 찰리는 교장 선생님이 어쩐지 무섭게 느껴졌다. 교장은 말을 하는 동시에 수어를 했고 적당한 속도의 손짓에는 기품이 서려 있었다.

수어와 구화°를 동시에 하는 건 불완전한 방법이에요.

교장이 경고하듯 말했다. 그리고 오늘 이후 찰리가 리버밸리에서 그런 모습을 보는 일은 거의 없었다. 찰리는 교장 선생님이 손으로 만드는 활 모양이 무슨 뜻인지 찾아보고 싶었지만 그러려면 그녀의 입술에서 시선을 돌려야만 했다. 하지만 찰리에게는 그럴 만한 여유가 아직은 없었다.

교장 선생님이 프린터 앞으로 가 몇 가지 서류들을 가져왔다. 찰리의 수업에 관한 내용이었는데 대수학 수업은 다시 듣기로 했고 영어

° 농인이 입술의 움직임과 표정으로 상대의 말을 이해하고 발성 연습을 통해 음성언어로 말하는 것.

도 보충 수업을 듣기로 했다. 언어 치료도 계속 가야 했다.

그런데 찰리는 수어를 어떻게 배우나요?

찰리의 엄마가 물었다.

우리 둘 다 커뮤니티 수업을 신청했어.

아빠가 대답했다.

좋네요.

교장이 찰리를 보며 말했다.

학교에 ——되는 것이 열쇠야. 다른 언어들이랑 똑같단다.

뭐 하는 거요?

찰리가 물었다.

교장이 서류 뭉치 아래에서 공책을 꺼내 글자를 썼다.

융화.

찰리가 어깨를 으쓱했다.

안으로 들어가는 거야. 수어는 네가 조금만 노력하면 자연스럽게 따라올 거야.

교장 선생님이 말했다.

찰리는 엄마의 얼굴에 서린 의심을 읽을 수 있었다. 자신의 성적표를 생각하면 이해가 안 되는 바는 아니었다. 게다가 영어에 관해서라면 의사들도 똑같이 말하지 않았던가? 수업을 하나 더 들어보면, 치료를 하나 더 해보면, 전문가를 한 번 더 만나보면 나아질 거라고. 교장 선생님의 얼굴에도 의구심이 얼핏 스쳐 지나가는 듯했다.

수어는 다르단다. 시각 언어에 네가 프로그램화 되는 거야.

교장 선생님이 미소를 지었고 찰리는 그녀가 자기를 안심시키려고 애쓰고 있다는 걸 알았지만 '프로그램'이라는 말 때문인지 찰리는 청능사 외에는 딱히 다른 것이 떠오르지 않았다. 엄마가 가방을 뒤져

챕스틱을 꺼내자 찰리는 미팅이 끝났다는 걸 알 수 있었다.

괜찮니?

교장이 물었다.

처음에 찰리는 교장 선생님이 왜 자기에게 괜찮냐고 묻는지 알지 못하다가 곧 자기가 귀 뒤에 있는 수술 부위를 또다시 긁고 있었다는 사실을 깨달았다. 최근에 자꾸 쓰린 느낌이 들어 엄마에게까지 괜찮은지 봐달라고 부탁을 했었다. 귀 뒤쪽은 아무리 거울을 비추어도 보이지 않으니까. 그러나 늘, 모든 건 괜찮아 보였다.

기기가 잠깐 먹통인가 보구나.

억지로 밝은 어조를 꾸며내 말하던 엄마는 다음 일정이 어쩌고 하며 말끝을 흐렸다.

네, 12년 동안 말이죠.

찰리가 대꾸했고 교장은 새어 나오는 웃음을 간신히 거두었다.

세라노 가족을 만나고 난 뒤로 페브러리는 기분이 가라앉았다. 아이는 똑똑했고 그 판단에는 착각의 여지가 없었다. 하지만 아이의 학업 능력에 관해선 뭐라고 말할 수 있을까? 찰리의 성적표에는 패스를 하지 못한 과목들도 있었는데 이는 일반 학교에서는 드문 일이었다. 교사들은 다루기 까다로운 학생들을 준비가 되지 않았어도 으레 패스시키고는 했다. 그들을 빨리 졸업시키려는 의도였다. 그 때문에 다른 누군가는 일제고사에서 혼란스러운 점수를 받을 수밖에 없었지만 그게 현실이었다.

찰리의 생활기록부는 비교적 깨끗했다. 온갖 좌절을 겪었을 아이치고는 놀라운 일이었지만 페브러리는 찰리의 타고난 성정에 안심이 되었다. 언어학자들 사이에는 언어—생각의 양식이자 개념으로서의 언어—를 배우는 데 있어 두뇌의 용량이 한정되어 있다는 학설이 있다. 과학자들은 0세부터 5세까지의 시기를 '결정적 시기'라고 부른다. 아이는 이 시기에 적어도 한 가지 이상의 언어를 배워야 하며 그렇지 않을 경우 인지능력에 영구적인 손상을 입을 수 있다는 것이다. 이 시기가 지나고 나면 무엇을 배우기란 대단히 어려워진다고, 아니 불가능해진다고. 언어 없이, 인간이 무슨 수로 생각할 수 있겠는가? 아니 생각은커녕 느낄 수는 있을까?

결정적 시기라는 것은 '이론상' 그렇다는 이야기다. 윤리학자들이 보기엔 실험을 위해 아이들에게서 의도적으로 언어를 박탈하는 일은 너무도 잔인했다. 그러나 페브러리는 그러한 실험의 결과를 매일같이 목격했다. 수어가 자식들에게 낙인이 될 것을 두려워한 부모의 아이들은 결국 언어의 부재라는 낙인을 갖게 되었다. 그 아이들은 언어치료사의 방에 있을 때를 제외하고는 언어를 단 한 번도 있는 그대로, 살아 숨 쉬고 자유자재로 날뛰는 무언가로 보지 못했고 놀이터나 저녁 식사 식탁에서도 마음껏 떠들지 못했다.

때때로 농인 커뮤니티는 인공와우에 그 책임을 돌리며 분노를 터뜨렸지만 사실, 기술이 있기 오래전부터 농인에게서 언어를 박탈한 건 전문가들이었다. 페브러리 생각에 이식 수술에는 장점도 있었다. 정말로 위험한 건 그들이 만들어낸 거짓된 이분법이었다.

청각 보조 기기와 수어가 양자택일의 문제여야 할 이유는 없었다. 오랜 시간, 그녀의 강인한 학생들이 이를 증명했다. 언어에 관해서라면 많을수록 좋다. 가끔 페브러리는 교수법을 두고 동료 행정 관리자들과의 논쟁을 피할 수 없었는데 그럴 때마다 이렇게 말했다. 누군가에게 아이가 프랑스어를 배우면 영어를 못하게 된다고, 두뇌에 해를 입게 된다고 말해보라고. 이렇게 말하면 대개는 헛웃음을 터뜨렸고 페브러리는 고개를 끄덕였다. 그건 **너무나** 우스꽝스러운 이야기였으니까. 이처럼 청인 아동들에게는 두 가지 언어를 동시에 사용하는 능력에 대한 두려움이 말도 안 되는 외국어 혐오증으로 일축되었고, 이중 언어 사용을 적극적으로 장려했다. 하지만 의료계는 수어를 비난하는 일 앞에서는 잠시도 망설이지 않았다.

아니, 그런 건 그렇게 중요한 게 아닐지도 모른다. 의사들이 사이비 과학으로 부추기지 않았어도 부모들은 수어를 가르치지 않을 이유를 찾고 싶었을 거라고 페브러리는 생각했다. 원초적 수치심, 변화에 대한 두려움, 혹은 실패에 대한 두려움 때문에. 이유가 무엇이든 가족들과의 의사소통에 어려움을 겪는 아이들을 리버밸리는 꽤 오랫동안 받아왔다.

그러니까, 언어를 가지지 못한 환경에서 자란 아이들이 일촉즉발의 화를 품고 있는 것이 그렇게 놀라운 일은 아니었던 것이다. 그중 몇몇은 마음에 품은 분노가 너무 깊어 수어를 배우는 것이 불가능했다. 두뇌의 언어중추에 문제가 있었던 건지 아니면 사람들과 만나고 싶은 욕망이 아예 사라졌기 때문인지는 알 수 없었다.

찰리의 경우, 최악과는 완전히 거리가 멀었다. 찰리의 언어 능력은 괜찮았다. 단지 그걸 위해 지나치게 노력했어야 했다는 게 문제랄까. 찰리의 전학 서류를 여전히 붙잡고 있던 페브러리는 그 가엾은 소녀를 생각하니 마음이 부글거렸다. 교육을 받는다는 사실 자체에 매달리느라 무엇 하나 제대로 배우지 못한 그 오랜 세월과 노력들.

일과를 마친 페브러리는 오후의 열기를 헤치며 터벅터벅 걸어 집으로 돌아갔다. 집은 학교 직원들이 **'뉴 쿼터'**라는 애칭으로 부르는 곳이었다. 지금은 아주 적은 인원의 야간 기숙사 관리자들과 경비원들만 있으면 되지만 리버밸리 농인학교가 세워진 20세기 초 무렵에는 거의 모든 교직원이 학생들과 함께 캠퍼스에 살았다. 교장은 교장실 위에 딸린 작은 주거 공간에 살았다. 아르베가스트 교장과 아내가 쌍

둥이를 연달아 두 번이나 낳기 전까지 그랬다는 말이다. 학교는 결국 학교 부지 옆에 8,600평에 달하는 땅을 사들여 대지 끄트머리에 교장을 위한 집인 뉴 쿼터를 지었다.

그러나 70년대에 이르면서 경기 침체의 압박을 받던 학교는 대부분의 땅을 개발업자들에게 넘길 수밖에 없었다. 개발업자들은 학교 정문을 등진 곳에 길 두 개 크기의 주택단지를 지어 올렸다. 하지만 뉴 쿼터는 다행히 학교 부지로 남게 되었다. 교정 중앙에 서면 그 사이에 자리한 목장 스타일의 집들 뒤로 가파른 경사의 지붕이 멀리서 눈에 띄었다. 페브러리는 그 오래된 집을 좋아했고 그 집이 학교에서 조금 떨어져 있는 것도 좋았다. 학교에서 집으로 걸어가는 동안 단 몇 분이라도 생각을 정리하고 머리를 환기할 수 있었으니까. 가끔은 생각을 너무 많이 하는 게 탈이긴 했지만. 오늘이 그런 날이었다.

집에 도착할 때쯤 그녀는 머리끝까지 짜증이 차오른 상태가 되어 집 앞에 세워진 멜의 차를 보고도 기쁘지 않았다.

아, 너무 우울해.

페브러리가 문을 열고 들어서며 말했다.

어떤 사람들은 자식에게 바라는 가장 큰 꿈이 '평범하게 보이는 것'이라는 게.

밝고 명랑한 내 아내가 오셨네!

멜이 말했다.

미안, 이건—

—성격 나쁜 아내 버전이라고? 항상 그런 건 아니고?

페브러리가 주방 의자 위에 가방을 풀썩 내려놓았다.

집에 일찍 왔네.

페브러리가 말했다.

멜은 이미 정장에서 탱크톱과 농구 바지로 갈아입고 오븐 장갑을 끼고는 냄비 안에 있는 인스턴트 매시트포테이토를 휘휘 젓고 있었다. 멜의 진술 녹취록 더미 옆에 놓인 크로거 장바구니 안에는 로티세리 치킨이 얌전히 들어 있었다.

자긴 늦었네. 지금은 학생들도 없잖아?

멜이 말했다.

한 명 있었어!

페브러리가 항의하듯 대꾸하며 주위를 둘러보았다.

엄마는 좀 어때?

오늘은 좋아 보이셔. 바깥 포치에 나가 계셔.

책 읽고 계셔? 오, 잘됐네.

최근 페브러리의 엄마는 상태가 악화되었다. 의사들이 모두 그렇게 말했었기에 예상한 일이었다. 하지만 그녀는 여전히 그러한 현실을 받아들이지 못했고 계속해서 변해가는 상황에 적응한다는 게 가능하기는 한 건지도 의문이었다. 그녀가 할 수 있는 최선은 엄마의 상태가 좋은 날 잠시 한숨을 돌리며 엄마와 함께 그 순간을 한껏 즐기는 것이었다. 그렇게 좋은 날이 얼마나 남았을까 걱정하지 않으려 애쓰면서. 페브러리는 멜의 등 뒤에서 두 팔로 그녀의 허리를 꽉 감싸 안았다.

너—

페브러리의 입술을 찾으며 멜이 말했다.

때문에 땀이 나잖아. 옷 갈아입고 와. 저녁 준비 다 했으니까.

고마워. 원래 내가 하는 날이잖아.

변호사보다 일을 더 많이 하는 사람은 너밖에 없을 거야.

참, 나 그 수업 가르치게 됐어. 커리큘럼을 만들고 나서 수업을 안 한 지 너무 오래됐는데. 그런데 어떻게 나보다 **먼저** 온 거야?

재판이 끝나고 그냥 집에 왔어. 집에서 서류 읽으려고.

아! 아직 일할 게 있는 거구나!

페브러리가 답했다.

너도 그렇고.

멜이 페브러리의 관자놀이를 손가락으로 콕콕 두드리며 말했다.

옷 갈아입고 와.

페브러리는 티셔츠와 반바지로 갈아입은 뒤 엄마가 있는 포치로 갔다. 엄마는 그네 위에서 몸을 동그랗게 말고는 멜이 공항에서 산 스릴러 소설을 읽고 있었다. 페브러리는 자신이 온 것을 알리려고 일부러 발소리를 크게 내며 다가갔다. 딸이 온 걸 알아챈 엄마는 읽던 페이지의 한쪽 귀퉁이를 접어 책을 덮고는 고개를 들어 딸을 보며 활짝 웃었다.

배고프지 않으세요?

안녕, 딸. 학교는 어땠어? 준비는 다 했고?

거의요.

미팅은 어땠니?

아, 엄마가 괜찮을 때는 정말로 괜찮은 것 같았다. 페브러리는 자기가 엄마에게 세라노 이야기를 했었는지 기억이 나지 않았지만 그 얘길 했던 것을 후회했다. 페브러리의 엄마는 청력 보조 기술이 가슴에 트랜지스터를 매다는 방식일 때의 사람이었으므로 인공와우에 대해서는 거의 알지 못했다. 엄마를 자극하는 일은 조금도 하고 싶지 않았다. 의사들은 차분하고 안정적인 집안 환경을 유지하는 것이 무엇보다 중요하다고 강조했는데, 또 다른 농인 아이가 자기 부모 때문에 언어를 배우는 데 어려움을 겪었다는 이야기를 듣는 일은 분명 의사의 조언에 배치되는 행동일 것이었다. 페브러리는 숨을 깊게 들이 마셨다.

괜찮아요. 그 학생이 일반 학교에서

힘들었나 봐요. 그게 놀라운 일은 아니지만.

네가 그 아이를 이제 잘 돌봐줄 거잖니.

네, 우리가 그렇게 할 거예요.

이제 가서 식사해요.

페브러리는 엄마를 부축해 식탁으로 모셔간 뒤 남은 시간 내내 더는 찰리 이야기를 꺼내지 않기 위해 소설이며 날씨, 멜의 담당 사건에 대해 두 사람에게 속사포처럼 질문을 던져댔다. 길었던 식사 시간이 끝나고 설거지도 마치고 엄마가 TV를 보러 방으로 들어가고 나자 그제야 페브러리와 멜은 소파에 앉았다. 둘은 사이에 바비큐 맛 그리포 과자를 두고 각자의 무릎 위에 올린 서류를 보며 일을 했다. 세라노의 파일을 연 페브러리가 두 손으로 얼굴을 문질렀다.

왜, 무슨 일이야?

멜이 물었다.

그냥 너무 화가 나! 아이는 인공와우 수술을 받았는데 딱 봐도 잘 되지 않은 것 같아. 평생 구어만 쫓아다니며 듣고 배우려 애를 썼을 텐데 제퍼슨에 있는 동안 거의 모든 과목에서 낙제했어. 그런데도 아이 엄마는 여전히 사람들에게 어떻게 보이는지가 더 중요해 보였다고!

나르시시즘의 마술이지.

멜이 대답했다.

앞으로 남은 3년 동안 우리가 제대로 가르치지 못하면 그 앤 망하는 거라고. 아이 엄마에게 지금 이게 얼마나 중요한 일인지 알려줘야 해.

그러지는 못할 거야, 자기.

넌—

세상 그 어떤 명강의도 엄마에게, 자식이 엄마처럼 되지 않기를 바라지 않느냐고 설득할 수는 없어. 그리고 "당신이 모르는 걸 내가 알려줄게요" 같은 식으로는 누구도 바꿀 수 없다는 걸 자기도 알잖아.

하지만—

그래, 네가 그 아이를 네 학생이라고 생각하는 건 알겠어. 하지만 아이 엄마는 그렇게 보지 않는걸.

페브러리는 멜의 말이 옳다는 걸 알았다. 이것과는 좀 다른 얘기였지만 이런 상황은 늘 페브러리의 상처를 들쑤셨다. 자기 때문에 부모님이 보통 사람들이 누리는 그런 행복을 누리지 못한 건 아닐까 하는 그런 두려움이 평생 그녀를 괴롭혔던 것이다. 부모님도 자기들과 같은 아이를 원하진 않았을까? 그녀는 벽난로 선반 위에 놓인 부모님의 사진을 물끄러미 바라보았다.

오, 아냐, 거기까진 가지 마.

멜이 말했다.

그래, 그건 지겨운 신경증 같은 것이었다.

난 아무 말도 안 했어.

넌 "농인들보다" 농인으로서의 자부심도 강하고 농인 교직원들 절반보다 수어 문법 점수도 더 높잖아. 새로 온 여자애는 운이 좋게도 너를 만났고. 그 아이는 괜찮을 거야.

멜은 페브러리에게 가볍게 입을 맞춘 뒤 부엌에서 냅킨을 가지고 와 손가락에 묻은 과자 기름을 닦았다.

아이 부모님이 이혼했어.

페브러리가 멜의 서류를 가리키며 말했다.

멜이 대답했다.

오, 왜 아니겠어.

찰리와 아빠는 첫 수어 수업에 늦고 말았다. '방과 후'에는 쪽문을 이용하라는 메모를 놓친 아빠는 정문 앞에 차를 대고 하염없이 공회전을 하며 차창 밖으로 몸을 빼내 벨을 눌러대느라 5분을 허비했다. 그러곤 휴대폰을 켜 이메일을 다시 확인한 뒤 메일에 적힌 쪽문을 찾아 캠퍼스를 도느라 또다시 5분을 썼다. 그는 물론 메일에서 설명한 방향의 정확히 반대쪽으로 향했다. 붉은 석양 아래에서 차가운 철로 만들어진 검정 펜스가 불길한 앞날을 암시하듯 보였지만 첨탑 아래 펼쳐진 풀밭은 푸르렀고 학교 건물도 낯이 익었다. 찰리의 아버지의 아버지도 채석공으로 일했다는 오하이오의 동쪽 산, 그 산에서 나는 황갈색 암석은 어디서나 볼 수 있었다. 로블링 다리에서도, 법원 청사에서도, 심지어 제퍼슨 고등학교 담장에서도.

하지만 예전 고등학교와 리버밸리의 닮은 점은 돌덩어리, 그게 전부였다. 아니, 그 돌조차 달랐다. 제퍼슨이 조금 차가운 질감과 색조에 실용적인 분위기였다면 리버밸리는 따뜻하고 보기 좋게 시간의 흔적이 묻어나는, 오래됐지만 낡고 지저분한 느낌이 없는 그런 분위기였다. 아무튼 그곳은 찰리가 소문으로만 익힌 리버밸리와는 딴판이었다. 리버밸리는 학생들 수준도 떨어지고 일반 학교에 진학하지 못하는 아이들의 마지노선 같은 곳이라고들 했다. 하지만 붉게 지는 노을 아래 찰리의 눈에 비친 학교는 한때 성이 있었던 곳처럼 신비로운 정취를 자아내고 있었다. 찰리는 잠시 그곳에 서서 지난번에 교장 선생님을 만났던 커다란 건물 뒤로 해가 기울어지는 순간을 감상하고 싶었다. 건물 이름이 뭐였더라? 클레르 홀? 하지만 그건 다음 기회로 미뤄둬야 했다. 아빠가 입학 안내 상담 때 받은 다 해진 지도를 마치 저절로 교실까지 끌어당겨줄 자석이라도 되는 것처럼 꼭 쥔 채 헤매고 있었으므로 그를 놓치지 않으려면 찰리도 서둘러 따라가야 했다.

마침내 캐넌 홀에 도착한 그들은 문이 잠기지 않은 것을 확인하고는 안도의 숨을 내쉬었다. 하지만 건물 안에서는 지도가 무용지물이었으니 그들은 빈 교실을 하나씩 차례로 열어봐야 했다.

아무 소리 안 들려요?

아빠가 고개를 저었다. 그들은 복도 왼쪽에 있는 마지막 문에 이르러서야 교실을 찾았다. 교실 안에는 사람들이 이미 도착해 앉아 있었는데 한눈에 보아도 그들은 교실에 어울리지 않는, 어색한 조합이었다. 그리고 몇몇은 아주 불편한 자세로 책상이 달린 의자에 그야말로 몸을 구겨 넣은 채 앉아 있었다. 찰리의 눈에 교실에는 선생님이라고 할 만한 사람이 있지 않았는데도 어떤 이는 쭈뼛쭈뼛, 어떤 이는 서슴없이, 저마다 자신감을 가지고 손을 움직여 연습을 하고 있었다. 교실 안은 고요했다.

책상은 둥근 반원 형태로 배치되어 있어 모두가 서로의 얼굴을 볼 수 있었다. 꽤나 실용적인 방식이었지만 그 안으로 걸어 들어가며 찰리는 그룹 테라피에 끌려가는 기분이군, 하는 생각을 떨칠 수 없었다. 곧 면도한 산타라 할 수밖에 없는, 그러니까 코끝이 빨갛고 배가 불뚝한 모습이 마치 자신이 산타라고 주장이라도 하듯 생긴 남자가 교실에 들어오더니 곧바로 수업을 시작했다. 찰리가 알아들은 건 대단히 쉬운 수어 몇 개가 전부였다. *시계를 확인하는 사람, 달린다, 거친 숨을 내쉰다, 컵, 셔츠 앞부분에 쏟는다,* 이런 것들. 그가 말을 하거나 들을 수 있는 사람인지도 알 수 없었다.

그 수업은 초급이라고 했는데, 그곳에 있는 사람들은 전부 찰리보다 수준이 훨씬 더 높아 보였다. 찰리도 알파벳 정도는 알고 있었지만 그것마저 이 수업 전에 인터넷 강의로 벼락치기 공부를 한 것이 다였다. 그 강의는 생각보다 쓸모없었다. 손으로 알파벳을 쓰는 건 수어가 아닌 영어로 돌아가는 것이나 마찬가지였다. 찰리는 동료 수강생들이 지화指話•에 의지해 고통스러울 만큼 기나긴 철자를 서로에게 나열하고 있는 모습을 멀뚱히 지켜보았다. 하지만 선생님은 찰리와 아빠를 포함해 공포에 질린 사람들이 아무리 두 눈을 동그랗게 뜨고 자기를 쳐다보아도 그저 가만히 서 있을 뿐 철자를 알려주지는 않았다. 그러다 그렇게 멍한 눈으로 자기를 바라보는 시선이 많아지면 그제야 앞으로 나서 수강생들에게 능수능란한 팬터마임을 선보였다. 남자가 있다, 버스를 탄다, 지팡이를 든 노인에게 자리를 양보한다, 남은 길은 서서 간다, 버스가 난폭하게 방향을 틀자 살기 위해 손잡이를 꽉 붙든다. 분위기가 한결 밝아졌다. 찰리도 시간이 좀 지나면

• 수어에서 한글 자모음이나 알파벳을 손가락으로 표시하는 방법.

알아들을 수 있을 것 같았다.

선생님이 칠판으로 가 문장 하나를 썼다. 당신 어떻게 지내세요?(How are you?)

그는 '어떻게'를 분필로 톡톡 치며 수어를 했다.

어떻게.

선생님은 어떤 물건 속을 보여주듯 마주한 두 손등을 뒤집어 돌렸다.

그리고 칠판으로 돌아가 '당신' 부분을 가볍게 쳤다.

당신.

손가락으로 사람을 가리켰다. 이건 쉬웠다.

이어서 그는 칠판 위의 물음표를 두드리더니 한껏 치켜뜬 자기 눈썹을 가리켰다.

어떻게+당신+눈썹

선생님이 수어로 묻자 이에 뭐라고 대답해야 할지 몰랐던 찰리는 엄지손가락을 들어 보였다.

이어서 선생님은 '당신의 이름은 무엇입니까?(What's your name?)'라는 문장을 쓴 뒤 그에 해당하는 수어를 보여주었다. 어순이 뒤죽박죽이 돼버렸다.[°°]

당신.

이름. 양손의 검지와 중지를 모으고

한쪽 손가락으로 다른 쪽 손가락 위를

가볍게 두 번 친다.

무엇. 어깨를 으쓱하듯 양 손바닥을

위로 향해 보인다.

눈썹. 이번엔 눈썹을 아래로 내린다.

당신+이름+무엇—눈썹

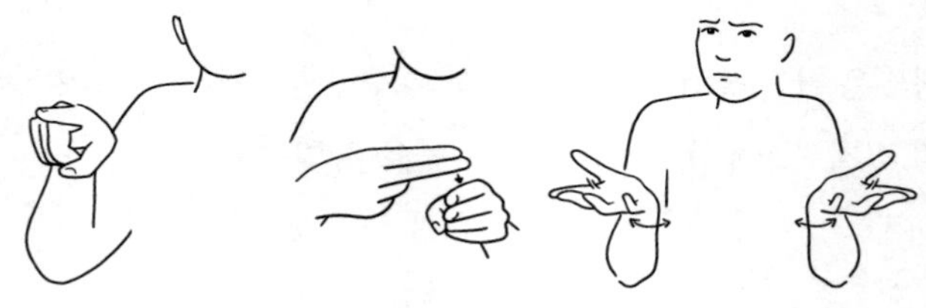

여기선 알파벳이 도움이 되었다. 찰리는 그 순간, 적어도 그녀 이름의 철자는 지화로 알아두어 다행이라 생각했다.

제 이름 C-h-a-x-l-i-e. 찰리가 말했다.

선생님이 고개를 저으며 자기 손을 가리켰다.

C.

그러고는 자기를 따라 해보라는 듯 찰리를 가리켰다.

C.

H.

H.

A.

°° 영어와 미국 수어의 문법이 달라 생기는 차이를 뜻함.

A.

R.

젠장.

R.

찰리가 선생님을 따라 했다.

선생님이 찰리에게 엄지를 치켜들었다.

다시. 선생님이
말했다.

교실 안의 사람들이 전부 찰리를 지켜봤다.

제 이름 C-h-a-r-l-i-e.

선생님은 고개를 끄덕인 뒤 다른 수강생들에게도 차례차례 이름을 말하게 했다. 책상을 죽 한 바퀴 돈 그는 칠판 앞으로 돌아가 다음의 단어들을 또박또박 썼다. 농인, 듣다, 아들, 딸, 형제, 자매. 그러고는 각각의 단어들을 가리키며 그에 해당하는 수어를 알려주었다.

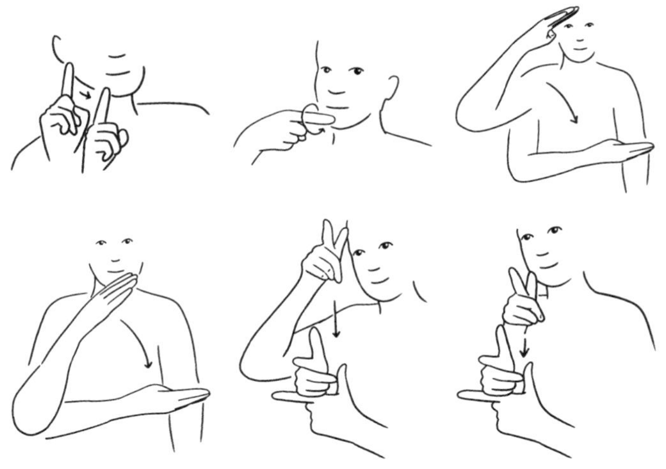

그곳에 모인 사람들은 돌아가며 자기소개를 했다. 대부분 아이가

리버밸리에 다니거나 리버밸리 재학생의 친척이었다.

저 들려요. 제 아들, 농인.

몇몇은 자식의 청각장애를 체념해서든 인정해서든 어쨌거나 이제는 받아들인 듯했지만, 어떤 사람들은 모르는 사람이 보기에도 여전히 고통 속에서 헤어나지 못하고 있었다. 그러나 슬픔에도 단계라는 것이 있다면 어쨌든 그들은 전부 부모님보다는, 아니 최소한 엄마보다는 더 나은 단계에 있는 듯했다. 그러니까, 그들은 그래도 수어 수업엔 와 있었던 것이다. 고등학생으로 보이는 학생도 한 명 있었다.

저 들려요. 저의 자매, 농인—

그 아이 말대로라면 그 교실에 모인 사람 중 리버밸리를 다니는 학생은 오직 찰리뿐이었다. 농인학교에 다니는 농인 학생이 수어를 모른다니, 생각해보면 웃기는 일이긴 했다.

저, 농인. 찰리의 차례가 돌아오자 그녀가 말했다.

선생님이 윙크를 했다. 아빠의 차례였다. 아빠는 찰리를 보며 *딸*을 뜻하는, *소녀+아기*가 합쳐진 수어를 사용해 자기를 찰리의 아빠라 소개했다. 찰리는 그런 아빠의 다정한 몸짓에 기분이 좋으면서도 어쩐지 부끄러운 마음이 들었다. 그런데 다른 학생들을 지켜보던 찰리는 수어 문장이 어딘가 어색하다는 사실을 깨달았다. 뭔가가 빠져 있었다. 존재의 상태를 나타내는 동사(to be)가 다 어디로 간 거지? '당신 어떻게 지내세요'의 '지내세요(are)'와 '당신의 이름은 무엇입니까'의 '입니까(is)'도 마찬가지였다. 초보자에게는 너무 어려운 내용인 것일지도 몰랐다.

나머지 시간 동안 그들은 교실에 있는 물건들을 가리키며 그것들을 수어로 어떻게 표현하는지를 배웠지만 찰리는 궁금증만 더 깊어졌다. 상태 '이다(being)'를 가리키는 명사는 뭘까? 사라진 '존재의 상태' 동사에 대한 해답이 거기 있는 걸까? 찰리는 선생님에게 물어보고 싶었지만 수어를 할 줄 몰랐다. 그날 밤 찰리는 밤새도록 인터넷에서 미국 수어 사전과 수많은 움짤, 대머리 남자가 그려진 수어 이미지들을 뒤졌다. 그렇게 '상태 동사'를 뜻하는 수어를 찾아 헤맸건만 그녀가 찾아낸 건 그것이 존재하지 않는다는 사실을 써놓은 사이트들뿐이었고 그 어디에서도 '상태 동사'의 부재를 속 시원히 설명해주지 않았다.

페브러리는 이스트 콜슨 가장자리에 자리한, 나무로 만들어진 파란 집 뒤편 침실, 후에 자신의 방이 될 침실에서 태어났다. 6분 간격으로 진통이 오자 페브러리의 엄마는 시내로 남편을 보내 자매인 매를 데려오게 한 뒤 그들이 올 때까지 부엌을 천천히 걸으며 리놀륨 바닥에 쏟아진 양수를 행주로 닦으려 애를 쓰고 있었다. 일반 전화의 통신선에 연결된 투박한 전기식 타자기인 텔레타이프라이터는 60년대부터 문자를 전송할 수 있는 기능을 갖추었지만, 무척이나 비쌌다. 엄마는 그 당시 가족들이 대부분 집에서 몇 분 떨어져 있지 않은 곳에서 일하고 있었기에 그런 사치스러운 물건은 필요하지 않다고 생각했다. 하지만 찌는 듯 무더웠던 8월 말 혼자 아이를 분만한 경험이 강렬했던지 페브러리는 어렸을 적 집에서 텔레타이프라이터를 가지고 놀던 기억이 선명했다.

엄마는 몸이 깡마르고 천식도 있었으므로 병원에서 아이를 낳는 것이 분명 더 나았겠지만 오래전부터 집에서 출산하겠다고 확고하게 결심한 터였다. 그녀로서는 아무도 수어를 알지 못하는 곳에서 아이를 낳는 일이 훨씬 더 무섭고 위험한 일로 여겨졌던 것이다. 농인 커뮤니티에는 병원과 관련된 괴담이 난무했는데 분만과 출산 쪽 이야기가 특히 많았다. 그녀의 친구 루는 아무런 통지나 설명을 듣지 못하고 영문도 모른 채 휠체어에 태워져 수술실로 실려 가 제왕절개 수술을 받았고, 렉싱턴의 어떤 여자는 극심한 고통에 시달리다 못해 냅킨 위에 증상을 휘갈겨 써 전달했는데도 의료진이 이를 무시해 결국 혈액이 응고되어 죽고 말았다. 병원이 농인을 위한 시설을 갖추어야 한다는 장애인법이 제정되기 10여 년 전의 일이다. 그러므로 엄마는 그러한 위험은 무릅쓰지 않기로 결심했다. 어차피 무통 주사를 맞을 수 없다면 적어도 무슨 일이 일어나고 있는 건지는 알고 싶었다.

청인들은 농인들이 조용할 거라는 편견을 갖고 있다. 만약 워터스네 이웃들도 이런 잘못된 고정관념을 갖고 있었다면 페브러리가 태어나던 날 그 모든 오해가 풀렸을 것이다. 엄마가 분만을 하는 중에 괴성에 가까운 소리를 지르는 통에 분명 살인 사건이 난 것이라고 확신한 이웃집 콜혼 씨가 부리나케 달려와 문을 열어젖혔다.

엄마는 언제나 이 이야기를 들려주는 걸 좋아했는데 그럴 때마다 콜혼 씨로 변신해서는 수어만이 가능한 방식으로 아저씨가 침실로 살금살금 걸어갈 때의 몸짓과 자세, 그리고 마침내 무슨 일이 일어나고 있는지를 깨달았을 때의 표정까지 신나게 재현하고는 했다.

그 광경을 보느니 차라리 살인 현장을
보는 게 나았을 거야!

페브러리는 엄마가 같은 이야기를 계속 반복하는 것이 상태가 나빠졌다는 신호는 아닌지 걱정이 되었지만, 어쨌든 엄마는 평생토록 매년 이 이야기를 빠뜨린 적이 없었고 페브러리도 이 이야기를 듣는 것이 좋았다.

페브러리는 엄마와 함께 점심을 먹기 위해 오후 휴가를 냈다. 생일마다 으레 하는 전통 같은 거였지만 올해는 특히 더 중요하게 느껴졌다. 콜슨으로 향하면서 페브러리는 옆자리의 엄마를 곁눈질했다. 엄마는 차창 밖으로 지나가는 도시를 내다보고 있었다. 치매가 모든 걸 집어삼키기 전에 부모님에 관한 모든 걸 알고 싶었다. 부모님의 어린 시절, 엄마와 아빠의 연애사, 자신의 어릴 적 이야기. 부모님이 콜슨으로 이사해 왔을 때 이곳은 어땠을까? 동화 속 존재처럼 오로지 말로만 들어본 노스사우스 트램이 그때도 다녔을까?

러스트 벨트•답게 콜슨은 페브러리가 살고 있는 동안에도 들쑥날쑥 몰아치는 풍파 속에서 수많은 변화를 겪었다. 한때 서쪽에는 GE를, 동쪽에는 굿이어를 거느렸던 이 도시는 지난 수십 년 동안 쪼그라들고, 불에 타고, 잿더미 속에서 겨우 일어섰다.

지금까지도 GE 공장은 경영층의 전략적 판단을 거스른 채 절뚝거리며 간신히 운영되고 있다. 페브러리는 신시내티에 있는 본사 사람들이 오하이오 남부의 단결된 뚝심을 느꼈을 거라고 생각했다. 그와 같은 연대는 2001년 신시내티 경찰이 교통법규를 위반한 죄로 열아홉 살짜리 티머시 토마스를 살해했을 때도 발휘되었다. 그날 콜슨은 불길에 휩싸였다. 당시 신시내티에서 박사과정 중에 있던 페브러리도 그날 오후 평화 시위에 참여했다. 그러나 신시내티의 시위가 폭력으로 번지자 콜슨에서의 시위도 마찬가지로 엉망이 되었고, 밤에 수업이 있어 학교에 갔다가 집으로 돌아온 그녀가 TV를 켰을 때는 이

• 한때 제조업으로 호황을 구가했으나 사양화된 공업지대. 특히 미 북부와 중서부를 가리킴.

스트 콜슨이 불에 타오르고 있었다.

공장을 멈출 구실을 찾고 있던 굿이어에게 이 아수라장은 좋은 명분이 되었다. 시위는 고작 나흘이었지만 공장은 영원히 다시 가동되지 않았다. 회사 고위층은 애크런으로 돌아갔고 곧 브라질과 계약을 맺었으며 콜슨의 노동자들은 덩그러니 남겨져 극심한 후유증을 앓았다. 타이어를 만드는 거인이 없어지자 콜슨은 조세 수입에 큰 타격을 입었고 파산에 이르러 도시를 재건할 자금도 없게 되었다. 페브러리는 이러한 침묵이 이스트 콜슨의 주 인구층이 노동자 계급이라는 점과 무관하지 않다는 사실을 잘 알고 있었다. 다음에는 시내 한가운데서 시위를 열어야겠다고 페브러리는 생각했다. 그래야 정부에 도시를 복구할 자금이 있는지 볼 수 있을 테니까.

그 이후 백인 중산층이 한차례 교외로 이주했고, 그러자 시에서는 모든 재정적 원조를 신속히 철회해버렸다. 길 위에 움푹 팬 웅덩이들이 보수되지 않았고 가로등의 전구들도 교체되지 않았다. 공립 중학교가 문을 닫고 건물은 임대업자에게 넘어갔지만 그들마저 4년 후에는 사업을 접었다. 여력이 있는 사람들은 시내나 교외로 거주지를 옮겼다. 하지만 페브러리의 부모님은 그녀가 자라서 독립을 한 뒤에도 그 아담한 파란 집을 끝까지 지켰고, 이스트 콜슨은 페브러리의 고향으로 남았다. 페브러리는 지나치게 열성적이고 때로는 난폭할 정도로 텃세를 부리는 이곳 사람들이 좋았다.

그로부터 20년 후, 어느 제약회사의 분사가 예전 타이어 회사 건물의 한 동을 차지했고 이따금씩 장인 정신을 지닌 벤처기업들이 주변에 나타나기도 했지만 이스트 콜슨 대부분의 지역은 누가 후벼 파낸 듯 휑해졌다. 오하이오 남동지역 교통 당국이 굿이어와 바인 스트리트 트램 정류장을 폐쇄하자 대중교통이 그것의 머리글자대로 본연의 임무를 충실히 이행하고 있다는 농담이 나돌기도 했다. 이런 식이었다. 트램이 이스트 콜슨을 지나가는 거야? **뭐, 그런 셈이지(SORTA)!**[•] 동네는 '노 플라이 존(No Fly Zone)'이라는 별명도 얻었다. 독창적이지도 않을뿐더러 문제가 있어 보였지만 페브러리는 그것에 대해 왈가왈부할 수 없었다. 엄마와 함께 살기 시작한 후로는 그녀 또한 이스트 콜슨에 가지 않은 지 벌써 몇 달이나 되었기 때문이다.

하지만 동네에서 다운타운으로 넘어가는, 이스트 콜슨 경계 바로 안쪽에는 페브러리가 가장 좋아하는 점심 식사 장소인 '칩드컵'이 있었다. 요란스럽지도 까다롭지도 않은 그 작은 식당은 서로 어울리지 않는 머그잔들이 뒤섞여 나왔고 진한 커피를 내어주었으며 직원들은 커피 리필에 후했다. 무엇보다 페브러리에게 그 식당 음식이 맛있을 거라는 단서가 돼주었던 건 오후 3시면 영업이 끝난다는 점이었다. 아침 식사와 샌드위치 장사만으로 식당을 지속할 수 있다면 그 집 샌드위치는 끝내줄 것이라는 합리적 추론이었다.

페브러리는 차를 세우고 주차 요금 징수기에 요금을 낸 뒤 엄마를 부축해 가게로 들어갔다. 그들은 가게 전면 유리창 쪽에 자리한 부스에 앉았다. 멜은 안쪽 구석에 앉는 걸 좋아하는 반면 페브러리와 엄마는 사람들을 구경하는 일을 좋아했다. 칩드컵의 오래된 실내 인테리어는 거의 비닐 아니면 포마이카로 꾸며져 있었고 귀엽게 보이려 노력한 흔적이 없었다. 주인이 인테리어를 바꾸는 일에 관심이 없는 것 같았다. 엄마가 메뉴판을 외우기라도 하듯 정독하는 동안 여자 종업원이 다가와 기계적으로 커피를 따라주었다. 여태껏 커피를 거절

• 앞 문장에서 나온 오하이오 남동지역 교통 당국(Southeastern Ohio Regional Transportation Authority)의 각 단어 머리글자를 따면 SORTA가 되는데, SORTA가 '비슷하다'라는 뜻을 가진 'sort of'의 준말이 되기도 하는 점을 이용한 언어유희.

한 손님은 한 명도 없었다는 듯. 엄마가 잔을 들었고 두 사람은 잔을 쨍그랑 부딪치며 축하를 했다.

축하해! 잊지 마, 이건 내가 사는 거다.

아니에요. 제가 살게요.

오늘은 네 생일이잖니.

하지만 일은 엄마가 다 한 날이잖아요.

엄마는, 사람이 웃을 때는 이런 소리가 나야 한다고 세상이 정한 기준 같은 것에 아랑곳하지 않는 소리로 껄껄 웃었다.

맞는 말이구나.

엄마랑 아빠가 어떻게 만났는지 다시 얘기해주세요.

잠시 후 페브러리가 말했다.

엄마는 잔을 내려놓고 이야기를 시작했다.

찰리는 자신이 엄마가 원하는 부류의 딸이 아니라는 사실을 일찍부터 깨달았다. 문제는 장애가 아니었다(그렇다고 그게 상황을 나아지게 한 것도 아니었지만). 성격 차이, 어쩌면 평범할 수도 있는 갈등이었지만 그건 정말이지 모든 걸 어렵게 만들었다.

더 어렸을 때는 사사건건 부딪히는 엄마에게 화를 내기가 쉬웠다. 그런데 이제는 아주 가끔 엄마가 이해되는 순간들이 생겨났다. 잠깐씩 엄마의 눈으로 자신을 바라보게 될 때가 생긴 것이다. 여왕이 되고 싶은 엄마의 열망을 쿵쿵 짓밟는 왈가닥 딸, 풀 얼룩 따위가 여기저기 묻고 찢어진 청바지 주머니 안에는 돌멩이를 잔뜩 넣어 건조기 환기구를 다 막히게 하는, 할아버지 집에 갈 때면 엄마가 준비해둔 예쁜 드레스를 입지 않겠다고 고집을 부려 둘 중 한 명이 결국 울음을 터뜨릴 때까지 버티는 아이. 엄마는 예쁜 얼굴에 호리호리한 몸을 가졌으며 기분이 좋든 나쁘든 언제나 쾌활한 표정을 지어 보이는 사람이었다. 그러니까, 어렸을 적엔 제퍼슨 고등학교에서 인기 있는 부류, 찰리를 괴롭히는 부류의 여학생이었을 거라는 말이었다. 찰리가 엄마 앞에 나타나기 전까지 아주 오랫동안 엄마를 감히 거스르는 이는 없었을 거라는 생각이 머릿속을 스쳤다.

그들에게 공통점이 하나 있다면 둘 다 감정을 억누르는 성향이라는 것이었다. 그건 둘 사이의 관계를 정의하는 특징이기도 했는데, 작년 쇼핑몰에서 결국 터지고 말았다. 다소 구식의 모녀 싸움으로 말이다. 크리스마스 시즌이었고 찰리는 또 무엇 때문에 말다툼 중이었는지 기억나지 않았지만, 사람들의 몸 냄새와 백화점에 가득 풍기던 향수 냄새, 시나몬이 뿌려진 프레첼 냄새, 그리고 산타와 함께 사진을 찍는 부스에서 터져 나오던 환호 소리, 그 모든 것이 촉매제가 되어 결국 엄마가 폭발하고 말았다.

자기를 싫어하는 인간을 만들어냈다는 게 어떤 건지 넌 모를 거야!

자기도 모르게 불쑥 외친 소리에 사람들의 시선이 쏠리자 엄마는 푸드 코트를 가로질러 화장실로 달려갔다.

찰리는 어안이 벙벙해 한동안 움직이지 못했다. 엄마는 언제나 이제 막 사교계에 데뷔한 여자아이처럼 온몸에서 빛이 나게 하지 않고서는 집 밖을 나서지 않는 사람이었다. 단정하게 빗은 머리에 표백한 듯 새하얀 치아, 프랑스식 매니큐어와 신발에 맞춰 든 가방까지. 아빠와 고래고래 소리를 지르며 싸우던 지난 몇 년 동안에도 엄마가 사람들 앞에서 이성을 잃는 모습을 찰리는 결코 본 적이 없었다. 잠시 후 찰리는 화장실로 따라 들어가 누가 봐도 엄마의 것이 분명한 구두가 문 아래로 보이는 칸 앞에 섰다.

엄마 안 싫어해요.

찰리가 문에 대고 말했다.

하지만 그 이상 더 무슨 말을 할 수 있을까? 그날 이후 둘은 그 쇼핑몰에 다시는 가지 않았다.

엄마가 새로운 학교에 들어가기 전에 필요한 준비물을 사러 쇼핑을 가지 않겠느냐고 문자를 보내왔을 때 찰리는 거절하고 싶었다. 그냥 아빠 집에서 짐을 쌀 준비나 하고 싶었지, 교외에 나가 올드 네이비를 갈 것이냐 홈센스를 갈 것이냐 하는 문제로 엄마와 싸우고 싶지는 않았던 것이다. 하지만 같이 살고 있지 않아서인지 찰리의 마음 한구석에는 어쩐지 죄책감이 있었다. 거절을 한다는 게 가능하긴 한 건가? 게다가 학교에서 수업과 기숙사 생활에 필요한 것들의 리스트를 메일로 보내주었는데 없는 것이 많아 어쨌거나 쇼핑을 하기는 해야 했다. 설레는 척 억지로 꾸며낸 목소리로 새로운 학교 얘기를 꺼내며 학교에서 첫인상이 얼마나 중요한지를 주저리주저리 떠드는 엄마와 나란히 거대한 H&M 매장 앞에 서게 된 건 바로 그 때문이었다. 엄마가 지난번에 쇼핑몰 화장실에서 폭발해 쏟아낸 말들이 완전히 틀린 건 아니었다. 둘이 한때 한 몸이었다는 사실을 이제는 그 누구도 상상하기가 어려웠다.

이번 기회에 널 완전히 새로운 사람으로 만들 수도 있잖아!

엄마가 말했다.

찰리는 순간, 애초에 자긴 스스로를 그 어떤 모습으로도 만들어본 적이 없다고 말해야 할까 망설였다. 제퍼슨에서 찰리는 펑크와 모드가 뒤섞인 거무죽죽하고 우중충한 색깔의 옷과 어딘가를 쏘아보는 듯한 눈빛을 멋으로 **삼았었다.** 이제 그러한 정신은 미적지근해졌지만(늘어지게 자고 일어나면 완전히 사라져버렸다) 외양은 일종의 갑옷이 되어주었다. 다른 반항아들에게 고개를 까닥여 보이는 유대의 인사였으며 인기 있는 아이들에게는 찰리가 완전히 별종은 아님을, 그저 예술에 심취했거나 학교 아이들은 이해하지 못하는 뭔가에 빠져 있는 것뿐임을 알리는 신호가 돼주었다. 더구나 그런 옷차림은 엄마가 학창 시절 때 입곤 했던 주름 스커트와 흰 스니커즈에 대한 향수를 망쳐놓는 효과까지 있었다.

당연히 찰리는 쇼핑몰에 들어서면서도 이 외출에 대한 기대가 거의 없었다. 그런데 얼마 지나지 않아 의외로 화기애애한 시간을 보내게 된 것이다. 보스코프에 들러 긴 침대 시트와 빨래 바구니, 세면용품용 작은 가방, 수건 따위를 샀고, 패션에 대해 사뭇 다른 감각을 지녔음에도 엄마는 노련한 전문가처럼 찰리가 좋아할 만한 허리가 뜨지 않는 청바지를 찾아주었다. 버튼 플라이 바지를 입으려면 얼마나 뻔뻔해야 하는 거냐는 농담을 주고받으며 깔깔 웃기도 했다.

오랜만에 동행한 데다 같은 곳을 뱅뱅 돌다 보니 마침내 피곤해진 그들의 발걸음이 자연스레 푸드 코트로 향했다.

프로즌 요거트 먹을까?

엄마가 물었다.

오—케이(O—k).

찰리의 엄마가 순간 멈칫했고, 찰리는 괜히 엄마를 화나게 한 건 아닌지 불안해졌다. 일부러 그런 건 아니었다. 첫 수어 수업 이후로 찰리는 매일 밤 자기 전 컴퓨터 앞에 앉아 새로운 수어를 찾아보고 연습했다. 할 일 없이 아빠의 아파트에서 시간을 보내고 있을 때는 눈에 보이는 물건들의 이름을 혼자서 손가락 알파벳으로 써보기도 했던 것이다. 그런 행동들이 어느새 몸에 배어 자연스레 지화를 쓰게 된 것이 한편으로는 기뻤다. 찰리는 두 손을 꼭 쥐고 무릎 위에 올린 채 엄마의 눈치를 살폈다.

엄마도 알려줘.

엄마가 부드러운 목소리로 말했다.

찰리는 방금 쓴 지화를 보여준 뒤 엄마 손을 잡아 'k'를 나타낼 수 있게 도와주었다.

그들은 오렌지색 소용돌이무늬 아이스크림콘을 한 개씩 사서 테이블에 앉았다. 찰리는 귀 뒤쪽 수술 부위가 또다시 따끔거렸지만 지금 그 얘기를 꺼내고 싶지는 않았다. 엄마는 아직도 어려운 수학 문제라도 풀고 있는 듯한 표정으로 손가락을 움직이고 있었다.

잠시 후 엄마가 물었다.

그럼, 다 철자를 써서 말해야 하는 거니?

아니에요.

찰리는 중립적인, 그 어떤 비판도 담겨 있지 않은 표정을 유지하려 애를 쓰며 대답했다. 찰리 또한 며칠 전까지만 해도 이런 것들을 다 몰랐으니까.

사실 철자를 쓸 일은 거의 없어요.

그럼, 모든 단어가—

단어와 개념들은 전부 그에 해당하는 수어가 따로 있어요. 영어랑도 관련이 없고요.

엄마는 고개를 끄덕이며 후회가 깃든 표정으로 요거트를 내려다보고 있었다. 평소 엄마의 엄격한 식단을 생각하면 프로즌 요거트는 엄청난 사치였던 것이다.

있잖아요, 엄마.

찰리가 잠시 뜸을 들이다 입을 뗐다.

혹시 엄마만 좋다면 수어 수업에 와도 좋을 거예요.

그래, 나중에.

그럴 일은 없을 거라는 뜻이었다.

찰리가 쥐고 있던 아이스크림이 녹아 오렌지색 크림이 테이블 위로 뚝뚝 떨어졌다. 머릿속에 말파리가 붕붕 날아다니는 느낌이 들었지만 그건 소리라기보다는 기분에 가까웠고, 인공와우 때문인지 불쑥 든 나쁜 생각 때문인지는 알 수 없었다.

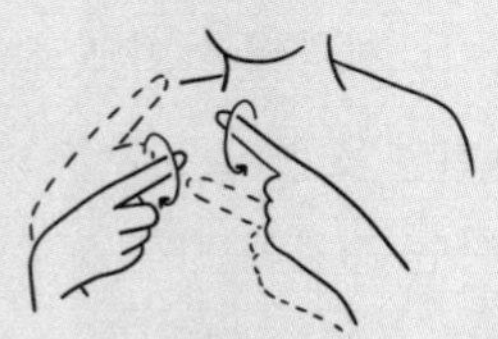

철자는 중요하지 않다

미국 수어 알파벳: 손가락으로 철자 표현하기
해야 할 것과 하지 말아야 할 것

⊘ 영어나 다른 언어로 표현되는 사람, 장소, 브랜드 등의 고유명사는 지화를 사용한다. 사람과 장소는 대부분 고유의 수어 이름을 가지고 있으며 이처럼 수어 이름이 있을 경우 먼저 철자로 소개한 뒤 수어 이름을 사용한다.

⊘ 자주 쓰는 손을 사용하며 손가락을 튕기듯 움직이지 않는다. 지화를 읽을 때는 각각의 철자에 집중하기보다는 전체적인 모습을 보는 것이 더 좋다.

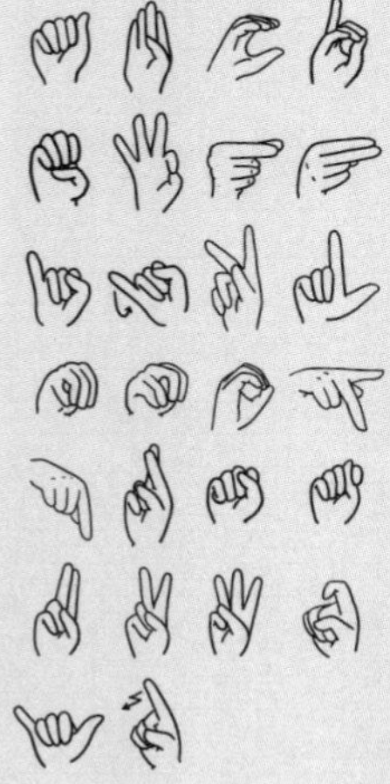

⊗ 수어 알파벳을 잘 안다고 해서 수어가 유창해지는 것은 아니다. 이를 혼동하지 말자. 수어를 이용한 의사소통에서 철자가 차지하는 비중은 극히 일부일 뿐이며 주로 다른 언어에서 차용한 단어에만 이를 사용한다.

⊗ 영어 문법에 맞추어 지화를 쓰거나 영어 단어를 쓰기 위한 지름길로 지화를 사용하지 말라. 지화는 유의어 개념으로 생각하는 것이 좋다.

알고 있었나요?

수어는 만국 공통어가 아니다. 한 사람이 '발명한' 언어가 아니라는 말이다. 그보다는 오랜 시간에 걸쳐 농인 커뮤니티 안에서 자연스레 발전된 언어이다. 구어와 문법적으로 큰 관련이 없기에 같은 언어를 사용하는 나라들도 수어는 다르다. 가령 미국 수어와 영국 수어(British Sign Language, BSL)는 대단히 다르며 알파벳까지 다르다! 미국 수어와 언어학적으로 가장 비슷한 친족 언어는 프랑스 수어(French Sign Language, LSF)인데 이는 미국 농인학교를 설립하는 데 프랑스인 농인 교사 로랑 클레르(Laurent Clerc)가 큰 역할을 했기 때문이다.

새로운 학년의 첫날, 이날은 언제나 그렇듯 페브러리가 준비를 채 끝내기도 전에 불쑥 시작돼버렸다. 페브러리는 이날을 무척 좋아했다. 하지만 다른 사람들은 그렇지 않다는 걸 그녀는 디스트릭트° 회의에서 새삼 다시 깨달았다. 페브러리의 학교는 달랐다. 직업은 대개 스스로 택하는 것이긴 하지만 페브러리는 리버밸리의 교사들 모두가 그녀와 같은 마음으로 일할 수 있도록 최선을 다했다. 교사들은 대부분 농인이었으며 아이들을 진심으로 아꼈다. 그렇지 않다 해도, 적어도 지역사회에 헌신하고자 하는 마음을 지니고 있었다. 행정적인 관점으로 보면 페브러리는 운이 좋았다. 자신이 속한 곳이 사라질지도 모른다는 두려움보다 더욱 강력한 동기는 별로 없으니까. 더구나 농인들이 서 있는 자리는 지금도 이미 충분히 위태로웠다. 문화

° 주 아래 시·군과 비슷한 개념.

전쟁에서 패배한 것이다. 어떤 교사들은 그냥 **'끝'**인 거라고 말하고는 했다.

농인 아이 열 명 중 아홉 명의 부모가 청인이며 그 부모들이 농인의 운명을 손에 쥐고 있다. 물론 자기 자식의 운명에 국한된 이야기이지만 크게 보면 농인 커뮤니티의 미래를 손에 쥐고 있는 것이다. 문제는, 대부분의 부모가 청각장애를 의료진의 시각에만 의존해 바라본다는 것이었다. 물려받은 유전자에 대한 일종의 배신, 도려내야 할 무언가로 말이다.

다른 선생님들처럼 페브러리 또한 과학자들이 웬 줄기세포 이식이나 포궁 내 유전자 수정 같은 기술을 들고 와 농인 세계를 세상에서 아예 사라지게 할까 봐, 그래서 그녀의 모국어를 더는 쓸모없는 것으로 만들어버릴까 봐 두려웠다. 언덕 아래 자리한 학교 정문 앞에서 그녀를 기다려주는 학생들이 더는 없게 될까 봐 두려웠다. 그래서 이기적이게도 아주 가끔은 그 끝이라는 것이 자기가 죽어 땅속에 묻힐 때까지는 오지 않기를, 그러한 광경을 직접 목격하는 아픔을 겪지 않아도 되기를 바라는 기도를 하기도 했다.

그래도 당장의 리버밸리는 1년의 시간을 보장받았다. 사실대로 말하자면 리버밸리의 경우 다른 농인학교에 비해 처지가 훨씬 나은 편이었지만, 그건 학교가 능력으로 이루어낸 쾌거라기보다는 지역의 열악한 상황 때문이었다. 콜슨 카운티는 도심과 외곽 모두 어려운 시기를 지나고 있는 데다 빈곤율이 높아 인공와우 수술도 적게 시행되고 언어 치료를 위한 재정도 턱없이 부족했다. 성적이 좋지 않은 일반 학교와의 격차도 줄어들어, 식비와 돌봄을 감당할 여유가 없는 부모들은 이웃들의 눈초리를 의식할 새도 없이 자식들을 기숙사가 딸린 '특수' 학교에 보내고 있는 실정이었다. 어떤 이들에게는 하루 세

끼 식사와 선생님의 살뜰한 보살핌이 자식들에게 해줄 수 있는 최대치였다.

지리학적 위치도 유리했다. 다리 하나만 건너면 켄터키였으며 웨스트버지니아 노선도 50분 거리에 있었다. 이곳 다음으로 가장 가까운 농인학교는 신시내티에 있는 세인트 리타인데 거기는 규모가 작은 가톨릭 학교였다. 오하이오와 켄터키의 주립 교육기관들은 강에 인접한 외곽 마을에서조차 차로 세 시간이 걸리는 곳에 있다 보니 부모들은 리버밸리를 존속해달라는 청원을 할 수밖에 없었다. 그 결과 페브러리는 거의 독점적으로 학교를 운영할 수 있었고, 학교는 정말 도움을 필요로 하는 사람들의 중심에서 그 역할을 다할 수 있었다. 농인 인구가 줄어드는 피할 수 없는 현실 앞에서도 리버밸리는 최소한의 시간은 번 셈이었다.

필요한 물건들은 정작 놓치고 필요하지도 않은 물건만 잔뜩 실었을 미니밴 행렬이 학교 진입로에 일렬로 죽 늘어섰다. 어린 형제자매들은 자기만큼 커다란 침구를 들고 따라와 두 눈을 반짝이며 학교와 캠프가 뒤섞인 마법 같은, 자기들은 갈 수 없는 그곳을 두리번거렸다. 아이들을 떠나보내며 어떤 부모들은 눈물을 보였고 어떤 부모들은 남들이 보기에도 가슴 아플 만큼 매정히 돌아섰다.

페브러리는 그런 아이들을 주시했다. 절실히 필요해서가 아니라 자기 편의 때문에 기숙학교를 선택한 부모들의 자식을. 아이와 의사소통하는 법을 배우는 대신 아이를 기숙학교로 보내버린 부모들의 자식을. 물론 이러한 상황에 있는 아이들은 대부분 언어 결핍 문제를 안고 있기에, 아이들을 위해서도 기숙사가 가장 좋은 선택이라는 것에는 페브러리 또한 동의했다. 그렇다 해도 아이들에게 안타까운 마음이 드는 건 어쩔 수 없었다. 네가 어디에서 먹고 자든 네 엄마는 여전히 네 엄마이고 그건 변하지 않겠구나, 생각했다.

페브러리는 생각을 떨치고 컴퓨터 화면으로 시선을 돌렸다. 조금 전 스월 교육감이 내년 지역 예산과 함께 걱정거리를 산더미처럼 보내온 것이다. 페브러리는 옆에 놓인, 멜에게서 조금 훔쳐서 가져온 노트를 노려보았다. 거기엔 페브러리가 학교를 수선하려고 계획했던 항목들이 쓰여 있었는데 이제는 거의 전부를 취소해야 할 것 같았다. 디지털실에 새로운 컴퓨터는 들이지 못할 것이다(그래도 윈도우는 업데이트할 수 있겠지?). 그래프 계산기 비용은 학부모가 대야 할 거고. 하지만 미식축구용 헬멧 구매 비용은 남겨둬야 하겠지. 교장으로 있는 동안 누군가의 머리가 깨지는 일은 없어야 하니까.

최신판 역사 교과서를 사고 위태롭게 흔들리는 교사들의 책상을 교체하는 것은 내년을 기약해야 한다. 지금처럼 판지와 설탕 포대를 접은 것으로 밑을 대 쓰면 된다. 남학생 기숙사의 카펫은 이젠 **정말** 바꿔야 한다. 페브러리는 그것은 지우지 않고 리스트에 남겨두었다. 마침내 듣기 항목을 없애고 새로이 개편한 스페인어 수업도.

페브러리는 한숨을 푸욱 내쉬었다. 스월 교육감은 가능하다면 교사들에게 돈을 지급하지 않는 방식으로 빠져나가려 했을 것이다. 위에서부터 사슬을 타고 타고 아래로, 시의회, 상원의원, 교육부에서 금욕적 조치들이 내려왔을 것이다. 그리하여 다이앤 클라크 선생님의 출산 휴가를 메꾸기 위해 페브러리는 거의 10년 만에 교단에 서게 되었다. 수어가 가능하면서 기간제로 일할 수 있는 역사 교사를 구하기란 거의 불가능했고 청인 교사와 통역사를 함께 구하려면 학교의 비상 예비비를 써야 했다. 페브러리는 임시방편적인 꾀를 낼 수밖에 없었다. 중학교 교과목을 가르치는 교사에게 다이앤의 과목 중 두 개를 넘겨 업무량을 두 배로 늘리고, 다른 한 과목은 영어 교사에게 넘기며, 보충 수업은 자기가 맡는 것이었다. 페브러리는 전체 커리큘럼을 계속해서 뜯어보고, 자기 수업안을 고치고 또 고치며, 가르치는 일과 학교 운영 업무를 동시에 무리 없이 할 수 있을지를 초조하게 살펴보았다. 이러한 걱정들 때문에 여름방학이 끝나지 않았으면 하고 바랐던 것이다.

페브러리는 오늘 밤 **올드 쿼터**의 교장실 위층에 딸린 학교 건물에서 잠을 잘 예정이었다. 필 교감이 농담처럼 '고문헌실'이라고 부르는 곳이었지만 실제로 있는 것들은 그저 접이식 박스에 담긴 서류 더미(그리고 멜이 회사에서 가져온 자료)뿐이었으며 이름을 붙이기에는 너무 산만하고 무질서했다. 멜은 페브러리가 학교에서 자는 걸 못마땅하게 여겨 매년 똑같은 잔소리를 했다. 사실 페브러리의 집은 학교에서 돌을 던지면 닿을 만한 거리에 있었으니 필요하면 화상 전화를 받고 바로 달려갈 수 있었다. 그리고 어쨌든 만반의 준비가 되어 있을 때는 나쁜 일이 일어나지 않는 법이니까. 하지만 페브러리는 전통이라면 사족을 못 쓰는 사람이었다. 결국 밤이 되어 월트 씨가 정문을 잠글 때까지 교장실에 남아 반대 방향으로 빠져나가는 부모들의 자동차 행렬을 지켜보았다.

그녀는 노트북과 더플백을 들고 나선형 계단을 올라가, 서류 박스들을 헤치면서 침대로 갔다. 병원식 철제 프레임의 오래된 트윈 침대였다. 깨끗한 침대보가 깔려 있는 것을 보고 기숙사 관리인의 배려에 미소를 지었다. 착한 아이들이야. 작게 마련된 간이 부엌에는 구내식당에서 가져다 놓았을 캠벨 수프 몇 개와 우유병, 커피가 있었다. 토마토 수프 캔을 따 핫플레이트에 데우는 동안 페브러리는 벽 위쪽에 걸린 액자 속 역대 교장들의 얼굴을 가만히 바라보았다. 다소 안타까운 헤어스타일을 한 얼굴들을 들여다보고 있자니 그녀는 세라노 소녀를 도울 좋은 아이디어가 생각났다.

페브러리는 찰리의 수업 시간표를 짜면서 뭔가 부족하다고, 뭔가 색다른 걸 시도하고 싶다고 생각하고 있었다. 지금 이 지적인 선구자들 앞에 서고 보니 자신이 무엇을 해야 할지 알 것 같았다. 찰리는 목줄 풀린 망아지 같은 아이였다. 자기가 속한 문화를 알지 못했고 자신에게 속한 역사 또한 몰랐다. 사실 보충 수업이 필요한 학생들은 대부분 그랬다. 그들은 일반 학교에서 몇 번의 실패를 거듭한 뒤에야 리버밸리에 왔다. 그래서 페브러리는 자기만의 방식대로 농인 문화에 관한 커리큘럼을 짤 생각이었다. 대충 짜맞춘 과목이어서는 안 됐다. 그리고 어쨌거나 자기 자신에 대해서도 잘 알지 못한다면 자신이 속한 사회의 역사를 어떻게 알 수 있겠는가?

찰리의 언어에 관해서라면, 그녀의 언어 결핍 문제가 곧 해결될 수 있다고 가정했을 때 그 어떤 체계적인 수업보다 친구들과 어울리는 일이 수어를 배우는 데 더 큰 도움이 될 것이었다. 하지만 찰리가 수줍음이 많은 아이라면 어쩌지? 아이들이 수어를 모르는 찰리와 어울리지 않으려고 하면 어떡하지? 그건 종종 일어나는 일이었다. 농인 세계 또한 청인들의 세계와 마찬가지로 때로는 사소한 것들이 중요하게 여겨졌고, 누구의 수어가 가장 '순수한지'에 따라 계급이 나뉘곤 했다. 올해 새로 들어오는 학생이 몇 있긴 하지만 고등학생은 찰리뿐이었다. 접시를 기울여 남은 수프를 싹싹 비운 페브러리는 찰리를 위해 누구를 부를지 결심했다. 찰리가 친구들과 잘 어울리게 도와줄 것이 제일 확실한 아이, 바로 오스틴 워크맨을 찰리의 멘토로 두기로.

밤이 되자 공기가 시원해졌고 학교에 돌아온 학생들로 가을 분위기가 물씬 더해졌다. 페브러리는 지붕에 있는 창을 열어젖혔다. 공기가 상쾌해졌지만 나방도 함께 들어왔다. 천장에 달린 등을 끄고 침대

맡에 있는 램프를 켰다. 그녀는 엄마에게 문자를 보내 잘 자라는 인사를 했고 멜에게도 전화를 했지만 멜은 전화를 받지 않았다. 내일 일정에 오스틴과의 면담을 등록한 뒤 그녀는 그제야 휴대폰을 옆으로 밀쳐두었다. 그러고는 드디어 앤티크한 방 분위기에 어울리게, 짐을 싸는 마지막 순간 가방 안에 던지듯 챙겨 넣은 소설책을 집어 들었다.

책은 프랑스 여행 중 닥친 조난에 관한 이야기였다. 중요한 날을 앞두고 낯선 곳에서 자는 밤이니 어쩐지 불안해 잠이 오지 않을 것만 같았다. 책장을 넘기며 거친 바다의 물결을 따라가던 페브러리는 어느새 잠이 들고 말았다.

오스틴 워크맨-바야르에게 청각장애는 집안 대대로 이어져 내려오는 가보였다. 그의 고조할아버지 이야기는 농인 커뮤니티에서는 전설이나 마찬가지였다. 청인들 세상의 전쟁 영웅 이야기처럼 말이다. 1886년 10월 추적추적 비가 내리던 밤, 허버트 워크맨과 클라라 해밀은 어둠과 안개 속에 숨어 귀머거리, 벙어리, 소경, 정신병자를 위한 미시간 수용소에서 탈출했다. 그곳에서는 일어날 수 있는 온갖 끔찍한 일이 일어났다. 대화를 하지 못하게 손이 묶였고 수어를 사용하면 그에 대한 벌로 음식과 물을 빼앗겼다. 음식을 훔치거나 도망가려다 잡히면 몽둥이나 허리띠로 흠씬 두들겨 맞았다. 한 선생은 허버트의 바지에 손을 넣으려 했다. 버키라는 친구가 수술 이야기를 해주었을 때 그들은 결국 그곳을 떠나기로 했다.

버키는 농인은 아니었고 미친 사람 중 하나였다. 그들은 그걸로 자주 농담을 하곤 했다. 허버트와 클라라는 목소리를 들을 수 없어 간혔고 버키는 너무 많이 들려 갇혔다고. 버키는 사람들이 내지르는 비명도 들을 수 있었다. 어느 날 저녁 식사 시간, 버키는 허버트의 손바닥에 글씨를 써, 그가 있는 건물에서 벌써 여섯 명이 강제로 불임수술을 당했다는 사실을 알렸다. 농인들에게도 수술을 할지 누가 알겠는가? 허버트와 클라라보다 나이가 많은 버키는 예전에 그런 일이 벌써 있었다고 했다. 두 사람은 지하실 계단 아래 그들만의 비밀 공간에서 버키의 경고를 곱씹었다. 버키가 괴짜인 건 사실이었다. 하지만 생각해보면 버키도 똑같이 보호시설에 갇힌 신세였고 버키가 그들에게 이상한 짓을 한 적은 한 번도 없었다. 산업혁명 시대, 사랑에 빠진 두 청춘은 마침내 나흘 치 식량을 비축해 남쪽으로 달아났다. 오하이오 경계를 넘어 콜럼버스에 도착할 때까지 걷고 또 걸었다. 교회 계단에서 쪽잠을 잤고 돈을 구걸했으며 근근이 일을 했고 결국 한 방직공장에서 말하지 못하는 일꾼을 쓸 수 있다는 점을 마음에 들어 한 감독관을 만나게 되었다.

클라라는 직기 다루는 법을 배웠고 허버트는 보일러에 불을 지피기 위해 석탄을 퍼 날랐다. 그들은 어느 술집 위에 딸린 작은 방을 빌려 살았는데 밤마다 술집에서 일어나는 싸움 소리 때문에 집세가 쌌다. 어차피 소리를 듣지 못하니 문제가 될 게 없었다. 그렇게 차근차근 그들은 세상을 향해 나아갔다.

이윽고 GE에 일자리를 구한 그들은 신시내티로 이사를 했고 그곳에서 아들을 둘 낳았다. 아들 잭과 존은 중학교를 졸업한 뒤 신시내티에 있는 생산 라인에 취직했다. 형제는 나란히 붙어 있는 집을 샀고, 대공황 때는 임금이 삭감됐지만 곧 다시 한번 자신들의 가치를 증명했으며, 전쟁통에는 주말이면 우체국에 일손을 보태 우표 아래 숨겨진 적의 마이크로필름을 찾아내기도 했다.

잭은 독신으로 남아 신시내티 농인 사교 모임에서 자신의 화려한 깃털을 연신 뽐낸 반면 존은 결혼해 아들을 낳았다. 아들 윌리스는 잭과 존의 집을 오가며 자랐고 고등학교를 졸업한 뒤에는 가족들이 다니는 공장에 취직했다. 그는 감독관의 속기사였던 빨간 머리와 잠시 연애를 했는데 오래가지는 못했다. 윌리스가 대화를 나눌 수 있는 사람을 원했기 때문이었다. 그 사실을 깨닫고는 윌리스 자신도 조금은 놀라고 가슴이 아팠다. 어쨌든 그는 엄마와 이모에게 여자 농인 모임의 크리스마스 파티에서 실력을 좀 발휘해달라고 부탁했다.

이제 로나 러빈 얘기를 해보자. 대학을 졸업한 로나는 리버밸리에서 역사를 가르치고 있었는데 리버밸리는 수용소가 아닌 진짜 학교에 가까운 곳이었다. 로나는 말하기에도 능숙했다. 적어도 식당에 갔을 때 청인들이 로나의 말을 알아들을 수 있었다는 뜻이다. 그녀는 윌리스보다 똑똑했고 그 점이 윌리스를 두렵게 하기도 했지만 동시에 매혹했다. 윌리스의 엄마는 아들에게 자신의 약혼반지를 주었는데 그는 그것을 쓰지 않고 돈을 모아 할부로 다이아몬드 반지를 샀다.

그들의 결혼은 농인 커뮤니티 안에서 큰 화제가 되었고—지금까지도 워크맨 집안은 꽤나 유명하다—결혼식 날엔 싸구려 밴드를 불러 밤새도록 술판을 벌였다. 1년이 채 지나지 않아 둘 사이에는 딸 베스가 생겼다. 베스의 교육에 매우 엄격했던 로나는 딸을 갤러뎃 대학에 보내기 위해 줄일 수 있는 지출은 모두 줄였다. 베스의 학교생활은 평탄했고 2학년 때는 인지과학과의 학생회 대표를 맡기도 했다. 그리고 바로 그 학생회 활동의 일환으로 다른 학교 학생들을 만났던 모임에서 오스틴의 엄마 베스는 청인 남자와 사랑에 빠져버렸다.

헨리 바야르는 대학원생에 수어에도 능한 통역사였고 농인 문화에 지나칠 정도로 열성을 보였음에도 순수 농인 집안인 베스 워크맨

가족들에게는 그다지 달갑지 않은 존재였다.

워크맨가의 5대 농인 후손인 오스틴이 태어나던 날, 온 가족이 모여 여느 집들이 그러하듯 새로 태어난 아기가 집안의 특징을 물려받은 것을 몹시 기뻐했다. 가족들의 크나큰 사랑을 받으며 수어에 둘러싸여 행복한 유년 시절을 보낸 오스틴은 늘 쾌활하고 자신감 넘치는 소년으로 성장했다. 자신의 존재를 있는 그대로 이해받아본 사람만이 가질 수 있는 그런 모습으로 말이다. 트라이 카운티 농인 커뮤니티 안에서도 사랑을 듬뿍 받으며 자라났다.

지금도 오스틴이 학교에서 힘든 일을 겪거나 잘못해 혼이 날 때면 전설 같은 그의 조상들 이야기가 들먹여졌다. 농인들에게 적대적인 이 세상에서 인내와 불굴의 등불처럼 살았던 그들 말이다. 그리고 그 각각의 이야기가 지니는 교훈은 바로 오스틴은 운이 좋다는 것이었다.

오스틴도 그러한 사실을 잘 알고 있었다. 학교에서 만나는 선생님들과 친구들만 봐도 알 수 있었다. 친구들은 가족들과 함께 있을 때도 외로움에 떨었고 친구들의 엄마는 자신이 온전치 못한 아이를 낳았다는 사실에 슬피 울었으며 외과의사와 테라피스트도 그들을 가만히 내버려두지 않았다. 그러나 오스틴에게는 그가 얼마나 완벽한지 한결같이 속삭여주는 엄마가 있었다.

하지만 그런 엄마조차 이번 여름 동안에는 오스틴이 조금은 덜 천사 같다고 느끼는 듯했다. 그녀의 배가 불러오고 입덧이 심해질수록 아들에게 화가 나는 일이 잦아졌다. '실수로 생긴 아기', 무심코 그렇게 내뱉은 엄마가 황급히 말을 주워 담았다. 물론 오스틴의 부모님은 아이를 원했다. 다만 지금 당장 지붕 수리에 들어갈 돈이 부족한 것, 그게 문제였을 뿐 오스틴이 걱정할 일은 아니었다. 그러다 엄마가 불쑥 울음을 터뜨렸다. 뒤뜰에서 어쩔 줄 몰라 하는 아들을 발견한 아빠가 호르몬 문제일 뿐이라며 달랬지만, 자신의 왕성한 식욕이 가족의 생활비에 부담인 것은 분명했기에 오스틴은 기분이 울적했다.

지금은 오하이오 남부의 늦은 8월, 오스틴의 엄마는 임신 8개월 차였고 날이 무척 뜨거웠다. 그녀는 요리를 할 때도, 차에서 집 문 앞까지 고작 몇 걸음을 뒤뚱거리며 걸을 때도, 거실 소파 위에 미동도 하지 않고 누워 있을 때도 땀을 흘렸고 엉킨 머리카락은 양파 껍질처럼 머리에 딱 달라붙었다. 큼직한 남편 티셔츠를 입었는데도 배 부분이 꽉 끼었고 툭 튀어나온 배꼽 주변은 땀에 젖었다.

그 모든 게 오스틴을 불안하게 했다. 자기도 모르는 사이에 하루빨리 새 학기가 시작되어 기숙사로 돌아갈 수 있기를, 그래서 머리를 식힐 수 있기를 바라고 있었다. 오스틴의 집은 학교에서 불과 30분밖에 떨어지지 않은 곳에 있었지만 그의 엄마도, 엄마의 부모님도 모두 기숙사에서 지냈었다. 수용소 시절까지 포함하면 4대가 그런 셈이었다. 모든 가정은 자기들만의 전통이 있지 않은가. 오스틴의 부모님은 아들에게 농인 친구들과 함께 생활하는 것이 그의 사회성에 중요하다고 말했다. 오스틴의 선생님은 그가 평생에 걸쳐 수어를 접할 수 있었던 환경이 다른 아이들은 누리지 못한 커다란 축복이라며 그가 학급에서 언어적으로 롤 모델이 된다고도 했다. 학교에서 그렇게 가까운 곳에 살면서 좋은 집을 놔두고 기숙사에서 지내는 일을 늘 못마땅하다고 생각해왔던 오스틴은 이제야 집안의 전통에 몹시도 감사했다.

오스틴은 2주 전부터 짐을 싸기 시작했다. 전에는 없던 일이었다. 그리고 이내 그것이 경솔한 짓이었다는 걸 깨달았다. 오스틴과 아빠가 세탁 담당이었는데 갈아입을 옷이 빠르게 바닥나버려, 매일 아침 속옷과 티셔츠를 찾아 여행 가방을 뒤져야 했기 때문이다. 그러다 모든 게 헝클어지고 엉망이 되자 그는 결국 가방을 뒤집어 바닥에 옷을 다 꺼내놓을 수밖에 없었다.

오스틴이 학교로 돌아가는 날 아침, 아빠는 옷 무더기 속에서 바지를 찾아 헤매는 아들을 발견하고는 잠시 혼내야 할까 고민하다가 결국 더미 한쪽 끝에 있는 반바지를 낚아채 아들에게 던졌다.

고마워요.

30분 후에 떠날 거야.

트럭에 침구를 먼저 싣고 있으마.

오스틴은 바지를 입고 여행 가방을 펼쳐 옷들을 다시 주워 담기 시작했다. 차에 타려는 순간, 그제야 오스틴은 학교에 가면 기다리고 있을 문제가 불쑥 떠올랐다. 살얼음판 같던 집에서 탈출하려는 데만 급급했던 나머지 떠들썩했던 연애와 그 뒤에 일어났던 온갖 드라마를 전부 잊고 있었던 것이다.

오는 거니?

오스틴은 엄마를 위해 앞문을 열어준 뒤 뒷좌석으로 가 앉았다.

방을 다 어질러놔서 죄송해요.

걱정하지 말렴, 이번 주말에 그것 말곤

네가 할 일이 없었잖니!

그 순간 오스틴은 아빠가 자기 머릿속을 들여다보고 헤어진 일을 놀리는 걸까 의심이 들기도 했지만, 부모님에게 그 얘길 했었는지 기억이 나질 않았다. 아빠가 리버밸리에 있는 친구들을 통해 소문을 들었는지도 모르겠지만 말이다. 아빠는 더는 말이 없었다. 하지만 열쇠를 꽂아 차에 시동을 거는데 다른 손이 *하, 하* 하며 웃고 있었다. 웃음소리를 나타내는 수어를 본 오스틴은 문득, 사람의 웃음소리는 어떤 걸까 다시 궁금해졌다.

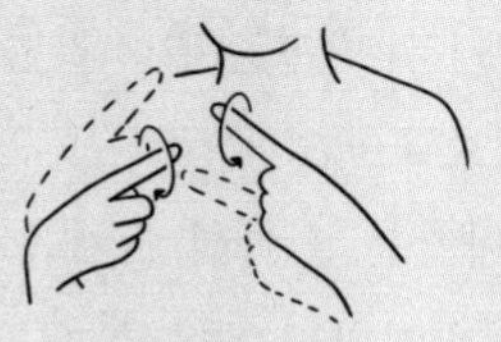

세 가지 일

미국 수어의 명사, 동사, 부사

알고 있었나요?

수어는 동작의 횟수나 성질에 따라 각각 명사, 동사, 부사로 다르게 표현될 수 있으며 한 번에 복합적인 정보를 제공할 수도 있다. 이러한 문법적 특징 때문에 때로는 수어가 구어보다 더 경제적이기도 하다.

명사: 작은 범위의 동작을 두 번 반복한다. 예를 들어 양손의 검지와 중지를 다른 한쪽 손 위로 톡톡 두드리면 **'의자'**라는 뜻이 된다.

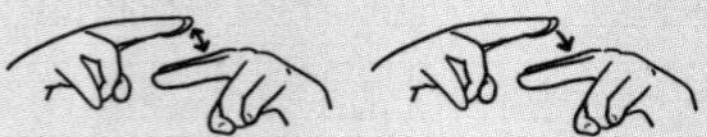

동사: 비교적 큰 범위의 동작을 한 번만 한다. 때때로 이 손짓은 현실 생활에서 쓰이는 동작을 반영해 변하기도 한다(**참조: '컵'→'마시다'**). 여기서는 한쪽 손의 검지와 중지를 다른 쪽 손에 얹어 동사 **'앉다'**를 표현한다. 손에 힘을 실어 심각한 표정을 더하면 **'앉아'**라는 지시어가 된다.

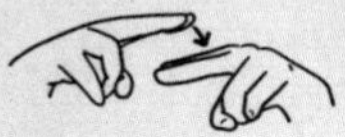

부사: 서술할 정보가 많을 때는 동작을 변형하거나 추가하기도 한다. 가령 **'오랜 시간 동안'**이라는 정보를 전달하려면 양손의 검지와 중지를 천천히 빙글빙글 돌리는 동작을 추가하면 된다. (**참조: '일하기' '앉아 있기' 참고**)

이제 연습해보세요! '공부' 라는 기본 수어를 이용해, 공부를 열심히 혹은 오랫동안 했던 때에 관해 옆 사람과 얘기해보세요.

찰리는 어렸을 적 유치원에서 배웠던 놀이에 좋은 기억을 갖고 있었다. 덜 방치되었고 괴롭힘도 없었으며 간식 시간과 색칠, 종이 자르기 같은 놀이들을 했다. 그녀는 친구들보다 늘 뛰어났다. 하지만 의사들이 장담했던, 이식 수술만 하고 나면 언어 습득 능력이 좋아질 거라던 그런 일은 좀처럼 일어나지 않았다. 작고 하얀 방에서 한동안은 진전이 있기도 했다. 찰리는 침을 잔뜩 튀기며 말을 하던, 선의를 가진 금발 머리 여자와 테이블을 가운데 두고 마주 앉았다. 찰리는 그 여자와 함께 입 모양을 만들고 촛불을 불어 공기의 흐름을 만드는 법을 배웠고 코를 쥐거나 숟가락을 뒤집어 혀를 누른 채 말하는 법도 연습했다. 하지만 치료사의 방을 나서면 너무 많은 소음에 그 소리들을 다 이해한다는 것이 불가능해졌다. 찰리의 교실은 시끄러웠고 그 소란 속에서 치료사와 함께 연습한 단어들을 찾기란 너무나 어려웠다.

결국 문제가 나타나기 시작했다. 친구들은 읽고, 철자를 말하고,

리듬에 맞춰 묻고 답하는 놀이를 통해 덧셈도 배우기 시작했다. 찰리에게 그 놀이는 그저 분간할 수 없는 소리들의 진창으로 들렸다. 선생님들은 찰리가 잘 따라오지 못할 때면 집중하지 못한다며 찰리를 꾸짖었고 엄마에게 찰리가 혹시 '다른 장애'가 있는 건 아닌지 우려를 표했다. 찰리는 질문이 뭔지도 몰랐기 때문에 답을 할 수 없었다는 것을 어떻게 설명해야 좋을지 몰랐다.

찰리는 엄마가 '주문'이라고 부르는 그것에 걸리는 일이 잦아졌다. 선생님들은 그것을 '품행'이라고 불렀다. 아이라고 해도 완전히 점잖은 행동만 용인된다는 듯 말이다. 물론 찰리는 그게 뭐라 불리든 신경 쓰지 않았고, 바로 그 점이 문제이기도 했다.

이제는 그때의 소동이 기억 속에서 거의 사라졌지만 몇몇 장면은 여전히 찰리의 마음에 남아 있었다. 타일 바닥 위에 붙어 있는 찰리를 떼어내려던 선생님, 그 손아귀에서 벗어나려고 발버둥 치던 일, 눈물과 가래, 울화통이 뒤섞인 열기, 이마에서 배꼽으로 타고 내려가던 불에 덴 듯한 통증. 무엇보다 혀끝에 맴도는 단어를 내뱉고 싶은데 도저히 되지 않을 때의 기분. 모든 단어가 그랬고, 찰리는 그 때문에 특수반에 가게 된 것이었다.

특수반에서 찰리는 대부분의 시간에 혼자 있었다. 그곳에는 책상과 문제집, 프레첼, 물, 빨대가 달린 물컵이 준비돼 있었다. 찰리보다 훨씬 더 어린 누군가를 위한 것인 듯했다. 아마도 선생님들은 찰리를 위한 다른 계획을 세웠겠지만, 하루가 멀다 하고 위급한 일들이 벌어졌다. 선생님들은 아이들을 먹이고, 씻기고, 화장실 훈련을 하고, 동시에 화가 날 때면 딱딱한 벽에 앞니를 쿵쿵 갖다 박는 남자아이를 곁눈으로 주시해야 했다.

찰리의 새로운 친구 중 한 여자아이는 변기, 음식, 음료수, 장난감

등의 작은 그림이 잔뜩 그려진 플립 북[*]을 자기 허리에 차고 다녔다. 찰리는 그 대담하고 생기 넘치는 그림이 좋아 자기에게도 만들어주었으면 하고 바랐지만 그런 일은 일어나지 않았다. 그러다 어느 날 오후 그 여자아이가 찰리에게 다가와 레고 그림을 보여주었고 어느새 둘은 카펫에 앉아 함께 탑을 만들었다. 찰리는 그 여자애 말고 다른 친구들과는 어울리지 않았다. 공작용 테이블에서 어떤 남자애가 제일 좋아하는 자리에 앉았다가 할큄을 당한 일이 다른 아이들과의 유일한 교류였달까. 선생님은 찰리의 옷에 소독약을 발라달라는 쪽지를 붙인 다음 보건 선생님에게로 보냈다.

찰리의 '품행'은 절대로 이해할 수 없는 파닉스 문제를 만나자 자제력을 잃고 말았다. 특수반은 이런 순간들을 위해 대비가 되어 있었다. 찰리는 **침묵의 방**으로 보내졌다. 파란색 체육관 매트가 깔린 텅 빈 벽장. 찰리는 그 침묵의 방을 싫어했다. 침묵하는 건 어렵지 않았다. 다만 그 방이 찰리의 마음을 안정되게 해주지는 못한다는 게 문제였다. 벽장에는 조그만 창이 나 있었는데 너무 높이 달려 있어 찰리는 바깥을 볼 수 없었다. 선생님이 다른 위기 상황에 대처하느라 정신이 팔려 자기를 두고 가버릴까 봐 걱정이 되어 참을 수 없었다. 영원히 갇히지 않으려면 주문에 걸리지 않아야 한다는 걸 찰리는 깨달았다. 그래서 화가 날 때도 화를 조금씩 조금씩 삼키는 법을, 운동화 속에서 발가락을 꼭 말고 어금니를 꽉 무는 법을 터득하기 시작했다. 그러자 침묵의 방에 가는 횟수가 차츰 줄어들었다. 그러나 선생님의 지도도, 어울릴 친구도 없었으니 학습에는 여전히 진척이 없었다. 어떤 날에는 하루 종일 대화를 나눈 사람이 언어치료사뿐일 때도 있었다.

[*] 연결된 동작이나 장면을 연속으로 그린 책. 빠르게 책장을 넘기면 그림들이 살아 움직이는 것처럼 보인다.

그런데 찰리를 구한 것은 뜻밖에도 겉으로 보이는 모습에 대한 엄마의 집착이었다. 콜슨 사람들은 말이 많았고, 특수반에서 제공한 오렌지색 안전 조끼를 입고 버스 정류장에 서 있는 찰리를 이웃들이 목격한 것이다. 그 행색과 소문, 딸의 정신 상태에 대한 호기심 가득한 질문들은 엄마에겐 너무나 가혹했고 결국 엄마는 학교로 들이닥쳐 모든 걸 되돌려놓았다. 저항은 거의 없었다. 애초에 특수반 선생님들은 찰리의 반 이동을 반대했던 터였다. 어쨌거나 찰리는 일반 학급으로 돌아가게 되었다. 하지만 성적은 떠나 있던 시간을 고스란히 반영했고 친구들과 선생님들은 찰리를 의식했다. 관심을 꺼주었으면 하는 반 친구들은 찰리가 원치 않는 방식으로 지나치게 관심을 보였고 선생님들은 그 반대였다. 재정이 쪼들리는 공립학교에서는 보충 수업을 해주거나 학생들을 충분히 돌봐줄 여유가 없었으며 그 한정된 자원을 찰리에게 낭비할 수도 없었다. 그들은 찰리가 학교를 제때 떠날 수 있게 다음 학년으로 서둘러 넘기는 방식으로 찰리를 체념해버렸다.

처음부터 리버밸리에 다녔더라면 어땠을까? 찰리는 아빠와 함께 기숙사에 들어서며 생각했다. 학생들과 가족들로 떠들썩해진 캠퍼스는 지난번 저녁에 들렀을 때와는 사뭇 다르게 보였다. 진입로는 혼잡했고 잔디밭에서는 어린아이들이 뛰놀았으며 초조한 학부모들이 옹기종기 풀밭 위에 앉아 이야기를 나누고 조금 큰 아이들은 축구를 하거나 서로의 휴대폰을 보여주며 놀고 있었다. 사방에서 지난여름에 뭘 하고 지냈는지 떠들어대는 손과 팔이 부산스럽게 움직였는데, 가까이에 있는다 해도 그 속도라면 찰리는 그들이 하는 말을 전혀 알아들을 수 없을 것 같았다. 첫 수어 수업이 있던 날 저녁에 우뚝 선 석조 건물이 풍겼던 마법의 성 분위기는 주변의 소란에 다소 희석되었지만, 그 많은 수어에 둘러싸여 있으니 찰리는 다른 종류의 마법을 목격하고 있는 듯한 기분이었다.

여자 기숙사 앞에 도착한 찰리와 아빠는 정차 구역에 차를 세우고 아이디카드와 방 배정표, 수업 시간표, 캠퍼스 지도 등이 담긴 폴더를 챙겼다. 기숙사 안에서 관리인이 캔버스 천으로 된 세탁물 카트를 끌고 나오고 있었다. 아빠가 찰리의 짐을 내리는 동안 찰리는 쓸모 있어 보이려 애를 쓰며 차 트렁크 옆에 서 있었다. 아빠는 여행 가방 두 개, 학교 준비물이 담긴 백팩, 새 침대 시트와 이불, 베개, 샤워용 바구니, 세탁 바구니, 수건, 헤어드라이어, 오버슈즈를 담은 투명 플라스틱 가방 세 개, 그리고 부모님이 '기숙학교로 떠나는 선물'로 사준, 아직 뜯어보지도 않은 새 노트북 상자까지 차례차례 내려놓았다.

녹색이 감도는 누런 형광등 아래 어두침침한 기숙사 실내는 찰리가 상상했던 것과는 아주 달랐다. 찰리는 이런 일로 실망하지 말자고 스스로를 다독였다. 작은 로비에는 보안 데스크가 있었다. 평상시에는 아이디카드가 있어야만 출입할 수 있지만 오늘만 특별히 문을 열어둔 것 같았다. 새삼 갑자기 불안해졌다. 찰리는 집 열쇠를 들고 다닌 적이 없었다. 엄마는 찰리를 위해 늘 쪽문을 열어두었다. 경비원에게 배정된 방 호수가 적힌 종이를 건네자 그가 기다란 중앙 복도 쪽을 가리켰다. 아빠가 카트를 밀며 앞장선 딸을 따라갔고 찰리가 호수를 확인해가며 116호를 찾았다. 116호 앞에 서자, 누군가가 예쁘게 꾸민 **케일라와 샬럿**이라는 이름표가 문에 붙어 있었다.

으웩.

찰리가 얼굴을 찌푸렸다. 찰리는 그녀의 이름을 줄여 부르지 않고 전부 쓰는 걸 싫어했다. 문에 카드를 갖다 댔지만 열리지 않았다. 서너 번 더 갖다 대자 그제야 문이 열렸다.

찰리는 짐을 별로 가져오지 않았다고 생각했다. 1년을 기숙사에서 머문다는 것을 생각하면, 주말에는 집에 들른다고 하더라도 **그렇게** 많은 짐은 아니었다. 그런데 무거운 카트를 밀며 방에 들어서고 보니, 벌써 도착해 텅 빈 침대 위에서 책상다리를 하고 앉아 있는 룸메이트에겐 짐이라고 할 만한 게 거의 없었다. 머리를 땋아 올린 그 애는 어두운 피부에 까만 머리, 다부진 몸을 가진 아이였다. 그 애는 앉아 있었는데도 찰리는 그 애가 자기보다 키가 훨씬 더 크다는 걸 알 수 있었다.

안녕.

룸메이트가 말했다.

난 케일라야.

문에 그 애 이름이 붙어 있는 게 천만다행이었다. 케일라의 수어가 너무 빨라서 찰리는 하나도 알아듣지 못했다.

난 찰리.

수어 이름은?

수어 수업에서 '수어 이름'이란 걸 배운 적이 있었다. 그건 농인들이 서로를 부를 때 쓰는 이름이었다. 찰리는 고개를 저었다.

내 이름은, 뺨-위에-K.

보조개가 들어가는 자리에 손가락으로

K를 그리며 그녀가 말했다.

반가워.

나도.

케일라는 그렇게 반가워하는 것

같진 않았다.

짐 푸는 거 도와줄까?

카트를 가리키며 아빠가 물었다.

아뇨, 괜찮아요. 고마워요.

그래.

아빠가 수어로 말했다.

아빠는 괜히 신발을 내려다봤다.

그럼 난 이제—

네, 아빠, 고마워요.

서로를 꼭 안자, 찰리는 아빠의 심장이 빠르게 뛰는 걸 느낄 수 있었다.

필요한 게 있으면 언제든 연락하렴.

알겠어요.

사랑한다.

저도요.

찰리는 아빠를 따라 나가고 싶은 마음이 드는 걸 꾹 참았다. 찰리는 집이 아닌 곳에서 자본 적이 별로 없었다. 서로의 집에 가서 밤을 새우며 놀고 할 만큼 친한 친구가 없었으니까. 제퍼슨에서 좀 더 버텨야 했던 게 아닐까 하는 생각이 밀려왔다.

괜찮아?

찰리가 고개를 끄덕였다.

그럼 문 좀 닫아줄래?

찰리가 문을 닫고 주변을 둘러보았다. 방 안에는 데칼코마니처럼 양쪽에 똑같은 옷장과 침대가 하나씩 있었고 책상 한 개는 문 옆에 한 개는 창문 옆에 있었는데 작은 텔레비전이 하나 왼쪽 벽에 놓여 있었다. 먼저 온 룸메이트가 그쪽을 택한 건 자연스러운 선택이었다. 그런데 케일라의 짐은 이게 다라고? 짐은 나중에 따로 오는 건가 생각한 순간 옷장 서랍 바깥으로 한쪽이 삐져나온 바지와 자기 책상이 라고 찜한 듯 의자에 걸어놓은 백팩이 보였다.

너 ___야?

뭐?

___냐고?

뭐라고?

찰리는 당황해 어쩔 줄을 몰랐다.

무슨 말인지 모르겠어. 입술 읽을 수 있어?

찰리가 소리 내어 크게 말했다.

케일라가 한숨을 푹 내쉬었다.

ㅂ-ㅜ-ㅈ-ㅏ 냐고. 부자.

케일라가 지화로 말했다.

케일라는 찰리의 짐을 가리키며 그들 사이의 허공에 무더기를 뜻하는 듯한 그림을 그렸다.

부자.

찰리가 수어를 따라 했다.

뭐? 나? 아냐.

케일라는 별다른 대답을 하지 않았다. 찰리도 뭐라 해야 할지 몰라 그냥 카트에서 짐을 내려 침대 위에 올렸다.

그때 머리 위에서 불빛이 번쩍거렸다. 불이 난 거라 생각한 찰리는 놀라 자리에서 펄쩍 뛰어올랐다. 케일라가 덤덤하게 일어나 문을 열었고 그 앞엔 관리인이 리넨을 한 아름 들고 서 있었다. 어려 보이는 여자 관리인은 쾌활한 표정에 생김새나 행동이 엄마와 함께 일하는 미인대회 소녀들과 크게 다르지 않았다. 물론 엄마와 퀸카들의 세상은 이제 몇억 광년 떨어진 것처럼 멀게 느껴지긴 했지만. 케일라는 그 여자에게 친근하게 달라붙었고 여자도 한쪽 팔로 케일라를 꼭 안았다 놓았다. 둘은 수어로 수다를 떨었는데 찰리는 그 현란하고 빠른 손짓을 한마디도 알아들을 수가 없었다. 이윽고 여자는 케일라에게, 리버밸리 학교의 파란색 도장이 희미하게 찍힌 시트 한 세트를 건넸다.

여자가 찰리를 보며 뭐라고 말했다. 그녀가 이내 돌아서서 가는 걸 보니 찰리의 어색한 미소와 손 흔들기가 충분한 답이 된 듯했다.

잠시만요.

이어지는 케일라의 말을 찰리는

이번에도 이해하지 못했다.

여자가 고개를 끄덕이며 팔에 팔찌처럼 차고 있던 종이테이프를 길게 떼어 케일라에게 주었다.

고마워요.

여자는 엄지를 세워 보이고는 떠났다. 찰리는 케일라가 주머니에서 뭔가를 꺼내 조심조심 펼치는 모습을 지켜봤다. 잡지에서 뜯어낸 듯한, 밝은 노란색 농구 저지를 입은 여자의 사진이었다. 케일라는 종이테이프를 여덟 조각으로 뜯어낸 뒤 그 두 장의 사진을 벽에 붙였다. 그러고는 침대보를 정리하다가 동작을 멈추고 고개를 들었다.

왜?

아냐.

찰리는 자신이 룸메이트를 빤히 쳐다보고 있었다는 걸 깨닫고 사과했다.

미안해.

케일라는 어깨를 으쓱했고 찰리도 침대에 새로운 시트를 깔고 정리하기 시작했다. 찰리가 옷장에 옷을 걸고 있을 때 케일라가 불빛을 깜박여 찰리를 불렀다.

음식-저녁?

그렇다, 저녁! 배가 고프진 않았지만, 구내식당은 조금 있으면 닫을 것이고 혼자서는 가는 길도 몰랐으니 지금 알아둬야 할 것 같았다. 옷더미를 뒤져 카드를 챙기고 룸메이트를 따라나섰다.

학생들은 대부분 기숙사에서 지낼 거라 생각했었는데 식당에는 전체 재학생의 절반 정도밖에는 없었다. 다 합해야 75명쯤 될까? 사감 선생님을 따라 나온 학생들 중 아주 어린아이들은 울어서 퉁퉁 부은 눈을 하고 있었다. 그 아이들을 뺀 학생들은 대개 서로 잘 아는 사이라 금세 예전처럼 편안히 어울리는 듯했다. 찰리는 어린 시절의 자기라면 어땠을까 생각했다. 부모님이 차를 타고 떠날 때 울었을까? 아니면 모든 걸 이해할 수 있는 세상으로 돌아와 기뻤을까? 찰리는 초등학교 고학년 아이들의 얼굴을 죽 둘러보았다. 눈물 자국이 보이는 아이는 없었다. 조금 큰 아이들은 어린아이들보다는 학교에서의 시간이 더 짧게 느껴질 것이었다. 그리고 어쨌든 작별 인사에도 더 익숙할 테고. 아니, 어쩌면 그들에게 가족이 사는 '집'은 그 의미가 달라진 지 오래고 사전적 의미만 남았을지도 몰랐다.

중학생들이 앉은 건너편 테이블에선 한 무리가 어떤 여자애를 둘러싸고 서로의 팔꿈치를 맞댄 채로 여자애의 휴대폰 속 영상을 보고 있었다. 그리고 그 옆에 찰리의 반 친구들이 있었다. 무리에서 떨어져 나와 손을 잡고 있는 몇몇 커플이 있었고 또 어떤 아이들은 자기들끼리 잡담을 하고 있었지만 대부분은 한 소년을 중심에 두고 모여 있어 마치 소년의 중력에 이끌려 도는 별자리처럼 보였다. 소년이 찰리 쪽을 등지고 있어 얼굴은 보이지 않았다.

교장 선생님은 찰리에게 수어를 익히기에 좋으니 기숙사에서 지낼 것을 권했는데, 찰리가 보기에 거기 있는 아이들은 다들 수어가 유창했다. 그런데 왜 굳이 기숙사에서 지내는 거지? 찰리는 궁금했다. 방으로 돌아가면 케일라에게 물어봐야겠다고 생각했다. 하지만 저녁을 먹은 뒤 케일라는 노트북을 가져온 다른 여자애랑 넷플릭스를 보러 휴게실로 가버리고 말았다. 찰리는 그녀의 방문 앞에 서서 다른 여자아이들이 긴 여름방학 뒤에 서로를 반갑게 맞이하고 껴안고 인사하고 수어로 떠드는 모습을 지켜보았다. 한 명과 눈이 마주치자 허둥대다 문을 쾅 닫고 방 안으로 들어와버렸다. 방에 혼자 남겨진 찰리는 심장이 죄이고 빠르게 뛰며 기분이 울적해졌지만 감히 다시 밖으로 나갈 생각은 들지 않았다. 룸메이트와 일대일로 하는 수어도 이해하지 못하는데 여자아이들이 무리로 정신없이 떠드는 수다에 끼는 건 불가능한 일이었다. 이제 그 여자아이들은 찰리를 못된 애라고 생각하겠지만 멍청하다고 생각하는 것보단 나았다. 그건 내일 해결할 문제였다.

찰리는 배낭 깊숙한 곳에 넣어둔 마리화나 젤리를 꺼냈다. 제퍼슨에 다닐 때 가끔 만나서 놀던 카일이 준 것이었다. 지금 카일은 뭘 하고 있을까 궁금해진 찰리는 문자를 보내볼까 하다가 그만두었다. 엄마 말 중 하나는 옳았다. 리버밸리에 온 건 모든 걸 새로 시작할 수 있는 기회였다. 입속에 노란 곰 하나를 집어넣고 파자마로 갈아입은 뒤 누워 기다렸다. 불안증이 가라앉거나 잠이 오거나, 둘 중 하나가 어서 오기를.

오스틴은 부모님과 함께 기숙사에 도착했다. 오스틴과 아빠가 차에서 짐을 내릴 동안 엄마는 휴게실 소파 천에 붙은 보풀을 뜯어내고 있었다. 작년과 다른 층에 있는 방을 배정받았지만 내부는 똑같았다. 오스틴은 늘 일찍 도착해 화상 전화가 있는 쪽을 자기 자리로 정하곤 했다. 친구들의 가족은 대개 청인이었고 집에 전화하는 일도 없어 룸메이트보다는 늘 오스틴이 전화를 많이 썼기 때문이다. 부모님은 아들의 이마에 입을 맞추고 기숙사를 나섰지만 오스틴은 배웅을 하려고 다시 부모님의 차 앞까지 따라나섰다.

동생이 태어나면 꼭 전화해야 해요!

오스틴은 부모님의 차가 기숙사를 떠나 사라질 때까지 보도블록 위에 서서 그 모습을 지켜봤다. 방으로 돌아가는데 아빠와 엄마가 벌써 그리웠다. 익숙한 일이었으니 이내 괜찮아지긴 했지만 그렇다고 해서 그리움의 정도까지 줄어드는 건 아니었다. 초등학생 때는 부모님이 떠날 때마다 엉엉 울었고 1학년 때는 꼬박 이틀 동안이나 슬퍼했다. 다시 슬픔이 차오르려고 했지만 그 기분을 얼른 떨쳐내려고 다른 생각을 했다. 학교에 처음 온 다른 친구들은 어땠지? 그 애들도 나처럼 슬퍼했나? 아니면 내가 유독 엄마, 아빠를 좋아해서 더 슬펐던 걸까? 처음으로 구내식당에서 아침을 먹던 때를 떠올려보았다. 친구들의 얼굴을 기억해내려 했지만 흐릿했다.

방으로 올라가 문을 여는 순간, 습한 공기와 담배 냄새가 훅 끼쳤다. 이제 막 도착한 듯한 엘리엇 퀸이 블라인드를 걷어 올리고 창밖에 몸을 기댄 채 잔디 위에 담뱃재를 툭툭 털고 있었다. 지난 학기가 끝날 무렵 교장 선생님이 오스틴에게 엘리엇을 룸메이트로 받아줄 수 있겠냐고 물었을 때 그는 기꺼이 그러겠다고 대답했다. 오스틴은 엘리엇에 대해 잘 알지 못했다. 오스틴은 엘리엇보다 한 학년 아래였고, 기숙사에서 몇 년 지내다 보니 룸메이트와는 친한 친구가 되기보다는 적당히 거리를 두고 우호적으로 지내는 것이 훨씬 낫다는 것을 경험으로 터득했다. 그편이 서로의 신경을 덜 거슬렀다. 오스틴도 엘리엇에 대한 소문을 들었다. 친구들이 엘리엇의 나쁜 사정에 대해 떠들 때는 오스틴도 그저 같이 고개를 끄덕이며 흘려들었다. 그런데 그 소년이 자기 침대로부터 1미터 조금 더 떨어진 곳에서 잔다고 생각하니, 엘리엇의 문제가 곧 자기 문제이기도 하다는 것을 깨닫고 새삼스레 걱정이 되기 시작했다.

뭐 하는 거야?

엘리엇은 외계 생명체라도 보듯 오스틴을 쳐다봤다.

담배 피워. 싫어?

오스틴은 어떻게 하면 범생이처럼 보이지 않고 말할 수 있을까 잠시 고민했다. 싸워야 할까? 아니면 그냥 간접흡연을 하는 게 나을까?

둘 다 별로였다. 그리고 그건 진짜 질문도 아니었다. 엘리엇이 진짜 묻고 있는 건 선생님께 일러바칠 거냐는 뜻이었다.

걸릴걸.

오스틴은 고갯짓으로 문 위에 달린 경보기를 가리켰다.

안 걸려.

엘리엇이 창밖으로 고개를 돌려

담배 연기를 후 내뿜었다.

오스틴은 엘리엇의 귀에서부터 이어지는 흉터를 보았다. 날카로운 실선 모양의 울퉁불퉁한 흉터 부위는 수염이 자라지 못해 하얬다. 한때 물집이 부풀었을 그 흉한 흔적은 티셔츠의 목 부분까지 이어졌다. 하지만 그래서 뭐 어떻다는 건가? 그에 대한 소문이 사실이라 해도, 그게 재수 없게 굴어도 된다는 뜻은 아니었다.

뭐, 알아서 해. 난 저녁 먹으러 간다.

여자애가 벌써 너 찾는다던데.

뭐? 누가 그래?

엘리엇이 웃음을 터뜨렸다. 배를 잡고 낄낄거리는 그의 모습에 오스틴은 얼굴을 찌푸렸다.

농담이야. 아직 아무도 안 만났는데 뭐.

네 표정을 너도 봤어야 하는데.

엘리엇이 오래된 게토레이 병 속으로 꽁초를 던져 넣었다. 담뱃불이 완전히 꺼질 때까지 오스틴은 병에서 눈을 떼지 못했다.

학기가 시작되는 첫날 아침, 찰리는 이를 두 번이나 닦았다. 평생 사람들의 입만 노려본 탓에 신경성 틱 증세가 생겼다. 간밤에는 잠이 오지 않아 새벽이 다 되어서야 잠이 들었는데, 두어 시간쯤 잤을까 땅이 흔들리듯 진동을 울려대는 알람 때문에 소스라치게 놀라며 잠에서 깼다. 집에서 쓰는 시계와는 사뭇 다른 구식 알람시계였다. 찰리는 세면실의 줄이 그처럼 길 수 있다는 것도 미처 예상하지 못했다. 세면대는 네 개인데 학생은 열두 명이었으니 그럴 만도 했다. 어떤 아이들은 둘이 같이 씻기도 했지만 찰리는 누군가에게 같이 쓰자고 말을 걸 수도 없었다. 그런 상황에서도 찰리는 마지막으로 한 번 더 양치한 다음 학교로 급히 뛰었다. 길은 그나마 쉬웠다. 여학생 기숙사와 남학생 기숙사는 수어 수업이 있는 캐넌 홀의 반대편에 위치해 있었다. 교실을 찾는 건 어렵지 않았지만, 안으로 들어서자 학생들은 벌써 다 자리에 앉아 있었다.

찰리가 쭈뼛거리며 들어서자 선생님이 수어로 뭐라고 말을 했는데 그 손짓이 너무 빠르고 유연해 찰리는 지금껏 수업에서 배워온 수어가 전부 자기 발밑으로 빠져나가는 것만 같았다.

죄송해요, 뭐라고 말씀하신 거예요?

찰리가 말했다. 이번엔 선생님이 당황했다.

엇, 찰리는 속으로 생각했다. 참, 선생님도 농인이지. 젠장. 선생님이 다시 수어로 천천히 말해주었다. 제퍼슨에서 청인 선생님이 젠체하는 목소리로 말하는 것과 다를 바 없는 손짓이었다. 전에 분명 본 적 있는 수어였는데. 기숙사 관리인이 말할 때 봤던가? 하지만 아무리 생각해봐도 무슨 뜻인지 떠오르지 않았다.

젠장.

자기도 모르게 찰리가 불쑥 내뱉었다.

회전의자에 앉아 있던 선생님이 칠판 앞으로 갔다.

네 소개를 해보렴.

선생님이 칠판에 썼다.

내 이름, C-h-a-r-l-i-e.

보다시피 난 여자고, 그리고…….

찰리가 다시 구화로 말했다.

입술을 읽을 줄 아는 몇몇 아이들이 킥킥대며 웃었다. 선생님이 *소개*라는 수어를 다시 보여주었고 찰리는 당황했다. 내가 뭘 잘못한 건가? 하지만 선생님이 미소를 지으며 아까 썼던 문장 아래 다시 글씨를 썼다.

환영해, 찰리.

선생님은 "환영해"라는 단어를 분필로 가리키며 아까와 똑같은 수어를 다시 했다. 재밌네, 이 수어가 두 가지를 다 뜻하나 보군, 찰리는 생각했다. 청인 학교에선 소개와 환영, 이 두 낱말은 반대말처럼 보였는데.

점심시간이 되었을 때쯤 찰리는 눈앞을 날아다니는 온갖 수어 때문에 두 눈이 사시가 되는 줄로만 알았다. 둥그렇게 모여 앉은 어른들이 아침으로 뭘 먹었는지 열심히 설명하는 수어 수업은 아늑하게까지 느껴졌다. 교실에서 친구들이 쓰는 수어는 완전히 달랐다. 찰리는 이제 아주 잠깐만이라도 까맣고 텅 빈 벽을 아무 생각도 하지 않고 바라보고 싶었다. 제퍼슨에서도 인공와우를 끄는 법을 터득해 적막 속을 홀로 둥둥 떠다니기 전까지는 점심시간을 좋아하지 않았다. 온갖 왜곡된 소음이 쏟아져 들어와 귀가 너무나 아팠던 것이다. 하지만 이제는 눈을 끌 수도 없는 노릇이었다. 눈을 감고 먹을 수는 없었으니까.

괜찮아, 찰리.

복도에 선 찰리가 스스로를 타일렀다. 가슴이 자기 목소리를 느낄 수 있게 큰 목소리로.

전날 저녁과 마찬가지로 찰리는 손가락으로 가리켜 음식을 주문했다. 언어의 문제가 아니라 식당에 나오는 음식들의 정체를 도대체가 알 수 없었기 때문이었다. 찰리는 가장 구석 자리, 아무도 없는 테이블로 가 혼자 앉았다. 테이블 위에, 누군가가 긁어서 써놓은 낙서를 손으로 따라가며 읽던 찰리는 자기도 모르게 피식 웃었다.

침묵은 금이다

찰리는 앞에 놓인 그레이비소스를 끼얹은 고깃덩이를 자르는 일에 집중했다. 오래된 고기가 각종 화학물질을 덮어쓰고 산업용 오븐에까지 구워져 딱딱하기 그지없었다. 들고 있는 플라스틱 식기로는 절대 잘리지 않을 것 같았다. 포기하고 포크를 내려놓으려는 순간, 고개를 들자 한 소년이 찰리 앞에 서서 그녀의 파일을 휙휙 넘기고 있었다.

야!

찰리가 외쳤지만 물론 누구 하나 쳐다보지 않았다.

찰리는 손을 뻗어 거칠게 파일을 덮었다. 그러자 마치 찰리가 소년의 사적인 공간을 침범하기라도 한 듯 소년이 놀란 표정을 지었다. 소년의 눈동자는 놀랄 만큼 싱그러운 초록빛이라, 만약 그가 멋을 부리는 부류처럼 보였다면 렌즈라고 착각할 정도였다. 찰리가 그를 노려보았다.

소년이 귀 뒤에서 펜을 꺼내 냅킨 위에 썼다.

찰리, 맞아?

찰리가 고개를 끄덕였다.

아침에 널 찾아다녔어, 이어서 그가 썼다.

나? 나…… ㄴ-ㅡ-ㅈ-ㅇ-ㅓ-ㅆ-ㅇ-ㅓ.

늦었어.

늦었어. 찰리가 소년의 수어를 따라 했다.

소년이 냅킨을 뒤집었다.

교장 선생님이 너한테 학교를 안내해주라고 하셨어.

찰리는 뭐라 대답해야 좋을지 몰라 고개를 끄덕였다.

오늘은 안 되고. 내일은 어때?

좋아.

투어.

투어, 찰리가 다시 따라 했다.

좋아.

그가 처음 찰리의 이름을 쓴 쪽으로 냅킨을 다시 뒤집었다.

나……?

소년이 한 손으로 C 글자를 만들어 턱을 톡톡 두드린 뒤 냅킨 위에 쓰인 찰리의 이름을 가리켰다. 찰리의 심장이 빠르게 뛰었다. 이 남자애가 내 이름을 지어주는 게 말이 되는 건가?

나라고?

소년이 고개를 끄덕였다.

찰리가 소년의 펜을 받아 다른 냅킨 위에 썼다. 무슨 뜻이야?

소년이 썼다. 너, 말이 많다고.

찰리는 실망한 티를 내지 않으려 표정을 감췄다. 물론 그가 지어준 찰리의 수어 이름은 구화에 대한 과잉 의존을 뜻하는 것이었다. 그것 말고 소년이 찰리에 대해 아는 게 뭐가 있겠는가?

아냐, 나 말 안 많아.

찰리가 말했다.

하지만 소년이 손가락을 그의 입술에 가져가자 찰리의 머릿속에 순간 전류 같은 게 흘렀다. 인공와우 때문에 생기던 그런 게 아니었다.

찰리.

새로 배운 수어로 찰리가 말했다.

소년이 웃자 크고 새하얀 치아가 보였다. 앞니 두 개 사이로 작은 틈이 보였고 교정을 한 적이 없다는 걸 알 수 있을 만큼 크고 환한 미소였다. 애써 지어 보이는 찰리의 것과는 완전히 다른 종류의 미소.

찰리.

소년이 벤치에서 일어나며 다시 한번
찰리의 이름을 말했고 너를 *지켜보고*
*있다*는 마피아식 손짓을 했다.

그가 떠나고 한참을 찰리는 설렘 반, 불안한 마음 반 상태로 멍하니 앉아 있었다. 제퍼슨에서 찰리는 프레피처럼 보이는 애들은 믿지 않는 편이 좋다고 생각했는데 이 남자애는—젠장, 찰리는 이름을 물었어야 했다는 걸 깜박했다—멋을 부렸다기보다는 샤워를 마치고 막 나온 것처럼 산뜻하다는 말이 더 어울리는 소년이었다. 이 학교는 제퍼슨과는 다른 건지도 몰랐다. 게다가, 그 눈동자.

나머지 오후 수업들도 거의 아무것도 이해하지 못하는 찰리를 내버려둔 채 흘러갔다. 찰리는 모든 게 천천히, 정확히 움직이는 저녁 수어 수업에 얼른 가고 싶었다.

그래서?

수어 수업이 끝나고 아빠가 찰리를 기숙사로 데려다주며 물었다.

뭐가요?

새 학교 첫날은 어땠니?

힘들었어요. 찰리는 이렇게 대답하고 싶었다. 힘들고 이상하고 설렜다고. 하지만 오늘 종일 찰리는 말을 거의 하지 않았고, 그래서인지 목이 메고 안이 뜨거워져 입을 뗄 수가 없었다. 찰리는 그저 어깨를 으쓱했다.

그날 밤 케일라는 일찍 잠이 들었지만 찰리는 노트북을 켜고 미국 수어 사전을 열어 알파벳 순서대로 수어를 하나씩 클릭했다. 하루빨리 수어를 익히고 싶었다. 어둠 속에서 괴짜처럼 모니터에 나타나는 수어들을 차례로 따라 했다. 그렇게 앉은 채로 공부를 하다 꾸벅꾸벅 잠이 들었다. 새벽 1시 무렵 비몽사몽 반쯤 깨어난 찰리는 아픈 목을 들어 침대에 누우며 수어와 구어 사이 어딘가에서 다시 잠이 들었다.

페브러리는 오늘이 그런 날이라는 걸 알 수 있었다. 멜과 싸우게 되는 날. 퇴근한 멜이 집에 들어오자 그러한 기류가 온 집 안을 감쌌다. 페브러리는 일부러 집에 일찍 들어와 거실에 있는 엄마에게 단어 찾기 게임을 갖다 드리고 저녁을 준비했다. 훈훈한 분위기를 만들어 놓으면 긴장감이 좀 낮춰지지 않을까 해서였지만 멜은 여기에 넘어가주지 않았다. 페브러리가 요리를 하는 동안 별것 아닌 것들을 트집 잡았고 페브러리가 준비한 주키니 수프를 후루룩 마시면서도 고맙다는 말도 하지 않았다.

페브러리가 학교에서 하룻밤을 보내고 돌아온 이후로 일주일 내내 둘 사이에 뭔가가 부글거리고 있었다. 페브러리는 싸우지 않고 무사히 지나가기만 바라고 있었는데, 식사를 마친 멜이 자기가 먹은 접시도 치우지 않고 씩씩거리며 자리를 떠나버리자 평화를 바라던 페브러리의 마음도 흔들리기 시작했다. 하지만 그녀는 조용히 저녁 먹은 접시들을 설거지하고 냄비를 물에 담가놓고 엄마를 부축해 침실로 모셔다 드린 다음 거실로 돌아와 노트북을 꺼냈다. 그런데 그때, 멜이 한숨을 푹 내쉬었다. 짜증 섞인 분위기만 아니었다면 그 과장된 한숨 소리는 오히려 우스꽝스럽게 들렸을 것이다. 페브러리가 노트북을 탁 닫았다.

왜? 뭐가 불만이야?

멜이 쏘아붙였다.

뭐가 불만이냐고? 천식 환자처럼 계속 씩씩대고 있는 건 너잖아.

네 관심을 받으려면 누가 하나 죽어야 하니?

난 너한테 저녁도 차려줬어.

넌 계속 어머니랑만 얘기했잖아.

그럼 **네가** 말하면 되지. 너도 알겠지만 대화는 두 명이 하는 거야.

자기 마음 끌리는 곳이면 아무 데서나 자는 여자가 하는 말이 퍽이나 와닿네.

자기, 이건 123년 된 전통이야. 겨우 하룻밤이잖아.

페브러리가 말했다.

그래서?

그래서, 아무것도 아니라고! 밤에 혼자 깡통 스프를 먹고! 책을 읽다 기절한 것처럼 잤어!

사실은 현실에서 잠시 벗어난 듯한 기분이라 좋았고 그래서 로맨틱하게 느껴지기까지 했지만 페브러리는 감히 그런 말은 입 밖으로 꺼내지 않았다. 멜이 무릎 위에 올려진 자기 손을 가만히 내려다보았다.

그 여잔 이사 갈 거라고 네가 그랬었잖아.

멜이 낮은 목소리로 말했다. 또 시작이었다. 페브러리는 제발 이 얘기가 아니길 바랐다. 1년 전 고등학교 과학 교사가 은퇴를 하게 되어 페브러리는 완다 사이백이라는 교사를 새로 고용했다. 완다는 페브러리가 몇 년 전 콜럼버스의 어느 기관에서 교사로 일할 때 함께 일했던 동료였다. 리버밸리에서 다시 완다를 만났을 때 페브러리는 기뻐하며 멜에게 예전 동료이자 훌륭한 교사를 이번에 새로 채용하게 됐다고 얘기했었다. 완다가 2007년 때 그랬듯 지금도 끝내주는 몸매를 가지고 있다거나 발그스레한 뺨에 보이는 주근깨 말고는 피부도 팽팽하다는 말 따위는 하지 않았다. 그리고 그 둘이 그해 4개월간 뜨겁고 진한 연애를 했었다는 사실은 더더욱 말하지 않았다. 둘은 그때 마치 10대 학생들처럼 열렬히 사랑했고 한번은 완다의 과학비품 창고에서 돌연 달아올라 참지 못하고 사랑을 불태우기도 했다. 멜은 질투심이 무척 강한 여자였지만, 어쨌든 이건 오래된 일이었다. 더구나 완다는 이제 남자와 결혼해 살고 있었다. 교직원 파티가 있던 날, 페브러리는 멜과 완다가 만나 얘기라도 하게 될까 봐 걱정이 됐다. 하지만 음식이 나올 때쯤 멜이 분위기에 한껏 취하자 페브러리도 덩달아 느긋해졌다. 완다는 농인이었으니 완다와 멜의 대화는 피상적일 수밖에 없었다. 멜이 아는 수어라고는 대부분 페브러리의 엄마에게서 배운 건데 사람들을 만나는 일에는 쓸모가 없었다. 완다는 멜을 향해 미소를 지었고 디저트를 먹는 동안 멜은 페브러리에게 몸을 숙여 완다가 무척 친절한 것 같다고 속삭였다.

와인과 에그노그를 마시고 페브러리가 완다와 뺨을 거의 맞대고 춤을 추는 동안 멜은 그런 페브러리를 바라보며 미소를 지었다. 그들은 오랜 친구였으니까. 그런데 결국 미련하기 짝이 없는 완다의 남편 데니스가 나타나 과거를 폭로해버렸다. 완다가 재미 삼아 남편에게 자신과 페브러리의 연애사를 꽤나 구체적으로 얘기한 것 같았는데 데니스가 별생각 없이 그 얘길 지껄였던 것이다. 페브러리는 이 부분이 의아했다. 정말 데니스가 멜에게 농담이랍시고 아내들의 과거를 떠들었던 걸까? 아니면 그가 하는 말을 옆에 있던 멜이 어쩌다 들은 걸까? 페브러리가 기억하는 건 춤을 추다 고개를 드니 화가 난 멜이 식당을 떠나고 있었다는 것뿐이었다.

폭풍 같은 날들이 이어졌다. 멜은 어떤 날엔 쥐 죽은 듯 고요했고 어떤 날엔 비난을 퍼부었다. 페브러리는 거짓말에 능숙하지 못했다. 그리고 멜은 그 여자를 마음에 들어 하기까지 했었다. 이 점 때문에 멜은 더 큰 배신감을 느꼈다. 페브러리는 멜의 분노를 조금도 가라앉히지 못했다. 솔직히 따지자면 페브러리가 잘못한 건 없었지만 그녀의 불성실한 설명이 의심의 싹을 키우기에 완벽한 마지막 퍼즐 조각을 제공한 것이다. 멜은 아주 뛰어난 원예사였다. 만약 네 동기가 정말로 순수했다면 연인 관계였다는 사실을 왜 진작 알리지 않았지? 페브러리는 이에 대해 만족할 만한 답변을 멜에게 내놓지 못했고 그 때문에 집에서 나와 학교에서 하루, 그리고 이틀 밤을 보내야 했었다.

나도 그런 줄로 알고 있었어. 그런데 데니스 이직 일이 잘 풀리지 않았대.

페브러리가 말했다.

그래서?

그러니까, 네가 좋아하지 않는다는 이유만으로 완다를 해고할 순 없다는 거야!

오, 그 여자는 괜찮아, 싫어하지도 않는다고.

멜이 발을 쿵쿵 구르며 계단을 올라갔다.

내가 안 좋아하는 건 바로 **너**야!

멜이 침실로 들어가 문을 쾅 닫았다. 페브러리는 청인이랑 살면서도 지금껏 집에서 큰 목소리로 소리를 질러 얘기한 적은 단 한 번도 없었다. 멜을 뒤쫓아 올라가 문손잡이를 돌렸지만 문은 잠겨 있었다.

젠장, 완다는 이제 이성애자라고!

페브러리가 문에 대고 소리를 질렀다.

문 너머에서 멜이 코웃음을 치는 소리가 들려왔다.

페브러리는 포기하고 계단을 내려와 일거리를 집어 들었지만 집중이 되지 않았다. 노트북을 덮고 가방 안에 다시 쑤셔 넣었다. 멜이 2차전을 하려고 다시 내려올 것 같진 않아 페브러리는 엄마 방으로 향했다. 저녁 늦은 시간이면 종종 엄마는 페브러리를 자기가 제일 좋아하는 자매 필리스로 착각하기도 했고, 그럴 때마다 페브러리는 무척 속이 상했던 터라 가지 않는 편이 나을지도 몰랐다. 페브러리는 엄마의 방문에 귀를 가까이 대보았다. 〈패밀리 퓨드〉 소리가 작게 들려왔다. 그녀는 문을 열고 방 안으로 들어갔다.

왜? 엄마가 불러?

페브러리가 얕은 한숨을 내쉬었다.

아뇨, 엄마. 전 엄마 딸이잖아요, 페브러리.

엄마는 마치 안 보여서 그랬다는 듯 안경을 벗어 콧등을 문질렀다. 그러고는 안경을 다시 쓰고 미소를 지었다.

그렇지. 페브러리. 미안하구나!

방해해서 죄송해요. 책 좀 꺼낼게요.

페브러리는 방 안쪽에 있는 책장으로 가 되는대로 몇 권을 집었다. 하필 그중 하나가 처음 교장으로 정식 발령을 받았을 때 멜이 선물해준 《교사들을 제대로 먹이지 않으면 학생들이 잡아먹힌다고요!》였다. 페브러리와 멜이 엄마를 집으로 모셔 오기 전까지 그 방은 홈 오피스였다. 둘은 책상 두 개를 나란히 두고 밤늦게까지 함께 일했다. 말 한마디 없이 각자의 일에 집중했지만 옆에 누군가가 있다는 사실이 좋았다.

페브러리가 책을 아무렇게나 잡고 서 있으니 엄마가 자기 옆자리를 툭툭 치며 딸에게 와 앉으라고 했다.

난 이 쇼가 그렇게 재밌더라.

엄마가 제일 좋아하는 프로그램은

〈운명의 수레바퀴〉인 줄 알았는데요.

아냐, 그건 너무 말이 많잖니.

네 아빠가 ㅂ-ㅏ-ㄴ-ㅏ 한테

반했었지.

엄마가 아버지를 과거의 존재로 말하는 걸 보며 페브러리는 안도했다. 단 몇 분일지는 모르지만 엄마의 정신이 돌아온 듯했다.

우리 멜은 어딨니?

침실에요. 저한테 좀 화났거든요.

네 아빠도 성질을 잘 냈지.

기억나요.

페브러리는 아버지가 자기한테 진심으로

화를 낸 적이 있는지는 기억이 나지

않았지만 그렇게 대답했다.

그이는 널 보면 마음을 풀었어. 그런데

주말에 파머스 마켓은 갈 수 있는 거니?

그럼요. 토요일 아침에 갈까요?

그래, 좋지. 멜도 같이 가면 좋겠구나.

제가 멜을 이기면요.

페브러리는 뭔가를 쓰러뜨리는 시늉을 하며 농담처럼 말했다. 농담은 원래 그런 것이니까.

낮이 밤보다 현명하단다.

엄마가 말했다.

사람들이 하는 말과는 정반대의 조언이었다. "화난 채로 잠자리에 들지 말라." 이런 말도 있지 않은가? 하지만 또 한편으로 부모님은 그녀와 멜이 그러듯 크게 싸운 적이 거의 없다는 사실도 떠올렸다. 페브러리는 침대 옆으로 의자를 끌고 와 엄마의 시선을 TV로 돌렸다. 〈패밀리 퓨드〉 다음 편이 곧 시작될 참이었다.

리버밸리에도 홈커밍데이 같은 것이 있다면 오스틴 워크맨과 가브리엘라 발렌티가 왕관을 차지했을 것이다. 오스틴은 그런 생각이 스치듯 지나갈 때도 우쭐한 기분이 되거나 하지 않았다. 어떤 일들은 그냥 사실이었으니까.

가브리엘라는 그녀를 만나본 모든 이가 인정할 만큼 예뻤다. 딸기빛이 감도는 금발에 콧등에는 주근깨가 은하수처럼 흩뿌려져 있었다. 오스틴도 최소한 가브리엘라가 사귈 정도는 되는 잘생긴 얼굴의 소유자였다. 그 둘은 작년에 했던 연극 〈오클라호마!〉에서도 주인공 컬리와 로리 역을 맡았는데 주인공은 상급생이 맡는다는 암묵적인 룰이 있음에도 그렇게 됐다. 하지만 그들이 누리는 인기의 진짜 이유가 얼굴이나 재능이 아니라는 것을 오스틴은 알고 있었다. 그건 그들 집안 때문이었다. 발렌티는 워크맨과는 달랐지만, 가브리엘라와 여동생은 농인 집안의 2대로서 그들이 가진 특권 위에 수어를 하는 부모까지 가졌다. 오스틴과 가브리엘라는 어릴 때부터 책을 읽어준 부모님 덕분에 똑똑했고, 일찍부터 농인들을 위한 극장과 전시를 두루 다녀 좋은 연기도 펼칠 줄 알았으며, 자신감 넘치는 유연한 몸짓으로 친구들의 동경을 한 몸에 받았다.

리버밸리 사람들은 모두 오스틴과 가브리엘라를 알았고, 또 언젠가 그들이 사귀게 될 거라는 것도 알았다. 두 사람이 유치원생이던 시절, 어느 날 오후 오스틴이 미끄럼틀 위에서 고백을 하면서부터 둘이 함께하게 됐다고들 했다. 오스틴에게 그런 기억이 전혀 없다는 사실은 오하이오 농인 가십지에서 이 이야기를 지우는 데 조금도 도움이 되지 않았다. 실제로 만나기 시작할 때까지 10년 동안 한 번도 데이트를 한 적 없었고, 작년에야 처음 오스틴이 가브리엘라에게 아이스크림을 먹으러 가자고 한 것이었다. 사람들은 줄곧 그들이 어차피 사귀게 될 것처럼 말하고는 했다. 그래서 다들 놀란 것이었다. 오스틴 자신조차. 오스틴이 정신을 차렸을 때는 이미, 프레시맨데이를 맞아 다 같이 놀고 있던 커뮤니티 수영장에서 온 동네 사람들 다 보란 듯 요란스러운 이별 싸움을 하고 있었다.

오스틴은 둘 다 기다려온, 한 학년의 마지막을 기념해 즐기는 자리를 망친 것이 마음에 걸렸다. 그날만큼은 망치고 싶지 않았으며 가브리엘라에게 망신을 주려던 것도 아니었다. 그것도 같은 반 친구들이 모두 있는 곳에서는 더더욱. 그러나 가브리엘라에 관해 한 가지 알아야 할 사실은 그녀가 좋은 사람이 아니었다는 거다. 어느 쪽인가 하면 가브리엘라는 늘 오스틴에게 화가 나 있었다. 매 순간 그녀를 좋아한다는 사실을 열렬히 표현해주지 않으면 모욕으로 받아들였다. 허영심도 몹시 심했는데 그에 따른 장점도 있긴 했다. 사람들에게 좋은 인상을 주려고 늘 옷을 잘 차려입었고 언제라도 인스타그램에 올릴 수 있는 몸매를 뽐냈으며 오스틴도 그 즐거움을 누릴 수 있도록 자주 손길을 허락해주었다. 하지만 외모에 대한 그녀의 집착은 자신에게만 국한된 것이 아니라 다른 사람에게도 적용되었다. 오스틴은 재미 삼아 친구들을 조롱하는 가브리엘라가 성격도 못되고 지루하다고 느꼈다. 평생 함께 자라온 친구들을 그렇게나 헐뜯고 싶어 하는 가브리엘라를 볼 때마다 새삼 계속 놀랐다. 그녀의 손가락에서 너무나 자연스럽게 미끄러져 나오던 그 모욕적인 말들. 오스틴으로 말할 것 같으면 누가 무엇을 입는지, 누구 머리가 망했는지, 수영복을 입으니 누가 뚱뚱하고 못생겨 보이는지—싸우던 날의 희생자였던 누군가처럼—와 같은 일들에는 관심이 없었다.

오스틴과 가브리엘라는 물이 얕은 쪽 벽에 기대 서 있었고 오스틴은 누구 허벅지에 셀룰라이트가 많은지 읊어대는 가브리엘라를 견디고 있었다. 목뒤로 내리쬐는 햇볕이 뜨거웠던 오스틴이 결국 참지 못하고 터뜨렸다.

아, 정말, 좀 닥쳐줄래!

오스틴은 곧 후회했다. 가브리엘라에게 잠시 자리를 옮겨 얘기 좀 하자고 말했어야 했다. 그런데 모두가 둘을 쳐다보고 있는 한가운데서 이제 더는 안 되겠다고 터뜨린 것이다. 가브리엘라는 친구들을 흉보는 데 쓰는 에너지를 모조리 끌어모아 오스틴에게 썼다. 그가 얼마나 무심하고 무뚝뚝하며 입냄새도 고약한지. 자기는 오스틴이 처음이었는데 그날 이후로 오스틴이 자기를 중고품처럼 내다 버렸다느니. 폭포처럼 쏟아지는 비난 세례를 넋을 놓은 채로 듣고 있던 오스틴은 마지막 말 때문에 순간 당황해 가브리엘라의 손을 잡았다. 최소한 손짓이라도 작게 하라는 의미에서. 오스틴의 손에서 빠져나가려던 그녀가 비명을 질렀고 그 소리에 깜짝 놀란 안전 요원이 고개를 돌렸다.

안 그래도 수영장을 꽉 채운 장애인 학생들 때문에 이미 혼이 쏙 빠져 있던, 오스틴보다 몇 살밖에 많아 보이지 않는 안전 요원이 달려와 가브리엘라를 향해 구명 튜브를 던졌고 그 바람에 오스틴이 뒤로 넘어지며 벽에 머리를 찧어 소리를 질렀다. 또 다른 안전 요원이 달려왔다. 순식간에 오스틴과 가브리엘라는 땅 위로 끌어 올려졌고 뭐라도 해야 한다고 생각한 오스틴이 불쑥 말했다.

그런데 내가 처음이었다고?

그 순간 머릿속에 하필 떠오른 생각이 바로 그것이었던 거다.

이틀 후 방학이 시작되었다. 그러니까 난장으로 끝났던 수영장 사건이 그들이 나눈 마지막 대화였다. 오스틴은 가브리엘라가 아주 구체적이고 정교한 복수를 곧장 실행하리라고 예상했지만 방학이 끝나고 학교로 돌아온 첫날 저녁 가브리엘라는 그저 멀찍이 떨어진 테이블에 앉아 그를 노려보기만 했다.

그러고는 교장 선생님이 와서 새로 전학 온 여학생에게 학교를 소개해주라는 부탁을 했다. 처음엔 별일 아니라 생각했다. 오스틴은 전학생에게 가 무심히 말을 걸었고 자기를 소개했다. 그런데 돌아선 그 뒤부터 오스틴은 온종일 찰리라는 여자애 생각을 떨쳐낼 수가 없었다. 특히 그 눈. 식당에서 그와 친구들을 쳐다보던 묘한 눈빛, 그리고 마침내 고개를 들어 오스틴의 눈과 만났을 때 보이던 따뜻한 히코리나무 색 눈동자.

다음 날 찰리를 다시 마주쳤을 때 학교 투어를 위해 언제 어디서 만날 건지를 적은 쪽지를 건넸지만, 친근하게 말을 건다거나 하지는 않고 금세 자리를 떠났다. 점심 테이블에 그녀를 초대하기에는 아직 일렀다. 하지만 이윽고 점심시간이 되어 구석진 테이블, 포켓몬 얘기만 하는 괴짜들 옆자리에서 찰리가 혼자 먹고 있는 모습을 보니 오스틴은 자신이 겁쟁이처럼 느껴졌다. 그의 테이블은 이미 꽉 차 있었고 가브리엘라의 분노를 감당할 준비도 아직 되어 있지 않았다. 어쨌거나 배심원들은 여전히 찰리를 주시하는 중이었다. 고등학생이 전학을 오는 경우는 대개 가족이 이사를 왔거나 어딘가에서 쫓겨났을 때였다. 이 여자애가 무슨 문제를 갖고 있을지 누가 알겠는가?

오스틴의 친구들 대부분은 리버밸리에서 수어를 배웠다. 그들에게 리버밸리는 안전의 동의어와 같았다. 온전히 이해받고 이해할 수 있는 장소였다. 오스틴도 이런 안식처 없이 산다는 것이 무얼 의미하는지 어느 정도는 알고 있었다. 일반 학교에서 전학을 오는 학생 중에는 손쓸 수 없게 돼버린 경우도 수없이 많았다. 몇 년 전 4학년 남자아이는 수학 시간에 선생님의 따귀를 때렸고 작년에는 중학생 하나가 기숙사 카펫에 불을 질렀다.

하지만 오스틴이 목격한 사건들은 무섭다기보다는 늘 안쓰러운 쪽에 가까웠다. 2학년 때 어느 날 아침의 기억이 아직도 선명하다. 교실 한가운데서 한 남자애가 어디가 아픈지 거의 한 시간 동안이나 악을 썼다. 선생님은 나머지 학생들을 카펫 위에서 잠시 놀게 했고 보조 교사와 함께 아이를 달래느라 진땀을 뺐다. 오스틴은 플레이 도우를 가지고 놀면서도 친구가 데굴데굴 구르며 배를 가리키는 모습에서 눈을 떼지 못했다. 선생님들이 아이의 인공와우를 빼 확인하는 동안 동물 모양 크래커와 사과 주스를 주었는데 아이는 곧 구토를 해 바닥에 분홍빛 웅덩이를 만들었고 그 바람에 선생님의 바지도 다 젖어버렸다. 결국, 보조 선생님이 그를 보건실로 데려갔다.

그 어린 나이에도 오스틴은, 어떤 부모들은 자식에게 아픔을 표현할 수 있는 대단히 기본적인 수어도 가르치지 않기도 한다는 걸 믿을 수 없었다. 오스틴에게 그런 수어들은 너무나 당연한 지식이었다. 그는 나중에야, 구화를 더 잘하게 하려는 목적으로 수어를 의도적으로 가르치지 않기도 한다는 사실을 알게 되었다. 수어에 씌워진 오명이 너무 깊은 나머지 수어를 피하는 방식으로, 부모가 자신도 모르는 사이에 자식을 자기들의 생각 속에 가두는 것이었다. 즉, 현대판 시설이었다. 오스틴에게는 이 일이 불법적인 일만큼이나 잔인하게 느껴졌다. 청인들 세상에서는 말도 안 되는 일이 무수히 일어났다.

그러니 찰리와 같은 여자애와 친구가 되는 건 오스틴에게 매력적이기도 했지만 동시에 두려운 것이기도 했다. 그는 평생을 리버밸리 농인학교에서 지냈고 이곳 사람들과만 어울렸다. 다른 사람들은 거의 만나본 적도 없었다. 더구나 아빠 쪽 가족이라고 해봐야 1년에 한두 번 보는 게 다였으니 그에게 찰리는 의미 있는 방식으로 만날 수 있는 청인에 가장 가까운 사람이었던 것이다. 하지만 그녀가 수어를 알지 못한다면 이 만남이 얼마나 의미가 있을까?

청각장애는 0 아니면 100식의 이분법적인 문제가 아니다. 청각장애인들은 진동을 느끼고, 대부분 아주 큰 소리는 들을 수도 있으며 어떤 사람들은 구어를 들을 수도 있다. 청각 보조 기기와 인공와우의 도움으로 가청 범위도 더욱 확대되었다. 오스틴의 친구들 대다수는 집 또는 콜슨에만 가도 구화를 쓰는 반면 오스틴은 청각 보조 기기도 쓰지 않고 구화도 쓰지 않았다. 오스틴은 교장 선생님이 자기를 찰리의 멘토로 둔 것은 한편으론 그런 이유도 있었을 거라고 생각했다. 오스틴이 구화를 할 수 없으니 찰리가 수어를 쓸 수밖에 없을 거라고.

안녕.

수업이 끝난 후, 오스틴은 찰리와 학교 앞에서 만났다. 오스틴이 먼저 인사를 했다.

찰리는 그저 어깨만 으쓱할 뿐 어색하게 서 있었다. 둘은 목이 높은 찰리의 빨간색 컨버스 스니커즈만 뚫어져라 쳐다보았다. 스니커즈를 빼면 찰리의 옷은 온통 검은색이었고 한쪽 팔에는 징이 박힌 팔찌가 세 개 걸려 있었다. 오스틴이 서 있는 각도에서는 인공와우가 보이지 않았다. 호기심이 생긴 오스틴은 고개를 살짝 빼보았다. 찰리의 까만 머리카락이 밤하늘처럼 반짝여 그녀가 입은 검은색 티셔츠와 구별이 되지 않았다. 오스틴은 찰리가 무척 예쁘다고 생각했지만 그녀의 옷차림을 보건대 뭐라고 칭찬을 해도 소름 끼치게 들릴 것 같아 그냥 이렇게 말했다.

준비됐어?

찰리가 고개를 끄덕였다. 오스틴이 앞장서 걸었고 찰리가 따라갔는데 너무 가깝게 붙는 바람에 팔꿈치가 닿을 것만 같았다. 너무 가까웠다. 찰리는 정말 애송이 같았다. 오스틴이 약간 떨어져 둘 사이에 공간이 생기게 했다. 찰리의 얼굴에 실망감이 비쳤던가? 아니면 오스틴의 착각이었을까? 어느 쪽이었든 찰리도 이제 오스틴의 얼굴이 더 잘 보이게 되었다는 걸 깨달은 듯 그 간격을 유지하며 걸었다.

캠퍼스는 행정실이 있는 클레르 홀과 운동장을 중심으로 저학년과 고학년 공간이 나뉘어 있다. 저학년은 고학년 공간으로 가면 안 되지만 고학년은 보통 교내를 자유롭게 돌아다닐 수 있고 특히 방과 후에 파트타임을 하거나 보조 교사 일을 하러 자주 저학년 공간 쪽으로 간다. 오스틴은 축구장 바깥쪽을 따라 걸으며 보이는 건물을 이런 식으로 죽 소개했다. 학교 투어라는 걸 어떻게 해야 하는지 몰랐던 오스틴은 처음에는 그저 건물들을 가리키며 이름을 말해주었다. *여긴 기숙사, 여긴 교실, 저긴 체육관.* 그러다 문득 그런 건 지도를 보고도 알 수 있을 거란 생각이 들었다. 교장 선생님은 찰리에게 무엇을 보여주길 바랐던 걸까? 오스틴은 펜스 바로 안쪽, 캠퍼스의 가장 바같쪽을 에워싼 길을 따라 걸으며 고학년 건물로 다시 이동했다. 햇볕이 따뜻하고 온화했다. 긴장이 풀린 오스틴은 그냥 머릿속에 떠오르는 얘기들을 들려주기로 했다.

저 기숙사는 첫 농인 프로야구 선수

이름을 딴 거야. 80년대에는 여기서

학교 학생들도 갤러뎃 시위에 동참했고.

난 아홉 살 때 여기서 포고스틱을 타다가

발이 부러졌어.

자기 기숙사 앞에 다다르자 오스틴이 걸음을 멈췄다.

여긴 내 집.

순간, 검은 막 한 장이 눈꺼풀에서 떨어지기라도 한 듯 찰리의 표정이 변했다. 오스틴의 말을 하나도 이해하지 못한 얼굴이었다. 아니, 조금은 했을까?

네 집?

뭐, 그래도 마지막 말은 이해한 것 같았다.

여섯 살 때부터 여기서 지냈거든.

찰리는 천천히 고개를 끄덕였지만, 다시 눈빛이 흐려지고 있었다. 오스틴이 휴대폰을 꺼냈다.

우리 집은 콜슨인데 일종의 전통 같은 거야. 오스틴이 썼다. 우리 엄마도 학교 기숙사에서 지냈거든.

잠깐, 네 부모님도— 농인이셔?

엄마만. 할머니, 할아버지도.

아빠는 통역사야.

내 말 이해했어? 오스틴이 썼다. 너, 놀란 것 같네.

입술을 앙다문 찰리가 메시지를 수차례 썼다 지웠다 했다. 찰리의 화면 위로 오스틴의 손바닥이 나타났다.

왜 그래?

오스틴이 물었다.

난—

찰리가 한숨을 푹 내쉬고는 휴대폰에 쓰던 것을 마저 썼다.

그냥 뭔가가 생각나서. 청각장애인인 어른을 만나본 적이 없어서 성인이 되면 청인이 되는 거라고 생각했었던 것 같아.

오스틴이 웃음을 터뜨렸다. 찰리의 기분을 상하게 하려는 의도였다거나 그런 건 아니었지만 어쨌거나 사악한 웃음이었다.

네가 생각하는 것보다 자주 일어나는 일이야. 오스틴이 썼다. 여기 오는 애들 중에 그렇게 생각했었다는 애들 많아.

너, 말할 줄 알아?

뭐?

미안.

찰리가 다시 얼굴을 붉히며 말했다.

음, 내 말은—

언어 치료를 받은 적은 있어.

그리고?

아주 잘하진 못해. 근데…… 그런 게 상관있어?

아니, 없어.

멋진 것 같아. 찰리가 썼다.

찰리가 겸연쩍은 얼굴로 오스틴을 바라보았고 그의 얼굴이 붉어졌다. 칭찬을 받았다고 해서 오스틴이 당황하는 일은 극히 드물었다. 그런 걸 칭찬이라 할 수 있다면 말이다. 찰리는 자기가 오스틴을 당황하게 했다는 사실을 알아차렸다. 그녀는 한쪽 어깨 뒤로 머리카락을 쓸어 넘겼다.

응, 좋아.

사탕.

찰리가 말했다.

아니, ㅈ-ㅗ-ㅎ-ㄷ-ㅏ고.

오스틴이 손을 뻗어 찰리의 손가락을 'X'자로 구부리게 하고는 찰리의 얼굴로 가져갔다. 그러자 마치 찰리의 뺨에서 전해져오는 온기에 마법에라도 걸린 것처럼, 오스틴은 의도한 것보다 오래 찰리의 부드러운 갈색 뺨에 손가락을 댄 채로 잠시 멈추었다.

좋아.

찰리가 수어를 따라 했다.

그 여자애한테 반했냐?

오스틴이 방으로 돌아오자

엘리엇이 불쑥 물었다.

마치 먼저 말을 꺼낸 사람이 오스틴이었다는 듯 엘리엇은 창에서 억지로 눈길을 돌렸다.

아니. 누구 말하는 거야?

전학생. 뾰족한 팔찌 차고 있던 애.

교장 선생님이 학교 투어를

해주라고 해서 만난 거야.

'시켜서'라고.

엘리엇이 놀리며 웃었다.

진짜라고!

귀엽던데. 한번 잘해봐.

아직 잘 알지도 못해.

누가 먼저 나서기 전에 서두르라고.

신비에 싸인 전학생,

다들 한번씩 좋아하잖아.

그래서, 네가 나서게?

엘리엇이 눈알을 굴리더니 잠시 멈추고는 이어서 얼굴에 난 울퉁불퉁한 흉터를 가리켰다. 이게 바로 수어의 문제였다. 말할 때 상대의 눈을 바라봐야 하니 감정을 숨긴다는 것이 거의 불가능했다.

미안.

뭐, 됐어.

엘리엇이 다시 몸을 돌려 바깥으로 연기를 훅 뿜었다.

그런데 왜 내가 그 여자애를

좋아한다고 생각한 거야?

엘리엇이 웃었다.

귀가 안 들리는 거지 눈은 잘 보이거든.

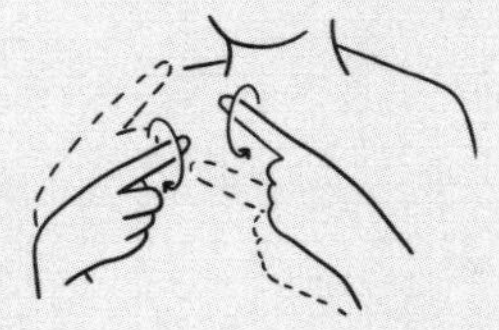

시각적 문법과 스토리텔링의 기술

미국 수어의 명사, 동사, 부사

수어를 사용해 문장을 만들거나 이야기를 할 때 스스로에게 한번 물어보자. 어떤 순서로 말하는 것이 시각적으로 가장 이해하기가 쉬울까? 당신이 종이 위에 어떤 장면을 그린다면 가장 먼저 무엇을 그릴까?

"테이블 위에 컵이 놓여 있다"라는 문장을 통역한다고 가정해보자. 먼저, 명사를 보여주고 그다음에 배치나 행동에 대해 묘사해야 할 것이다.

우선, 테이블.

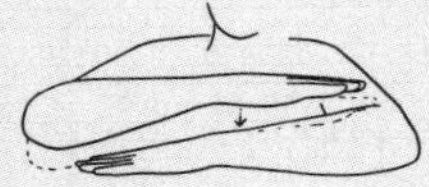

다음은 컵.

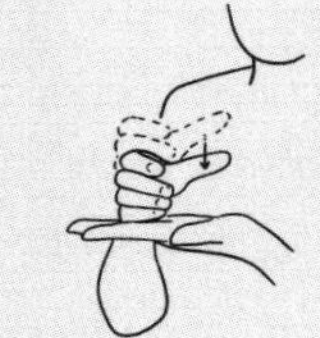

다음에는 이 둘의 배치도 함께 보여준다.

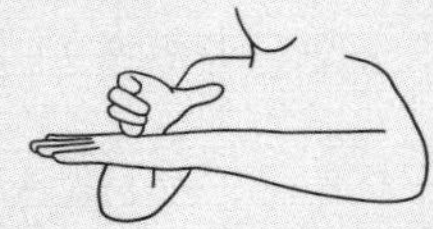

단어의 순서는 유연하게 정할 수 있다. 가령 어떤 사람은 '컵' '테이블' 순서로 소개한 다음 설명을 덧붙이기도 한다.

스스로 테스트해보세요: 시각적 문법을 고려할 때, 왜 컵이 아닌 테이블에 관한 정보를 먼저 주는 것이 더 합리적일까?

이제 연습해보세요! 옆 사람에게 어린 시절의 자기 방에 대해 말해보세요.

완다 대재앙이 있은 이후 몇 주 동안 아슬아슬한 나날이 이어졌다. 결국 72시간쯤 지나서였을까, 페브러리가 다시 그 문제를 언급했다.

이것 봐, 그러지 좀 마.

멜이 말했다.

뭐가?

페브러리가 순진한 얼굴로 물었다.

나만 미친 사람인 것처럼 몰아가는 거.

바로 거기서 모든 게 원점으로 돌아가버렸다. 싸움이란 게 원래 그랬다. 몇 달 동안 조심스레 좋은 마음을 하나씩 쌓아 올려도 큰 싸움 한 번이면 순식간에 와르르 무너져버리곤 했다. 페브러리와 멜에게도 물론 여태껏 어려운 순간들이 있었지만 관계를 뿌리째 뒤흔들 만한 일은 없었고 그렇게 다져온 단단한 토양 덕에 크게 싸우거나 의심스러운 일이 있어도 금세 화해할 수가 있었다.

그런데 지금은 아무것도 그들을 막지 못했다. 아주 작은 불씨—목소리 뒤에 감춰진 억양, 실수로 잘못한 빨래—에도 그들은 단번에 완다가 기다리고 있는 그 깊은 구렁으로 빨려 들어갈 수가 있었다. 페브러리가 멜에게 물었다. 멜이라면 어떻게 하겠느냐고. 수어까지 능통한 고등학교 과학 교사가 이 주변을 그저 어슬렁거리며 페브러리 연락을 기다리고 있는 건 아니라고. 완다는 잘못한 것도 없다는 사실은 차치하고라도 말이다. 멜도 이를 모르는 바는 아니었지만 선의와 마찬가지로 이성도 사라져버린 지 오래였다.

그래서 페브러리는 지금의 전략으로 넘어온 것이었다. 무시하기. 그녀는 일에 몰두했다. 가정생활이 험난했던 반면 학교는 놀라울 정도로 별일 없이 흘러갔다. 저학년 학급에서 소소한 사건들이 있었고 고학년 남학생 기숙사에서 종종 담배 냄새가 난다는 보고가 있었지만 그 외에는 크게 문제가 될 만한 일은 없었다. 담배를 피우는 학생은 곧 잡힐 것이고 그건 걱정하지 않았다. 그 아이가 없었다면 그녀는 이 평화가 의심스러웠을 것이기에 심지어 고마운 마음마저 들었다.

평소라면 집에서 했겠지만 페브러리는 일부러 학교에 늦게까지 남아 새로 시작할 수업의 계획서를 짰다. 그녀는 멜이 훅훅 날리는 (소송 전문 변호사가 정교하게 만들어낸) 웬만한 비난에는 면역이 되어 있었지만, 그동안 한 방울씩 똑똑 떨어진 독약 같은 기운이 이제 온몸으로 퍼져 나가는 것이 느껴지기 시작했다. 그래도 여전히 페브러리는 이를 무시하려고 노력했고 자기가 무시당하는 상황도 무시했다. 그러다 어느 날 밤, 저녁으로 뭘 먹고 싶냐는 물음에 돌아온 싸늘한 눈빛을 마주한 페브러리가 마침내 터지고 말았다.

이건 정말 말도 안 돼!

페브러리가 소리쳤다. 그리고 이어지는 키득거리는 웃음소리. 그건 페브러리가 도저히 어떻게 손쓸 수 없는 상황을 맞닥뜨렸을 때 나오는 버릇 같은 것이었다. 커진 눈동자가 불안하게 흔들리는 모습이 조금 무섭기도 했지만 멜은 페브러리가 그럴 때마다 사랑스러웠다. 그렇다고 페브러리가 일부러 그랬던 건 아니었다. 동정심을 자아내고 싶을 때마다 자유자재로 연기할 수 있을 만큼 훌륭한 재능은 없었다. 하지만 마침내 멜이 서류 더미에서 눈을 들어 페브러리를 보았다. 멜의 눈에 서서히 온기가 돌며 입꼬리가 살짝 올라갔다. 변하는 멜의 얼굴은 약간 섬뜩하기도 했다. 어쨌거나 멜이 드디어 입을 뗐다.

이리 와.

페브러리는 뱃속이 꿈틀거리고 숨이 가빠졌다. 멜에게 다가가 그녀의 무릎 위에 머리를 기댔다. 멜이 페브러리의 이마를 쓸어내리며 그녀가 진정되기를 기다렸다.

젠장.

페브러리가 말했다.

너한테 다시 사랑받으려면 정신이 나가버리면 되는 거였다니.

난 언제나 널 사랑해, 페브. 그 일엔 스위치가 없다고. 그게 문제야.

알아.

그들은 한동안 아무 말도 하지 않고 가만히 앉아 있었다. 큰 싸움을 하고 나면 종종 그랬는데 자신의 가장 못나고 유치한 모습을 서로에게 들켜버린 뒤 약간 덜 어색해질 때까지 기다리는 것이었다.

일은 어때?

페브러리가 먼저 침묵을 깼다.

그러자 문이 열렸다. 싸우느라 바빠 제대로 된 대화를 나눌 시간이 없었으니 할 이야기가 쌓여 있었다. 멜은 그동안 가정법원에서 있었던 일들을 들려주었고 다음 사건으로 넘어갈수록 이야기는 점점 더 끔찍해졌다. 아이나 배우자 학대처럼 문제가 너무 명확한 경우도 있었지만, 법의 간섭이 실제로는 사람들의 삶을 더욱 망친 것 같은 사건들을 만날 때면 페브러리는 늘 암담해졌다. 일에 관해서라면 멜은 페브러리와 달리 꽤나 강단이 있었고, 멜이 자기 사건을 그토록 태연히 다루는 모습을 보며 페브러리는 놀라는 한편 부러웠다.

자긴 어때? 새로 시작하는 수업 준비는 어떻게 돼가고 있어?

좋아. 교실에 다시 들어가게 된 것도 좋고.

세라노는 어때?

음, 아직은 잘 모르겠어.

페브러리가 대답했다.

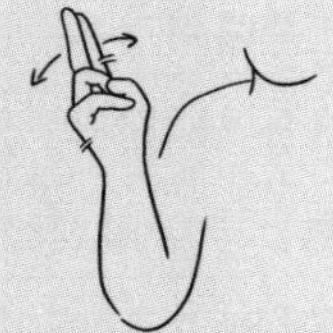

귀 vs. 눈: 농인 신화

아이스(EYETH)란?

농인 사회는 아주 오래전부터 유토피아를 아이스라 불러왔다. 아이스란, 지구를 Earth(어스)라 부르는 점에 착안해 귀(Ear)가 아닌 눈(Eye)을 중심에 둔 이상 사회를 뜻한다.

농인 세계에는 모두가 수어를 사용하고 모든 것이 시각적으로 접근 용이하게 설계된 이상 사회를 그린 유명한 이야기들이 있다. 어떤 이야기들 속에서는 청인이 소수로 등장하며 주류 언어인 수어에 적응하기 위해 교육을 받기도 하고, 또 어떤 이야기들에서는 행성에 사는 사람 전부가 농인이기도 하다. 여러분은 아이스 이야기를 본 적이 있는가?
아이스는 말장난이기도 하지만, 단연코 농담은 아니다. 이것은 하나의 신화이다.

신화(명사)

1. 오래된 이야기. 사람들이 세상을 보는 관점을 반영하고 사회의 이상과 제도를 상징한다.
2. 우화. 도덕적 교훈과 원칙을 담아 만든 짧은 이야기.

농인 문화에서 아이스는 크게 두 가지 관점에서 중요하다. 첫째, 이 이야기는 농인 문화가 소중히 여기는 것들을 강조한다. 수어, 의사소통, 접근 가능성, 커뮤니티가 그것이다. 아이스는 농인의 꿈을 나타낸다. 평등한 세상, 우리의 문화를 주체적으로 인식할 수 있는 특별한 세상, 그리고 청인 중심 세상의 요구에서 자유로운 세상을 말이다.
둘째, 아이스는 농인 문화를 하나의 문화로서 자리 잡게 한다는 점에서 또한 중요한 의미를 지닌다. 스토리텔링과 신화는 우리 인간을 인간답게 만드는 중요 요소이자 모든 소수 그룹에서 나타나는 공통된 특성이다.

알고 있었나요?

- 농인 연구자들이 밝혀낸 바에 따르면 청각장애는 한 민족으로 간주될 수 있는 요건을 충족한다.
- 구화 중심의 교육이 수어를 거의 박멸하기 전까지는 역사적으로도 이러한 관점이 일반적이었다.
- 농사회를 없애고자 했던 알렉산더 그레이엄 벨조차 '청각장애인 인종(a race of Deaf people)'이라는 용어를 사용했다.

직접 해보세요.

당신에게 의미가 있는 아이스를 옆 사람과 함께 구상해보세요.

1. 어떤 농인 친화적인 건축과 기술, 또는 다른 요소들을 꿈꾸나요?
2. 아이스에 방문하는 청인을 위해 어떤 장치들을 고안할 수 있을까요?

페브러리가 가방에 그날 처리해야 할 서류들을 꾸역꾸역 집어넣고 있을 무렵, 밖에는 벌써 땅거미가 지고 있었다. 저학년 남학생 기숙사의 배관이 터지는 바람에 오후를 거의 통째로 날려버렸다. 그래도 페브러리는 멜보다 먼저 집에 도착하기를 바랐다. 어렵사리 만들어놓은 평화를 위협하는 일은 조금도 하고 싶지 않았다.

배관 문제를 빼면 꽤 괜찮은 날이었다. 이제 가르치는 일에도 차츰 익숙해지고 있었다(드디어 스마트 칠판을 그럭저럭 쓸 수 있게 됐다). 수업 시간에는 눈으로만 모든 것이 가능한 아이스를 구상해보라고 했더니 대견하게도 학생들은 멋진 아이디어를 잔뜩 내놓았다. 발코니와 자동문이 있는 유리 빌딩과 두 사람이 나란히 걸으며 수어를 나눌 수 있을 만큼 넓은 복도, 사람들 틈에 떠밀려 가느라 대화가 중단될 필요가 없는 공간에 대한 의견들을 냈다. 청인들이 원한다면 주변에 보이는 수어를 영어로 통역해주는 안경을 제공하고 깊은 대화를 원하는 때는 언제나 통역사의 도움을 받을 수 있다고도 했다. 방문자들은 귀마개도 제공받을 수 있었다. 학생들의 아이스에서는 자기가 원하면 언제든 크게 말하고 억양이나 발성법 때문에 부끄러움을 느끼거나 다른 이의 눈총을 견딜 필요도 없었다. 페브러리는 학생들의 멋진 아이디어에 웃음을 터뜨렸고 이를 떠올리며 또다시 미소를 지었다. 저녁때나 주말, 부모님의 집으로 돌아가 살금살금 다니는 학생들이 더는 그러지 않아도 된다면 지금도 충분히 시끄러운 리버밸리가 과연 어떻게 변할까, 페브러리는 혼자 상상해봤다.

잠시 후 페브러리의 전화벨이 울렸다. 하지만 안타깝게도 그 소리는 그녀가 조금 전 온갖 짐을 쑤셔 넣은 가방 가장 깊숙한 곳에 파묻힌 채였다. 페브러리는 속으로 욕을 하며 팔을 깊이 넣었다. 아무리 더듬어도 전화가 손에 잡히지 않았다. 결국 서류 뭉치를 다 꺼낸 뒤에야 휴대폰을 손에 쥐었는데 발신 번호가 모르는 번호였다. 평소라면 발신인을 모르는 전화는 받지 않았지만 전화를 꺼내려고 온갖 고생을 하고 나니 받지 않을 수가 없었다.

여보세요?

페브러리.

휴대폰 너머에서 남자의 목소리가 들려왔다.

꽤 낯익은 목소리였지만 그가 누구인지는 기억이 나지 않았다.

네, 그런데요?

나 에드윈 스웰이에요. 미안해요, 이거 개인 전화입니까?

네, 맞아요.

학교로 전화해 메시지를 남기려 했는데 그만.

괜찮습니다.

아무튼. 좀 만났으면 해요.

네, 그런데 무슨 일로 그러세요?

스월 교육감이 목을 가다듬었다.

내년에 있을 구조 개혁안에 관해서요. 예산이나 뭐 그런 것들.

아, 네, 알겠습니다.

언제가 좋겠어요? 내일? 아니면 다음 주?

페브러리가 벽에 걸린 달력을 힐끔 보았다. 다음 주 월요일이 더 좋았지만 주말 내내 무슨 일일까 초조해하며 기다리긴 싫었다. 더구나 오랜 경험상 '개혁'이란 단어를 만났을 때 좋았던 적은 없었으니 더더욱 그랬다.

내일 점심, 좋아요.

페브러리가 대답했다.

좋아요, 그럼 내일 12시 반, 오클리에 있는 파네라에서 봅시다.

좋아요.

사실 좋을 건 없었다. 갑작스러운 미팅도, 불길한 기운을 풍기는 사안도, 파네라도 전부. 파네라는 페브러리가 몹시 싫어하는 식당이었다. 어둠 속에서 집으로 걸으며 페브러리는 머리를 식히려 애썼다.

괜찮아?

멜이 물었다.

다행히 멜이 오기 전에 먼저 집에 도착하긴 했지만 얼굴에서 걱정을 씻어낼 수 있을 만큼 빨랐던 건 아니었다.

응, 괜찮아. 스월 교육감한테서 좀 찜찜한 얘기를 들었거든. 내일 점심을 같이 먹자네.

교육감이?

응.

이유는 못 들었고?

응, 아직.

음, 최소한 점심은 공짜로 먹겠네.

공짜는 절대 아닐 거야, 페브러리가 생각했다.

말이 나와서 말인데 저녁으로 피자 어때? 폭찹 요리를 하려고 했는데 너무 피곤해.

좋아. 전화로 주문해놔. 내가 다녀올게.

페브러리는 엄마를 보러 가며 대답했다.

페브러리? 내 말 듣고 있어요?

페브러리가 두 눈을 한 번 힘주어 깜박였다.

네, 그럼요.

그녀가 간신히 대답했다.

페브러리는 교육감의 넥타이 정중앙에 떨어진 뉴잉글랜드 클램차우더 수프 방울을 뚫어져라 쳐다봤다.

절대 외부에 말해선 안 돼요, 알아들었죠? 보안을 지키는 일이 제일 중요해요.

스웰 교육감이 말했다.

지금까지 스웰 씨는 '지역 단위의 변동'이 있을 거라는 식의 암시만 했었기에 페브러리는 이런 일이 생기리라고는 상상조차 하지 못했다. 또, 설령 다른 사람에게 말해보려 한다 해도 방금 스웰 교육감이 한 말을 자기 입으로 다시 할 수는 없을 것 같았다.

네.

그녀가 대답했다.

좋아요. 당신은 미리 알아야 할 권리가 있다고 생각했어요. 당신의 생활환경을 고려하면…….

네?

페브러리가 마침내 넥타이 얼룩에서 눈을 떼어 고개를 들었다.

스윌 교육감이 그럴 만한 행동을 한 적도 없었는데 페브러리는 그가 동성애 혐오 발언을 하려는 줄로 오해했다.

제 환경이요?

그러니까, 당신이 그곳에 살고 있으니.

어디 말씀이시죠?

캠퍼스 말이에요.

엄밀히 말하면 캠퍼스 밖이에요.

네, 그래도.

스윌 교육감이 한숨을 내쉬며 수프 접시 위로 몸을 기울였다. 넥타이가 빠질 것만 같았다.

봐요, 페브러리. 당신이 그 아이들을 돌보는 능력을 내가 높이 산다는 걸 알 거예요. 이걸 개인적인 문제로 받아들이지 않았으면 해요.

교육감님.

7월 1일부로 그렇게 될 거예요. 주에서 더는 리버밸리를 지원하지 않을 거예요.

방금 먹은 바게트가 페브러리의 뱃속에서 소화되지 않은 채 그대로 남아 있었다.

이해할 수가 없어요.

솔직히 말하면 주에서는 이번 학년이 끝날 때까지 기다리느라 큰 예산을 쓰는 거예요. 하지만 학기의 연속성을 위해 그렇게 양보하기로 했어요.

쾅, 페브러리가 손에 든 머그잔을 내려놓았다. 그 바람에 커피가 흘러넘쳤고 스윌 교육감이 테이블을 붙잡았다.

지금 파네라에서 저를 해고하시는 거예요?

뭐라고요?

스월 교육감은 지금 자기들이 있는 곳이 파네라가 맞는지 확인이라도 하듯 황급히 주변을 둘러보며 말했다. 그리고 몸을 숙이고 속삭였다.

당신을 해고하는 게 아니에요. 그리고 제발 목소리 좀 낮춰요.

아이들은 어쩌고요?

내가 지금 이렇게 먼저 귀띔을 하는 건 당신 주거 환경을 생각해서 호의를 베푸는 거예요. 하지만 세부 사항들은 공식 석상에서 논의될 때까지 기다려야 합니다.

이러실 수는 없어요. 분명 다른 방법이 있을 거예요.

페브러리, 당신도 리버밸리가 이 지역에서 가장 비싼 학교라는 걸 잘 알잖아요. 기숙사만 해도—

통학하는 학교로 바꿀 수 있어요.

—그 온갖 재활 프로그램하며……. 교사 대 학생 비율도 너무 낮아요. 다른 특수반들이랑 비교해도 그렇죠.

교육감님은 아이들을 일반 학교에 합류시키는 게 비용이 덜 들 거라 생각하세요? 그리고 그렇게 되면 통역사들이 저희 학교 선생님들 일자리를 차지하게 될 거예요.

일부 학생들이 원래 자기 집으로 돌아가면 비용이 좀 덜어지긴 하지요.

그러게요, 그냥 켄터키로 보내버리면 그만이겠죠. 그 아이들은 교육감님 책임이 아니라는 듯이요.

솔직히, 페브러리, 다른 주의 학생들은 내 소관이 **아니에요.**

맙소사! 그러고도 교육가라고 말씀하실 수 있는 거예요?

페브러리가 소리쳤다.

나는 전체적 관점에서 우리 주를 위해 최선을 다하고 있는 거예요.

교육감님한텐 가장 취약한 학생들을 돌봐야 할 의무가 있으시잖아요. 농맹인인 아이들은 어떡하고요? 다른 장애가 있는 아이들은요? 이건 정말 재앙이에요.

다시 말하지만, 회의에서 논의될 때까지 기다려야 할 문제예요—

스월을 쏘아보는 페브러리의 눈빛이 너무 차가워 그는 말을 멈출 수밖에 없었다. 그녀는 그렇게 한참 동안 스월 교육감을 노려보았다. 눈빛을 거둘 생각이 없어 보였으므로 만약 시선을 피하고 싶다면 스월이 눈을 돌려야 했다. 결국, 그가 기침을 하는 척 고개를 돌려 먼저 피했다.

교육감님이 이러시다니 정말 믿을 수가 없네요.

페브러리가 말했다.

그렇게 말하면 나도 억울해요. 내가 뭘 할 수 있겠어요?

교육감님 말씀이 맞아요. 이건 완전히 억울한 처사예요.

페브러리, 정말 미안하게 됐어요.

페브러리가 아니라 워터스 교장이에요.

자리에서 일어난 페브러리가 의자를 쾅 밀어 넣었다. 그 바람에 테이블이 다시 흔들렸고 스월의 넥타이에 또다시 수프가 몇 방울 튀었다. 그녀는 자기가 먹다 남긴 접시와 스월을 그대로 두고 쿵쿵 바닥을 울리며 식당을 나와 일렬로 늘어선 가게들을 지나쳐 주차장으로 갔다. 차에 탄 페브러리는 라디오 소리를 아주 크게 켜고 흐느껴 울었다.

오후 내내 페브러리는 주먹을 꽉 쥔 채 리버밸리의 사형 선고를 물릴 방안이 없는지 목록을 만들고 하나씩 차례로 검토했다. 보조금을 받을 수는 없을까? 스스로 써 내려가면서도 그것들이 가능할 거라는 생각이 들지 않았다. 그녀는 터벅터벅 걸어 집으로 돌아가, 포치에 앉아 뜨개질을 하고 있는 엄마 옆에 조용히 앉았다. 엄마는 멜에게 줄 '스카프'를 뜨고 있었는데 페브러리 생각에 이제 그 스카프의 길이가 6미터는 넘을 것 같았다. 페브러리는 자기가 온 것을 모른 채 코를 세고 있는 엄마를 보며 혼자 나직이 말했다.

결국 올 게 왔어요, 엄마. 리버밸리를 닫는대요.

몇 분이나 지났을까, 짧은 시간이었지만 엄마의 평화로운 침묵 안에서 페브러리는 위안을 받았다. 엄마는 코 수를 세고는 다음 줄을 뜨기 시작했다.

밤이 되자 페브러리는 과하게 열정적으로 피망을 다졌다. 학교에서 해고되었다는 사실을 멜에게 어떻게 말해야 할까? 그리고 이제 집도 잃게 되었다는 얘긴 또 어떻게 하지? 자기가 보기엔 집을 비워줘야 하는 일이 이 소식의 가장 나쁜 점이 아니란 얘긴 또 어떻게 해야 할까? 시간이 더 필요했다. 정말 되돌릴 수는 없는지 좀 더 방법을 찾아보고 싶었고 멜과 화해한 지 얼마 되지도 않은 때 이런 폭탄을 떨어뜨리고 싶지는 않았다. 관계가 다시 튼튼해질 때까지 시간을 좀 더 벌고 싶었다. 무엇보다 엄마가 알아서는 안 된다. 집으로 돌아온 멜은 페브러리가 웍까지 꺼내 요리를 하는 걸 보고 들떠 칭찬을 쏟아냈다.

참, 스웰 씨는 뭐래?

페브러리는 수상한 기색을 보이지 않으려 의지력을 발휘해야 했다.

아, 알잖아. 또 예산 얘기지, 뭐.

엄마가 무슨 이야기를 하는 중이냐고 묻는 얼굴로 고개를 들었다.

오늘 스윌 씨를 만났어요.

예산 얘기를 했거든요.

돌에서도 수프를 짜낼 수 있는 사람이 있다면 그건 바로 자기잖아.

멜이 말했다.

뭐라고?

페브러리가 힘없이 웃었다. 멜이 페브러리 엄마에게로 몸을 돌렸다.

어머니, 페브러리는 슈퍼우먼이에요.

멜이 말했다.

나도 그렇게 생각한다.

엄마가 대답했다.

멜이 가슴에 S자를 그리며 말했다. 그건 '슈퍼'를 뜻하는 수어가 맞았다. 페브러리는 멜이 그 수어를 어디서 배운 건지 아니면 직관적으로 한 것인지 궁금했다. 그러나 페브러리는 슈퍼우먼이 아니었다. 멜에게는 시간이 조금 지나면 꼭 얘기하리라 다짐했다. 갈수록 늘어만 가는 자신의 실패 목록에 '거짓말쟁이'까지 추가할 수는 없는 노릇이니까.

새벽 2시 34분. 침대 발치에서 별안간 빛이 번쩍였다. 화들짝 놀라 잠에서 깬 오스틴은 비몽사몽 알람 시계를 더듬었지만 불빛은 화상 전화에서 나는 것이었다. 그는 손을 더듬어 리모컨을 찾았다. 맞은편 침대에서 양말이 날아와 오스틴의 어깨 정중앙을 맞혔다. 엘리엇이 허공에 한쪽 손을 들어 투덜댔다. *야, 뭐야.*

전화야!

오스틴이 말했다.

물론 전화는 오스틴에게 온 것이었다. 전화를 받자 헝클어진 머리에 러닝셔츠를 입은 아빠가 화면에 나타났다. 아빠 뒤로는 부엌 의자에 앉은 엄마가 가쁜 숨을 몰아쉬며 신발을 신는 중이었다.

아기가 나오려고 해!

지금요? 전 어떡할까요?

시간이 좀 걸릴 테니 아기가 태어나면

아침에 데리러 가마. 어차피 지금 병원에
가도 할 수 있는 일이 없어.

그래도—

또 진통이 오기 전에 빨리 가야 해.
다시 전화하마!

아빠가 사라지고 까만 화면만이 덩그러니 남았다.

미안. 동생이 태어나려나 봐.

대답이 없는 엘리엇은 벌써 잠에 곯아떨어진 듯 보였다. 오스틴도 침대로 들어가 다시 누웠지만 잠이 오지 않았다. 병원으로 가고 싶었다. 월트 씨에게 부탁하면 병원에 데려다줄지도 몰랐다. 월트 씨는 오스틴이 리버밸리에 들어온 후로 내내 자리를 지키고 있는 보안 책임자였다. 그는 오스틴의 부모와도 잘 알았고 렉싱턴에 있는 농인 모임에서 함께 도미노 게임을 하는 사이기도 했다. 오스틴은 일어나 바지를 입고 책상 아래에서 운동화를 찾아 신은 다음 후드 티에 지갑과 휴대폰을 챙겨 넣고 계단을 달려 내려가 보안 데스크로 갔다.

월트 아저씨한테 전화 좀 해주시겠어요?

오스틴이 물었다.

새로 온 경비원이 고개를 들었다. 놀랍게도 그가 구어로 말했다. 젠장. 진짜 수어를 모른다고? 오스틴이 낮은 신음을 뱉으며 칸막이 너머로 손을 뻗어 포스트잇을 집었다.

월트 아저씨가 필요해요. 병원에 가야 하거든요.

오스틴이 썼다.

어디 아프니?

경비원도 썼다.

아뇨, 지금 동생이 태어나려고 하거든요.

그럼 **너한테** 긴급한 상황은 아니구나.

그냥 전화 좀 해주세요!

오스틴이 못 참고 소리를 지르고 말았다. 길들여진 적 없는 걸쭉하고 큰 목소리였다. 오스틴도 발성 훈련을 받은 적은 있었지만 목소리 크기를 조절하는 연습에선 진전이 없었는데 이제야 한 번 유용하게 써먹히는 듯했다. 깜짝 놀란 경비원이 벨트에 차고 있던 워키토키를 꺼내 도움을 요청하자 잠시 후 월트 씨가 골프 카트를 타고 나타났다. 삐죽삐죽 선 머리와 옷차림을 보아하니 앞쪽 타워에서 잠을 자다 나온 것 같았다. 아저씨를 발견한 오스틴이 달려갔다.

지금 동생이 태어난대요!

가고 싶니?

네! 감사해요!

타라. 순찰차로 갈아타자꾸나.

오스틴은 떠나면서도 데스크에 있는 경비원을 노려보는 일을 잊지 않았다.

오스틴과 월트 씨는 곧바로 차로 옮겨 탔는데 그 차는 연식이 오래된 카운티의 순찰차를 학교가 산 것이어서 콜슨 경찰의 로고 위에 학교의 문장이 붙어 있었다. 하늘은 아직 검푸렀고 길은 텅 비어 있었다. 월트 아저씨는 오스틴이 생각했던 것보다 질주 본능을 가진 사람이었다. 가죽 의자를 통해 커다란 라디오 소리의 진동이 오스틴에게도 전해졌다. 부모님은 아기의 성별을 미리 알고 싶어 하지 않았는데 캄캄한 창밖을 바라보고 있으니 오래전 가을의 한 장면이 오스틴의 머릿속에 떠올랐다. 새로 산 운동화를 신고 밖에서 놀던 그가 온몸에 진흙을 뒤집어쓴 채 발은 신발에 쓸려 피범벅을 하고 집에 돌아오자 할머니가 걱정하는 엄마의 등을 토닥이며 말했다. *난 딸만 있어 얼마*

나 다행인지! 물러나는 어둠을 바라보며 오스틴은 태어나는 아기가 여동생이길 바랐다. 엄마도 한 번은 쉬어야 할 것이 아닌가.

이윽고 병원에 도착한 오스틴은 어둠 속에서 아빠처럼 보이는 실루엣을 발견했다. 아빠가 구부정한 자세로 주차장을 달리고 있었다.

아빠예요!

오스틴이 그를 가리키며 차에서 뛰어내렸다.

고마워요, 아저씨!

월트 씨가 손을 들어 엄지를 치켜세웠고 오스틴은 아빠를 향해 손을 크게 흔들며 뒤따라 달렸다. 다시 목소리를 쓰고 싶지는 않았다. 대기실에 도착한 오스틴은 자신 쪽으로 등을 보이고 서 있는 아빠를 발견하고는 뒤에서 그를 꼭 안았다.

네가 어떻게—

아빠도 아들을 꼭 안았다. 오스틴은 아빠에 비하면 자신이 아직 얼마나 작은지를 새삼 느꼈다. 여름 동안 부쩍 키가 커 바지가 다 맞지 않게 되었는데도 그랬다. 그는 다시 아이가 된 것 같은 기분이 들었다. 아버지가 서둘러 몸을 떼고 뛰어가기 전까지는.

이따가 얘기해주렴. 엄마를 찾아야 하니까!

오스틴도 아빠를 따라 산부인과 병동으로 뛰어갔지만 아빠는 그에게 그곳에 앉아 기다리라고 했다. 오스틴은 아빠 말대로 의자에 앉았다. 아빠는 다시 접수원에게로 달려가 아들을 가리키며 큰 소리로 말했다.

저 아이는 농인이에요, 농인. 혹시 모르니 말해둘게요.

하지만 접수원은 큰 관심을 보이지 않았다.

사랑한다, 아들!

아빠는 그렇게 말한 뒤 또다시
어딘가로 뛰어갔다.

곧 할아버지가 될 사람으로 보이는, 검버섯이 난 나이 든 남자 말고는 대기실에는 아무도 없었다. 이런 곳들은 어디나 똑같았다. 한쪽 구석에 놓인 TV에서는 요리 쇼가 흘러나오고 있었고 바닥은 마치 청결의 증거라도 되는 것처럼 왁스가 잔뜩 칠해져 있어 반짝반짝 윤이 났다. 오스틴은 평생 수많은 대기실을 봐왔다. 대개는 청능사를 만날 때였다. 매년 부쩍 커가는 머리에 맞는 청각 보조 기기를 맞추느라 귀의 몰드를 만들고 또 만들고. 이 일은 마침내 잔존 청력에 건 희망까지 모조리 사라져버릴 때까지 계속됐다.

오스틴은 진열된 잡지들을 건성건성 넘겨보았다. 이런 잡지들은 병원 대기실에서만 볼 수 있었다. 〈헬스 투데이〉 〈신사의 골프〉처럼 아주 따분한 것들 혹은 지나치게 유치한 것들. 요즘 들어 모든 게 그런 식이었다. 책, 옷, TV 쇼 등등, 오스틴은 그 모든 것들 사이에 어중간하게 끼어 있는 기분이었다. 그는 여전히 어릴 때부터 봐온 만화를 좋아했지만 그 사실을 누구에게도 말하지 않았다. 자신의 취향이 대학 입학시험을 앞둔 여느 고등학생들처럼 성숙하지 않다는 사실이 부끄러웠다. 하지만 지금은 한밤중이고 대기실에는 노인 말고는 어울릴 사람이 없었다. 오스틴은 〈하이라이트〉라는 잡지를 집어 들었다. '이 사진에서 잘못된 점은 무엇일까요?' '이 사진에서 잘못된 점은 무엇일까요?' 몇 장 넘기지 않았는데도 거기에 나오는 사진이 전부 우스꽝스럽게 느껴졌다. **코트에 달린 단추 사이즈가 다르다 한들 그래서 그게 뭐 어떻다는 거지?** 오스틴은 잡지를 도로 꽂아 넣었다. 그는 결국 큰 의자에 거의 눕다시피 앉아 있다가 옆으로 누워 잠이 들었는데 얼마 지나지 않아 아빠가 흔들어 그를 깨웠다.

네 동생이 태어났어! 가볼래?

남자예요? 여자예요? 네?

잠에서 덜 깬 상태였는데도 오스틴이 물었다.

가서 직접 보렴.

아빠가 말했다.

아빠를 따라가자 침대 위의 엄마가 핑크색 물건들을 들고 있었다. 오스틴은 순간 머리가 살짝 어지러웠다. 여동생이다! 운명의 여신이 결국 엄마의 편을 들어준 것이었다.

안아볼래?

엄마가 한쪽 손으로 아기를
가리키며 물었다.

흥분이 이내 가라앉자 걱정이 됐다. 갓 태어난 아기를 이렇게 가까이서 보는 건 처음이었다.

네.

오스틴의 손이 자신도 모르는 새 움직여 대답했다.

'네'라고 하는 게 아니었는데. 그는 자신이 없었다. 만에 하나 아기를 떨어뜨리기라도 하면 어쩌지? 오스틴은 무서웠다. 그는 침대 옆에 놓인 의자에 앉아 팔을 구부려 아빠가 건네주는 아기를 조심히 받았다.

아기 머리를 받치렴.

엄마가 말했다.

아기는 쭈글쭈글하고 빨갛고 비누 냄새가 났다. 그리고 너무, 너무 작았다. 오스틴은 마음속에서 뭔가가 울컥 차올랐다. 그건 좋은 성적을 받았을 때나, 주인공 역할을 맡게 됐을 때, 혹은 메모리얼데이에 가브리엘라 부모님이 야외 파티에 가신 틈을 타 그녀와 나란히 이불 아래 나체로 누워 있을 때, 아니, 그때 느꼈던 것들과는 비교조차 할 수 없었다. 얼굴을 찡그리고 있는 동생을 바라보며 오스틴은 이 작은 생명체를, 여동생을 지켜줘야겠다고 다짐했다.

이름은 정했어요?

잠시 후, 아기에게서 가까스로 눈을 뗀 오스틴이 물었다.

ㅅ-ㅡ-ㅋ-ㅏ-ㅇ-ㅣ-ㄹ-ㄹ-ㅏ.

좀 이따 아기가 깨면 너도 보게 될 거야.

눈이 얼마나 크고 푸른지 몰라.

스카일라. 오스틴은 같은 이름을 가진 사람을 한 번도 본 적이 없었고 철자를 손으로 써본 적도 없었다. 오스틴은 손을 들어 이름을 말해보았다. 파도처럼, 자기 손을 타고 밀려오는 그 낱말을 가만히 느꼈다. 그는 과학 시간에 아기 때 지녔던 눈동자 색깔이 자라면서 변하기도 한다고 배웠지만 손끝에 느껴지는 이름이 너무나 달콤해 아무 말도 하지 않았다.

안녕, 스카이. 환영해.

아기는 쌔근쌔근 자고 있었지만

오스틴이 여동생에게 말했다.

엄마도 어느새 잠이 들어 있었다. 오스틴은 아빠에게 아이를 건네주었다.

정말 신기하지 않니?

네, 정말 작아요.

진짜 사람 같지가 않아요.

2주 먼저 태어난 것치고는 건강하단다.

너도 비슷했어.

오스틴은 자신이 갓 태어났을 때의 풍경을 떠올려 보았다. 지금보다 열다섯 살쯤 어린 부모님이 첫 아이를 품에 안은 순간을. 나도 이 병원에서 태어났을까? 한 번도 물어본 적은 없었지만 그럴 거라고 생각했다.

스카일라가 깨어나 울자 아빠가 엄마를 깨워 젖을 물리게 했다. 곧 간호사도 들어와 아빠에게 오스틴이 알아듣지 못하는 얘기를 했다.

뭐라고 한 거예요?

뭐래요?

간호사가 스카일라를 데려가자 오스틴과 엄마가 동시에 아빠에게 물었다. 아빠가 숨을 길게 내쉬었다.

왜요? 불안하게 하지 마요.

엄마가 말했다.

당신이 아기 울음소리를 어떻게
들을 수 있는지 알고 싶어 했어요.

오, 젠장.

엄마가 안도하며 웃었고 오스틴도 따라 웃었다. 그들은 나쁜 일이 생긴 줄로만 안 것이었다.

일반적인 검사들을 한대요.

간호사들은 공부도
많이 했을 텐데 어떻게 그렇게
무지한지 모르겠어요!

그래서 아빠, 뭐라고 했어요?

우리 집에는 불빛이 나는 알람이
소방서보다 더 많다고 했지.
농인들이 자식을 키우고
산 지도 천 년이 넘었고.

그리고 자기 일이나 똑바로 하란

얘기도 했죠?

당신이 원하면 간호사가 다시 올 때

얘기할게요.

그들은 웃음을 터뜨렸다. 오스틴은 새로 태어나는 동생 때문에 생겨났던 불안감이 눈 녹듯 사라졌음을 느꼈다. 그들은 텔레비전을 켜고 아침 뉴스를 봤다. 아침! 시간이 어떻게 가고 있는지 까맣게 잊고 있었던 것이다. 학교에서는 수학 수업이 한창일 터였다.

걱정 말렴. 선생님한테 전화해줄게.

월트 아저씨가 학교에 미리 말해주시면

좋을 텐데요.

여기.

아빠가 지갑을 꺼내며 말했다.

아침 먹어야지. 자판기에서

치토스라도 사 먹으렴.

치토스라니! 아침 8시라고요.

감자튀김도 안 돼!

이미 돈을 받아 복도로 뛰어나간 오스틴이 짓궂은 미소를 지었다. 치토스와 포크 라인즈°를 사서 돌아오니 스카일라가 엄마 품에 안겨 있었다. 간호사가 뭔가를 말하는 중이었고 아빠가 통역을 했다. 대화 내용은 알 수 없었지만 엄마는 조금 얼빠진 얼굴이 되었고 아빠는 얼굴이 달아오른 듯 보였다. 오스틴은 눈치채지 못했지만 아빠가 들떠 흥분감을 감추지 못하고 있었다. 간호사가 오스틴을 지나쳐 병실을

° 돼지 껍데기로 만든 과자.

나갔다.

문제없는 거죠?

그래, 간호사가 검사 결과를

알려주러 왔단다.

아빠가 대답했다.

다 좋은 거죠?

응, 완벽해.

오스틴이 두 손으로 엄지를 들어 올리는데 뭔가가 잘못된 듯한 느낌이 들었다. 엄마는 눈썹을 찌푸린 채 입도 꾹 다물고 있었다.

그런데요?

오스틴이 눈썹을 치켜떴다.

그게—

아기 청력 말이야.

엄마가 말했다.

아.

농인 커뮤니티에서는 청력 검사를 통과하는 걸 두고 '농인 테스트에서 낙제'했다고 농담 삼아 말하고는 했는데, 이는 부모가 청각장애가 있는 아이를 낳으면 들어야 했던 온갖 안타까운 시선과 태어난 아기에게 붙는 실패자라는 꼬리표에 빗대어 하는 농담이었다. 오스틴은 그 문제를 크게 신경 쓰지 않았다. 아빠도 청인이었고 오스틴은 아빠를 사랑했으며 아빠는 늘 수어를 했고 여동생도 그럴 거라고 생각했다. 청인 코다• 중 상당수가 수어를 유창하게 할 줄 알거나 수어를 모국어로 사용했다. 워터스 교장 선생님처럼. 그런데 아빠의 얼굴

• CODA, Child of Deaf Adults, 농인의 자녀를 뜻함.

을 다시 보니 발그레한 두 뺨이 기쁨을 숨기지 못하고 있었다. 오스틴은 이제야 이해했다.

*그러니까—***그래서** *아빠가*

행복하다는 거예요?

뭐라고?

오스틴이 비난의 손가락을 아빠에게로 향했다.

'완벽하다'고, 그래요?

그런 뜻이 아니야.

그럼 무슨 뜻이었는데요?

하지만 오스틴은 미처 생각이란 걸 하기도 전에 몸이 먼저 움직여 버렸다. 아주 어릴 때 후로 이런 적은 처음이었다. 그는 그길로 병실을 나갔다. 복도 바닥에 풀썩 주저앉아 벽에 등을 기대고 무릎을 끌어안고는 눈을 감았다. 사람들의 발걸음, 끔찍한 형광등 불빛, 민낯을 드러낸 아빠의 은밀한 소망, 흠결 없는 여동생, 그 모든 현실을 차단했다. 태어난 지 몇 시간도 채 되지 않은 동생은 그렇게, 한 세기 넘게 이어진 가족의 전통을 산산조각으로 부쉈다.

한 달하고 보름이 지나자 찰리는 벽에 부딪혔다. 비유 같은 게 아니었다. 한동안은 모든 게 잘 풀렸다. 저녁 보충 수업도, 24시간 관심을 받는 일도, 수어로 하는 대화도 다 한결 나아졌다. 대수학 시험에서는 B+도 받았다. 그런데 수요일 밤, 케일라가 뭔가를 말했고 찰리는 이해하지 못했다. 다시 말해달라고 하자 케일라는 눈알을 굴리며 '*됐다*'고 했다. 순식간에 누군가의 골칫거리로 전락한 기분이었다.

영어에서는 주로 '신경 꺼'라는 표현을 썼지만, 어쨌거나 둘 다 뜻하는 바는 매한가지, '귀찮음을 감수하면서까지 너와 말하고 싶지 않다'는 의미였다. 아침이 밝고 케일라는 평소와 다를 것 없는 모습에 자기가 어젯밤 내뱉은, 잊으라는 말도 잊은 듯했지만 찰리는 그러지 못했다. 점심시간에 혼자 밥을 먹을 때도, 교장 선생님의 첫 에세이 숙제에서 D를 받았을 때도, 그리고 교장 선생님이 찰리에게 질문을 했을 때도 찰리의 머릿속에서는 케일라의 말이 계속 맴돌고 있었다.

더구나 찰리는 교장 선생님이 자기에게 질문을 하는지도 모르고 있었다.

모르겠어요.

찰리는 책상 위에 올려진 에세이에서

여전히 눈을 떼지 못한 채,

이걸 보라는 듯 가리키며 말했다.

하지만 교장은 찰리를 봐주지 않았고 칠판 앞으로 나오라고 했다. 찰리가 쭈뼛거리며 일어섰다.

어서 나오렴.

가고 있어요.

그렇게 못된 년처럼 안 굴어도 가고 있다고요.

뭐라고?

젠장. 나 방금 소리 내서 말한 건가? 찰리는 워터스 교장이 들을 수 있다는 사실을 잊고 있었다.

아무 말도 안 했는데요?

밖으로 나가.

찰리는 교실 밖으로 나갔다. 기분이 좋지 않다는 것만 빼면 그냥 교실 밖에 서 있는 것뿐이었다. 찰리는 엄지발가락이 아플 때까지 벽을 툭툭 찼다. 곧이어 교장 선생님이 복도로 머리를 내밀고 현관 쪽을 가리켰다.

교장실로 가 있어!

찰리는 클레르 홀로 터벅터벅 걸어가 응접실을 서성거렸다. 교장의 비서가 몇 차례 앉으라고 말했지만 소용없었다.

교장 선생님은 지금 수업 중이야.

비서가 말했다.

알고 있어요.

찰리가 대답했다.

젠장, 나도 알고 있다고요.

비서가 찰리의 말을 들었는지는 알 수 없었지만 비서는 내색을 하지 않았다. 솔직히 들었다고 해도 상관없었다. 누구의 얼굴에라도 대고 그렇게 말했을 것이었다. 찰리는 초조하고 불안했다. 또다시 특수반이구나, 생각했다.

얼마 후 교장이 돌아왔고 교장실로 들어오라고 했다. 커다란 오크나무 책상 앞에 선 찰리는 머리를 숙인 채 곁눈으로 선생님을 힐긋거리며 발가락을 꼼지락댔다.

아깐 뭐였지?

교장이 물었다.

아무것도 아니었어요.

못된 년이라고 안 했다고?

찰리가 건성으로 고개를 저었다.

앉아라.

찰리가 의자에 앉았다.

솔직히 말하면, 교장이 말했다. 이런 일쯤은 예상했다.

그런가요?

뭐, 그 욕설까지 정확히 예상한 건 아니지만…….

교장이 노트 위에 뭔가를 쓰더니 노트를 돌려 찰리에게 보여주었다. 언어 결핍. 노트 위에는 그렇게 적혀 있었다.

언어 결핍.

교장이 수어로 말했다.

들어본 적 있니?

찰리가 고개를 저었다. 교장이 다시 노트 위에 뭔가를 더 썼다. '인간은 5세에 이르기 전에 제1언어를 배운다. 그러지 못할 경우, 문제로 이어질 수도 있다.'

교장은 펜을 내려놓고 관자놀이를 살짝 두드리며 소리 내어 말했다.

여기.

아주 좋네요.

찰리가 말했다.

네 상황에서 행동 ___이 없는 게
이상한 거란다.

행동 뭐요?

ㅈ-ㅡ-ㅇ-ㅅ-ㅏ-ㅇ.

제가 언어가 결핍된 상태라는 건가요?

그러니?

찰리의 머릿속에 어릴 적 주문에 걸렸던 일, 침묵의 방, 카일라의 무시에 울컥 차오르던 화까지 모든 일이 한꺼번에 떠올랐다.

모르겠어요.

나도 그건 알 수 없단다.
하지만 네가 의사소통을 하기 위해
너무 많은 노력을 들여야 했단 건 알지.

이게…… 뭐지? 찰리는 생각했다.

넌 스스로한테 더 너그러워져도 된단다.
말이라는 게 그냥 어느 날 갑자기 탁
생기는 게 아니니까.

그런데 너무 늦었으면 어떡해요?

너무 늦은 케이스를 난 많이 봤어. 넌 아냐.

어찌 보면 교장의 대답은 교육자가 응당 해야 할 말일 뿐이었지만 이어지는 교장의 말에 찰리는 약간 믿음 같은 게 생겼다.

하지만 그렇다고 해서 선생님들한테
벌컥벌컥 화를 내도 된다는 뜻은 아니야.

찰리가 고개를 끄덕였다.

앞으로 세 번, 수요일 오후 3시, 지도 상담을 받아야 해. 교장이 노트에 썼다.

알겠니?

네.

그리고 한 가지 더.

찰리는 혀를 꽉 물었다.

방과 후 활동을 하나 했으면 해.
연극부야.

찰리가 고개를 저었다.

겨울에 공연이 있을 거야.
〈피터 팬〉을 준비하고 있단다.

연극이요? 절대 싫어요.

제안이 아니다.

교장이 말했다.

저는 배우 체질이 아니에요.

——를 하면 되지.

뭐라고요?

ㅁ-ㅜ-ㄷ-ㅐ-ㅂ-ㅗ-ㅈ-ㅗ.
무대 보조 말야.

무대 보조요?

무대 뒤에서 돕는 거지.

그런데 제가 망치면 어떡해요?

보조 일을 망치기는 어렵지 않겠니?

그건 그렇지만…….

다시 말하지만, 제안하는 게 아니란다.

네, 알겠어요.

교장 선생님 책상 위에 달린 벨이 반짝이며 하교 시간이 되었음을 알렸다.

그리고 그런 욕설은 다시는 보고 싶지 않구나. 어떤 언어로든 말이다.

네.

교장이 벨을 향해 머리를 까딱이며 말했다.

이제 가보렴.

찰리는 교장 선생님에게 감사하다고 꾸벅 인사한 다음 일어나 다시 교실로 향했다. 역사 수업 교실에 두고 온 책을 가지러 가야 했다. 찰리는 반성했다. 상황이 더 나빠질 수도 있었지만 교장 선생님은 찰리에게 관대했다. 찰리는 자기가 내뱉은 욕설을 친구들이 듣지 못했길 바랐다. 그리고 처음에는 하기 싫다고 했던 연극부도 재밌을 것 같았다. 제퍼슨에서는 찰리가 부 활동을 한다는 건, 더구나 연극부라는 건 상상도 할 수 없는 일이었다. 하지만 리버밸리에선 달랐다. 어쩌면, 무대 **위에도** 설 수 있지 않을까? 그렇게 되면 엄마는 뭐라고 할까?

찰리는 기숙사로 돌아가며 그녀와 엄마가 연극이라는 공통의 관심사를 가진 평행 세계의 삶을 상상해보았다. 그 상상 속에 푹 빠져 있던 나머지 바로 옆에 나타난 진짜 엄마를 알아보지 못했다. 엄마의 흰색 볼보가 기숙사 앞으로 들어와 섰다.

찰리!

차창 밖으로 몸을 반쯤 내민 엄마가 딸을 향해 다소 과하게 손을 흔들었다.

여기서 뭐 하세요?

나도 만나서 반갑구나.

죄송해요.

찰리가 수어로 말했다.

뭐?

죄송하다고요!

찰리가 크게 외쳤다.

찰리, 알겠어. 목소리 좀 낮추렴.

죄송해요. 어쩐 일이세요.

차에 타렴. 늦겠다.

늦어요?

인공와우 검사하는 날이잖니. 경비가 얼마나 까다롭게 굴던지! 정말, 누가 보면 여기가 포트 녹스°인 줄 알겠어.

학교에 경비가 있으니 좋지 않아요?

물론 좋지, 엄마가 한숨을 내쉬며 대답했다. 이제 그만 차에 좀 탈래?

찰리가 차에 올라타자 엄마는 차를 돌려 정문으로 향했다.

겨울에 연극을 할 거예요.

경비원이 엄마의 신분증을 확인하는 동안 어색한 침묵을 깨기 위해 찰리가 말을 꺼냈다.

저도 무대 보조를 할 거예요.

그 일이 자의가 아닌 강제였다는 말은 굳이 하지 않았다.

° 켄터키주에 소재한 미국의 금괴 보관소.

연극이라니, 뭔가 재밌겠구나.

뭔가요……?

엄마가 고개를 들어 검문소 위로 그늘을 드리운 오래된 두 그루의 오크나무를 바라보았다.

정말 예쁘네.

엄마가 말했다.

네.

찰리는 얼굴에 드러난 표정을 감추려 애쓰며 대답했다.

콜슨 어린이 병원은 대단히 컸지만 친숙했다. 찰리는 표지판을 보지 않고도 무엇이 어디에 있는지 다 알고 있었다. 찰리와 엄마가 이식 센터에 가서 접수를 하는 동안 찰리가 접수창구에 대고 접수원에게 말했다.

통역사를 요청할 수 있을까요?

왜 그렇게 소리 지르듯 말하는 거야?

엄마가 나무라듯 말했다.

찰리는 그저 어깨를 으쓱하고 말았다. 이내 학교에 있는 몇 주 동안 그 누구도 그녀에게 조용히 말하라고 다그치지 않았다는 사실을 깨달았다.

방금 전까지 남자 선생님이 있었는데, 아직 있는지 볼게요.

접수원이 대답했다.

그런데 통역사는 왜 부른 거야?

의사 선생님이 하는 말을 알아듣고 싶어서요.

접수원이 전화기를 들었다.

검사실에 들어서자 통역사가 방 가운데에 놓인 접이식 의자에 앉아 있었다. 의사와 엄마는 의례적인 인사를 나누었다. 찰리는 처음으로 통역사의 도움을 받으며 거의 통쾌한 기분까지 들었다. 다른 농인들과 수어로 말하는 데 차츰 익숙해지는 중이었지만 통역사의 도움을 받은 적은 없었던 것이다. 이제 그녀는 쭈글쭈글 구겨진 파란 셔츠를 입은 남자에게만 집중하면 됐다. 이리저리 추측하는 일도 사람들 입술만 쳐다보는 일도 할 필요가 없었다. 찰리는 자기 머리에 박힌 필라멘트에 의지하는 것보다 이것이야말로 진짜로 듣는 일과 비슷할 거라는 생각을 했다.

찰리는 통역사에게 인사를 건넨 뒤 자신의 수어 이름도 자랑스레 알려주었다. 남자는 자기 넥타이에 묻은 우유 자국을 톡톡 두드린 뒤 사과하며 얼마 전 아기가 태어났다고 했다. 의사가 차트를 보는 동안 엄마는 불안한 얼굴로 무릎 위에 손을 가지런히 올려놓은 채 기다렸다.

의사가 입을 떼자 통역사가 몸을 바르게 했다. 허리를 곧게 펴고 조금 전까지 인사를 나누며 지었던 표정을 얼굴에서 거두었다. 통역하기 전에 자신을 비워내는, 어떤 빈 공간을 만들어내는 방식인 듯했는데 어쩐지 신기해 보였다.

자, 찰리, 그동안 어떻게 지냈는지
말해줄래?

통역사가 의사의 질문을 수어로 옮기자 의사가 아차 싶어 잠시 멈추었다.

머릿속이 징— 울려요.

찰리가 말했다.

찰리는 자기의 수어가 통역사의 입술로 옮겨지는 모습을 지켜보았다. 그녀의 목소리가 통역사의 목소리 안에 담겨 있었다.

두통이 있고요.

이전이랑 증상이 다르니?

더 심해졌어요.

어떻게 심해졌지?

음, 더 흐릿하게 들려요.

통역사가 자세를 바꾸며 입술을 비틀었다.

물속에 있는 것처럼 들려?

엄마의 무심한 질문이 통역사의

손끝을 통해 전해졌다.

몰라요. 물속에서 어떻게 들리는지 모르니까요.

잠시, 침묵이 내려앉았다.

그래, 검사를 몇 가지 해보자꾸나.

의사가 인터컴에 대고 뭔가를 말하자 어시스턴트가 들어와 찰리를 진찰실 안에 있는 작은 검사실로 안내했다. 삐 소리나 '야구. 비행기.' 같은 단어들이 반복해서 들리면 손을 들고, 소리들이 뭉뚱그려져 구별할 수 없게 되면 어깨를 으쓱해 대답하는 검사였다. 그건 찰리가 여태껏 받은 검사 중 가장 터무니없었다(그리고 이건 정말 맞는 말이었다). 방음벽으로 둘러싸인 방에서 자기 머리에 곧장 꽂히는 삐 소리를 들을 수 있다는 게 대체 무슨 의미가 있겠는가? 찰리가 기저귀를 뗀 시절부터 한 번도 바뀐 적 없이 똑같은 열 개의 단어를 구별해내는 것이 대체 무슨 의미가 있냐는 말이다. 그건 일상에서 진짜 소리를 듣는 것과는 아무런 상관이 없었으며 검사 결과 또한 마찬가지로 쓸모가 없었다.

——은 같아. 언어 ——은

네 평소 수준보다 조금 낮고.

언어 뭐요?

찰리가 의사를 보며 물었다.

식. 별. 능. 력.

의사가 과장되게 입을 벌려 말했다.

그럼 기기에는 문제가 없는 건가요?

엄마가 물었다.

항상 이 모양이었다니까요!

아마도 '일상적 사용에 의한 마모'일

겁니다. 여기 선이 좀 닳은 것 같아요.

새 ___를 주문하면 돼요.

아마 3주 정도 걸릴 겁니다.

몇 주씩이나요? 바로 이 아랫동네에서

만드는 거 아닌가요?

괜찮아요. 어차피 필요 없어요.

찰리가 대답했다.

그건 잘 알겠구나.

통역사는 건조하게 의사의 말을 전했고 엄마가 눈을 부라렸다.

저보고 어떡하라는 거예요? 이건 망가졌다고요!

찰리가 큰 소리로 말했다.

기다리는 동안 지금 건 계속 하고 있으렴.

___이 네 다음 진료일을 잡아줄 거야.

오래 걸리진 않을 거야.

내가 네 최근 맵°에 맞는 ___을 만들어둘 테니

거기서부터 다시 맵핑을 해보자.

찰리는 워터스 교장 선생님이 그랬던 것처럼 자기가 이해하지 못한 단어들을 철자와 수어로 각각 알려달라고 통역사에게 요청했다.

접수원. 프로그램.

찰리는 두세 번 그것들을 따라 해 머릿속에 저장했다. 의사가 찰리의 어음처리기[°°]를 돌려주고 찰리가 그것을 머리에 다시 착용하는 동안 엄마는 의사에게 감사하다며 인사를 했다(찰리는 전혀 감사하지 않았다!). 통역사가 나가며 찰리에게 찡긋 윙크를 보냈다.

검사실을 나서자마자 찰리는 수어의 빈자리를 느꼈다. 자기 안이 텅 빈 것 같았다. 언어와 상관없이 멀티 페르소나라는 말이 너무도 이해되는 순간이었다. 엄마가 다음 일정을 예약하는 동안 찰리의 공허한 마음이 화로 변하기 시작했다. 평소라면 방향 감각이 좋지 않은 엄마를 대신해 주차장으로 가는 길을 찾았을 테지만, 이번엔 엄마를 따라가느라 잘못된 엘리베이터를 타고 말았다. 곧 그들은 병원 로비에 이르렀다. 그곳에는 아픔을 딛고 일어난 기적의 아이들이 환한 미소를 짓는 사진들이 전시돼 있었다. 밖으로 나오고 나서야 정신이 든 찰리가 주차장으로 걸음을 향했다.

잠깐만, 좀 천천히 가. 커피나, 음, 뭐 좀 마실까?

엄마가 물었다.

엄마가 길 건너편에 있는 스타벅스를 가리켰다. 어렸을 때는 병원에 올 때마다 고분고분 말을 잘 듣는다는 조건 아래 엄마가 아이스크림을 사주고는 했지만, 이제 찰리는 커피 따위의 값싼 위로는 받고 싶지 않았다. 하지만 엄마 표정이 정말 좋지 않아서 찰리는 고개를 끄덕일 수밖에 없었다. 둘은 신호도 무시한 채 길을 건넜다.

° MAP, 인공와우 사용자가 어음처리기를 착용할 때 가장 알맞은 소리를 들을 수 있게 조율된 전용 프로그램.

°° 인공와우는 달팽이관 내부에 이식되는 '임플란트'와 외부에 착용하는 '어음처리기'로 구성된다.

찰리는 눈앞에 길게 늘어선 가게들을 바라보았다. 노스이스트 콜슨의 중심인 그곳에는 패스트푸드 음식점, 휴대폰 상점, 1달러 숍, 주방용품 가게들이 있었다. 찰리의 가족은 보통 그곳을 지나쳐 주차장에서 곧장 고속도로로 올라갔었다. 때때로 찰리는 큰 도시로 가서 살면 어떨까 상상해보고는 했다. 느릿느릿 흐르는 황토색 오하이오강보다 훨씬 더 크고 넓은 곳. 그래서 사람들 틈 속에 섞여 들어갈 수 있는 곳. 여기서는 길에서 마주치는 사람들이 찰리 머리에 달린 인공와우를 힐끔거리는 일이 종종 있었다. 그럴 때마다 찰리는 엄마만큼이나 모욕감을 느꼈다. 하지만 뉴욕 같은 도시라면 찰리의 머리카락 사이로 선이 삐져나와 있든, 목소리가 어떻든 누구 하나 신경 쓰지 않을 것 같았다. 예술가나 모델, 셀러브리티, 나체의 카우보이, 싸구려 브랜드의 세서미 스트리트 분장 인형이 인공와우를 달고 나오지 않는 한 말이다. 스타벅스에 들어서며 찰리는, 익명성, 바로 그것이 자신이 원하는 것이라고 생각했다.

커피는 매혹적인 음료였지만 찰리는 아직까진 그 맛을 이해할 수 없었다. 그래서 얼음과 설탕이 커피의 쓴맛을 덮어주는 프라푸치노를 주문했다. 카운터에 서서 음료가 나오길 기다리는 동안 찰리는 무심코 메뉴판에 있는 음료들의 알파벳을 하나씩 수어로 해보기 시작했다.

이제—엄마가 손을 들어 올렸다—그거 잘하는구나.

창가에 있는 작은 테이블로 가 앉으며 엄마가 말했다. 엄마는 칭찬을 에둘러 말하는 버릇이 있었다. 찰리는 와스프* 파티에서 엄마가 지인들을 윔블던의 세레나처럼 제압하는 모습을 지켜보곤 했었다.

* White Anglo-Saxon Protestant(WASP), 미국의 주류 계급인 앵글로색슨계 백인 개신교도.

수어예요.

찰리가 말했다.

그래, 알겠어.

미국 수어라고요.

찰리, 네가 화난 건 나도 이해해.

하, 고맙네요.

하지만 이성적으로 생각해보렴. 상황이 달랐을 수도 있잖니.

그게 무슨 말이에요?

찰리가 컵에 있는 얼음을 쿡쿡 찌르며 물었다.

우리가 널 고문하려고 이식 수술을 한 게 아니란 뜻이야. 널 위한 거라고 생각했어. 수술이 잘됐을 수도 있었다고.

찰리가 빨대를 씹으며 가만히 고개를 끄덕였다. 케케묵은 대화였다. 찰리도 마음 한구석으로는 엄마가 자기를 위해 그랬다는 걸 알고 있었다. 하지만 어쨌거나 수술은 잘되지 않았다. 어떤 기준으로 봐도 그랬다. 한 가지 문제가 끝나면 또 다른 문제가 나타났다. 그런데 또 처음부터 전부 새로 시작해야 하는 것이다. 새로운 어음처리기와 지지부진하기만 한 구식 보정 작업, 또다시 뒤따를 두통. 이 모든 건 엄마가 미련을 버리지 못하기 때문에 겪어야 하는 일들이었다. 여기에 맞서는 건 어차피 소용없는 짓이었다. 찰리는 앞으로 2년은 더 부모님의 소유로 살아야 했다. 슬픔을 정화해주는 저주 인형처럼 말이다. 찰리는 불쑥 자리에서 일어나 발을 쿵쿵대며 카페를 나갔다. 그래봤자 차로 향한 것이었지만 잠깐이라도 엄마와 떨어질 필요가 있었다.

의사가 그 선이 늘 말썽이라고 했잖아.

차에 타자 엄마가 말했다.

새 어음처리기는 다를지도 몰라.

찰리는 창밖만 바라볼 뿐 아무 말도 하지 않았다. 콜슨을 빠져나오니 에지 바이오닉스 공장이 보였다. 온갖 종류의 인공와우 부속품들이 그 공장에서 만들어졌다. 어쩌면 지금 이 순간에도 찰리의 어음처리기가 만들어지고 있을지도 모른다. 찰리는 궁금했다. 위협적으로 보이는 이 공장이 집에서 그렇게나 가깝다는 사실을, 자기가 이따금 생각하듯 엄마도 어떤 불길한 징조로 여기는지, 아니면 우연히도 옆에 있어 다행인 것으로 여기는지가 말이다. 에지는 짙은 남색으로 크게 회사명을 새로 칠했지만, 굿이어의 로고가 있던 자리에는 여전히 희미한 자국이 남아 있었다. 필기체의 금속 간판 아래 오랜 시간 가려져 있던 깨끗하고 새빨간 벽돌들이 굿이어의 흔적을 알렸다. 다른 작은 도시들도 이런 운명을 맞았을까? 에지 바이오닉스는 뼈만 남은 오래된 창고와 쇠퇴한 공업 도시를 살찌우고, 반짝이는 희망을 가져올 수 있을까?

찰리는 운전 중인 엄마를 힐긋 보았다. 고속도로의 풍경이 도시에서 타운 하우스의 네모난 구획들로 바뀌고 있었다.

저 학교로 데려다주는 거 잊지 마세요.

찰리가 말했다.

알고 있어.

3번에서 나가는 거예요.

알고 있다고.

왼쪽으로 빠지면 돼요.

찰리, 제발. 엄마도 운전할 줄 안다고.

엄마가 선글라스를 추켜올리며 콧등을 문질렀다. 찰리는 자긴 농인인데도 이런 어색한 침묵까지 신경 써야 한다니 불공평하다는 생각을 하며 손거스러미를 툭툭 잡아 뜯었다.

제가 연극을 한다고 말하면 엄마가 좋아할 줄 알았어요.

잠시 후 찰리가 입을 열었다.

내가 왜 안 좋아한다고 생각한 거야?

엄마가 물었다.

집으로 돌아온 오스틴은 동생을 향한 애정과 아빠를 향해 자라나는 미움 사이에서 이리저리 흔들리며 주말을 보냈다. 아빠는 휴대폰을 열심히 검색해 세심하게 고른 동요들로 플레이리스트를 만들었고 스카일라를 품에 안아 재울 때는 손가락을 입에 가져다 대며 집안 사람들이 발소리도 내지 못하게 했다. 그럴 때면 오스틴은 씩씩거리며 TV 소리를 최대로 틀었고 스카일라는 이내 울음을 터뜨리며 잠에서 깼다.

스카일라가 태어난 후에도 청력 상태에 대해 말을 아끼고 있던 엄마는 할머니, 할아버지가 올 시간이 가까워지자 가만히 누워서 쉬지도 못하고 요리를 하는 등 안절부절 어쩔 줄을 몰랐다.

그렇게 오븐을 자꾸 열어대면

그 새는 절대 안 익는다고요.

아빠가 말했다.

좋아요! 저녁 식사는 취소야!

엄마가 외쳤다.

제발 그냥 가서 앉아요.

오스틴이 알아서 할 거예요.

아빠가 카운터에 놓인 녹색 콩 통조림을 가리켰다. 오스틴은 고분고분 통조림을 따며 나중에 스카일라가 크면 금속에 구멍을 낼 때 어떤 소리가 나는지 자기에게 설명을 늘어놓을지도 모른다고 생각했다. 엄마가 할머니, 할아버지한테 스카일라의 소식을 어떻게 전할지 궁금했다. 엄마 마음은 아쉬운지, 어떤지도. 꼭 수어 때문이 아니라, 엄마와 정서적으로 유대—엄마와 아들의 관계는 침묵 속에 더욱 단단해졌다—가 깊은 오스틴은 차마 엄마에게 직접 물어볼 수가 없었다. 그래서 그는 그저 냄비에 콩을 넣고 창고에 있는 쓰레기통에 캔을 가져다 버렸다.

때마침 할머니, 할아버지의 차가 집 앞에 들어서는 모습을 보자 그냥 확 말해버릴까도 싶었지만 오스틴을 발견하고 환히 웃는 얼굴을 보자 그럴 용기가 나지 않았다. 윌리스 할아버지가 새하얀 의치를 드러내고 활짝 웃으며 오스틴을 껴안았고 로나 할머니도 그랬다. 할머니의 지독할 정도로 진한 향수 냄새는 여전했다. 엄마가 훨씬 더 잘 대처할 거라고 그는 생각했다.

그러나 결국 소식을 전한 건 다름 아닌 스카일라였다. 할머니, 할아버지가 사온 선물을 차에서 꺼내던 오스틴이 의도치 않게 문을 쾅 소리가 나게 닫는 바람에 스카일라가 놀라 울음을 터뜨린 것이었다. 로나 할머니는 이를 단박에 알아차렸다. 청인 가족들 사이에서 태어난 그녀는 여동생들을 아기 때부터 돌봐온 데다 유전자 시한폭탄이 언젠가는 터질지도 모른다는 사실을 잘 알고 있었다. 오스틴의 존재는 로나에게 큰 위안이었다. 그리고 15년 동안은 그녀의 딸 또한 운명을 시험하거나 퍼넷 스퀘어°를 통해 가족들과 같은 DNA를 가진 일원이 아님을 말해준 적이 없었다. 로나 할머니가 오스틴과 엄마를 의미심장한 눈길로 쳐다보았고 둘은 어쩔 줄을 몰랐다.

한편 윌리스 할아버지는 청인인 아기를 눈여겨본 적이 없기에 곧바로 눈치를 채진 못했다. 하지만 얼마 후 분위기가 심상치 않다는 걸 알아차렸다.

무슨 일이야?

청인인 것 같아요.

할머니가 스카이를 가리키며 말했다.

정말?

엄마가 고개를 끄덕였다. 오스틴은 긴장했다. 하지만 윌리스 할아버지는 아기 침대 위로 몸을 숙인 채 뭐라고 조용히 속삭일 뿐 별다른 말은 하지 않았다.

축하한다, 스카이.

삶이 조금은 쉽겠구나.

할아버지는 그렇게 말하고는 밖으로 나가 담배를 연달아 두 대를 피웠다. 그리고 이어지는 저녁 내내 그 누구도 이 화제를 다시 꺼내지 않았다.

그날 밤, 침대에 누운 오스틴은 마침내 휴대폰을 열어 그동안 온 문자를 확인했다. 새로 전학 온 여자애에게서 뭐 하고 있냐는 메시지가 와 있었다. 며칠 전이라면 문자를 보고 신이 났겠지만 지금은 답장할 기분이 아니었다. 더구나 이제 와서 이틀 전 보낸 문자에 답을

° 가능한 유전자 조합을 알기 쉽게 나타낸 도표.

하지 못해 미안하다고 하기도 멋쩍었다. 뭐라고 하겠는가? 내 인생은 완벽한 줄 알았는데 갓 태어난 여동생이 청인이라는 사실이 밝혀져서 이제 아니게 되었다고? 문득 가브리엘라가 생각나 문자를 보내려다 그만두고 말았다. 가브리엘라라면 청각장애의 세대 간 대물림 문제를 이해하기야 하겠지만 그녀는 오스틴이 얘기하고 싶은 상대가 아니었다. 결국, 오스틴은 아무에게도 연락하지 않고 휴대폰을 충전기에 꽂아두고는 화학책을 꺼내 사이벡 선생님의 숙제를 하다가 잠이 들었다.

월요일 아침이 되자 아빠는 오스틴을 학교에 데려다주었다. 오스틴은 그럭저럭 아침을 잘 넘겼다. 찰리에게 연락을 하진 않았지만 학교에서 마주치길 은근히 바라고 있었는데 점심시간이 되어도 나타나지 않자 실망했다.

오스틴은 친구들에게 동생의 청력에 대해 말하지 않았다. 무엇이 두려운지는 오스틴도 몰랐다. 워크맨 집안이 가진 역사 덕분에 친구들 사이에서 인기 있다는 것, 그게 전부는 아니라고 해도 최소한, 집안 때문에 캠퍼스에 있는 사람들이 모두 그를 안다는 사실은 비밀이 아니었다. 그런데 정말 **오로지** 그 이유 때문에 친구들이 좋아한 거면 어쩌지? 오후 내내 멍하게 시간을 보낸 오스틴은 사이벡 선생님의 숙제를 자기 집 침대 위에 두고 왔다는 사실을 깨닫고는 화가 나 참을 수 없었다. 어쨌거나 아빠가 일 때문이라도 곧 학교에 올 테고 부탁하기만 하면 가져다줄 거라는 사실을 알면서도 그랬다. 정말 짜증 나는 하루였다. 그는 마지막 수업이 끝나자마자 기숙사로 돌아가 방문을 벌컥 열어젖힌 다음 들어가 문을 쾅 닫았다. 수업이 끝난 뒤 곧장 돌아온 것이었음에도 엘리엇은 이미 침대 위에 누워 휴대폰을 들여다보고 있었다.

왔어?

엘리엇이 고개를 돌리지도 않고

손을 들어 인사했다.

오스틴도 침대 위로 풀썩 누웠다. 마음이 여전히 좋지 않았다. 멍하니 벽을 보다 문득 엘리엇의 옷장 위에 놓인 담뱃갑을 발견했다. 엘리엇은 담배를 숨기려는 노력조차 하지 않았는데 그 점이 오스틴의 신경을 거슬렀다. 만약 기숙사 점검 때 걸리면 곤란해지는 건 엘리엇뿐만이 아니었으니까. 물론 기숙사 점검은 매일 밤 같은 시간에 있었으므로 담배를 숨기는 일이 로켓 만드는 일처럼 어려운 건 아니었다. 오스틴이 일어나 담배를 한 대 꺼냈다.

나 이거 하나만 피워도 돼?

오스틴이 물었다.

하지만 엘리엇이 뭐라 답하기도 전에 오스틴이 영화 주인공처럼 담배를 귀 뒤에 꽂았다.

되긴 하는데?

고마워.

어디 가?

밖에.

짜증 나는 새끼.

시끄러.

오스틴이 창문을 밀어젖히고 바깥 울타리 쪽으로 훌쩍 뛰었다.

고등학교 교사들과의 미팅을 끝내고 교정을 가로질러 걷던 페브러리는 한 학기 내내 미스터리에 싸여 있던 흡연자를 마침내 발견했다! 처음엔 남자 기숙사 뒤에서 마른기침 소리만 들려왔다. 아이들은 항상 이런 식으로 걸렸다. 소리를 조절해본 적이 없는 아이들은 숨을 죽여야 한다는 생각을 미처 하지도 못했다. 그런 식으로 범인을 잡는 게 가끔은 양심에 걸리기도 했지만 페브러리는 자신이 보호자라는 사실을 재빨리 떠올렸다.

페브러리는 살금살금 건물 모서리를 돌았다. 그리고 건물 뒤편에서 몸을 웅크리고 콜록거리는 학생이 오스틴 워크맨이라는 사실을 발견했을 때 얼마나 놀랐는지 모른다. 오스틴의 두 손가락 사이에 걸쳐진 담배에는 다 타고 남은 긴 담뱃재가 위태롭게 매달려 있었다. 페브러리의 그림자를 발견한 오스틴이 황급히 일어서자 페브러리는 마치 위험한 짐승이 그녀에게 다가오기라도 하듯 '항복' 자세로 두 손을 들었다. 그녀는 뱃살이 두둑한 중년에 가까운 여성이었고 소년은 가늘고 긴 팔다리를 가진 고등학생이었으니 오스틴이 달아나려고 마음만 먹는다면 게임이 되지 않았다. 그러고 나면 경비원을 부르고 보고서를 작성하고 부모에게 전화하는 등등, 그 일련의 과정들을 오스틴만큼이나 페브러리도 원치 않았다.

페브러리는 적어도 콜슨에서만이라도, 조금은 진보적인 행정가가 될 수 있기를 꿈꿨다. 그녀가 보기에 10대 청소년들은 그들의 예민함을 이해해주는 이가 없었고 늘 억울한 감정이 마음 한구석에 있었다. 그러므로 문제는 간단했다. 언어가 부족한 것이었다. 이 또한 페브러리의 생각일 뿐이지만. 어린 시절 그들을 지탱했던 논리와 단어들은 이제 새롭고 훨씬 더 복잡해진 감정과 상황에 적합하지 않게 되었다. 10대는 사실 두 번째 미운 두 살이나 마찬가지였다.

한 차원 높아진 분노에 맞서기 위해 페브러리는 **트루 비즈** 정책을 고안했다. 학생들이 나쁜 일을 꾸미는 듯 보일 때 그들로 하여금 직접 말하게 하는 것. 페브러리는 학생들이 무슨 짓을 했든 우선 **왜** 그런 일을 벌였는지 털어놓도록 구슬렸다. 솔직히 말하면 벌을 좀 덜어줄 거라는 인상을 풍기면서. 무엇을 택하든 대개는 같은 벌을 주었지만 아이들이 그 사실까지 알 필요는 없었다. 사실 페브러리는 자신의 정책을 한 번도 시험해볼 일이 없었다. 아이들은 언제나 자기를 해명하고 싶어 했으니까.

페브러리가 천천히 다가가는 사이 평정심을 되찾은 오스틴이 담배를 버리고 신발로 비벼 불을 껐다.

이렇게 늦은 시간에 여기서 뭐 하세요?

보스가 되면 못할 게 없거든.

어렸을 때는 '보스'와 '챔피언'의 수어 라임이 비슷하다고 생각했다.

그런데 요즘에는 '보스'가 '무거운 짐'과 비슷해 보였다.

이제 내가 묻자. 넌 여기서 뭐 하니?

솔직히요?

오스틴은 마치 '오프 더 레코드'를 요구한 정보원이 그 조건이 여전히 유효한지 확인이라도 하듯 페브러리에게 물었다. 그녀가 고개를 끄덕였다.

말해보렴.

엄마가 아기를 낳았거든요. 여동생이에요.

스카일라.

월트 씨한테서 들었다. 건강하지?

다 괜찮고?

네, 건강해요.

다행이구나!

그러나 오스틴은 아무 말도 하지 않았다.

그래서, 너는 폐로 독을 빨아들이기로

결심했다고……? 왜지?

오스틴이 여전히 발끝만 바라본 채 가만히 서 있었다.

뭐, 아이가 태어나면 남자들이

시가를 피우는 것 같긴 하더라만.

청인이에요, 동생이요.

오스틴의 말을 들은 페브러리는 표정을 감추려 애를 썼다. 종종 교장실을 찾아와 아이가 농인이라는 사실에 절망감을 쏟아내고는 하던 청인 부모들을 생각하면 웃을 수도 없는 정반대의 상황이었다. 농인 커뮤니티에서 워크맨 집안은 일종의 신화적 존재로서 사회언어학적 판타지를 불러일으키는 역할을 해오고 있었다. 그런데 지금—

아빠요. 아빠는 동생한테 구어로 말해요.
노래도 불러주고요.

동생은 너처럼 이중 언어를 하게 되겠구나.

저는 입술을 읽을 줄 몰라요.
저희 반에서 제가 제일 못해요!

그래도 넌 영어를 읽고 쓰잖니.
그리고 스카일라는 수어를 할 테고.

아빠가 구어를 쓸 때마다 멀게 느껴져요.

페브러리는 두 가지 마음이 동시에 들었다. 오스틴을 안아주고 싶었고, 한편으로는 그의 친구들은 대부분 집에서 늘 그런 감정을 느끼며 살아왔다는 걸 알려줘야겠다는 생각도 들었다. 그래서 그녀는 둘 다 하기로 했다. 오스틴은 다른 아이들처럼 몸을 빼지 않았다. 페브러리는 오스틴의 가족들이 전부 수어가 유창하다는 것, 코다는 여전히 대문자 D를 쓰는 농인*이라는 것, 그리고 스카일라가 청인이든 아니든 결국 달라지는 건 아무것도 없다는 걸 하나씩 설명했다. 오스틴은 가만히 그녀의 말을 들었다. 물론, 오스틴이 그녀의 말을 믿었는지는 모르는 일이었다. 사실 페브러리조차 그 말에 자신이 없었다.

문득, 페브러리는 자신이 찾던 범인이 어쩌면 오스틴이 아닐지도 모른다는 생각이 들었다. 오스틴의 기침 소리는 좀 더 건조하고 성급한 아마추어의 것이었다. 자고로 기숙학교에서 고자질을 부추기기란 불가능할 만큼 어려운 일이었다. 오스틴은 진짜 범인을 알려주지 않을 게 분명했다. 하지만 시도조차 하지 않는다면 교장으로서의 면목이 서지 않을 것이다.

* 병리학적 관점의 'deaf'가 아닌 농인 고유의 정체성과 문화를 강조하는 의미로 'Deaf'라고 쓴다.

구내식당 청소 2주. 기숙사에서

담배 피우는 사람을 알려주면 1주.

이건 몰에서 만난 사람한테 산 거예요.

오스틴의 대답에는 일말의 주저함도 없었다.

불이 날 수도 있어.

죄송해요, 몰랐어요.

룸메이트겠군, 페브러리는 한숨을 푹 내쉬며 생각했다. 엘리엇에게 벌을 주고 싶지는 않았다. 더구나 이 둘을 룸메이트로 짝지어준 건 페브러리였다. 엘리엇의 반항아적 기질에 오스틴이 가장 덜 휘둘릴 것 같았기 때문이었다. 어쩌면 그건 오스틴에게 공정하지 못한 일이었을지도 모른다. 그러니 이런 상황을 만든 데는 그녀에게도 일부 책임이 있었다.

좋아. 어쩔 수 없지, 그럼 2주야.

부모님한테는 전화 안 하시는 거예요?

이번엔 아냐. 하지만 경고야.

오스틴이 감사하다고 인사를 한 뒤에도 쭈뼛거리며 자리를 떠나지 못했다.

이제 가봐.

페브러리가 발아래 떨어진

담배꽁초를 가리키며 말했다.

그건 가져다 버리고.

페브러리는 기숙사로 돌아가는 오스틴을 지켜보며 휴대폰을 꺼냈다. 오스틴 같은 학생이 내년에 제퍼슨이나 코빙턴 고등학교로 전학을 가면 어떻게 될까? 워크맨 씨는 아들을 세인트 리타로 보내려나? 아니면 친척 집에 보내 북쪽이나 다른 주에 있는 기숙학교로 보내려나? 어느 쪽이든 그의 세상은 완전히 변하게 될 것이었다. 한편, 페브러리는 스카일라 소식을 듣고 사실 안도했다. 그런 생각만으로도 죄책감이 들었지만, 그렇다고 어떡했어야 했단 말인가? 청인 아이의 삶이라고 해서 청각장애를 가진 아이의 삶보다 더 쉽지는 않다고 어쭙잖은 연기라도 해야 했을까?

페브러리는 문득 찰리 일이 생각났다. 그녀는 찰리에게도 부드러운 방법을 제안했다. 하지만 고작 연극부 활동 하나가 마법을 부려 친구들과 잘 어울리게 해줄 거라는 환상을 품지는 않았다. 아무튼, 찰리가 그녀를 '못된 년'이라 했든 안 했든 그런 건 걱정하지 않았다. 그런 아이는 찰리가 처음도 아니었고 마지막도 아닐 것이었다. 중요한 건 찰리의 수업이었다. 페브러리는 찰리의 수업 계획을 짜기 위해 빅터 세라노 씨에게 전화를 해야겠다고 생각했다.

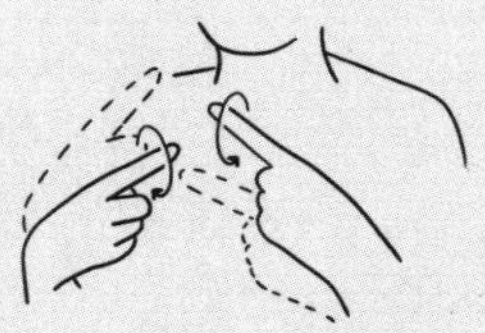

관용어 사용하기

알고 있었나요?

다른 모든 언어와 마찬가지로 미국 수어 또한 문맥 안에서 관습적으로 쓰이는 관용어가 있다. 이러한 관용어는 손짓이 나타내는 명시적 의미와는 다른 뜻으로 해석된다.

수어	영어 해설	실제 의미
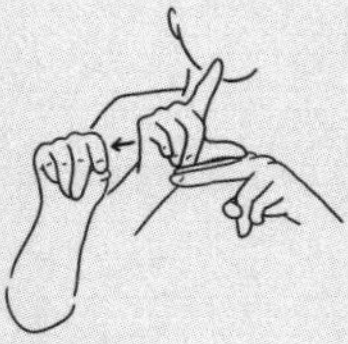	기차 가다 미안해요	기회를 놓치다
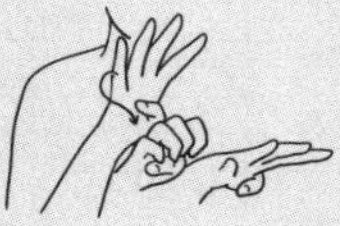	많은 질문 물음표	나도 잘 모르겠어요
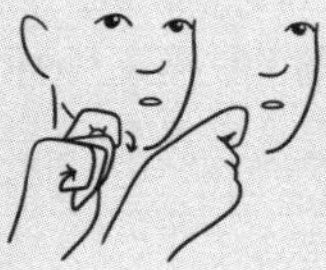	소문자 c의 닫힌 형태 또는 X 표시	멋지네요
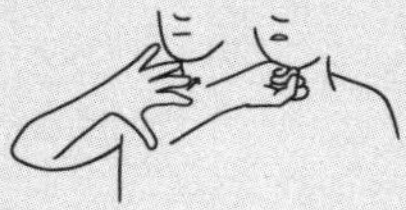	목구멍에 있는 혹	부끄러운 민망한

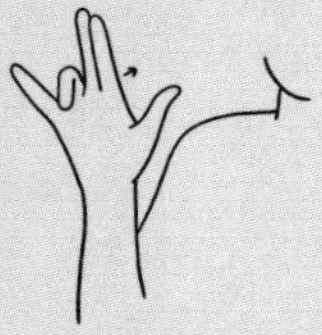	잘못이 없는 더하기	구식의 자의식이 강한 고지식한
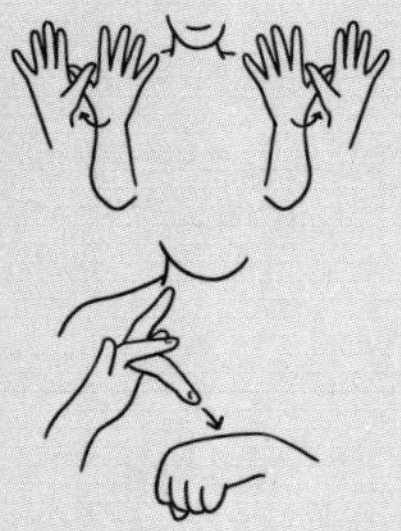	끝나다 닳다	가본 적이 있다 갔다 방문한 적이 있다
	삼키다 물고기	잘 속아 넘어가는
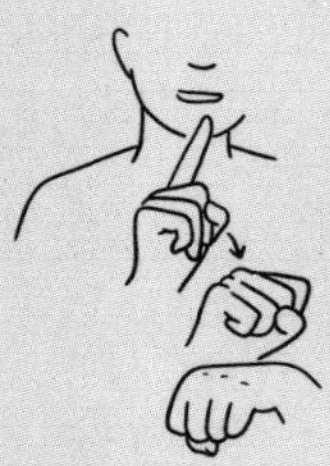	진짜 산업 / 진짜 일	진짜 문자 그대로 진심으로 정말이야 진짜 이야기(를 해볼까?)

찰리는 힘들었던 일주일을 얼른 잊고 싶었다. 제퍼슨에서는 학교와 교실의 소음에서 벗어날 수 있는 주말만을 늘 기다렸다. 하지만 목요일 오후 무렵, 다른 친구들이 주말에 시내에서 아이스크림을 먹자며 약속을 잡고, 친구 집에서 자려고 부모님의 사인을 위조하는 모습을 보니 찰리도 친구들과 어울리고 싶어졌다.

주말에 만날까?

그날 밤 찰리는 케일라에게 물었다.

안 돼. 켄터키에 가야 하거든.

사촌 결혼식이 있어.

아, 그래. 알겠어.

찰리는 자신의 얼굴이 분홍빛으로 달아오른 걸 느꼈다. 원래 찰리는 그런 식으로 친구에게 먼저 묻는 부류가 아니었다. 이를 눈치챈 케일라가 덧붙여 말했다.

다음에 같이 놀자.

그래, 좋아.

금요일 아침 조금 용기가 생긴 찰리는 오스틴에게 주말에 뭘 하는지 물어보고 그를 따라가야겠다고 생각했다. 하지만 점심시간이 되어도 그는 보이지 않았고 결국 궁금증을 참지 못한 찰리가 메시지를 보내봤다. 오스틴에게서는 아무런 연락이 없었다. 시간이 좀 흐르자 찰리는 오스틴에게 문자를 보낸 자신이 원망스러웠다. 오스틴은 아직 친구라 하기에도 어색했고, 그저 선생님이 시킨 대로 자길 도와주는 것뿐이었는데. 그런 연락을 했다는 게 부끄러웠다. 아빠 집 소파에 혼자 앉아 있자니 카일 생각이 났다.

카일은 큰 키에 호리호리한 몸을 가진, 별다른 특징이 없는 소년이었다. 사실 찰리가 그에 대해 아는 것도 그게 다였다. 찰리가 1학년이었을 때 카일은 졸업반이었으므로 공통으로 아는 친구가 있거나 수업을 함께 듣거나 하는 것도 아니었으며 가끔 스터디 홀에서 마주치는 게 전부였다. 찰리도 자기가 카일과 어울리기에는 너무 어리다는 것, 그리고 카일도 그 사실을 인지하고 있을 거라는 걸 알고 있었지만 또 한편으로는 그게 다 무슨 상관인가 싶었다. 그리고 스터디 홀이라는 공간은 그럴듯한 핑계를 만들기도 좋았다. 자율 학습 공간인 스터디 홀에 1학년이 가는 일은 드물었으니까. 하지만 찰리는 언어 치료와 읽기 훈련 수업이 있어 예외를 적용받았고, 그래서 카일이 찰리를 고학년으로 착각했을 수도 있었다.

사람들은 찰리에게 관심이 없었고 좋은 의미로는 더더욱 아니었다. 엄밀히 말하면 카일이 처음은 아니었다. 찰리는 어두운 교실 또는 벽장 같은 데서 무릎을 꿇고 상대와 서로 원하는 걸 맞교환했다. 자존심을 조금 내놓든가 아니면 혼자 지내든가. 그다지 유쾌한 만남들은 아니었지만 다른 누군가가 강렬히 원하는 뭔가를 가진 듯한 기분에 우쭐해질 때도 있었다.

그런데 카일은 조금 달랐다. 카일이 처음 찰리에게 관심을 보였을 때 찰리는 기분이 좋아 어쩔 줄 몰랐다. 카일은 찰리를 진심으로 대했고 다정했으며 둘의 관계는 천천히 성적인 것으로 변해갔다. 카일이 찰리의 팔을 잡고 그 위에 낙서를 하는 등 바보 같은 장난을 쳤고 만나면 보통 카일의 지하실 소파 위에서 자거나 술을 마셨다. 하지만 만나면 만날수록 둘 사이에는 공통점이라 할 만한 게 없다는 것을 깨닫게 됐으며, 사실 찰리는 꼭 카일이 아니더라도 그녀에게 잘해주는 사람이라면 그 누구에게라도 비슷한 기분을 느낄 것 같았다. 카일이 찰리를 '섹스 파트너'라 부르긴 했지만 기본적으로 그는 착했다. 그해 찰리와 카일은 이따금 만나 어울렸지만 카일이 졸업을 하면서 그것마저 끝이 났다. 여름방학 동안 찰리가 한두 번 그에게 문자를 보냈지만 카일에게서는 답이 오지 않았다.

찰리는 이제 와서 카일에게 연락한다는 건 말도 안 된다며, 리버밸리에 있는 지금이 제퍼슨을 완전히 떠날 수 있는 마지막 기회라고 스스로를 설득했다. 토요일 밤 찰리는 예전 친구들과 리버밸리에서 새로 만난 친구들의 인스타그램 피드를 하염없이 스크롤 하며 시간을 보냈다. 피드에는 크롭 톱을 입고 평화를 뜻하는 손가락을 치켜든 소녀들과 미식축구 선수들, 치어리더들, 스무디가 나타났고 간간히 리버밸리 친구들의 피드도 떴다. 친구들을 보며 무심결에 수어를 따라하던 찰리는 불쑥 짜증이 났다. 그들의 수어는 밝고 풍부하고 현란했다. 자정이 되어서야 잠이 든 찰리는 전원이 꺼진 휴대폰을 손에 쥔 채 아침 일찍 잠에서 깼다. 콘센트에 휴대폰을 꽂고 전원을 다시 켰는데도 오스틴에게서는 여전히 연락이 없었다. 찰리는 느릿느릿 무거운 몸을 끌고 방에서 나와 주방으로 갔다.

굿모닝.

아빠가 말했다.

주방에는 아빠의 전매특허인 달콤한 프렌치토스트 냄새가 가득했다. 식탁에 앉은 찰리는 자기 앞에 세 장의 토스트가 쌓아 올려지는 모습을 멍하니 바라보며 다시금 초라한 기분을 느꼈다. 아빠에게 응석을 부리고 싶었다. 케일라 집은 지금 어떤 풍경일지도 궁금했다.

이따 점심은 밖에 나가서 먹을까?

네, 좋아요.

하지만 워커홀릭인 아빠는 책상에 앉자마자 무서운 속도로 집중하더니 점심시간이 훨씬 더 지났는데도 자리에서 일어날 생각을 하지 않았다. 주말에는 말을 걸며 방해하는 사람이 없어 코드가 제일 잘 짜진다고 아빠가 몇 번인가 얘기한 적이 있었다. 그래서 찰리는 아빠를 방해하지 않고 피넛 버터 샌드위치를 혼자 만들어 먹은 다음 카일의 번호를 뒤졌다. 최소한 약이라도 얻을 수 있을 것 같았다.

안녕.

찰리가 메시지를 보냈다.

C! 반가워. 지금 막 전화 끄려던 중이었는데. 잘 지냈어? 제퍼슨은 여전하고?

나도 몰라. 전학 갔거든.

이사 갔어?

아니, 농인학교로 옮겼어.

잘됐네. 난 지금 이스트 콜슨에 있어.

만날래?

지금 공연이 있는데…… 여기로 올래?

공연이라니. 카일이 악기를 연주했던가, 찰리는 기억이 나지 않았다. 하지만 이번에도 찰리는 묻지 않았다.

가스캔, 7시야. 바인 스트리트에 있어.

알겠어.

찰리는 텔레비전을 보는 둥 마는 둥 하며 속으로는 계획을 세웠다. 결국, 고전적인 수법을 쓰기로 했다. 이혼한 부모를 둔 자식들의 전형적인 각본 말이다. 찰리는 엄마 집에 가 하룻밤 자고 다음 날 아침 곧장 학교로 가겠다고 아빠에게 말했다.

네가…… 엄마 집에 간다고?

아빠가 의심쩍다는 듯 물었다.

찰리는 그저 어깨를 으쓱했다.

주니어 미스 오하이오 드레스 만드는 거 도와주려고요.

너 세탁 세제 같은 거 잘못 먹은 거 아니지? 뉴스에서 그런 얘길 봤는데.

찰리가 눈알을 부라리며 혼자 버스를 타고 알아서 가겠다고 했다. 이 말은 사실이었다. 찰리는 버스를 타고 이스트 콜슨으로 향했다.

버스는 한 카지노의 주차장에 섰다. 버스가 너무 덜컹거리고 계속 급정거를 한 탓에 속이 메스꺼웠다. 주위는 이미 어둑어둑해져 있었다. 인정하고 싶지 않지만 무서웠다. 걱정이 많은 엄마가 평소에 들려주곤 했던, 6시 뉴스에 등장하는 온갖 무서운 사건들이 생각나서가 아니었다. 뭐, 그것 때문이기도 했지만 **오직** 그 때문만은 아니었다. 주변에는 정말이지 아무것도 없었다. 콜슨 센터와 가스캔을 잇는 바인 스트리트는 그야말로 광활한 폐허였다. 두 블록만 지나면 바비큐와 수제 맥주를 파는 세련된 식당 앞에 잘 차려입은 사람들이 줄지어 서 있다는 걸 알았지만 판자로 봉쇄되고 출입금지를 알리는 네온 표지판이 붙은 건물들이 늘어선 이곳에 서 있자니 세상과 동떨어진 곳에 온 기분이었다. 판자 위에는 만화 속 진저브레드 마을처럼 알록달록한 창문과 문, 화분이 그려져 있었는데, 거리에 활기를 불어넣으려 애를 쓴 누군가의 흔적이 그 실패를 더 애처롭게 보이게 했다. 뿌리부터 썩어가고 있는 이 도시를 어떻게든 치장해보려던 흔적은 그 자체로 현실을 보여주는 은유 같았다.

그 유명한 폭동은 찰리가 태어나기 전의 일이었지만 익히 들어 알고는 있었다. 찰리가 어렸을 때부터 이스트 콜슨은 오하이오에서 가장 위험한 동네 중 하나로 꼽혔고 TV에서도 이 문제를 지적했다. 도시 재생 프로젝트의 일환으로 세금 혜택을 받은 맥주 공장과 바이오닉스 공장, 카지노가 들어섰고 사람들이 상황을 주시했다. 아빠 집과 비슷한 아파트 단지를 짓는다는 소문도 돌았다. 밤에 일어나는 불법적인 일들은 이제 대부분 도시 외곽으로 밀려났지만 묘지와 같은 이 텅 빈 집들에는 여전히 불안감이 맴돌고 있었다.

찰리가 가스캔에 도착했을 때는 문이 닫혀 있는 듯했고 고등학생으로 보이는 몇 명이 그 앞에 서서 담배를 피우고 있었다. 혹시나 하는 마음으로 문을 살짝 당겨보았는데 문이 그대로 열렸다. 곧 공연이 시작할 모양인지 안은 부산스러웠다. 바에는 스툴이 죽 놓여 있고 천장에는 램프가 설치돼 있었으며 한쪽에는 부스도 세워져 있었다. 반대편 창문에는 누군가가 페인트 스프레이를 뿌려 쓴 듯한 **코트 보관**이라는 글자가 적혀 있었고 그 아래 플라스틱 테이블에는 **티셔츠 15달러**라고 쓰인 상자 두 개가 놓여 있었다. 찰리가 바를 지나 검은색 문 안으로 들어서자 무대와 객석이 있는 텅 빈 공연장이 나타났다. 검은색 벽에는 흰색 페인트로 거칠게 **로베스피에르!**라고 쓴 검은색 천이 크게 걸려 있었다.

찰리는 휴대폰을 들어 시간을 확인했다. 7시 6분. 그때 머리가 덥수룩한 남자와 모히칸 스타일을 한 남자가 무대로 커다랗고 까만 앰프를 낑낑대며 들고 나타났다. 무대가 아직 세팅도 되지 않은 걸 보면 잘못 온 듯했다. 돌아서 나가려는데 머리가 덥수룩한 남자가 찰리를 발견했다. 조명에 눈이 부신 남자는 손을 들어 눈을 가리며 소리쳤다.

거기! 7시가 8시라는 뜻인 거 알지?

모히칸 머리의 남자가 킥킥 웃었다.

난, 어, 카일을 찾고 있는데.

남자 둘이 서로의 얼굴을 보고 갑자기 웃음을 터뜨렸다.

오, 세상에!

머리가 덥수룩한 남자가 말했다.

카일 있어?

그가 무대에서 내려왔다.

지금 '카일'이라고 한 거야?

찰리가 고개를 끄덕였다.

오, **젠장!**

여전히 무대 위에 있는 모히칸 남자는 이제 허리도 펴지 못하고 무릎에 손을 기댄 채로 숨이 넘어가도록 웃고 있었다. 찰리 옆에 있던 남자가 무대를 향해 뭐라고 말했지만 찰리는 그를 보지 못했다. 재수 없는 자식들, 찰리가 돌아섰다. 남자가 찰리의 어깨를 붙잡았다.

아니, 아니. 걔 지금 너 기다리고 있어.

슬래시!

남자가 소리쳐 누군가를 불렀고 다시 못 참겠다는 듯 낄낄거리며 찰리를 무대 위에 있는 공연자 대기실로 데려갔다.

대기실이라는 곳은 연기가 자욱해 앞이 보이지 않았다. 거기에 있던 짧은 파란색 머리의 여자가 찰리를 위아래로 훑어보는데, 찰리는 자기가 애송이처럼 보일까 봐 괜히 위축됐다.

애가 왔네. 애랑 놀다 감옥 간다, 너.

여자가 말했다.

카일이 엉킨 선을 풀다 고개를 들어 찰리를 보고는 활짝 웃었다. 그런데 그나마 낯이 익은 두 눈을 빼면 그가 카일이라는 걸 거의 알아볼 수가 없었다. 그는 살이 빠졌고 스타일도 변해 꼭 끼는 옷을 입고 있었으며 길어진 머리카락에는 기름이 껴 있었다. 제퍼슨에서 카일은 그다지 눈에 띄지 않는 소년이었다. 프레피 스타일의 경계선에 있는 딱 그 정도, 폴로셔츠를 입는 수많은 남자애들 사이의 폴로셔츠를 입은 또 다른 남자애였다. 하지만 지금 카일은 소매를 뜯어낸 까만 티셔츠 밖으로 양쪽 어깨에 검은색 빨강색의 타투를 드러내고 있었다. 작년까지만 해도 그런 타투는 없었다. 완전히 변해버린 카일의 모습에 찰리는 당황했다. 그 짧은 시간 동안 도대체 무슨 일이 있었던 걸까? 찰리는 여기 온 것이 실수는 아닌지 걱정이 됐다.

C! 오랜만이야.

카일이 일어나 찰리를 안았다 놓아주며 담배를 건넸다. 찰리가 고개를 젓자 카일이 어깨를 으쓱했다.

뭐, ——를 위해 갖고 있어. 자, 여기, 이쪽은 찰리야.

카일이 머리가 덥수룩한 남자와 모히칸 남자, 여자에게 찰리를 소개했다.

그렉, 시드, 렘이야.

렘? 레몬…… 할 때 렘?

응.

카일이 그렇게 답하는 순간 여자가 고개를 흔들었다.

응, 그렇게 부르면 돼. 잰 무시해.

그런데 내가 '카일'이라고 하니까 쟤들이 미친 사람처럼 웃던데.

찰리가 물었다.

카일의 얼굴이 빨갛게 달아올랐다.

말하자면 길어. 어쨌든 지금은 슬래시야.

찰리는 그 우스꽝스러운 이름에 어쩐지 정이 갔다. 핀잔을 주려는 순간, 카일의 이마에 난 흉터가 콧등까지 길게 이어지는 모습, 그리고 눈썹에 난 작은 흉터가 보였다.

그런데 나 애 아냐.

하지만 찰리는 사실 카일, 아니 슬래시가 몇 살인지 알지 못했다. 열아홉? 스물? 그런데 그럼 그게 **불법이었다고?**

애 맞거든.

렘이 바닥에 쌓아놓은 화장품 더미에서 눈을 들고 말했다. 청인과 얘기하면 이게 문제였다. 그들이 언제부터 얘기에 관심을 갖고 있었는지 도무지 알 수가 없었다.

가난쟁이처럼은 안 보이는데.

시드가 말했다.

카일-슬래시가 웃었다. 여자가 일어나 시드의 머리에 달린 징을 세게 치자 장식이 한쪽으로 쏠렸다.

젠장, 야.

시드는 순간 렘에게 달려들까 머리를 다시 손질할까 망설였다.

그리고 너.

렘이 카일-슬래시를 가리키며 말했다.

얘랑 자도 감옥에 안 갈 수 있을진 모르겠지만 그래도 마약을 ——

된다는 건 아냐.

너 호르몬 좀 어떻게 해봐. 이건 그냥 ——야. 별거 아니라고.

그가 찰리에게로 돌아섰다.

그런데, 너 오늘 자고 갈 거지?

찰리는 얼굴이 달아올랐다.

응, 아마.

그렇게 말했지만 마음은 이미 정한 상태였다.

그런데, 카일-슬래시가 찰리의 옆구리를 슬쩍 밀치며 물었다.

내일 학교 가는 날 아냐?

내일 안 가.

오, 그래? 왜?

그냥, 땡땡이치기로 한 날이거든.

내가 제일 좋아하는 날이네.

카일-슬래시가 찰리에게 진하게 입을 맞추었다. 그건 찰리를 향한 열정이라기보다는 학교에 대한 증오에 가까웠다. 뭐가 됐든 찰리는 그 키스가 좋았다. 그가 주머니를 뒤져 반투명한 작은 알갱이들이 든 비닐 팩을 꺼내 의자 위에 쏟은 다음 도서관 카드로 능숙하게 그것들을 부쉈다.

엑스터시, 해본 적 있지?

그가 가루를 5등분으로 나누며 찰리에게 물었다.

찰리는 엑스터시를 해본 적이 없었다.

응.

찰리가 대답했다.

카일-슬래시가 눈을 가늘게 뜨고 방을 둘러보더니 게토레이가 반쯤 들은 병을 찾아 한 사람 몫을 그 안에 털어 넣었다.

자, 다 됐어.

그가 말했다.

그러자 그의 친구들이 의자 주변으로 와 자기 몫의 가루를 혀 아래 떨어뜨렸다. 카일-슬래시가 게토레이 병을 흔들어 찰리에게 내밀었다.

초보자는 이게 더 낫거든.

찰리는 잠시 망설이다 병을 받아 단숨에 마셨다. 찰리 옆에 있던 그렉은 도널드 덕 스티커 같은 것이 붙은 종잇조각을 만지작거리고 있었다. 찰리가 뭔지 보려고 고개를 내미는 순간 카일-슬래시가 그렉의 손에서 종이를 휙 낚아채 자기 베이스 가방 안에 넣어버렸다.

공연 전에 섞어 먹는 건 안 돼!

그렇게 빨리 효과가 올라오지도 않는다고.

그렉이 우는소리로 말했다.

애처럼 보채지 좀 마. 나중에 하면 되잖아.

렘이 말했다.

영문을 모르는 찰리가 그들을 보고 서 있는데 불현듯 카일-슬래시가 미소를 띠고 찰리를 돌아봤다.

잊을 뻔했어.

그가 주머니에 손을 넣으며 말했다.

너한테 주려고 뭐 가져왔거든.

너, 가방이 필요하겠어.

찰리가 말하자 렘이 비웃었다.

그가 뭔가를 꺼냈다. 포장지를 벗긴 콘돔이라고 생각한 찰리가 그걸 받아들며 얼굴을 찌푸렸다.

맙소사, 이 변태 자식! 이건 풍선이라고!

그가 소리쳤다.

찰리는 여전히 풍선을 멀찌감치 몸에서 떨어뜨린 채로 엄지손가락과 집게손가락으로만 들고 서 있었다.

고마워?

찰리가 마지못해 말했다.

다큐에서 본 적 있어. ——에서 열린 펑크 밴드 공연이었는데 그게 농인들이 섭외한 거였거든. 풍선으로 진동을 느끼는 거래.

농인들이 콘서트를?

찰리가 물었다.

그가 어깨를 으쓱했다.

농인들을 위한 공연이었다고?

응. 농인들 클럽이었어.

찰리가 풍선을 뒷주머니 안에 집어넣었다.

고마워.

그거 불어야 하는 거 알고 있는 거지?

덜떨어져 보이게 혼자서 풍선을 들고 서 있진 않을 거야.

여긴 제퍼슨이 아냐. 아무도 널 놀리지 않을 거야.

백스테이지에 있어도 괜찮아. 그러고 싶으면.

렘이 말했다.

뭐, 알아서 해. 20분 후면 이제 그런 건 신경도 안 쓰게 될 걸.

카일-슬래시가 찰리의 손에 든 게토레이 병을 톡톡 친 뒤 베이스를 들고 대기실을 나가며 친구들에게 나가자는 손짓을 했다. 찰리도 조금 남은 음료를 한입에 들이켜고 대기실에서 나와 스탠딩석으로 갔다.

찰리가 카일-슬래시에게 말하지 않은 게 있었다. 풍선을 통해 소리를 느낄 수 있다는 얘긴 이미 전부터 알고 있었다. 콜슨 어린이 병원에서 만난 언어 치료 선생님들은 찰리를 위해 풍선을 이용하는 수

많은 방법을 고안해냈다. 풍선을 불어라. 공기를 들이마셔라. 풍선을 들고 큰 소리, 작은 소리, 높은 소리, 낮은 소리를 느껴라. 그 세션을 억지스럽게 '게임'이라고 부르던 선생님들을 만나고 나면 찰리는 어쩐지 슬퍼졌다. 그리고 그렇게 다정하게 웃는 여자 선생님들이 실제로도 늘 즐거운지 궁금했다.

기본적으로 찰리는 음악을 엄마의 확장 버전으로 인식했다. 춤과 오케스트라 안에 깃든 우아함과 엄마가 가르치는 미인 대회 출전자들의 감미로운 발라드 같은 것들로 말이다. 찰리는 음악을 구성하는 소리를 들을 수는 있었지만, 음악을 들을 때면 자신이 뭔가를 잘못 이해하고 있다는 감각이 늘 뒤따랐다. 뭔가 고조되거나 훅 가라앉아야 할 부분이 밋밋하다거나, 애절하게 가까이 느껴져야 할 부분이 멀게 느껴졌다.

그런데 지금은 달랐다. 스탠딩석에 선 찰리는 몸을 꿰뚫고 흐르는 음악을 마음으로 느꼈다. 수천 개의 나이프가 접시에 부딪혀 굉음을 내는 것 같았다. 찰리는 머리를 죄는 장치를 뺐다. 소리가 들리지 않는데도 공연장의 뜨거운 열기가 고스란히 전해졌다. 공연장을 채운 사람들이 흥분해 서로 몸을 부딪치고 남자들은 거칠게 몸을 던지며 소란을 피웠지만 찰리는 조금도 무섭지 않았다. 공연장은 이미 매캐하고 달콤한 맥주 냄새, 마리화나 냄새 따위로 가득했다. 술이나 소다 같은 것들이 여기저기 쏟아져 바닥이 미끄러웠고 찰리가 발을 내디딜 때마다 컨버스 밑창에 끈적끈적한 것들이 달라붙었다. 집으로 돌아갈까 잠시 고민하는 순간 사람들이 그녀의 팔을 잡아당겼다. 찰리는 그 파도에 몸을 내맡겼다. 이상하게 기분이 좋았다. 다른 사람들의 에너지에 실려 떠다니는 것이 그리 나쁘지 않았다(누군가의 팔꿈치가 가슴을 훅 쳤을 때는 빼고). 바다에 둥둥 떠 있거나, 교회에서 실신한다는 사람들의 기분이 이럴 것 같았다. 나선형 은하계의 팔이 그녀를 낚아채 그 안으로 데려가는 듯한 기분이었다.

소용돌이를 돌고 돌다 보니 어느새 무대 앞이었다. 무대 위에서는 밴드가 음악에 맞춰 몸을 흔들고 있었다. 땀에 젖은 채 베이스 리듬에 맞춰 머리를 흔드는 슬래시와 렘의 푸른색 머리, 보라색 기타가 흐릿하게 보였다.

찰리는 마치 누군가가 찍은 야경 예술 사진 속에 들어와 있는 것처럼 눈앞의 모든 것이 눈부신 빛줄기로 보였다. 무대 조명은 오로라가 되었고 슬래시가 펄쩍펄쩍 뛰어오르는 궤적이 허공에 그려졌으며 친구들의 움직임도 그랬다. 찰리는 음악이 살갗에 닿는 걸 느낄 수 있었다. 무대 앞에 있는 거대한 스피커에 몸이 닿았다. 스피커에 몸을 기대자 문자 그대로 음악이 찰리 안에서 펄떡이며 숨을 쉬었다. 슬래시의 베이스에 맞춰 뱃속에서 물결이 일었다. 목구멍 뒤쪽이 얼얼해지고 맥박이 빨라졌다. 그건 찰리를 매혹하는 동시에 구역질 나게 했다. 스피커의 푹신한 메시에 몸을 대고 스피커를 꼭 안았다. 흉곽에 음악이 쿵쿵 울렸다. 음악이 심장을 때리는 것 같았다. 찰리는 눈을 감고 눈꺼풀 위로 떨어지는 현란한 조명과 살에 닿는 음악을 느꼈다. 관중석에 환한 조명이 들어오기 전까지 찰리는 그렇게 가만히 있었다.

문득 정신을 차린 찰리는 사람들이 이제 여기저기 흩어져 쉬고 있음을 알아차렸다. 그녀는 무대에 등을 기대고 앉아 뻗어 있었다. 슬래시가 다가와 찰리의 스니커즈를 가볍게 찼다.

와, 그렇게 뛰어놀다 자는 사람은 너밖에 없을 거야.

슬래시가 말했다.

안 잤어.

찰리가 대꾸했다.

슬래시가 손을 내밀자 찰리가 그 손을 잡았다. 슬래시가 생각보다 세게 잡아당기는 바람에 찰리의 몸이 슬래시의 몸에 딱 붙었다. 천천히, 찰리가 눈을 들어 슬래시의 눈과 마주쳤다. 슬래시가 찰리의 허리를 감싸자 찰리는 여전히 몸 안에 음악이 남아 있는 듯 파르르 떨렸다. 찰리는 슬래시의 허리춤으로 손을 미끄러뜨렸고 순식간에 둘의 몸이 뒤섞였다. 다리와 가슴이 맞닿았고 슬래시가 찰리의 입술을 찾았다. 찰리가 발끝을 세워 더 깊게 입을 맞추려는 순간 슬래시의 몸이 뒤로 넘어갔다. 그가 찰리의 어깨너머로 뭔가를 소리쳤으며 짜증스럽게 팔도 휘저었다.

멍청아, 거기 있잖아! 주머니 안에!

찰리가 뒤를 돌자 그렉이 슬래시의 기타 가방을 요란하게 뒤지는 중이었다.

그 정도로 정신이 없으면 약도 필요 없을 것 같은데. 나, 너 버리고 갈 거야!

슬래시가 말했다.

그렉은 웃기만 할 뿐 종이 뭉치에서 도널드 덕 하나를 꺼내 껍질을 깐 다음 입속에 털어 넣었다.

넌 진짜 최악이야.

렘이 그렉의 손에서 나머지 뭉치를 뺏으며 말했다.

찰리의 심장이 다시 빠르게 뛰고 이마를 따라 땀이 흐르기 시작했다. 공황장애 같은 건 아니었고 놀이공원에서 느끼는 스릴에 가까웠다. 찰리는 자기 이마만 하던 세계가 좀 더 넓어지고 있음을 느꼈다. 인공와우를 다시 꼈다. 머리 위의 작고 따뜻한 웅덩이로 소리가 다시 모여들기 시작했다.

안 가?

렘이 물었다.

약을 먹은 사람들 중 렘만이 멀쩡해 보였다.

어딜?

찰리가 물었다.

춤추러 가야지! 약이 아깝잖아!

슬래시가 찰리를 다시 안으며 말했다.

바인 스트리트로 나가자 모든 게 달라져 있었다. 황량하던 거리는 무한한 가능성을 지닌 세계로, 형광색으로 그려진 합판들은 기념비로, 신호등은 꼬리 달린 연으로, 자동차 불빛은 떨어지는 유성으로 보였다.

저기 혜성 보여?

찰리가 멍한 얼굴로 물었다.

약해빠졌네, 얘.

렘이 대꾸했다.

슬래시와 찰리가 손을 잡고 앞뒤로 흔들며 걸었다. 찰리는 더 이상 슬래시 친구들의 대화가 귀에 들어오지 않았지만 상관없었다. 그들의 목소리와 도시의 소음이 기분 좋게 뒤섞였다.

그들은 창고 같은 건물들이 죽 늘어선 동네에 멈춰 섰다. 건물마다 보안 카메라 표식과 벌금에 대한 안내문이 붙어 있었으며 길 맨 끝에 있는 건물에는 폐쇄를 알리는 경고가 붙어 있었다. 그러나 건물 안에서는 뭔가가 쾅쾅 울리는 소리가 들려왔다. 슬래시가 하역장으로 뛰어올라 철문을 잡아당기자 진공 상태로 봉인돼 있던 우렁찬 전자음이 한꺼번에 쏟아져 나왔다. 안으로 들어서자 어떤 여자가 네임펜을 들고 손등 위에 X자를 그린 뒤 젤로샷°을 주었다. 렘이 한입에 마시고는 플라스틱 컵을 시드의 머리 장식에 걸었다. 슬래시와 찰리도 렘을 따라 했다. 얼빠진 그렉만 뒤에 남아 벽에 기댄 채 자기 손을 들여다보고 있었다.

시드가 그렉을 내버려두라고 손짓했고 머리를 흔들어 장식에 걸린 컵들을 떨어뜨렸다. 컵들이 바닥에 떨어져 수십 개의 다른 컵과 함께 나뒹굴었다. 찰리는 발밑으로 컵이 사각사각 밟히는 느낌이 좋았다. 거의 눈이 내리지 않는 콜슨에 눈이 많이 내렸던 때가 생각났다. 슬래시가 찰리를 창고 가운데로 이끌었다. 슬래시를 따라가며 찰리는 얼음을 밟고 미끄러져 가는 상상을 했다. 요란하게 점멸하는 조명 아래 백여 명은 훨씬 넘을 사람들이 춤을 추고 있었다.

여기 굉장하다.

찰리가 말했다.

뭐라고?

내가 했던 나쁜 짓 중에 오늘이 최고라고!

네가 뭐라고 하는지 모르겠어!

슬래시가 외쳤다.

네가 뭐라고 하는지 모르겠어!

찰리가 앵무새처럼 그를 흉내 냈다.

슬래시가 찰리의 허리를 끌어당겨 뜨겁게 키스를 퍼부었다. 리듬에 몸을 맡긴 찰리는 그녀를 이끄는 슬래시의 몸짓을 기꺼이 따랐다. 서로 몸을 더듬을수록 그가 점점 딱딱해지는 것이 느껴졌다. 둘은 그렇게 한참을 키스하다 서로의 몸을 더 가까이 붙인 채 춤을 추었고

° 보드카를 넣어 만든 젤리 칵테일.

슬래시가 부드럽게 찰리의 무릎 사이로 자신의 한쪽 다리를 넣어 찰리가 그의 허벅지를 타고 미끄러질 수 있게 했다. 찰리는 머리가 웅웅 울렸다. 온몸이 불길에 휩싸인 듯 타올랐고 살이 뜨거워졌으며 아주 가벼운 손길에도 녹아내릴 것 같은 기분이었다. 마치 몸 안의 모든 감각 기관이 피부 표면 위로 떠올라 있는 듯했다. 찰리는 다시 엄마가 가르치는 학생들 생각이 떠올랐다. 그 애들도 춤출 때 몸이 이렇게 깃털처럼 가벼운지 궁금했다. 엄마 생각은 오래가지 않았다. 몸이 더 불타오르자 엄마는 더 이상 찰리를 방해할 수 없었다.

렘과 시드가 나타나자 찰리와 슬래시는 몸을 떼고 사람들 틈으로 섞였다. 사람들은 이제 한 손을 들고 높이 뛰며 노래를 따라 부르고 있었다. 그들은 형제처럼 한 몸이 되어 땀을 흘리고 소리를 질렀다.

문득 정신을 차린 찰리는 옆에 슬래시가 없다는 걸 알아차렸지만 잠시 불안해했을 뿐 이내 사람들의 열기에 휩쓸려 춤을 추었다. 잠시 후 슬래시가 손에 젤로샷을 들고 나타나 뭔가가 쓰인 팔뚝을 내밀었다.

우리 나갈까?

찰리는 잔을 들이킨 뒤 슬래시의 손을 잡고 밖으로 나갔다.

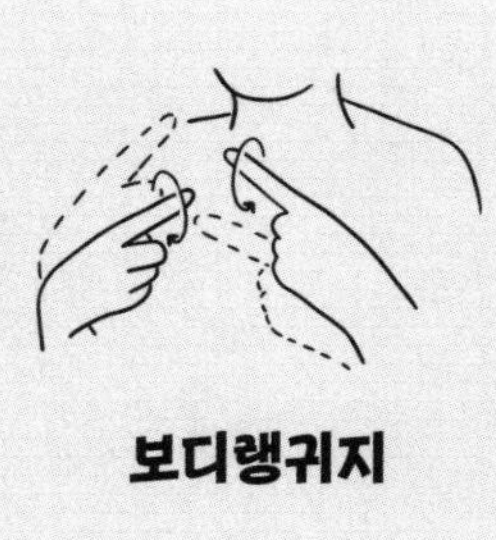

보디랭귀지

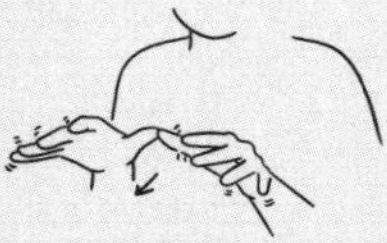

추파를 던지다 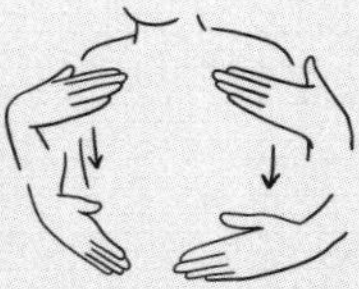 | 몸 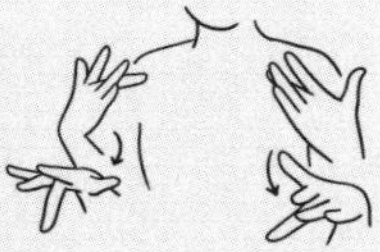 | 나체의

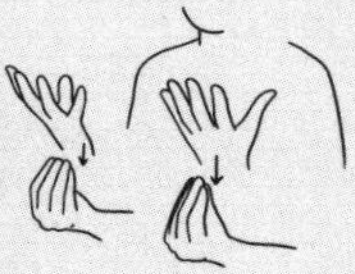

젖은 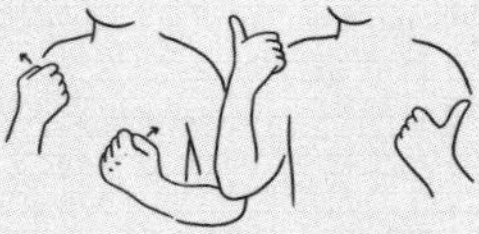 | 옷을 벗다 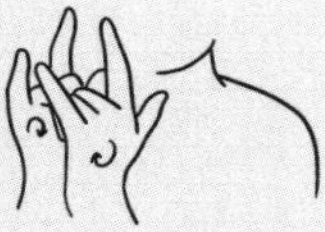 | 사랑을 나누다

더러운  | 거친 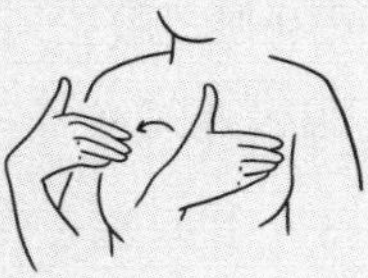 | 가슴

여자 성기  | 남자 성기 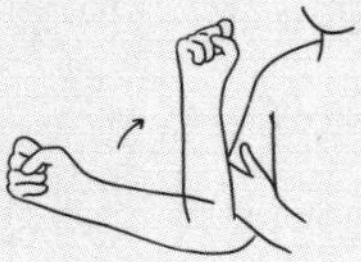 | 발기

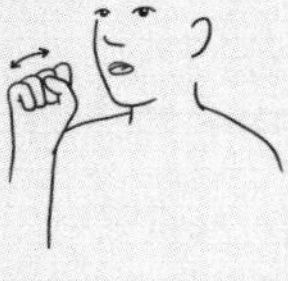

남자에게 하는 구강성교  | 구강성교를 하다 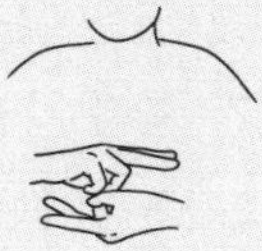 | 69 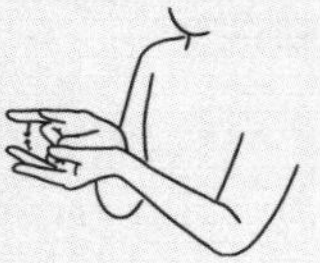 | 성교하다

다음 날 아침 찰리는 이불도 덮지 않은 나체 상태로 잠에서 깼다. 망가진 블라인드 사이로 겨울 햇빛이 들어와 방 안을 찌르듯 비추었다. 찰리가 재빨리 주위를 훑어 콘돔 흔적을 찾았다. 한 개가 있었다. 찰리는 참고 있는 줄도 몰랐던 숨을 후 내쉬었다. 불안한 마음이 좀 가라앉자 방 안이 하나둘씩 눈에 들어왔다. 슬래시의 침대는 마루 위에 바로 매트리스를 깔아서 만든 것이었고 남은 공간에도 책들이 조금 쌓여 있을 뿐 가구라 할 만한 것은 없었다. 어깨에 닿는 손길에 뒤를 돌아보자 슬래시가 걱정스러운 얼굴로 그녀를 바라보고 있었다. 찰리의 한숨 소리를 들은 게 분명했다.

괜찮아?

찰리는 목에 모래가 걸려 있는 것 같았다. 몇 번이나 목을 가다듬고 입을 떼어보려다 그냥 작게 미소를 지으며 고개를 끄덕였다.

이리 와.

슬래시가 이불 한쪽 끝을 들고 들어오라고 했다.

찰리가 안으로 쏙 들어가자 슬래시가 벽 쪽으로 몸을 옮겼다. 찰리는 그게 자기를 위한 행동이라는 걸 알았기에 실망하는 표정을 감췄다. 슬래시는 얘기가 하고 싶었던 거고 그래서 찰리가 자기 얼굴을 더 잘 볼 수 있게 해준 것이었다. 슬래시는 늘 그런 식으로 찰리를 배려했다. 그저 하룻밤을 같이 보내려고 만났을 때조차 그랬다. 그건 슬래시의 본성이었다. 마치 한 팀이라는 듯, 대화할 수 있는 방법을 같이 찾아보자는 듯 몸으로 그렇게 말했다. 만약 제퍼슨에 있는 친구들과 선생님들도 슬래시처럼 그녀를 대해줬다면 어땠을까, 찰리는 생각했다.

그래서,

슬래시가 찰리의 머리칼을 넘기며 말했다.

어젠 재밌었어?

응.

슬래시의 손가락이 찰리의 목선을 타고 내려갔다 다시 머리로 돌아왔다. 그러니까, 찰리의 인공와우가 있는 그 자리로. 슬래시는 늘 그 흉터에 관심을 보였고 찰리는 그가 호기심을 따라가도록 해주었다.

이건 왜 그래?

찰리가 슬래시의 눈썹과 콧등 위로 난 하얀 흉터를 만지며 물었다.

아, 이거, 별거 아냐.

무슨 일인데?

얼굴에 병을 맞았어. 시위하다가.

찰리가 몸을 움찔했다.

별거 아니었어. 얼굴은 상처가 잘 나잖아. 그 뒤로 경찰들한테 맞은 게 더 아팠지.

경찰이 널 때렸어? 왜?

어쩌다 보니 그렇게 됐어.

공연하다가?

다른 일도 있었고.

다른 일 뭐?

뭐, 알잖아.

슬래시가 무심히 말했다.

혁명 같은 거.

슬래시가 놀리듯 눈썹을 꿈틀꿈틀 움직여 보였지만 찰리는 그가 진심이란 걸 알 수 있었다. 슬래시는 변했다. 상처나 옷, 타투 얘기가 아니었다. 제퍼슨에서 그는 스터디 홀을 감독하는 선생님들에게 장난을 치고는 웃음을 터뜨리던, 조금은 맹한 학생이었다. 하지만 지금의 슬래시는 겉모습은 요란했지만 오히려 더 차분해지고 깊어져 있었다. 그 침착함이 찰리를 긴장하게 했다.

여름에 대체 무슨 일이 **있었던** 거야?

찰리가 물었다.

그냥 관심을 갖기 시작했어, 그게 다야.

슬래시가 대답했다.

그간의 만남을 떠올렸을 때, 찰리가 기억하기로 슬래시가 정치 문제를 꺼낸 적은 단 한 번도 없었다. 제퍼슨에서 만났던 그 누구도 정치 얘기는 하지 않았다. 슬로건이 쓰인 티셔츠를 입거나 노트북에 스티커를 붙이는 일을 넘어서는, 진짜 행동에 나서는 방식으로 말이다. 찰리의 경우, 그런 큰일에 관심을 갖기에는 살기 위해 발버둥 치느라 너무나 바빴다. 그런데 지금 '혁명'이란 말을 듣고 보니 뭔가가 찰리의 머리를 스쳤다. 전날 밤 밴드의 이름이 붙은 플래카드가 생각난 것이다. 중요한 단어인 것 같긴 했는데, 학교에서 배운 것 같기도 하고. 그런데 그게 뭔지는 도무지 생각이 나지 않았다.

밴드 이름 가르쳐줘.

슬래시가 무슨 말이냐는 얼굴로 찰리를 보았지만, 찰리가 그의 목에 손을 가져다 대자 그녀의 말뜻을 이해했다.

로베-스피-에르.

찰리가 그가 내는 말소리를 따라 했다.

맞아. 프랑스어야, 그렇게 안 어렵지.

왜 그 사람들이야?

찰리가 조심스레 물었다.

누구 말야?

로베-스피-에르들.

슬래시는 웃음이 터져 나오려 했지만 찰리의 얼굴이 진지한 걸 알아차리고는 그러지 않았다.

아니, 그냥 로베스피에르야. 어떤 남잔데, 프랑스 혁명을 이끈 사람이야. 감옥으로 행진해 부자 놈들을 여럿 죽였어. 진짜 과격했지.

이제야 찰리도 작년 역사 수업 시간에서 배웠던 내용들이 흐릿하게나마 떠올랐다. 선생님이 보여준 슬라이드에 여러 폭동이 나왔고, 그런데—

잠깐, 근데 이 남자가 그—

그걸 가리키는 단어가 뭐였더라? 찰리는 기억을 쥐어짜 보았지만 그 단어가 생각이 나지 않았다.

그거 있잖아, 목 자르는 거.

응, 알고 있구나!

그런데 그 남잔, 사람들을 많이 죽였잖아!

때로는 변화를 위해 폭력을 피할 수 없을 때가 있잖아. 안 그래?

슬래시가 차분한 어조로 말했다.

잘 모르겠어. 음, MLK는?

슬래시가 눈알을 굴렸다.

마틴 루터 킹은 일개 히피 같은 게 아니었다고. 그건 백인들이 그를 죽이고 —— 방식일 뿐이지.

백인들이 뭐?

찰리가 물었다.

그를 가뒀다고. ㄱ-ㅏ-ㄷ-ㅜ-ㄷ-ㅏ. 칠면조 다리를 묶듯 말야.

무슨 말인지 잘 모르겠어.

찰리는 이해가 되지 않았다. 칠면조가 대체 무슨 상관이란 말이지? 더구나 엄마보다 더 창백한 피부의 슬래시가—팔에 보이는 정맥은 거의 초록색으로 보일 정도로 그의 피부색은 반투명했다—자기는 백인이 아닌 것처럼 백인 어쩌고 하는 말들이 찰리를 어리둥절하게 만들었다. 찰리는 어깨를 으쓱했다.

들어봐, 네가 암에 걸렸다고 쳐. 엄청나게 큰 종양이야! 그럼 넌 그걸 그대로 두진 않겠지. 어떻게 할 거 같아?

수술을 받겠지?

내 말이 그 말이야! 나쁜 걸 잘라내겠지. 네 인생에도, 만약 없었다면 더 잘 살 수도 있었을 것 같은 그런 게 있을 거잖아?

아마도 그럴 것이다, 찰리는 생각했다. 인공와우, 수학 수업, 어쩌면…… 엄마까지도. 찰리는 이런 것들이 없다면 좋기야 하겠지만, 그렇게 영영, 슬래시가 말하는 그 정도까지 없애고 싶은지는 확신이 들지 않았다.

아마도.

찰리가 대답했다.

그게 바로 기요틴이 하는 일이야.

그래, 기요틴! 찰리는 다시 손을 뻗어 슬래시의 목에 가져다 댄 뒤 단어를 다시 말해보라고 했다. 그다음 머릿속으로 슬래시의 로베스피에르와 브루어 선생님의 교실 벽면에 쏘아진 다른 범죄자의 얼굴을 나란히 떠올려 보았다.

그리고 로베스피에르는 노예제도를 ——도 도왔다고. 부패한 교회에도 맞서 싸우고—

노예제도를 도왔다고?

아니, 폐-지하는 걸 도왔다고. 없애려 했단 뜻이야. 근데 네가 들을 수 있다고 해도 아마 제퍼슨에서 그런 건 안 가르쳤을 거야.

슬래시의 타투를 물끄러미 바라보던 찰리는 마음속에서 그를 향한 애정이 피어오르는 걸 느꼈다. 목 안쪽에서 달콤한 횃불이 타오르는 듯했다. 슬래시가 변한 이유는 알 수 없었지만 이유가 뭐든 찰리는 슬래시에게 사로잡혔다. 찰리가 침대 끝으로 나와 팬티를 입고 휴대폰을 찾아 그에게 내밀며 말했다.

전화번호 바꾼다고 했지?

당황한 슬래시가 돌연 미안하다는 듯한 표정을 지었다.

미안해, C.

알겠어.

너 때문이 아냐.

찰리가 침대에서 내려와 옷을 주워 들었지만 갑자기 일어난 탓인지 어지러워 다시 앉았고, 앉은 채로 바지를 입었다. 슬래시가 뭔가를 말하려고 했지만 찰리는 몸을 돌렸다. 아빠를 닮아서인지 화가 날 때면, 특히 지금처럼 민망할 때면 얼굴이 빨갛게 달아올랐다. 찰리는 늘 이렇게 스스로를 불리한 상황으로 몰아넣는 자신이 싫었다. 만약 슬래시가 자기를 다시 만나고 싶었다면 알아서 물었을 텐데. 데이트를 하고 난 뒤에는 얌전을 빼는 게 좋다던 엄마의 지론이 결국 옳았던 게 아닐까 찰리는 생각했다.

정말이야.

얼굴을 볼 수 있게 슬래시가 찰리 앞에 서며 말했다.

한동안 잠수 탈 거야.

관심 없어. 따라가거나 할 것도 아니니까.

슬래시가 널브러진 침대로 시선을 돌렸다.

어차피 청인이랑은 안 사귈 거라고.

이제부턴.

찰리가 말했다.

슬래시가 찰리의 손을 내려다보았다. 찰리는 자신이 그를 밀어냈다는 걸 느낄 수 있었다.

아, 그렇다면야…….

찰리가 바닥에 흩어진 지갑이며 열쇠, 휴대폰, 어음처리기를 주워 담았다. 그것들을 전부 바지 주머니에 쑤셔 넣는 건 어려워 보였다.

아침 먹으러 갈래?

슬래시가 물었다.

음식 얘기를 듣는 것만으로도 찰리는 속이 부글거렸다. 숙취도 돌아왔다.

됐어. 가볼게.

손이 모자라진 찰리는 짐을 하나라도 줄이려고 인공와우를 꼈다. 그러자 머릿속에서 사이렌 소리가 짧게 울렸다. 약효가 사라지니 소리는 감미롭지도 신나지도 않은 그 무언가로 돌아가 다시 찰리의 적이 되었다. 슬래시는 팬티를 주워 입고 찰리의 쇄골을 따라 입을 맞추었다. 찰리는 다리에 힘이 풀려 금방이라도 풀썩 주저앉을 것만 같았다.

밖에까진 데려다줄게. ——이 좀 무거워.

뭐가 무겁다고?

찰리의 물음에 슬래시는 아무 대답도 하지 않았다. 하지만 방을 나가 보니 집 전체가 바닥이 뜯겨 있고 창문은 외부에서 판자로 덮어둔 상태였다. 거실 한가운데 놓인 램프는 그 집의 유일한 광원으로 두꺼운 오렌지색 연장선에 연결되어 종이 상자 위에 덩그러니 놓여 있었다.

보기 흉한 갈색 코듀로이 소파 위에는 그렉이 기절한 듯 뻗어 있었다. 쿠션에 기댄 그의 머리 아래 양동이가 놓여 있었다. 거실에 구토 냄새가 지독했지만 슬래시는 눈치채지 못한 것 같았다.

너희 밴드가 다 같이 여기 사는 거야?

그렉을 살피던 슬래시가 고개를 끄덕였다.

누가 저 자식을 집으로 데려와서 다행이네.

슬래시가 말했다.

현관문을 열자 합판이 나타났지만 슬래시는 능숙하게 그걸 옆으로 밀고는 고개를 숙여 밖으로 나갔다. 찰리도 슬래시를 따라 밖으로 나갔다. 현관 계단 위에 서자 햇빛이 너무 밝긴 했어도 공기가 차가워 메스꺼움이 조금 가라앉았다. 슬래시의 가슴에 소름이 일었다.

들어가봐.

찰리가 말했다.

가스캔에 또 올 거지?

아마.

슬래시가 찰리에게 굿바이 키스를 하려고 했지만 찰리는 고개를 돌려 빰을 내주었다. 슬래시는 찰리가 시야에서 사라질 때까지 두 팔로 몸을 감싼 채로 그녀의 뒷모습을 지켜보았고 찰리는 모퉁이를 돌며 슬래시가 합판 뒤로 사라지는 모습을 흘깃 보았다. 온몸이 끈적했고 건조한 입안에서 악취가 났다. 서클 K에 들러 물을 한 병 산 뒤 콜슨 센터 쪽 버스 정류장을 향해 걸었다.

지금이라도 학교에 간다면 두 번째 수업부터는 들어갈 수 있을 테지만 찰리는 학교에 갈 마음이 들지 않았다. 그대로 집으로 돌아가 한참을 샤워기 아래 서 있었다.

샤워를 마치고 휴대폰 전원을 켜자 틀림없이 흥분해 있을 엄마에게서 문자가 연달아 왔고 문자 내용은 당연히도 전부 '대체 어디에 있느냐'는 물음의 변주들이었다.

학교요?

찰리는 한번 시도해보기로 했다.

퍽이나. 방금 웬 로봇이 전화해 네가 결석했다고 알려줬어.

로봇이 전화를 했다고요?

지금 어디냐고.

아직 아빠 집이에요. 몸이 안 좋아서요.

맙소사.

죄송해요. 걱정시키려던 건 아니었어요.

그럼 당장 아빠한테 연락해.

알겠어요.

찰리는 아빠에게 문자를 보낸 뒤 침대 위로 풀썩 드러누워 구글에서 '로베스피에르'를 검색했다. 그러고는 잠이 들 때까지 셔츠 소매에 얼굴을 묻고 울었다.

막시밀리앙 로베스피에르(Maximilien Robespierre)

위키백과, 우리 모두의 백과사전

"로베스피에르"는 이 페이지로 리디렉션 된다. 다른 뜻을 확인하려면 다음 로베스피에르(동명이인)를 참조하시오.

막시밀리앙 프랑수아 마리 이지도르 드 로베스피에르(Maximilien François Marie Isidore de Robespierre, 1758년 5월 6일~1794년 7월 28일)는 프랑스 혁명을 주도한 정치인이자 변호사였다. 그는 가난하고 교육받지 못한 '목소리' 없는 시민들을 대표해 그들의 목소리를 대변했고, 이들이 주장하는 무기를 소지할 권리, 군에 입대할 권리, 공직에 출마할 권리를 옹호했다. 또한, 그는 모든 남성의 참정권과 노예제 폐지를 위해 싸웠으며 성직자들에게 강요되는 순결 서약을 폐지하기 위해 노력했다.

그의 업적에 일부 힘입어 1792년 8월 10일 프랑스 왕정이 무너지고 국민공회가 설립되었다. 로베스피에르는 봉건적 관행 청산과 법 앞의 평등, 직접민주주의를 부르짖었지만 후에는 독재 정권을 수립하려 했다는 비난을 받기도 했다.

1793년 로베스피에르가 주장한 상퀼로트의 군대(문자 그대로 '반바지가 없음'을 뜻하는 이 군대는 황실이 설립한 군대가 아닌 일반 시민으로 구성된 군대를 뜻함)가 새로운 법률을 집행하기 위해 설립되었다. 1793년 7월 로베스피에르는 공안위원회의 수장으로 임명되었고 그해 10월 위원회는 혁명 정부의 실현을 선포했다.

로베스피에르는 가톨릭교회를 불신하는 한편 무신론자는 아니었다. 정의로운 공화국 설립을 위해 '최고 도덕률'에 대한 신념을 필수 교리로 보고 일종의 이신론인 최고 존재 신앙을 프랑스의 새로운 국교로 세우려 했다.

프랑스의 공포 정치가 시작된 정확한 시기에 관해서는 전문가마다 약간의 견해 차이가 있지만 16,594건의 사형 선고가 내려지고 감금되어 있던 1만여 명의 죄수들이 사망한 1793년 여름에서 1794년 사이로 보고 있다. 주로 부자와 성직자, 혁명에 반대한 혐의가 있는 사람들이 기요틴에서 공개적으로 처형을 당했다.

기본적으로 위원회 소속 다른 위원들과 로베스피에르는 동등한 지위이기는 했지만 당시 그의 영향력은 그 누구보다 막강했다. 공포 정치에 대한 책임이 그에게 돌려진 것은 그의 뿌리 깊은 신념이 지닌 영향력과 최고 존재 신앙에 관한 강력한 선전 때문이었다.

결국 공화국의 이념적 순수성에 대한 로베스피에르의 열망 때문에 시민들은 등을 돌렸고 그와 동지들은 체포되어 파리 시청에서 쫓겨났다. 로베스피에르와 약 90명에 달하는 일당이 숙청되면서 공포 정치는 사실상 막을 내렸다.

로베스피에르는 참수된 후 에랑시스 공동묘지에 묻혔다. 그가 남긴 유산, 그리고 종이 위에 쓰인 그의 이상과 실행 사이의 간극은 오늘날까지도 중대한 역사적 논쟁으로 남아 있다.

페브러리는 전에도 새벽 4시에 걸려오는 전화를 받아본 적이 있었지만 그렇다고 그 일이 쉬워진 건 아니었다. 고독하게 울리는 전화벨 소리는 고요한 수면 속으로 불쑥 쳐들어와 눈 깜짝할 사이에 심장을 꿀꺽 삼켰다. 할머니가 돌아가셨을 때도 이런 전화를 받았다. 그리고 몇 년 후 삼촌이 술 취한 운전자가 모는 랜드로버에 치여 나무에 처박혔을 때도 그랬다. 그때도 그녀는 전화벨 소리를 듣고 계단을 내려와 차가운 리놀륨으로 된 부엌 바닥에 맨발로 서서 잠긴 목소리로 전화를 받았었다. 당시 페브러리는 어린아이였는데도 전화는 두 번 다 그녀에게로 왔다. 최소한 엄마와 아빠에게 소식을 전달하는 역할은 언제나 페브러리의 몫이었다.

얇은 직사각형 모양의 휴대폰이 푸르스름한 어둠 속에서 반짝이고 있었다. 발신인에는 '리버밸리 보안팀'이라는 글자가 깜박이고 있다. 전화를 받기 전부터 식은땀이 흘러내렸다. 옆에서 자고 있던 멜이 손을 더듬어 전화를 확인했다. 알람이 울리기엔 너무 어두운 때라는 걸 깨닫고 몸을 돌려 페브러리를 흘겨보았다.

미안.

페브러리가 서둘러 수락 버튼을 눌렀다.

워터스 교장 선생님? 문제가 생겨서요.

경비 책임자의 어쩔 줄 몰라 하는 목소리가 들려왔다.

누구야?

멜이 짜증을 내며 물었다.

페브러리가 집게손가락을 들어 '기다리라'고 했다.

무슨 일이에요, 월트 씨? 학생들은 다 괜찮나요?

네, 아이들은 괜찮습니다. 저기, 근데 어머님이…….

네? 저희 어머니는 왜요? 지금 몇 시죠?

아뇨, 아뇨.

월트 씨가 다급하게 덧붙였다.

어머님이 여기 계시다고요. 학교에요.

뭐라고요?

페브러리가 침대에서 용수철처럼 튀어 올랐지만 발목에 이불이 감기는 바람에 뒤로 휘청이면서 발가락을 침대 프레임에 찧고 말았다.

젠장!

페브러리가 외쳤다.

멜도 낮은 신음을 내뱉었다.

선생님?

월트 씨가 말했다.

죄송해요, 월트 씨한테 그런 게 아니라, 아니, 죄송해요. 그게—

페브러리가 계단 쪽으로 달려가 아래층을 내다보니 현관문이 활짝 열려 있었다.

지금 바로 그리로 갈게요.

교장 선생님?

네.

가운 같은 걸 가져오시는 게 좋겠어요.

윌트 씨가 전화를 끊었다. 페브러리는 곧바로 다리를 절뚝이며 욕실로 갔다. 쓰고 난 수건이 쌓여 있는 더미 위에 전화를 던진 뒤 티슈를 뽑아 피가 뚝뚝 떨어지는 발가락을 감싸고 바구니 제일 위에 던져 둔 어제 입은 옷을 꺼내 입었다.

무슨 일이야?

멜이 물었다.

엄마, 학교에 계시대.

뭐라고?

윌트 씨가 데리고 있대. 네 가운 좀 가져갈게.

어, 나는 어떡할까?

몰라!

아직 어둠 속에 잠겨 있는 계단을 뛰어 내려가며 페브러리가 외쳤다.

윌트 씨의 사무실에 도착하자 엄마가 그의 비옷을 두른 채 앉아 있었다.

오, 네가 와서 다행이구나!

저 사람이 내 권리 조항도 안 읽어주지 뭐니!

내가 변호사를 부를 거라고 말해.

죄송해요, 저건—

윌트 씨가 비옷을 가리키며 말했다. 엄마가 바지도 입지 않은 채로 앉아 있었다.

엄마, 체포된 게 아니에요.

여긴 월트 씨예요, 기억나죠?

리버밸리 학교에서 일하는.

페브러리는 엄마가 월트 씨를 가만히 관찰하는 모습을 지켜봤다. 잠시 엄마의 눈이 반짝였고 의식이 돌아온 것 같기도 했다.

언니가 와서 보석금을 내고 나면

여기를 싹 다 고소할 게다.

페브러리가 한숨을 내쉬며 월트 씨에게 입 모양으로 미안하다고 했다. 월트 씨는 가만히 고개를 끄덕였다.

엄마, 집에 가요.

그러자 월트 씨가 잠시 사무실을 비워줬고 페브러리는 엄마가 걸친 비옷을 벗겨주었다. 비옷 속에 아빠의 낡은 캐벌리어스팀 티셔츠만 입고 있던 엄마는 그날따라 더 왜소해 보였다. 페브러리는 멜의 가운을 엄마에게 둘러준 뒤 팔짱을 꼈다.

정말 고마워요, 월트 씨. 나중에 전화할게요.

페브러리가 사무실을 나서며 말했다.

들어가세요, 교장 선생님.

우리 얘기 좀 해.

며칠 후 설거지와 정리가 끝나고 페브러리의 엄마도 잠이 들었을 무렵 멜이 말했다. 사건이 있은 후로, 페브러리는 죽 집에서 일하고 있었다. 미팅이 필요할 때는 화상 전화를 이용하거나 이메일을 보냈다. 그리고 엄마와 함께 홀든스 하드웨어에 가 데드볼트 두 개를 사서 현관문과 쪽문, 엄마 손이 닿지 않는 높이에 달았다.

그래, 나도 집에 보안 시스템이 필요하다고 생각하고 있었어— 오븐에도 잠금장치를 달아야 할 것 같아. 아이들이 못 열게 하는 그런 거 있잖아.

페브러리가 대답했다.

페브.

웹카메라다 뭐다 별게 다 있대. 일하는 중에 집 안을 볼 수 있고—

그래도 역부족이란 거 알잖아. 정말 큰일 날 뻔했어. 어머니가 찻길에라도 나가셨으면 어쩔 뻔했어?

멜이 말했다.

하지만—

어머니를 집 안에 종일 가둘 순 없어.

페브러리가 무릎을 끌어안으며 소파 안으로 더 깊숙이 몸을 파묻었다. 그녀는 인생의 큰 결정을 앞둘 때면 언제나 엄마에게 조언을 구했다. 엄마는 늘 페브러리에게 꼭 필요한 말들을 해주었다. 고등학생 때 못된 친구들이 괴롭히면 어떻게 헤쳐나가야 하는지 알려준 것도 엄마였고, 선생님이 되고 싶은 마음을 깨닫게 해준 것도 엄마였으며, 행정 공부를 해보라고 해준 사람도 엄마였다. 멜에게 어울리는 완벽한 반지를 찾으려고 신시내티의 보석 가게들을 뒤지며 돌아다닐 때도 이것저것 조언을 해주며 손 모델까지 되어준 사람이 바로 엄마였단 말이다. 엄마는 늘 그렇게 페브러리에게 다정했다. 그때 페브러리는 좀 더 큰 보석을 고르려 했다. 뭔가 근사한 걸 내놓고 싶었다. 하지만 엄마는 다소 작은 노란색 다이아몬드 반지를 골라주었다.

모르겠어요. 정말 이 정도로도……

멋질까요?

매일 끼고 다니는 거잖니—

멜은 반지를 끌고 다니듯

하고 싶진 않을 거야.

엄마가 말했다.

직원에게 엄마가 고른 반지를 꺼내달라고 부탁한 페브러리는 자기 손가락에 반지를 낀 다음 이리저리 돌려보았다.

어쨌거나 네 선물이라면

뭘 주든 멜은 좋아할 거야.

맞아요.

백금으로 하렴.

멜은 금은 안 하잖니.

어떻게 여태껏 그걸 눈치채지 못했을까? 페브러리는 엄마 얘길 듣고 나서야 그 사실을 깨달았다.

엄마랑 같이 와서 정말 다행이에요.

이걸로 할게요.

페브러리가 직원에게 말했다.

엄마가 옳았다. 멜은 반지를 무척이나 좋아했다. 하지만 그건 벌써 몇 해 전 일이다. 그리고 지금 당장 엄마의 정신이 잠시 돌아온다 해도 뭐라 말할 수 있을까? *엄마, 이제 엄마를 엄마 집으로 모셔다드려도 될까요?*

그분 딸에게 전화해보는 건 어때? 이름이 뭐더라.

멜이 말했다.

누구? 자세히 말해봐.

어머니가 어릴 때부터 친하게 지내오신 분 말야.

루 아주머니?

맞는 것 같아.

절대 안 돼. 그 사람들은 아주머니를 스프링 타워로 보냈잖아.

거긴 새로 생긴 데다 깨끗하고 가까이에 최고의 의료진도 있어.

하지만 신시내티에 있다고!

어머니가 농인인 친구랑 같이 계시면 좋지 않겠어?

사실 그건 좋기만 한 게 아니라 꼭 필요한 일이기도 했다. 수어를 쓰지 못하면 엄마는 완전히 고립된 신세가 될 테고 그럼 치매도 더 악화될 것이었다. 그건—

두 분이 같은 방을 쓰실 수도 있고.

멜이 이어 말했다.

미안해.

페브러리가 말했다.

너무 큰일이란 거 알아.

아직 마음의 준비가 안 됐어. 엄마도 잘하고 계시고.

이건 어때? 내가 내일 스프링 타워에 전화해볼게. 그냥 알아만 보는 거야. 궁금한 것들만 몇 개 물어보자.

모르겠어.

그냥 알아만 보는 거야, 응?

멜이 다독이듯 말하자 페브러리가 대답했다.

알겠어.

무단결석에 대한 벌로 찰리는 얼굴이 벌겋게 달아오른 아빠의 맹렬한 비난을 감수해야 했다(정말로 다 망치고 싶어서 이러니? 널 위해 내가 얼마나 애를 썼는데!). 학교에서는 수어 보충 수업과 워터스 교장 선생님의 쪽지가 찰리를 기다리고 있었다. 지난번에 받았던 지도 상담 3주에서 1주가 늘어났고 연극부 활동은 빠지지 않도록 특별히 조치를 취해두었다고 했다.

강당으로 간 찰리는 무대 뒤편으로 난 문을 지나, 스태프 친구들이 왁자지껄 떠들며 소품을 정리하고 있는 쪽을 향해 작게 손을 흔들었다. 그들이 벌로 이 활동을 하는 게 아니란 건 확실해 보였다. 친구들은 어두운 무대 뒤에서도 서로의 수어를 볼 수 있도록 머리에 캠핑용 랜턴을 쓰고 있었다. 찰리가 친구들에게 가까이 다가가자 누군가가 찰리에게도 헤드 랜턴을 하나 건네주었다. 어떤 여자애가 다가와 커튼 도르래는 어떻게 조작하는지, 어떤 표시가 어떤 세트의 소품인지,

어떤 소품을 챙기면 되는지, 의상 교체는 어떻게 진행하면 되는지 등을 알려줬다.

이거 네가 맡을래?
그녀가 플라스틱 검을
휘두르며 물었다.
오스틴 거야.

정말?
다 알고 있다는 듯한 눈빛으로
자신을 바라보는 그녀를 향해
찰리가 물었다.

난 너네 둘이—

우리가 뭐?

여긴 작은 학교야, 보는 눈이 많아.

찰리가 검을 받아 소품 선반 위에 놓으며 말했다.
우린 그냥 친구야.

뭐, 아무튼. 오스틴은 멋진 애지.
여기선 거의 ___이나 다름없잖아.

거의 뭐라고?

ㅇ-ㅗ-ㅏ-ㅇ-ㅈ-ㅗ-ㄱ.
원하는 건 다 가졌잖아.

……그렇구나.

찰리는 대체 그게 무슨 말인지 알고 싶지도 않았고, 사실 아무래도 상관없었다. 어차피 수어로 뭐라고 물어봐야 하는지도 몰랐으니까.

찰리, 맞지?

응.

나, 네 룸메이트랑 친구야.

내 이름은 알리샤.

알리샤가 찰리에게 수어 이름을 알려주었고 찰리가 따라 했다.

케일라는 멋진 애 같아.

찰리가 자신 없는 말투로 말했다.

하지만 찰리는 진심이었다. 케일라는 **정말로** 멋졌다. 최근 몇 주 사이에 찰리와 케일라는 점점 가까워지고 있었다. 케일라의 수어가 너무 빠른 탓에 대화 도중에 자주 길을 잃고는 했지만 이제 겨우 싹트고 있는 우정을 망치기 싫어 속마음을 드러내지 않으며 지냈다.

응, 그렇지? 내가 계속 연극부에 들어오라고는

하는데 갠 운동을 좋아해.

너도 연기해?

나? 아니. 난 무대 뒤가 좋아.

나도 그래.

찰리는 수어를 하는 자신의 손을 보며 그것이

사실이라는 걸 깨달았다.

어둠의 세계로 온 걸 환영해.

알리샤가 말했다.

몇 주가 흐르고 연극 연습 시간이 다가오자 오스틴은 평소의 그답지 않게 불안해졌다. 곧 가브리엘라를 상대해야 했다. 캐스팅은 그가 예상한 대로였다. 오스틴은 피터 팬 역을 맡게 되었고, 처음엔 기뻤다. 하지만 여주인공이 누구일지 짐작하자마자 마음이 복잡해졌다. 그는 두려움의 실체를 확인하기 위해 교실에서 뛰쳐나와 게시판으로 달려갔다. 역시나 가브리엘라가 웬디였다.

최근 오스틴은 식당에서 멀리 떨어져 앉은 가브리엘라와 눈도 마주치지 못했고 연극 연습에 가기 전 마지막 수업 시간에는 매번 머릿속으로 스스로를 다독이는 데 온 에너지를 집중했다. 전 여자친구와 공연을 하는 건 값진 경험이며 진짜 배우들은 늘 하는 일일 거라고 스스로를 다독였다. 하지만 불쑥불쑥 연극 따위 내팽개쳐 버리고 현실의 드라마에서 달아나고 싶은 마음도 굴뚝같았다. 어쨌든 매일 마지막 교시의 끝을 알리는 벨이 반짝이면 오스틴은 착실하게도 공연장으로 향했고 지금은 무대 한쪽 끝에 서서, 이미 분장을 마치고 옷을 갈아입은 가브리엘라를 넋을 잃고 쳐다보고 있었다. 가브리엘라는 존, 마이클 역을 맡은 남자애들과 떠들고 있었고 스태프들은 가브리엘라에게 색색으로 반짝이는 젤을 뿌려주고 있었다. 그들은 가브리엘라의 나이트가운 위에 유령처럼 푸르스름한 반짝이를 뿌린 다음 후광 효과를 위해 머리카락에도 빨간색 반짝이를 뿌렸다.

가브리엘라는 아주 아름다웠고, 오스틴은 그녀를 다시 만나고 싶다는 생각에 괴로웠다. 그리고 섹스 때문에 이용당했다는 그녀의 주장은 오스틴을 몹시 신경 쓰이게 했다. 그를 괴롭히려고 일부러 한 말이기를 바랐다. **오스틴에게는** 가브리엘라가 처음인 것이 사실이었지만, 8학년 때 가브리엘라는 지금은 졸업한 당시 수영팀 주장과 잤다는 소문이 있었다. 오스틴은 가브리엘라를 향한 관심을 떨치기 위해 눈을 비비며 고개를 돌렸다. 가브리엘라가 얼마나 예쁜지는 중요하지 않았다. 둘은 도무지 어울리지가 않았다. 오스틴은 무대 한쪽에서 서서 스태프들이 피터 팬에 어울리는 소품을 찾기 위해 물품 상자를 뒤지는 모습을 바라보았다. 그런데 바로 그곳에 찰리가 있었다.

오스틴에게 등을 돌리고 있었지만 찰리가 확실했다. 대충 올려 묶은 머리 아래로 찰랑거리는 포니테일, 움직일 때마다 살짝살짝 보이는 초록색 인공와우 장치. 곧장 찰리에게로 향한 오스틴이 그녀의 손목을 잡자 찰리가 휙 돌아서며 뭐라고 소리쳤다. 입술 읽기에 젬병인 그도 알아볼 수 있는 말이었다. "썅."

미안.

놀랐잖아.

미안해.

오스틴이 찰리 옆에 있던 알리샤에게도

사과했다. 둘을 방해한 것 같았다.

알리샤가 손을 휘저어 둘에게 가보라고 하자 오스틴이 찰리를 무대 뒤쪽으로 데려갔다. 바닥에 있는 동그란 전구가 마치 달처럼 빛났다. 그곳에는 둘뿐이었다.

주말에 연락 못 해서 미안해.

집에 일이 있었거든.

오스틴의 사과에 공무원처럼 딱딱하고 무표정하던 찰리의 얼굴이 조금 누그러졌다.

괜찮아.

근데, 너도 연극 하는 거야?

아니. 스태프로 합류한 거야.

예전 학교에서도 연극을 했었어?

오스틴의 말에 찰리가 웃었다.

설마 그럴 리가. 워터스 교장 선생님이
시켜서 하는 거야.

그럼 벌 같은 거야?

뭐?

ㅂ-ㅓ-ㄹ이냐고.

응, 그렇게 됐어. 수업 시간에 내가
선생님한테 못된 년이라고 했거든.

뭐라고?

오스틴은 어떤 상황이면 교장 선생님한테 욕을 할 수 있는지 상상조차 할 수 없었다. 그는 여태껏 워터스 교장 선생님이나 다른 선생님에게 욕을 하는 학생은 한 번도 본 적이 없었다. 수업 시간이 아닌 부모님 파티 같은 데서조차 그런 일은 본 적이 없었다.

어쩌다 보니 튀어나와 버렸어.

찰리가 말했다.

찰리가 바닥으로 시선을 돌렸다. 오스틴이 찰리에게로 한 발짝 가까이 다가가 찰리의 후드 점퍼에 달린 지퍼를 만지작거렸다. 가브리엘라는 그런 옷을 입지 않았다. 오스틴은 찰리와 키스를 하면 어떤 기분일지 궁금했다. 동시에 이렇게 순식간에 이 여자에게서 저 여자에게로 마음이 바뀌어도 괜찮은 건지, 자기에게 문제가 있는 건 아닌지 걱정이 되기도 했다. 마음이 완전히 제멋대로 날뛰어 통제할 수 없었다. 찰리와의 키스가 학교에서의 또 다른 분란을 감수할 만한 것일까 하는 생각도 했다.

어쨌거나 찰리는 오스틴이 궁금증을 해결할 기회를 주지 않았다. 오스틴이 찰리의 옷을 만지작거리자 찰리는 아주 살짝 그에게로 몸을 기울였지만 여전히 눈은 발만 쳐다보고 있었다. 오스틴은 찰리보다 머리 하나만큼은 키가 더 컸다. 그의 눈에는 찰리의 머리와 그녀의 옷을 만지작거리는 자기 손만이 보일 뿐이었다. 바로 그때, 오스틴은 가브리엘라와 눈이 마주쳐버렸다.

일부러 그런 건 아니었지만 가브리엘라가 분명 이를 도발로 받아들였을 거란 걸 오스틴은 뒤늦게 깨달았다. 어쩌면 오스틴도 마음 한구석에서는 이런 상황을 조금은 원했을지도 몰랐다. 가브리엘라가 성큼성큼 다가오자 찰리에게 알려주려고 했지만, 찰리는 조심하라는 수어를 알지 못했다. 가브리엘라가 순식간에 찰리의 긴 머리칼을 휙 낚아챘다.

뭐야!

찰리가 돌아서서 가브리엘라가 움켜쥔 그녀의 머리카락을 도로 확 빼냈다.

네가 지금 누구를 엿 먹이고

있는 건지는 알아야지.

가브리엘라가 말했다.

파자마 입은 미친년……?

찰리가 말했다.

오스틴은 웃음이 새어 나오려는 걸 참을 수 없었다. 찰리는 정말이지 잽쌌다.

넌 여기서 이방인일 뿐이야.

그래서 네가 어쩔 건데?

경고했어, 너. 우리 사이에 끼지 마.

가브리엘라가 오스틴을 보며 '우리'라고 했다.

잠깐—

넌 빠져.

가브리엘라가 오스틴에게 말했다.

그러고는 찰리를 향해 똑똑히 말했다.

너 조심하라고, 괴짜.

가브리엘라가 떠나자 오스틴은 창피해 어쩔 줄을 몰랐다.

네 전 여친이야?

응.

재밌는 애네.

정말 미안해.

그런데 마지막에 걔가 뭐라고 한 거야?

오스틴이 어깨를 으쓱하며 모르는 척했지만 찰리가 가브리엘라의 손짓을 따라 해 보였다. 오스틴이 한숨을 푹 내쉬었다.

ㄱ-ㅗ-ㅣ-ㅉ-ㅏ.

오스틴이 대답했다.

찰리가 구화로 또 뭔가를 내뱉듯 말했다. 상처받았다기보다는 화가 난 표정이었지만 오스틴은 찰리를 위로해주고 싶었다. 찰리는 오스틴의 보호 따위 필요 없을지 모르지만, 조금쯤은 필요로 해주었으면 했다. 물론 지금 오스틴은 찰리에게 걸어 다니는 수어 번역기 같은 것이었지만 원래 필요와 욕망은 가까운 것이지 않은가?

나갈래?

오스틴이 물었다.

찰리가 고개를 끄덕였고 오스틴이 찰리의 손을 잡고 비상구로 향했다.

무대 뒤는 동굴처럼 휑하고 스산했으며 생각했던 것보다 더 컸다. 찰리는 오스틴을 따라 어두컴컴한 길을 걸었다. 비상문에는 **'알람이 울립니다'**라는 오렌지색과 흰색 경고가 붙어 있었지만 오스틴은 조금도 머뭇거리지 않고 문을 열어젖혔다. 오스틴은 찰리의 놀란 얼굴을 보고 웃었다.

여기 있는 것들, 반은 제대로 작동하지 않거든.

오스틴이 말했다.

찰리는 조금은 머쓱하고 조금은 놀란 채로 오스틴을 따라갔다. 오스틴의 그런 모습에 빠져들고 있었다. 그는 학교 어딜 가나 아주 편안해 보였다. 찰리가 자기 집 마룻바닥 어디가 헐겁고 어떤 경첩이 구부러져 있는지 아는 것처럼 오스틴은 학교에 완벽하게 익숙했다. 그는 찰리에게 리버밸리의 특이한 것들, 은밀한 것들을 전부 보여줄 수 있었다. 이를테면 지금 이 비밀 통로 같은 것들.

하지만 이 비밀을 품은 듯한 비상구는 그저 평범한 하역장으로 그들을 안내했다. 찰리와 오스틴은 높은 단 위에 올라앉아 허공 위로 다리를 까닥였다. 발밑으로 가로등과 주차장이 있었고, 그 너머에는 10월 말의 갈색빛으로 물든 넓은 들판이 펼쳐져 있었다. 콜슨의 가을은 변덕스럽고 야성적이었다. 끈적하고 무더운 날씨가 어느새 돌연 서늘한 날씨로 바뀌어 때때로 강에서부터 돌풍이 불어왔다. 아침과 다르게 무척 쌀쌀해진 날씨에 찰리는 새삼 놀랐다. 머리 위에 두껍게 쌓인 잿빛 구름을 보며 찰리는 옷에 달린 모자를 뒤집어썼다.

가브리엘라 일은 미안해.

오스틴이 말했다.

네 ㅌ-ㅏ-ㅅ이 아니잖아.

네 탓. 오스틴이 수어를 알려주었다.

그래도, 그러면 안 됐는데.

찰리가 고개를 끄덕이며 들판을 바라보았고 오스틴이 찰리의 한쪽 어깨를 감싸안았다. 그들은 한동안 그렇게 가만히 있었다.

오스틴의 어깨에 머리를 기대자 찰리는 처음 그를 만났을 때의 감정에 다시 휩싸였다. 찰리는 무엇보다 오스틴이라는 사람의 부류, 그가 가진 인생에 끌렸다. 그러니까 그의 걸음걸이, 안정감, 뼛속 깊이 새겨져 있을 집안 대대로 내려온 수어 같은 것들에 말이다. 자기도 그런 것들을 가질 수 있었다면 어땠을까, 그녀는 생각했다. 오스틴의 아늑한 품에 기대자 찰리는 그와 함께 있고 싶어졌다. 오스틴이 지닌 지식, 움직일 때마다 손에서 흘러나오는 당당함, 행운, 반짝이는 눈빛, 그리고 할 수만 있다면 그가 가진 것 전부를 산 채로 삼키고 싶었다.

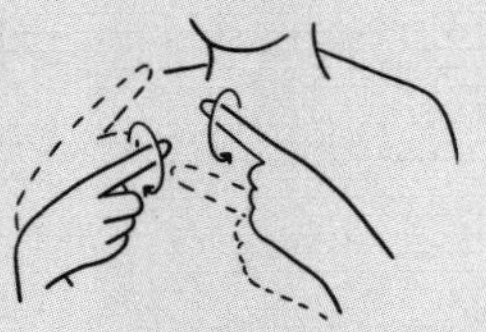

시간은 흐른다

문법 노트: 영어에서는 동사의 어미가 시제를 반영하도록 활용된다. 그러나 ASL에서는 시간을 독립된 수어로 따로 표현한다.

과거 시제=**마치다(Finish)**라는 뜻의 수어를 사용한다. 양손을 바깥쪽으로 두세 번 튕기듯 흔든다.

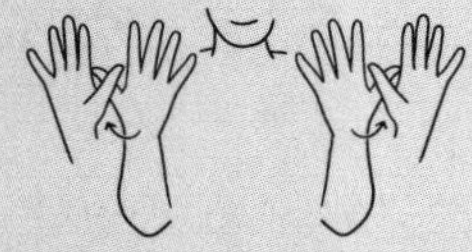

영어: I went to school. (나는 갔다 학교에)
미국 수어: **Finish go school. (마치다 가다 학교에)**

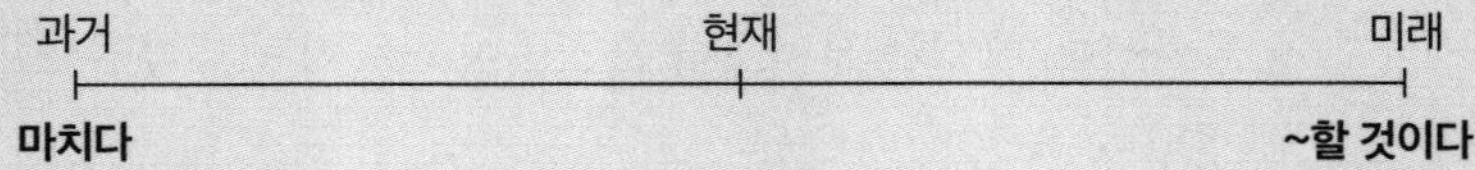

미래 시제=**~할 것이다(Will)**라는 뜻의 수어를 사용한다. 얼굴 옆에서 손을 앞으로 죽 뻗는다.

영어: I'm going to school tomorrow. (나는 갈 것이다 학교에 내일)
미국 수어: **Go school tomorrow will. (가다 학교에 내일 ~할 것이다)**

이제 연습해보세요! 옆 사람에게 과거 혹은 미래의 치과 진료 경험에 관해 말해보세요.

페브러리는 믿을 수 없을 만큼 많은 학교 일을 처리해 걱정할 시간을 만들지 않음으로써 엄마의 요양원에 관한 걱정을 간신히 잠재우고 있었다. 약속한 대로 곧 닥쳐올 리버밸리의 폐교 소식에 대해서도 아무에게도 말하지 않았다. 멜에게조차. 페브러리는 기분이 찜찜했다. 처음에는 당분간만 말하지 않는 거라고 스스로를 타일렀다. 그리고 구식이지만 온건한 방식으로 행동에 나선다면 디스트릭트의 결정을 되돌릴 수 있지 않을까 하는 희망도 품었다. 몇 주 동안 그녀는 틈만 나면 주 의회에 보낼 탄원서의 초안을 작성했고 어느 진보적 성향의 정치활동위원회에 후원금도 보냈다. 하지만 11월 첫째 주가 지나자 주 의회 의사당은 더욱 빨갛게 변했다.

페브러리는 오하이오가 이렇게까지 될 거라고는 예상하지 못했다. 두려움이 얼마나 강력한 동기인지, 사람을 얼마나 쉽게 뒤흔들어 놓을 수 있는지 잘 알고 있다고 믿었다. 어릴 적 페브러리는 부모님의 존재가 참을성이 부족한 은행 창구 직원이나 가게 점원의 입에서 험한 말을 불러일으킬 수도 있다는 걸 목격했다. 그런 말을 듣는 것은 언제나 페브러리뿐이었고, 그것들은 차곡차곡 마음에 쌓였다. 페브러리의 키가 카운터보다도 더 작을 때의 일들이었다. 대학생 때는 주류 상점 계단 위에 쓰러져 있는 살해된 남자의 시신을 보았고 도시가 불에 타는 모습을 보았다. 들끓는 분노가 마침내 사람들 마음속에 내면화될 때까지 도시 재건이 미뤄지고 또다시 미뤄지는 모습도 전부 보았다. 그나마 푸른 이 한 줌의 땅에서도 누군가가 멜의 허브 정원에 '신은 동성애자를 혐오한다'는 표지판을 두 번이나 세웠다. 이런 상황에서 보수층이 점점 강해지는 것은 놀라운 일이 아니었지만, 그렇다고 해서 실망이 덜어지는 건 아니었다.

미국의 다른 모든 분야와 마찬가지로 교육계에서도 돈이 승리했다. 인공와우 수술 증가에 따라 농인 교육은 갈수록 계층화가 심해지고 있었다. 자비로 수술과 재활 치료를 감당할 수 있는 부모를 둔 부유한 아이들은 주류 사회에 적응하기가 비교적 쉬웠지만 부유하지 않은 가족의 아이들은 농인으로 남았다. 저소득층 의료 보장을 위해 만들어진 메디케이드조차 보조 기기 지원을 늘리지, 언어 치료나 교육 향상을 위해서는 노력하지 않는 실정이었다. 인공와우 회사들이 약속한 장밋빛 미래를 믿은 노동자 계층의 싱글맘이 집에서 아이를 온종일 돌보지 않고, 재활 훈련을 시키지 않으며, 온갖 치료 수업에도 데려가지 않아, 결국 아이가 '치료'되지 못했다는 사실을 듣는 청인들은 놀라고는 했다. 그런 아이들은 대개 농인학교로 돌아올 수밖에 없었고 심각한 인지 결손 문제를 안고 있었다. 학생들이 취약해질수록 정치인들은 학생들의 미래를 더욱 방치했고, 이제는 신경 쓰는 척조차 하지 않게 되었다. 어쨌거나 페브러리는 새로 당선된 의원들에게 탄원서를 보냈지만 답신은 오지 않았다.

한편 페브러리는 일반 공립학교에서 운영할 수 있는 미니 농인 프로그램을 구상해 백업 플랜을 작성했다. 운영팀을 만들어 프로그램을 준비할 생각이었다. 특히 영어 읽기를 배우고 있는 저학년 학생들을 위한 교육 과정이 잘 연계되어야 했다. 영어를 모르는 아이들이 청인 선생님과 어떻게 의사소통을 할 수 있겠는가? 일말의 죄책감을 갖고 있을 스월 교육감에게 부탁하면 잠시 농인 교사들과 학생들이 시간을 보낼 빈 교실을 마련할 수 있을 것이다.

하지만 누구와도 상의할 수가 없으니 세부적인 계획을 짜는 일이 쉽지 않았다. 더구나 페브러리에게는 날마다 급히 처리해야 하는 문제들이 산더미처럼 쌓여 있었다. 담당 수업의 시험지를 채점하고, 수업 자료를 만들고, 세라노와 퀸도 주시해야 했다. 또, 며칠 전에는 3학년 남자아이들이 서로 맹세를 한 뒤 화장실 변기에 보청기를 흘려 버렸다. 중간 학기를 위해 신청한 교과서는 점자책으로 보내달라고 했더니 농맹인 학교에 오디오 녹음기를 보내와 이틀 동안 전화기에 대고 소리를 질러야 했다.

게다가 스프링 타워에 제출해야 하는 서류의 작성도 만만치가 않았다. 엄마에게 필요한 것들과 선호도에 대한 질문이 너무 세세해, 안심이 되면서도 한편으로는 괴로웠다. 그들이 이런 것까지 챙긴다는 점에서 안심했고 엄마의 대답을 받아 적어야 한다는 점에서 괴로웠다. 아빠가 급작스럽게 세상을 떠난 탓에 페브러리는 모든 부모와 자식이 겪을 수밖에 없는 관계 역전 상황을 피할 수 있었다. 하지만 지금은 엄마가 오래전 진단을 받았음에도 도무지 마음이 준비가 되지 않았다.

한번은 신청 서류에 관해 엄마와 대화를 해보려 했지만 쏟아지는 질문에 엄마가 더욱 불안해했다. 일상적이고 기본적인 질문조차 대답하지 못한다는 사실에, 수십 년간 해온 일을 까맣게 잊었다는 사실에, 당연히 알아야 하는 일들을 모른다는 사실에 엄마는 겁을 먹었다. 페브러리는 하는 수 없이 엄마가 가장 좋아하는 음식이나 TV 프로그램에 관해 나름 최선의 추측을 바탕으로 답변을 작성했다.

이런 식으로 몇 주를 보냈다. 엄마가 떠난다는 사실을 잠시나마 잊기 위해 엉망진창인 학교 일에 집중했고, 멜에게 학교 소식을 알리지 않은 문제는 엄마 일을 핑계로 삼았다. 엄마가 요양원에 잘 적응하고 나면, 그래서 차분히 멜과 둘이 남게 되면 그때는 꼭 말하리라 다짐했다. 디스트릭트 운영 회의가 열리기 전까지는 아직 한 달의 시간이 있었다.

멜은 차를 타면 멀미를 했기 때문에, 신시내티까지 멜이 운전하기로 했다. 그런데 막상 떠나려 하니 웬 여름 캠프라도 가듯 엄마를 여행 가방과 이불 따위와 함께 뒷좌석에 태우는 게 몹시 마음에 걸렸다. 페브러리는 엄마를 조수석에 태운 다음 그녀가 짐 옆에 탔다. 가는 길 내내 엄마는 별말이 없었다. 멜이 틀어놓은 얼터너티브 록 채널에서 꽤 구슬픈 음악이 흘러나왔다. 페브러리는 음악을 꺼달라고 하고 싶었지만, 끄고 난 후의 정적이 더 두려워 그러지 않았다.

차는 콜슨 외곽을 달리며 한때 굿이어였으나 지금은 에지 바이오닉스가 된 우중충한 공장을 지나쳤다. 시 경계의 황량한 거리들이 들판으로, 대두 공장들로, 창고들로, 그리고 불길과 유황이 그려진 옥외광고판으로 바뀌었다. 드넓은 갈색 벌판이 한동안 이어졌다. 엄마는 두 번이나 지금 어딜 가냐고 물었다. 페브러리가 스프링 타워에 가는 길이라고 알려주자 그 의미를 이해한 듯 고개를 끄덕였다.

차창 밖으로 교외 전원주택 단지와 창고가 하나둘씩 나타나 신시내티 경계에 들어서고 있음을 알려주었다. 차가 고속도로를 빠져나오자 심장이 빠르게 뛰고 발작이 일어날 듯 어지러웠으며 온갖 상념들이 떠올랐다. 그녀는 한 가지 생각에만 집중하려 애를 쓰며 마음을 가라앉혔다. 학교가 없어지면 엄마를 다시 집으로 모셔올 수 있다. 그 생각은 아주 잠시 그녀를 위로해주는 듯했지만 페브러리는 이내 도리어 씁쓸해졌다.

스프링 타워 요양원은 대단히 깨끗했다. 밝은색 벽에 반짝이는 타일, 최신식 엘리베이터까지 갖추었다. 페브러리가 엄마의 트렁크 두 개를 차에서 내린 다음 안내자를 따라 3층 복도 끝에 자리한 방으로 들어서자, 그곳에 몸집이 자그마한 루 아주머니가 있었다. 안내자가 불을 깜박여 그녀의 관심을 끌자 리클라이너에 앉아 굽은 등을 하고 텔레비전을 보고 있던 아주머니가 고개를 들었다. 안내자가 벽에 걸린 화이트보드 앞으로 갔다.

누가 왔는지 보세요.

안내자가 큰 글씨로 썼다.

루 아주머니가 환한 얼굴로 그들을 보았다. 페브러리는 안심했다. 그들은 농인을 돌볼 줄 아는 사람들이었다. 엄마는 여기서 잘 지낼 수 있을 것이다.

이 사람은 누구니?
불쑥 던져진 엄마의 질문이
페브러리의 평온한 마음을 깨뜨렸다.

엄마 친구잖아요, 루 아주머니.

루?

네, 엄마 고등학교 친구요.

루 아주머니가 일어나 그들을 향해 느릿느릿 걸어와서 엄마를 꼭 안았다.

네가 와서 좋아.

루 아주머니가 말했다.

그래, 나도.

엄마가 말했다.

멜이 차에 가서 나머지 짐을 가져오는 동안 페브러리는 짐을 풀어 옷장에 가운과 블라우스를 걸었다. 엄마와 루 아주머니는 스프링 타워의 시설에 대해 얘기하기 시작했고 페브러리는 엄마의 단어 찾기 게임과 책을 침대맡 테이블 위에 놓았다. 멜이 돌아온 다음 잠시 자리를 비웠던 안내자도 돌아와 페브러리에게 마지막 서류 양식을 작성하게 했다.

지금 점심시간이라 식당이 열려 있어요. 어머님도 내려가서 식당을 둘러보시면 좋을 거예요.

안내자가 말했다.

페브러리는 이 안내가, 보호자는 이제 떠날 때가 되었음을 알려주는 그리 은밀하지 않은 신호라는 걸 알아차렸다. 음식과 새로운 사람들이 엄마의 관심을 돌려줄 것이었다. 페브러리는 고개를 끄덕인 뒤 루 아주머니 반대편 리클라이너에 앉아 있는 엄마에게로 가 그 앞에 무릎을 꿇고 앉았다.

엄마 점심식사 하시게 멜이랑 저는 가볼게요.

될 수 있는 한 빨리 다시 데리러 올 거예요.

금방 집으로 같이 돌아가요.

엄마가 고개를 끄덕이며 괜찮다고 했다.

사랑해요, 많이.

나도 사랑한다!

페브러리가 일어서 엄마의 이마에 입을 맞추었다. 엄마가 환하게 웃었다. 이 모든 상황을 담담히 받아들이는 듯한 모습에 페브러리는 마음이 더 아팠다.

운전 조심하고!

엄지를 치켜들어 인사를 한 멜이 페브러리의 손을 잡고 이끌어 방을 나왔다. 페브러리는 울지 않으려 이를 꽉 물었다. 대학원에 가기 위해 집을 떠나던 날이 생각났다. 딸을 배웅하며 집 앞에 서서 손을 흔들던 부모님의 모습이, 두꺼운 안경 뒤로 눈물이 차오르던 엄마의 얼굴이. 그날 얼마나 들떴는지 모른다. 부모님 집을 떠나게 돼서, 콜슨을 떠날 수 있어서 얼마나 기뻤는지 모른다. 그리 멀리 떠나는 게 아니었는데도 그랬다. 대체 나는 어떤 아이였기에 부모님을 버리는 일에 그토록 기뻐할 수 있었던 걸까?

안내 데스크의 접수원이 페브러리에게 가족을 위한 웰컴 폴더를 건네주었고 그 안에는 특별한 날과 행사에 관한 소식, 엄마가 지내는 방, 전화번호와 같은 정보들이 담겨 있었다. 페브러리는 집으로 가는 내내 그 서류들을 가슴에 꼭 안았다.

괜찮아?

응, 괜찮은 거 같아. 모르겠어. 그냥, 죄책감이 들어.

그래도 그곳에선 어머니가 안전하게 지내실 수 있어.

페브러리가 고개를 끄덕였다.

그런데 나올 때 어머니한테 뭐라고 한 거야?

사랑한다고?

아, 그렇구나.

왜?

어머니를 모시러 다시 오겠다고, 그런 말을 한 것 같았거든.

멜이 말했다.

페브러리는 식은땀이 흘렀다. 엄마와 함께 지내는 동안 멜의 수어 실력이 부쩍 자란 듯했다.

응. 그 말도 했어.

바로 이때, 아내에게 모든 걸 털어놨어야 했다. 완벽한 타이밍이었다. 여태껏 어떻게 그런 걸 숨길 수 있었느냐고 비난을 받는 대신 동정을 받을 수도 있는 기회였다.

추수감사절에 얘기할 거야, 정말이야. 그러나 페브러리는 이렇게 생각했다.

겁쟁이. 페브러리가 자기도 모르게 큐티클을 잡아 뜯기 시작하자 멜이 팔을 뻗어 그녀의 손을 잡았다.

그러지 마.

있잖아.

페브러리가 말했다.

응?

음, 그게—

페브러리는 도저히 말을 꺼낼 수가 없었다.

고마워. 정말이야. 엄마 요양원 알아봐주고 한 것들 말야. 내가 정말 고마워하는 거 알지?

알아, 자기.

멜이 페브러리의 팔을 부드럽게 쓰다듬었고 페브러리는 이내 엄마의 손길이 그리워졌다. 멜이 팔을 거두어 운전대를 잡았고 그들은 콜슨으로 향하는 고속도로 위로 올랐다.

스카이의 청력에 관한 소문은 농인 커뮤니티 내 다른 가십들과 마찬가지로 빠르게 퍼졌다. 오스틴은 청인들이 농사회의 소문이 얼마나 빠르고 강력한지를 연구한다면 농聾을 '의사소통의 장애' 기준으로 구분하는 방식에 대해 분명 재고하게 될 거라고 생각했다.

오스틴의 친구들은 대부분 이 사실을 알지 못했는데 그건 그들의 부모님이 농인이 아니기 때문이었다. 딱히 숨기려던 것은 아니었지만 굳이 먼저 동생 이야기를 꺼낼 이유는 없었던 것이다. 어쨌거나 실수로 아기가 생겼다거나 임신을 피하려면 어떻게 해야 하는지 따위의 얘기를 제외하면 10대 청소년들이 아기에 대해 떠드는 일은 드물었으니까. 하지만 발렌티 집안은 달랐다. 부모님이 알게 된 소식이 딸들에게도 전해졌다.

어느 날 오후 가브리엘라가 오스틴의 로커 옆에 서자, 오스틴은 한때 그곳에서 그녀와의 즐거웠던 기억들이 떠오르는 한편 심장이 불안하게 뛰기 시작했다.

동생 태어났단 얘기 들었어.

오스틴이 고개를 끄덕였다.

축하해.

고마워.

미소를 짓는 가브리엘라의 눈이 가늘어졌다. 그건, 한 방 먹이기 전이란 뜻이었다. 오스틴은 그 얼굴을 아주 잘 알고 있었다. 그는 잠시 기다렸고 이내 항복했다.

왜? 무슨 말을 하고 싶은데?

농인 테스트는 통과하지 못했다던걸.

그래서?

뭐, 그냥, 한때 대단했던 역사가 무너지는 걸 보고 있으니 재밌어서.

그게 무슨 말이야?

왜 이래. 농인을 대표하는 가족한테 청인 자식이 생겼다. 웃기긴 하잖아.

그게 대체 무슨 뜻이야?

물론 오스틴도 집안의 유구한 청각장애의 역사가 일종의 영향력을 가지고 있다는 사실은 알고 있었지만 '대표 가족'이라니. 오스틴은 가브리엘라가 그러듯 떵떵거리면서, 영어 문법대로 수어를 쓰고 입모양으로 영어를 말하는 사람들을 헐뜯거나 깔보지 않았다. '이상적인' 농인 모습 같은 건 거의 생각해본 적도 없었다. 적어도 찰리와 스카이가 나타나기 전까진 그랬다. 그러니까, 그는 알렉산더 그레이엄 벨의 반대 버전으로 거들먹거리는 일은 하지 않았다는 말이었다. 하지만 뭔가를 대표한다는 것이 반드시 선택의 문제인 것만은 아닌 듯했다.

여보세요? 거기 듣고 있어요?

가브리엘라가 높은 톤으로 웃었다.

아—

됐어, 동생한테 인사나 전해줘.

가브리엘라가 예쁜 눈을 깜박거리며 순진한 얼굴로 말했다.

내 말은, 네가 전해줄 수나 있으면 말야.

아, 제발 꺼져.

가브리엘라의 웃음소리가 더욱 커졌다. 오스틴은 로커 문을 쾅 닫고 식당으로 가, 곤장 찰리를 찾았다.

같이 먹을래? 너만 좋으면.

오스틴이 물었다.

찰리의 수어 실력은 나날이 발전했다. 수업 시간마다 찰리는 의자를 바짝 끌어당기고 앉아 선생님들의 현란한 손짓을 뚫어져라 보면서 화이트보드든 파워 포인트든 단서가 될 만한 정보를 놓치지 않았다. 저녁 수어 수업도 유용했다. 체계적인 반복을 열심히 따라가다 보니 찰리와 아빠는 어느새 그날 있었던 일을 서로에게 말할 수 있을 정도로 수어 실력이 좋아졌다. 그건 학교 구내식당에서도, 다른 단어들에도 예외가 아니었다.

찰리는 욕을 좋아했다. 일반 학교에서 청인 친구들은 찰리에게 나쁜 말을 잔뜩 가르쳐주고는 앵무새처럼 그걸 따라하게 했다. 찰리는 기꺼이 얼간이 역을 떠맡았다. 다른 폭력으로부터 자신을 지킬 수만 있다면 그 정도쯤은 할 수 있었다. 그들이 다른 방법을 찾지 않도록 찰리는 최선을 다해 그들을 웃겼다.

이곳에서도 욕은 편리한 다리 역할이 되어주었다. 지난번 사건 이후로 찰리와 오스틴, 그리고 가브리엘라와의 사이에서도 별다른 일은 일어나지 않고 있었다. 그런데 며칠 후 오스틴이 찰리를 자기 점심 무리에 초대한 것이었다. 같은 테이블 끝에 앉은 가브리엘라와 다른 금발 여자애가 가끔 찰리를 쳐다보며 비웃긴 했지만, 오스틴의 친구들—미식축구 선수로 뛰는 건장한 남자애 두 명과 운동이라고는 해본 적 없어 보이는 키 큰 소년 두 명, 그리고 알리샤와 연극부의 또 다른 여자애 한 명—은 빠르게 찰리와 그들 사이에 있는 언어의 강을 메꿔주며 자기들이 좋아하는 말을 알려주었다. '젠장'이라든가 '썅' '창녀' '년' '개자식' 그리고 '씨발'의 다양한 변주들.

찰리는 엄격하고 뻣뻣하던 영어가 눈앞에서 해체되는 모습을 보았다. 구어로는 여러 문장으로 말해야 하는 말을 수어로는 한 번의 몸짓으로 표현할 수 있었다. 그리고 어떤 수어들은 도무지 구어로 통역할 수가 없었다. 이를테면 어떤 수어는 *그렇구나* 혹은 *알겠어, 재밌네* 같은 감탄사로도 쓰이고 혹은 '관심을 갖고 있었구나'라는 단언으로도 쓰였다. 또, '이제 진짜 중요한 얘길 해볼게'의 강조 버전으로 쓰이는 수어도 있는데 처음엔 문자 그대로 *진짜 일, 진짜 산업(true biz)*의 뜻인 줄로만 알았다.

모든 소셜미디어와 인터넷 줄임말, 말장난으로 쓰이는 수어식 이모티콘에도 수어 이름이 있었고 전에는 존재하는지조차 몰랐던 기술들도 알게 되었다. 찰리는 얼마 전까지만 해도 휴대폰을 거의 쓸모없는 물건으로 여기며 이따금 부모님과 메시지를 주고받거나 심심할 때 게임을 하는 정도로만 이용했었다. 그런데 이제는 영상이나 GIF를 처리할 수 있는 거의 모든 앱에서 마음껏 수어를 사용할 수 있게 된 것이다.

키 크고 마른 케빈이라는 소년이 찰리의 휴대폰을 거의 빼앗다시

피 해 유용한 앱들을 다운로드 해주었다. 어떤 앱은 큰 소리가 나면 경고를 해주었고 어떤 앱은 메모리를 많이 차지하지 않고도 화상 메시지를 보내게 해주었으며 또 다른 앱들은 구어를 문자로 바꿔주었는데 실력이 그런대로 괜찮은 것부터 형편없는 것까지 아주 다양했다. 찰리는 제퍼슨에 다녔을 때도 이런 걸 알았더라면 얼마나 좋았을까 하고 생각했다. 물론 그곳엔 이런 걸 아는 사람이 없었다.

여자들끼리 등 뒤나 테이블 아래에서 주고받는 은밀한 수어들도 있었다. 그런 식으로 찰리에게 처음 말을 건 사람은 케일라였다. 그녀가 어찌나 성큼성큼 찰리를 향해 걸어오던지 찰리는 처음에 그녀가 룸메이트에게 뭔가를 단단히 잘못했을 거라고 확신했다. 하지만 찰리 앞에 선 케일라는 사람들의 시선을 비켜난 테이블 아래로 은밀하게 손을 움직였다.

응? 무슨 말인지 모르겠어.

찰리가 말했다.

세 번째 시도 후 케일라가 포기했고 알리샤에게로 갔다. 곁눈질로 그들의 비밀스러운 손짓을 본 찰리는 케일라가 탐폰을 구하고 있다는 걸 깨달았다.

미안.

케일라가 돌아서는 순간 찰리가 말했다.

괜찮아.

찰리의 마음 한구석에는 방어적인 태도가 여전히 조금 남아 있어, 리버밸리 친구들이 언제라도 갑자기 돌아설 수도 있다고 생각했다. 찰리에게 그들만의 공간을 침입당했다고 느끼거나, 형편없는 수어에 질리거나 해서 가브리엘라와 합세해 그녀를 괴롭힐지도 모른다고 말이다. 처음 리버밸리에 왔을 때 아이들은 찰리의 서툰 수어를 보고 킥킥대며 웃었고 어떤 아이는 화장실에서 찰리를 툭 쳐 어음처리기를 떨어뜨리고는 웃기도 했다. 멀어지는 그 여자애를 돌아봤을 때 찰리는 그 아이도 인공와우를 끼고 있다는 걸 발견했고, 곧 문제는 이 기계가 아니라는 걸 곧 깨달았다. 학교에는 인공와우를 착용하고 다니는 학생들이 여럿 있었다. 인공와우 수술을 받았더라도 그들은 수어에 능통했다. 수어를 배우지 않기로 한 것이 마치 찰리의 선택이었던 것처럼 사람들의 놀림감이 되는 일이 찰리는 정말이지 지긋지긋했다. 그런데 오스틴과 함께 점심을 먹기 시작하자 그런 놀림들이 눈에 띄게 사라졌다. 친구들은 이제 찰리를 포함해 그 나이 때 아이들에게서는 찾아볼 수 없는 인내심을 갖고 찰리를 대했다.

아주 천천히 찰리는 그녀가 청인들의 세상을 얼마나 깊이 믿어왔는지 깨닫기 시작했다. 그 안에서 살아온 찰리의 몸에는 셀 수도 없이 많은 증오심이 깊이 새겨져 있었다. 찰리는 맞은편에 앉아 있는 오스틴을 바라보며, 다정한 이곳 친구들을 떠올리며 여태껏 겪어온 것들에 구토가 올라올 것 같았다. 넌 하찮은 존재라는 세상의 속삭임, 한 줌의 소속감이라도 손에 쥐어보려고 바보처럼 굴었던 제퍼슨에서의 기억들이 지금도 여전히 찰리를 괴롭혔다. 하지만 리버밸리에서 친구들과 소통하기 시작하면서 찰리는 자신감이라는 새로운 감각을 조금씩 쌓아가고 있었다. 이제 용기가(수용 능력도) 생긴 찰리가 점심을 먹다 말고 친구들에게 상태 동사에 대해 물었다.

저거, 뭐야?

찰리가 어떤 소년이 든

트레이를 가리키며 물었다.

피자잖아.
누군가가 대답했다.

저것이 뭐냐고?

찰리가 지화로 *'이'*를 강조했다. 오스틴이 제일 먼저 찰리의 말을 알아들었다. 질문을 이해한 그는 찡그린 얼굴로 검지를 들어 가로저었다.

이. 그런 건 없어.

오스틴이 말했다.

찰리는 실망스러웠다. 그러니까, '는'이나 '이' '가'와 같은 개념의 말(is, am, are)이 없는 거라고? 한 언어가 어떻게 그토록 기본적인 개념도 없이 존재할 수 있는 걸까? 어쩐지 억울했지만 엄마와 의사들의 말이 맞는 건지도 몰랐다. 존재에 대한 개념도 없는 언어를 제대로 된 언어라 말할 수 있을까?

하지만 바로 그때 오스틴이 찰리의 손을 가리킨 다음 자기 손을 자기 배 위로 가져가 아래로부터 활을 그리듯 바깥쪽 위로 쓸어 올렸다. 찰리가 그를 따라 했지만 오스틴이 원한 건 그게 아닌 것 같았다. 찰리가 그를 바라보았다.

나.

오스틴이 자기를 가리켰다.

그러고는 자기 가슴, 팔을 차례로 톡톡 두드린 뒤 두 손을 들어 열 손가락을 찰리 눈앞에 펴 보였다.

너.

그가 말했다.

이어서 찰리의 손목을 잡아 그녀의 두 손을 그녀 앞에 내밀었다. 자신의 두 손을 내려다보며 찰리가 비로소 이해했다. 그녀는 이미 그녀의 손안에 존재하고 있었다. 잠재적인 생각과 감정이 이미 몸 안에 흐르고 있는 것이다. 그녀가 아는 모든 것의 이름, 그리고 아직 알지 못하는 것들의 이름들까지도 전부. 그 모든 것들이 찰리의 손끝에 이미 존재하고 있었다.

몇 주가 흐르자 찰리는 더는 소문의 대상이 아닌 친구가 되기 시작했다. 이제 알아야 하는 욕들도 다 배웠고 친구들이 하는 말도 거의 다 알아들을 수 있었다. 어깨에 들어간 힘이 풀렸고 자주 웃었다.

어느 날 미식축구 하는 남자애가 영어-수어를 이용한 말장난—'이해하다(understand)'를 물구나무 서는 사람으로 표현—을 하자 찰리가 웃음을 터뜨렸다. 오스틴이 놀라며 물었다.

알아들었어?

응.

제법이네, 청인.

오스틴의 말을 듣고 나서야 찰리는 소리가 들리지 않는다는 사실을 깨달았다. 평소에 들리던 정상적인 잡음조차 없었고 밤에 인공와우를 꺼두었을 때처럼 고요했다. 찰리는 인공와우를 빼 뭔가가 잘못된 건지 이리저리 살펴봤지만 배터리에는 문제가 없었고 신호도 '켜짐'으로 되어 있었다. 장치를 다시 착용하니 소리가 돌아왔고 한 번도 느껴본 적 없는 낯선 진동이 느껴졌다. 찰리는 몸에 소름이 돋았다. 하지만 특별히 어디가 아프지는 않았고 연극 연습을 하러 갈 무렵에는 이 일을 까맣게 잊어버렸다.

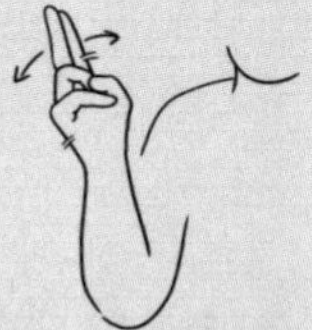

마서스비니어드: 현실 속의 아이스

1694년, 농인 목수인 조너선 램버트(Jonathan Lambert)와 아내 엘리자베스(Elizabeth)는 매사추세츠만 식민지 개척자의 일원으로 마서스비니어드섬(Martha's Vineyard)에 도착했다. 대부분의 개척자들은 영국 남부 켄트 지역 출신이었고, 본토와 섬 간의 이동이 어려운 탓에 섬은 거의 한 세기 동안 유전적 다양성이 극히 제한된 채로 유지되었다. 그 결과는? 섬에 유전성 청각장애를 가진 사람이 대단히 많아졌다.

숫자
- 마서스비니어드의 농인 인구는 1850년대에 절정을 이루었다.
- 당시 미국은 대략 5,700명 중 1명이 농인이었다.

그러나
- 마서스비니어드에서는 155명 중 1명이 농인이었다.
- 칠마크(Chilmark) 마을에서는 25명 중 1명이 농인이었다.

숫자(참조)
- 25명당 1명은 마을 인구의 4%에 해당한다.
- 155명당 1명은 섬 인구의 0.6%밖에 되지 않지만, 미국 전체 평균은 0.018%이기 때문에 그 차이는 대단히 크다고 할 수 있다.

그렇다면 무슨 일이 생겼을까?

현실 속 아이스의 일상
- 섬에 사는 농인들은 자기들만의 고유 언어인 '칠마크 수어'를 발전시켰다. 이는 현재 마서스비니어드 수어(Martha's Vineyard Sign Language, 줄여서 MVSL)라 불리고 있다.
- 섬에서는 농인과 청인이 모두 수어를 했다.
- 농인과 청인은 장벽 없이 함께 일하고 어울렸다.
- 때때로 청인도 농인이 없을 때조차 수어를 썼다!

MVSL은 여전히 존재할까? 그렇지 않다. 1817년 미국 농인학교가 코네티컷에 문을 열면서 마서스비니어드에 살고 있던 많은 학생이 거주지를 옮겼다. 이후 그들이 사용하던 MVSL와 프랑스 수어, 그리고 각자의 지역에서 쓰던 다양한 수어가 합쳐져 오늘날의 미국 수어가 만들어졌다.

농인들은 졸업을 한 뒤에도 본토에 정착해 살기 시작했으며 본토와 섬 사이의 교통이 편리해지면서 유전적 격리가 약화되고 농인 인구 또한 줄어들게 되었다. 1952년 MVSL은 사멸 언어가 되었다.

스스로 질문해보세요.

모두가 수어를 할 줄 알게 되고, 그래서 그 누구도 청각장애 때문에 고용에 차별받는 일이 없게 된다면 '농'은 과연 장애일까요? 그렇다면, 혹은 그렇지 않다면 그 이유는 무엇일까요?

머리가 지끈거리고 눈앞이 흔들리고 통증이 귀, 관자놀이, 목까지 타고 내려왔다. 곤히 자고 있던 그녀의 머리를 누군가가 꽉 움켜쥐고 조이고 있는 듯했다.

찰리는 엎드려 누워 눈을 꼭 감았다 떴다 해보았다. 몇 번을 반복해도 나아지지 않았다.

아빠! 찰리는 문밖까지 소리가 들리도록 크게 외쳤다. 아빠가 나타나지 않자 휴대폰을 찾아 메시지를 보내려 했지만 글자가 눈앞에서 흘러내렸다. 더 나빴던 건, 이곳이 집이 아니라는 것이었다. 찰리는 케일라의 침대 쪽으로 몸을 굴렸다. 다행히도 케일라가 아직 떠나지 않았다. 양말을 신고 있던 케일라가 말했다.

너 그러다 늦어.

그 순간 케일라가 찰리를 돌아봤다.

왜 그래? 괜찮아?

찰리가 겨우 손을 들어 머리를 가리켰다. 놀랍게도 케일라가 다가와 찰리의 이마를 짚었다.

열은 없는데.

찰리가 움찔했다. 케일라가 있어 다행이었지만 이마를 만지지 않았더라면 더 좋았을 것이다. 케일라의 손이 닿았던 곳에 마치 자석처럼 통증이 집중되고 있었다.

사감 선생님을 불러올게.

고마워.

찰리가 겨우 말했다.

새 학기 몸살 짜증 나. 괜찮을 거야.

찰리는 전혀 괜찮지 않았다. 케일라가 말할 때까진 몰랐지만 생각해보니 부모님이 없는 곳에서 아픈 건 처음이라 갑자기 더 무서웠다. 곧 사감 선생님인 미셸이 나타나 찰리를 보건실로 데려갔다. 가는 동안 찰리는 아침 햇빛에 눈이 너무 시려 몽유병 환자처럼 두 손을 뻗어 앞을 더듬거리며 걸었다.

수년간 겪은 경험 탓에 찰리는 보건교사한테 아무런 기대가 없었다. 예전에 있던 중학교에서는 이런 농담도 돌았다. 학생의 팔이 붙어 있는 한 올리리 보건 선생님의 처방은 늘 소화제라고. 학생이 어디가 아파서 왔건 올리리 선생님은 무슨 약을 한 거냐고 다그쳤다. 마치 학생들이 다른 일로 아픈 건 불가능하다는 듯 말이다. 그래서 찰리는 이번에도, 운이 좋다면 타이레놀 정도를 주겠거니 생각했다. 지난번에도 타이레놀을 먹긴 했지만 효과는 전혀 없었다. 하지만 보건실에 도착해 찰리를 맞는 선생님을 보자 마음속의 냉소가 잠시 걷혔다. 보건교사가 의자에서 일어나 물었다.

어디가 안 좋아?

저번에 콜슨 어린이 병원에서 만난 통역사를 빼면 찰리는 지금껏 한 번도 수어로 의료에 관련된 대화를 나눠본 적이 없었다. 저학년 때는 셔츠에 온갖 쪽지들을 달고 보건실로 갔고, 엄마와 의사는 찰리의 머리 바로 위에서 그녀가 알아듣지 못하는 말들을 주고받았다. 수어를 하는 보건교사를 마주하자 옛일들이 찰리의 머릿속을 주마등처럼 스쳤다.

학생?

보건교사가 손을 흔들었다.

아, 두통이 심해요.

보건교사가 벽에 달린 흰색의 큰 캐비닛을 열자 그 안에 가득 든 복제 약들이 보였다. 교사는 약병 하나를 꺼내 뚜껑을 반쯤 돌려 딴 뒤 책상 위에 놓았다.

지난 48시간 동안 혹시
먹은 약 있니?

찌르는 듯한 통증 속에서도 찰리는 피식 웃음이 새어 나왔다. 어떤 것들은 어디서나 똑같은 법이었다.

아뇨.

보건교사가 찰리에게 이리 오라는 손짓을 보내 체온을 쟀다.

괜찮네. 37도야.

그런데 추워요.

그러나 보건교사는 그저 찰리의 손에 알약 두 개를 쥐여준 뒤 약기운이 돌 때까지 보건실에서 쉬라고만 했다.

감사해요.

찰리는 커튼을 젖히고 일회용 종이를 펴둔 간이침대 위로 올라가 누웠지만 형광등 불빛 때문에 눈이 시렸다.

선생님?

불을 꺼달라고 부탁하려고 선생님을 불렀다.

아무 대답이 없었다. 찰리는 몸을 일으켜 세워야 했다. 재빨리 몸을 일으키면 머리가 몸의 움직임을 인지하지 못하겠지? 생각하며 찰리는 단숨에 일어나 커튼을 젖혔다. 그 순간, 찰리는 어젯밤 먹은 치킨 샐러드를 회색 타일 바닥에 그대로 게워내고 말았다. 눈앞에 아침부터 남의 토사물을 치워야 해서 짜증이 난, 그러나 이를 애써 감춘 보건 선생님이 서 있었다.

부모님께 전화해야겠구나.

선생님이 말했다.

찰리는 아빠의 부축을 받으며 집으로 돌아와 방 침대에 누웠다. 아빠가 잠시 그대로 누워 기다리라고 했다.

아빠?

그가 뒤를 도는 순간 찰리가 아빠를 불러 세웠다.

입안을 맴도는, 아직 밖으로 꺼내지도 않은 말이 찰리는 스스로 믿기지 않았다.

엄마한테 전화 좀 해줄래요?

잠시 후 아빠가 물과 알약, 냉동 시금치 봉투를 가지고 돌아왔다. 그러고는 찰리의 머리를 받쳐 목 뒤에 차가운 시금치 봉투를 대주었다.

엄마랑 얘기해봤는데, 엄마도 네 나이 때 편두통이 있었대. 호르몬 때문이래.

아빠가 말했다.

찰리는 어느 쪽이 더 비현실적일까 생각했다. 엄마도 한때 청소년이었고 두 사람이 같은 문제를 겪고 있다는 사실일까, 아니면 지금 이토록 엄마를 원하고, 엄마 모양으로 뻥 뚫린 구멍이 아빠로 메워지지 않아 마음이 아프다는 사실일까. 그러나 그것도 잠시, 지칠 대로 지친 찰리는 시금치 봉지가 너무 차가웠는데도 깊은 잠 속으로 빠져들었다.

잠시 후 찰리는 무서운 꿈을 꿔 화들짝 놀라며 잠에서 깼다. 눈을 뜨자 집에 있다는 걸 알아차렸는데도 왠지 다른 곳에 있어야 할 것만 같은 기분이 들었다. 몇 시쯤 되었지? 팔을 뻗어 휴대폰을 잡으려 했지만 기력이 없어 팔이 너무 무거웠다. 찰리는 다시 잠에 빠졌다. 그리고 얼마 후, 부드럽게 어깨를 흔들어 깨우는 아빠의 손과 시금치가 녹아 축축해진 베갯잇에 서서히 정신이 들었다.

이제 좀 어떠니, 딸?

찰리가 정신을 차려보려 했다. 시야는 조금 뿌옜지만 찌르는 듯하던 두통은 사라졌다. 통증이 넓게 퍼져 약해진 느낌이었다.

좀 나아요.

내일 학교에 못 간다고 전화해줄까?

찰리는 고개를 저으며 오늘 못 한 숙제를 해야 한다고 둘러댔지만, 사실은 친구들이 있는 학교로 돌아가고 싶었다. 이제 진짜 친구라고 느껴지는 얼굴들을 하나씩 떠올려봤다. 오스틴, 케일라, 그리고 연극부 스태프 친구들. 찰리는 학교에서 일어나는 재밌는 일들을 놓치고 싶지 않았다.

그날 밤 찰리의 휴대폰에 눈에 익지 않은 알람이 떴다. 화면을 열어보니 오스틴의 영상이 나타났다.

괜찮아? 네가 없으니 오늘 허전했어.

찰리는 얼른 책상 앞으로 가 휴대폰을 세우고 머리를 매만졌다.

아파서 집에 왔어. 이제 괜찮아.

그럼 화요일에 피자 먹으러 갈래?

좋아.

찰리는 메시지를 보내고 나서도 한동안 멍하니 서 있다가, 까만 휴대폰에 비친 얼빠진 자기 얼굴을 보고는 퍼뜩 정신을 차렸다. 피자를 먹으러 가자는 게 과연 데이트 신청일까? 그렇지 않다 해도 오스틴이 걱정하고 있다는 것만은 분명했다. 찰리가 확신할 수 없는 건 오히려 자신의 속마음이었다. 난 그게 무슨 뜻이길 바라는 걸까? 어쨌거나 오스틴의 메시지를 받고 마음이 몽글몽글해진 찰리는 내일을 기대하며 잠이 들었다.

거기 분들이 다 잘해주는 거죠? 정말이죠?

페브러리는 소파에 앉아 엄마와 화상 통화를 하는 동안 요양원에서 일어난 일을 전부 들을 때까지 안절부절 셔츠 소매를 올렸다 내렸다 했다. 엄마는 물 만난 물고기처럼 활기를 띠었고 매일 많은 일로 바빴다. 페브러리는 다시 한번 모순된 감정을 느꼈다. 물론 기쁜 마음이 훨씬 컸지만 질투심이 들지 않았다고는 할 수 없었다. 그녀가 엄마를 그리워하는 것처럼 엄마도 그녀를 그리워하길 바랐다. 어리고 유치한 감정이란 건 페브러리도 잘 알고 있었다. 하지만 그런 기분이 드는 것까진 어쩔 수 없었으니 재빨리 떨쳐버려야 했다.

우리 너무 재밌게 지내고 있어!
루랑 같이 있어서 얼마나
좋은지 몰라.

어제 전화했었어요.

응, 봤어. 그런데 알잖니, 아침엔
셔플보드[•]*를 하느라 바쁘고*
그 뒤에는 또 리모컨을 못 찾아서 메시지를
못 본다니까. 그런데 그게 어제 어디 있었는
줄 아니? 슬리퍼에 들어가 있지 뭐니!

엄마의 웃음소리를 듣자 페브러리는 억지로 입꼬리를 올려 미소를 지어 보이려던 노력이 무색하게 진짜로 웃음이 났다.

엄마가 즐겁게 지낸다니 저도 기뻐요.

다시 젊어진 것 같다니까!

다음 주에 엄마를 만날 생각을 하니 설레요.

나도 그렇단다! 멜의 파이가 기다려지는구나.

저도 그래요.

그럼 목요일 아침에 데리러 올 거니?

네. 10시쯤 모시러 갈게요.

좋아. 이제 네 아빠 좀 바꿔줄래?
그이한테 뭐 좀 부탁해야 해.

아빠요?

순간, 페브러리가 멈칫했다.

아빠의 죽음을 또다시 알릴 수는 없었다. 페브러리는 수십 번도 넘게 같은 소식을 전했고 그럴 때마다 엄마는 아빠가 죽던 그날 밤처럼 매번 똑같이 충격에 휩싸이고 똑같은 슬픔을 통과했다. 이렇게 잔인한 병이 또 있을까. 한 사람에게서 좋았던 순간을 모조리 앗아가고 매일 밤 가장 깊은 슬픔의 순간으로 데려가는 병. 남아 있는 이들은 번

• 판 위에 원반을 여러 개 올려놓고 긴 막대를 이용해 숫자 쪽으로 미는 게임.

번이 잔인한 전령 역할을 떠맡다가 슬픔의 구렁에 함께 잠겼다.

아빠는 쉬고 계세요.

현관 쪽에서 멜이 열쇠를 쨍그랑대며 들어오더니 이어서 부엌 카운터 위로 열쇠 꾸러미가 툭 떨어지는 소리가 들렸다.

안녕, 자기!

멜이 큰 소리로 페브러리를 불렀다.

라자냐에 뭐 좀 더 해줄까?

네 아빠는 또 파이를 많이 먹었다니?

엄마가 물었다.

페브러리가 고개를 끄덕였다.

늘 그런다니까!

엄마가 미소를 지었고 페브러리도 엄마를 따라 웃었다. 아빠는 정말 늘 파이를 많이 먹었다.

그래, 나도 이제 저녁 먹으러 가야겠구나.

곧 보자!

네. 사랑해요, 엄마.

페브러리는 전화를 끊고 천천히 주방으로 갔다. 멜과 함께 산 지 벌써 시간이 꽤 흘렀는데도 얼굴을 보지 않고 소리쳐 대화하는 일에는 도무지 적응이 되지 않았다.

귀찮게 너 일어서지 말라고 여기서 크게 말하는 건데.

멜이 말했다.

그래도 이게 더 좋지? 안 그래?

페브러리가 멜의 허리춤에 손을 넣고 그녀를 끌어당기며 말했다.

이렇게 얼굴을 보고 말야.

그건 그래. 그런데, 괜찮아?

페브러리는 치매나 죽은 아빠에 대한 얘기는 더는 하고 싶지 않았다. 그래서 대답 대신 멜의 입술에 입을 맞추었고, 몸의 긴장이 풀렸다. 페브러리는 멜의 따뜻하고 부드러운 몸을 꼭 안았다. 멜이 페브러리의 다리를 쓰다듬었다.

라자냐가 다 되려면 45분이나 남았잖아.

페브러리가 말했다. 그러고는 멜의 손을 잡고 침실로 갔다.

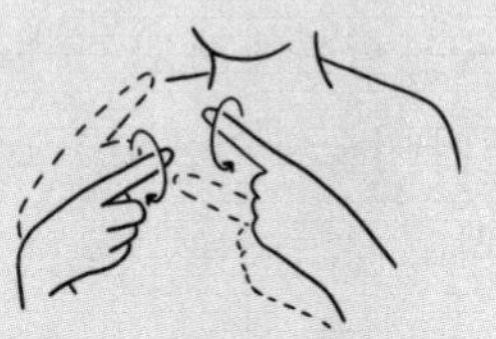

분류사 탐험

미국 수어 분류사(Classifier, 줄여서 CL): 특수 대명사 역할을 하는 수어를 뜻한다. 먼저 어떤 단어를 수어로 말한 뒤 대명사 격인 분류사를 사용함으로써 해당 단어의 크기나 모양, 방식, 위치, 행동 등을 좀 더 매끄럽게 설명할 수 있다. 가령, 수어를 하는 사람은 '선생님'이라는 단어를 말한 다음 분류사인 '사람'을 소개해 선생님이 교실을 걷는다는 문장을 표현할 수 있다. 구어에서 사용되는 대명사와 달리 수어 분류사는 한 단어만 고정적으로 대표하는 것이 아니므로 공간을 이동시키는 3차원적 서술도 가능하다.

일반 분류어

사람 i. 늙은, 등이 굽은 ii. 몸집이 큰, 뚱뚱한	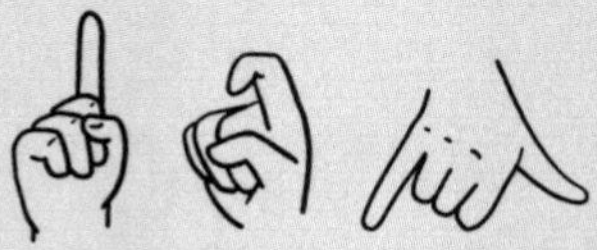
여러 사람 i. 쌍 ii. 3인 iii. 여러 명으로 이루어진 단체 iv. 큰 집단	
동물 i. 작은 동물 ii. 큰 동물/머리 생김새	
탈것 i. 육지와 물 ii. 비행	

얇은 것 i. 선, 전선 ii. 밧줄	
평평한 것	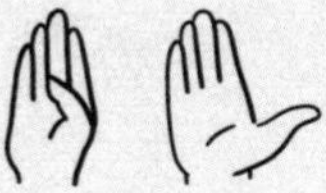
낮은 사물/건물	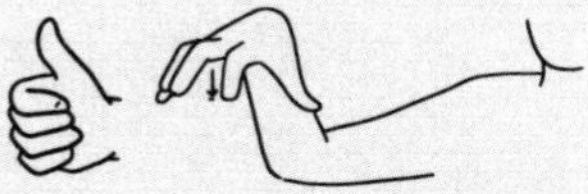
용기(그릇)	
빛	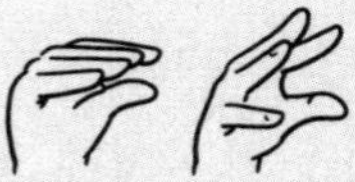

이제 연습해보세요!

영어: The red car speeds down the street headed right.
(빨간색 차가 오른쪽으로 난 길을 따라 빠르게 달린다.)
미국 수어: *차+빨강색+(분류사: 탈것이 오른쪽으로 빠르게 움직인다)*

영어: The boy walks to the school down the street.
(소년이 길을 걸어 학교에 간다.)
미국 수어: *학교+(분류사: 낮은 건물)+소년+(분류사: 사람이 길을 걷는다)*

드디어 화요일, 오스틴과 피자를 먹으러 가기로 한 날이었다. 연극 연습이 끝난 뒤 전부 다 함께 말이다. 찰리는 실망을 했는지, 아니면 다행이라고 생각했는지 자신의 속마음을 가늠해보려 했다. 찰리는 연극부 친구들과 함께 우르르 강당을 빠져나와 정문을 향해 걸었다.

젠장. 지갑을 안 가져왔어.

찰리는 친구들이 자기를 빼놓고 떠날지도 모른다고 생각했지만, 친구들은 자연스레 찰리를 따라 여자 기숙사로 갔다. 친구들은 다정했고 찰리는 창피한 기분이 들었다. 찰리는 여전히 서툰 전학생에 많은 게 느렸다. 방에 올라가자 케일라가 침대 위에서 무릎에 책을 올려둔 채로 멍하니 벽을 보고 있었다. 케일라 옆에는 갈색의 투박한 아날로그식 보청기가 있었는데 그녀는 한 손으로 그 구식 스위치를 껐다 켰다 하고 있었다.

별일 없지?

뭐, 응.

연극부 애들 몇 명이랑 콜슨에

피자 먹으러 가는데 같이 안 갈래?

픽맨 선생님이 사인해주셔서 너도

가고 싶으면 이름만 올리면 돼.

됐어.

재밌을 텐데.

케일라가 책을 가리켰다.

내일 중요한 시험 있어.

그래도 저녁은 먹을 거잖아…….

케일라가 한숨을 푹 내쉬었다.

여기서 먹으면 공짜라고.

진짜 별일 없는 거야?

괜찮다고!

케일라가 버럭 소리를 질렀다.

찰리가 알겠다는 듯 두 손을 들어 보였다.

그냥, 추수감사절 때문에 그래.

미안해.

뭐가 미안한지도 모르면서

찰리는 미안하다고 했다.

너 때문이 아냐. 아무튼, 최악은 아냐.

엄마 남자친구가 쓰레기거든.

그래도 농인 이모가 같이 있을 테니 괜찮아.

나도 농인 삼촌이 있었어, 아마.

아마?

한 번도 만난 적이 없거든.

너희 엄마는 수어 할 줄 알아?

그럭저럭.

우리 엄마는 못 해.

그런 것 같았어.

음, 아빠는 배우는 중이야.

이제 네가 다 컸으니까.

정말 안 갈 거야? 내가 살게.

오오, ㅂ-ㅜ-ㅈ-ㅏ, 부자 친구군.

케일라가 그다지 상냥하지 않은 얼굴로 말했다.

그동안 찰리는 책상 서랍을 열어 잡동사니를 뒤져 지갑을 찾았다.

그래서, 너도 오스틴 왕자님한테

반한 거야?

뭐? 아냐.

알리샤가 말한 거랑 다르네.

찰리는 리버밸리 학생들이 전부 당사자인 그녀보다 그녀에 대해 더 잘 알고 있는 상황에 화내지 않으려 애를 썼다.

모르겠어. 우린 그냥 친구야.

걘, 좀 그냥—

케일라가 뭔가를 수어로 말하려다 그만두고는 지화로 말했다.

ㅌ-ㅡ-ㄱ-ㄱ-ㅜ-ㅓ-ㄴ을 가진 애라고.

무슨 말인지 알아?

알리샤도 그렇게 말하긴 했어.

다들 같은 생각인 거야. 아무튼, 완전—

왕자님으로 태어나서 우쭐해하는 애라는 건 알아둬.

나한텐 잘해줘.

당연히 그러시겠지.

그게 무슨 뜻이야?

그냥 경고해주는 거야.

그 수어 알려줘.

ㅌ-ㅡ-ㄱ-ㄱ-ㅜ-ㅓ-ㄴ.

케일라가 수어를 알려주었다.

그래서, 갈 거야?

물에 빠지기라도 한 줄 알았어.

찰리와 케일라가 나타나자

오스틴이 말했다.

같이 가도 되지?

케일라가 물었다.

몇몇이 고개를 끄덕였고 알리샤는 케일라를 열렬히 반겼다. 케일라까지 합해 모두 8명이었다. 오스틴, 팅커벨, 잃어버린 소년 둘, 알리샤, 조명 담당 여드름 소년까지. 가브리엘라의 빈자리가 눈에 띄었다.

네 룸메이트를 데려오지 그랬어!

케일라가 말했다.

케일라는 오스틴을 보며 말했지만, 말이 채 끝나기도 전에 알리샤를 팔꿈치로 툭 미는 바람에 찰리는 하마터면 그것까지 한 문장으로 생각할 뻔했다.

엘리엇은…… 밖에 잘 안 나가.

잘생긴 상급생이야.

케일라가 찰리에게 말했다.

그런데 좀 흠집이 났지.

잃어버린 소년 중 하나가 말했다.

그래, 넌 '흠집'이라고 해,

난 '나쁜 남자'라고 하지.

찰리는 이게 다 무슨 얘기인가 궁금했지만 알리샤가 당황스러워 하며 얼른 화제를 전환하고 싶어 하는 것 같아 더는 묻지 않았다. 케일라도 금세 다른 얘기를 꺼냈다.

나도 뭐 사인해야 해?

리스트에?

오스틴이 고개를 끄덕이며 뒷주머니에 들어 있던 픽맨 선생님의 허가서와 귀 뒤에 꽂은 펜을 꺼냈다. 그들은 걸음을 옮기며 자연스레 삼삼오오 흩어져 떠들기 시작했다. 오스틴이 앞장서 월트 씨에게 선생님의 사인이 서명된 종이를 내밀었다. 찰리는 경비 초소로 성큼성큼 걸어가는 오스틴과 별다른 질문 없이 그를 내보내주는 월트 씨, 그리고 스르르 열리는 정문을 지켜보았다. 케일라가 오스틴을 좋아하지 않는 건 시기심 때문인지도 몰랐다. 하지만 그렇다고 그녀와 알리샤의 말이 틀린 건 아니었다. 오스틴이 정말 리버밸리의 왕자님이라고 해서 그가 찰리에게 바라는 게 뭐란 말인가? 누구나 예상하는 뻔한 건 빼고 말이다. 이게 바로 요즘 찰리가 자기 전 침대에 누워 졸린 눈으로 텅 빈 벽을 바라보면서 혼자 수십 번 하는 생각이었다. 제퍼슨에 있을 때 찰리의 자리는 아주 확실했다. 찰리는 그곳에 어울리지 않았고 그녀를 그렇게 만든 건 너무나도 분명하게 청각장애였다. 그런데 모두가 농인인 곳에 오고 나니, 인공와우 이식 수술을 받은 아이들도 이미 많았고 찰리는 자신을 어떻게 설명해야 할지 모르게 되었다. 자신의 정체성이 통째로 파내진 듯한 기분이었다. 청각장애가 있는 여자아이가 아니라면 이제 찰리는 무엇인 걸까?

그들은 정류장을 향해 언덕을 내려갔고 버스가 도착하자 카드를 찍거나 요금통에 동전을 넣으며 올라탔다. 버스 운전사는 통명스러운 표정으로 이를 지켜보았다. 짜증이 난 이유가 학생 무리가 떼로 타서인지 아니면 그 무리가 이런 학생들이라서인지는 알 수 없었다. 찰리는 꿀렁대는 버스에서 친구들이 자유자재로 떠드는 모습을 경이로운 눈빛으로 지켜보았다. 어떤 애들은 한 손으로 손잡이를 잡은 채 한 손으로 현란한(찰리에게는) 수어를 선보였고 어떤 애들은 지지대에 팔을 끼고 말했다. 또 어떤 애들은 다리를 넓게 벌려 안정적인 자세로 수다를 떨었는데 턱을 만날 때는 거의 반사적으로 무릎을 구부렸다. 찰리는 최면에 걸린 듯 눈도 깜박이지 않고 친구들을 쳐다보았다. 뻑뻑해진 눈을 손등으로 비볐다. 이윽고 버스가 콜슨의 메인 거리로 들어섰다.

그들은 콜슨 시내 한복판에서 내렸다. 친구들과 같이 온 콜슨은 예전과는 달리 보였다. 도시 위로 따뜻한 햇볕이 내리쬐어 11월 말에 얇은 점퍼 하나만 입고 있었는데도 전혀 춥지 않았다. 스테이트 스트리트에 늘어선 벽돌 건물들은 오렌지빛으로 물들었다. 왁자지껄 떠드느라 몸이 이리저리 부딪혔고 서로 무리를 오가며 수다를 떨었다.

거리에는 천으로 만든 조잡하고 유치한 장식품이나 풍향계 따위를 파는 상점들도 많았지만 도시 중심부 특유의 예스럽고 고아한 분위기를 풍기는 가게도 많았다. 이를테면 빈티지 알루미늄 장식으로 꾸며진 칩드컵과 차양이 달린 무를린 극장, 도시 분위기에 맞춰 낮은 색조를 쓴 스타벅스와 스카이라인 칠리가 그랬다. 부모님과 함께 있었다면 이것들은 전부 가짜라며 시큰둥했겠지만, 지금 찰리의 마음속에서는 도시에 대한 자부심이 샘솟고 있었다. 이곳에 산다는 사실이 기뻤다.

찰리가 콜슨을 새로운 눈으로 보는 것과 마찬가지로 도시도 이전과는 다른 시선을 돌려주었다. 이방인을 보는 듯한 눈빛으로 자기들을 바라보는 느낌이 좋았다. 물론 그들은 다른 아이들과 달랐지만, 보라, 그들은 무리였다. 무리에는 힘이 있었다. 그리고 찰리는 그 힘의 비밀을 아주 잘 알고 있었다. 불행히도 스틸스 캔디는 무리를 좋아하지 않았고 찰리 일당은 곧 가게에서 쫓겨났다. 상점 밖으로 나온 그들이 다시 뭉쳤다. 친구들은 서로 어깨를 부딪쳤다. 찰리가 고개를 돌리자 오스틴이 입에 기다란 밧줄 모양 사탕을 물고 있었다. 오스틴이 사탕을 한 개 내밀었다.

안녕.

안녕.

어젠 보고 싶었어. 몸은 어때?

이제 괜찮아. 고마워.

찰리가 사탕을 받아 입에 넣었다.

별일 없었지?

오스틴이 어깨를 으쓱하고는 손을 뻗어 찰리의 눈앞에 내려온 머리칼을 쓸어 넘겨주었다. 그가 그런 다정한 몸짓을 할 때마다 찰리는 목구멍이 꽉 막혔다. 이런 건 배려심이 깊은 사람의 행동이지 우쭐하는 사람의 행동은 아닐 것 같았다.

너에 대해 더 많이 알고 싶어. 정말이야.
그래서 말인데 진짜 중요한 질문이
하나 있어.

찰리는 목이 멨다. 오스틴이 손짓을 좀 작게 해줬으면 했다.

제일 좋아하는 피자가 뭐야?

찰리가 웃음을 터뜨렸다.

정말 중요한 질문이네.

농담이 아냐! 진짜 ㅅ-ㅣ-ㅁ-

ㄱ-ㅏ-ㄱ-ㅎ-ㅏ-ㄴ 얘기라고.

페퍼로니야. 맞히기 쉽지?

클래식을 좋아하는군.

이미 최고인 걸 건드릴 이유가 없잖아?

베이컨 피자는 먹어본 거야?

피자에 베이컨을? 으으, 아니.

페퍼로니나 베이컨이나 다 돼지고기거든!

너 ㅍ-ㅏ-ㅇ-ㅣ-ㄴ-ㅇ-ㅐ-ㅍ-ㅡ-ㄹ

피자도 좋아하는 그런 부류는 아니지?

설마 그래?

파인애플이 어때서!

찰리가 얼굴을 찡그리며 그의 어깨를 살짝 밀었다. 예상과 달리 오스틴은 꿈쩍도 하지 않았고 찰리의 손만 어정쩡하게 그의 가슴에 얹어졌다. 오스틴이 찰리의 팔목을 부드럽게 쥐었다. 찰리는 잠시 우물처럼 깊은 그의 초록색 눈을 바라보았다. 몇 주 전 하역장에서 오스틴과 키스할 기회를 놓친 건 실수였는지도 모른다. 사실 찰리는 지금 이 순간 그가 가까이 다가와주기를 열렬히 바랐다. 그리고—

얘 방금 파인애플 피자

좋아한다고 한 거야?

케일라가 불쑥 끼어들었다. 지금이

무슨 타이밍인지 전혀 모르는 눈치였다.

거봐, 내가 뭐라 그랬어?

찰리는 미소를 지었지만 순간 오스틴의 눈빛이 흔들렸다.

케일라가 뭐라고 했는데?

넌 몰라도 돼.

룸메이트끼리 하는 얘기거든.

좋아—그럼 네가 좋아하는

피자는 뭔데?

바비큐 ___ 피자.

케일라가 말했다.

뭐라고?

ㅊ-ㅣ-ㅋ-ㅣ-ㄴ. 치킨 말야.

찰리가 케일라의 수어를 따라 하자 오스틴이 손을 들어 찰리를 멈추었다.

이렇게 하는 거야.

오스틴이 말했다.

두 수어는 꽤나 달랐다. 케일라의 수어는 양손의 검지와 중지, 엄지를 오므려 아래를 향해 쪼는 두 개의 부리 모양이었는데, 오스틴은 검지와 엄지만을 이용해 코 옆에 가느다란 부리를 만들었다. 찰리가 쭈뼛대며 한 손을 들어 오스틴의 수어를 따라 했다.

치킨, 치킨. 그게 그거지.

네가 한 수어는, 음, ___ 같아.

오스틴이 케일라에게 말했다.

찰리에게는 지화로도 알려주었다.

ㄱ-ㅣ-ㅈ-ㅓ-ㄱ-ㅜ-ㅣ.

이들의 목소리가 점점 커지자 옆에서 보고 있던 팅커벨이 풉 하고 웃었다. 찰리도 케일라가 치킨이라고 알려준 수어가 오스틴이 방금 보여준 것과 별반 다르지 않다는 걸 인정할 수밖에 없었다.

너나 기저귀나 다 꺼져버려.

케일라는 그렇게 말하고 자리를 떠났다.

너만 농인 가족이 있는 건 아니거든!

알리샤가 오스틴에게 화를 냈다.

알리샤가 찰리를 보았다.

흑인 수어야, 케일라 수어.

흑인 수어가…… 있어?

찰리가 물었다.

당연하지. 농인학교도 ___을

따라야 했으니까.

뭐?

ㅂ-ㅜ-ㄴ-ㄹ-ㅣ-ㅈ-ㅓ-ㅇ-ㅊ-ㅐ-ㄱ.

그래서 수어도 다르게 발전했어.

그런데 그건 오래전 일이잖아?

문화잖아.

이어서 알리샤가 오스틴을 향해 홱 돌아 말했다.

그리고 너, 지금 되게

인종차별주의자 같아.

찰리는 '인종차별주의자'라는 수어를 알지 못했지만 흥분한 알리샤가 입 모양으로 영어를 말하는 바람에 알아들을 수 있었다. 그 자리에서 굳어버린 오스틴이 항변을 하려다 이내 그만두었다. 오스틴은 넋이 나간 얼굴로 힘없이 서 있었다. 알리샤가 앞서 가는 친구들에게로 걸음을 옮기며 곁눈으로 찰리를 지켜보았다. 찰리는 따라가야 할까 잠시 망설였다. 찰리가 곧 알리샤를 뒤따랐고 알리샤는 신경 쓰지 않는 척 고개를 돌렸다.

찰리는 알리샤의 대화에 끼려고 했지만 집중이 되지 않았다. 비현실적인 소망이라는 건 알았지만 리버밸리는 세상과 다르길 바랐다. 그들은 찰리를 따뜻하게 받아주었고, 그것이 소외당하는 사람들의 학교가 가진 미덕이라 생각했다. 분리와 인종차별이 존재한다면 농사회 또한 다를 게 없다는 뜻이었다.

찰리는 티 나지 않게 고개를 돌려 오스틴을 찾았는데 그는 이미 케일라에게 얘기를 하고 있었다. 둘의 수어가 너무 빠르고 감정적이라 도저히 따라갈 수가 없었다. 바로 옆에 있었다 해도 알아듣지 못할 것 같았다. 피자 가게에 도착한 뒤에도 둘과 가장 멀리 떨어진 자리에 앉게 된 찰리는 팅커벨 옆에서 그녀가 혼자 떠드는 브로드웨이 공연 얘기만 들어야 했다. 곧 퉁명스러운 종업원이 다가와 메뉴판 몇 개와 냅킨을 거의 던지다시피 해 그들은 알아서 테이블을 세팅했다.

피자가 나올 무렵 팅커벨은 찰리와의 대화를 거의 포기했다. 찰리는 가게 창밖을 바라보며 잠시 평화로운 시간을 가질 수 있었다. 땅거미가 져 사위가 어둑어둑했고 거리를 지나가는 사람도 드물었다. 그런데 그때, 가브리엘라가 나타나 찰리를 보며 활짝 웃었다. 찰리는 가브리엘라의 그 미소가 싫었다. 가브리엘라가 찰리를 가리켰다.

나?

찰리가 물었다.

가브리엘라가 고개를 끄덕이며 오스틴을 불러달라고 했다. 찰리는 자기도 모르게 테이블 위로 손을 흔들어 오스틴을 불렀다. 이름을 소리쳐 부르는 행위가 쓸모없는 세계에서 손을 들거나 톡톡 쳐 신호를 보내는 것은 친구를 부를 때 흔히 하는 행동이었지만 오스틴이 고개를 드는 순간 찰리는 자신의 행동을 후회했다. 농문화가 몸에 밸 정도로 꽤나 익숙해졌다는 사실은 기뻤지만 기막힌 타이밍에 짜증이 밀려왔다. 가브리엘라를 도와주고 싶은 마음은 추호도 없었는데. 게다가 이제 친구들이 전부 찰리를 쳐다보고 있었다.

네 여자친구…… 전 여자친구가 불러…….

몇몇이 웃었고 영문을 모르는 오스틴의 눈이 동그래졌다.

저기, 가브리엘라가 밖에 있다고. 창 쪽에.

얼굴이 새하얘진 오스틴이 일어나 테이블 안쪽에서 나오려는데 그를 발견한 가브리엘라가 손을 흔들었다. 오스틴도 마지못해 고개를 까딱해 인사를 했다. 그 순간 가브리엘라가 창 안쪽에서는 보이지 않던 옅은 갈색 머리에 근육이 다부진 남자를 끌어당겨 그의 입에 혀를 밀어 넣었다. 얼굴이 빨갛게 달아오른 오스틴이 곧장 화장실로 향했다.

누구 일진 오늘 되게 사납네.

알리샤가 말했다.

그날 오후 오스틴이 한 짓을 생각하면 이런 일을 당해도 싸다는 생각이 들긴 했지만, 한편으로는 그가 친구들의 웃음소리를 듣지 못해 다행이었다.

케일라도 오스틴이 어쩌다 보니 그랬다는 건 알고 있었다. 일부러 못되게 군 게 아니라는 걸. 하지만 그래서 어쨌다는 건가? 상처를 받은 건 사실이었는데.

수어 문제도 그랬다. 평소 케일라는 여러 사람과 함께 있을 때면 백인들이 쓰는 수어, 즉, 좀 더 표준화된 버전의 수어를 쓰려고 노력하는 편이었다. 백인들의 기분에 맞추려는 게 아니라 그들을 **상대**하고 싶지 않아서였다. 오하이오에서는 특히 더 그랬다. 가족들과 텍사스에 있을 때는 문제가 좀 더 복잡했다. 흑인 수어를 쓰는 사람이 많다는 건 흑인이 조금 다른 수어를 쓴다고 해도 별달리 놀라워하거나 충격을 받지 않는다는 뜻이었다.

하지만 북쪽에서는 달랐다. 인종차별 문제는 엄연히 존재했지만, 사람들은 이를 드러내지 않았다. 여기 사람들은 어쩌다 보니 북쪽에 살고 있는 것뿐이면서 어떤 보이지 않는 경계의 '옳은 편'에 서 있다고 착각하며 고고한 척을 했다.

어쨌거나 케일라는 이번엔 오스틴을 봐주기로 했다. 만약 원했다면 그에게 벌을 줄 수도 있었을 것이다. 사이벡 선생님 혹은 교장 선생님에게까지 갈 수도 있었다. 그들은 이런 문제에 관해서라면 엄격한 조치를 취할 것임을 케일라는 알고 있었다. 하지만 오스틴은 이미 가장 큰 벌을 받은 것이나 다름없었다. 찰리 앞에서 우스운 꼴을 보여버렸으니 말이다. 찰리는 누가 그녀의 눈에 붙어 있던 별을 떼어버리기라도 한 것처럼 오스틴을 쳐다보았다.

그렇다고 해서 케일라가 오스틴의 영향력을 이용하지 않을 거란 의미는 아니었다. 오스틴은 죄책감을 느끼는 사람들이 그렇듯 순순히 응했다. 케일라는 틱톡에서 오스틴을 좀 써먹었다. 영상을 만들었는데 이런 내용이다.

케일라가 '치킨'이라는 수어를 사용하자 오스틴이 이를 정정한다. 케일라가 손으로 그를 찰싹 때리고 오스틴이 극적으로 빙그르르르 돌며 바닥 위로 쓰러진다. 이때 화면이 줌인되면서 오스틴의 눈 위로 자막이 뜬다. **흑인 수어의 케이오승.** 가까스로 일어난 오스틴이 '흑인 수어를 존중하자'고 말한 뒤 다시 쓰러진다.

케일라가 만든 영상 중 제일 훌륭하다고 할 수 있는 영상은 아니었지만 그래도 특별한 영상이 되긴 했다. 벌써 4천 뷰를 넘겼다.

케일라는 흑인 수어의 역사와 분리 정책에 관련된 후속 영상을 계획했다. 분리 정책이 어쩌다 흑인 아이들에게 유리한 언어 접근성을 마련해주게 되었는지를 얘기하고 싶었다. 백인 농인학교에서는 구화법을 중시했고 흑인 아이들이야 말을 하든 말든 아무도 관심을 갖지 않았다. 그래서 농인 교사들은 자연스레 흑인 농인학교로 보내졌다. 케일라는 이 얘길 어떻게 풀어야 할지 아직 구상 중이었다. 사람들은 영상이 잠시라도 지루해지면 곧바로 다음 영상으로 넘어가 버리니까. 이 사회가 너무나 차별적인 나머지 오히려 백인 아이들은 언어를 박탈당하고 흑인 아이들은 습득하게 된 것이 어떤 면에서는 우습기까지 했다.

케일라는 인터넷을 좋아했다. 틱톡, 인스타그램, 유튜브, 트위치를 다 이용했다. 그 안을 유영할 때면 바깥에도 사람들이 있다는 걸, 철창 같은 기숙사 방과 리버밸리의 펜스 밖에도 사람들이 있다는 걸 느낄 수 있었다. 때로는 자신이 만든 영상이 유명해지는 상상도 했다. 그래서 엄마와 이모가 남의 집을 청소하러 다니지 않아도 될 만큼, 그들을 근사한 식당에 데려갈 수 있을 만큼, 기숙사 침대에 자기만을 위한 뽀송뽀송한 침대 시트를 살 수 있을 만큼, 어디든 그녀를 수행하는 개인 통역사를 둘 수 있을 만큼, 그래서 **치킨** 따위는 원하는 방식대로 말할 수 있을 만큼 큰돈을 버는 상상을 말이다.

틱톡이 그녀를 구원해주지 않더라도 어쨌든 2년 후면 이곳을 벗어날 것이었다. 졸업장과 A로 도배한 성적표를 가지고 갤러뎃이나 로체스터 공대, 아니면 오하이오 주립대, 윌버포스 대학까지 갈 수 있을지도 모른다. 리버밸리, 콜슨과의 작별은 이 도시의 성격처럼 결코 감상적이지도 대단하지도 않은 무언가로 그냥 스쳐 지나갈 것이다. 그리고 케일라는 아주 많이 배울 것이다. 그녀가 아는, 무너뜨려야 하는 그 모든 것들을 무너뜨리기 위해. 그 모든 벽돌을 하나씩 하나씩, 필요하다면 기꺼이 그녀의 손으로 무너뜨릴 것이다. 그리고 그 벽돌들로 새로운 것을 다시 지어 올릴 것이다.

페브러리는 교장이 되고 나서 매년 하는 업무 중 연휴 전날 기숙사를 비우는 일이 가장 힘들었다. 그날의 학교는 전쟁통을 방불케 했다. 한껏 들뜬 학생들과 부모들은 외출에 꼭 필요한 보안 절차상의 과정을 지루하게만 느꼈다. 개인적으로 그들의 마음이 이해가 되지 않는 건 아니었지만—페브러리는 학생들의 가족들도 다 잘 알고 있었다—콜럼바인, 버지니아 공대, 샌디훅, 파크랜드 사건* 이후 스웰 교육감의 행정적 지침은 아주 단호했다. 상급 학년의 학생들조차 예전의 학교가 어땠는지를 기억하지 못했다.

리버밸리의 모든 학생이 서둘러 떠나는 건 아니었다. 부모가 늦게 나타나는 것이 걱정되지 않는 가족들도 있었다. 이를테면 워크맨 집안 같은. 농인들이 늘 대략 45분 정도 늦는 것을 **농인 표준 시간**이라

* 미국에서 일어난 최악의 교내 총기 난사 사건들.

불렀는데 워크맨 씨는 일이나 애들, 농인 친척들을 챙기느라 거의 언제나 그 정도는 늦었다. 페브러리가 주위를 둘러보니 워크맨 집안사람들이 보이지 않았다. 오스틴은 아마 방에 남아 이 소란이 잠잠해질 때까지 기다리는 중일 것이다.

평상시의 주말은 이보다는 훨씬 더 조용했다. 집에 가고 싶지 않은 학생들은 친구 집에 가도 좋다는 승인도 쉽게 얻을 수 있었다. 하지만 연휴라면 얘기가 다르다. 그동안 학교에서 사인해주었던 종잇장은 아무 효력을 갖지 못하게 되고 집으로 돌아가는 버스가 학교를 지나가도록 미리 노선을 조정해두지 않았다면 꼼짝없이 부모님이 데리러 올 때까지 기다려야 했다. 이런 아이들이야말로 학교에서 가장 신경을 써야 할 학생들이라는 사실도 놀라운 일이 아니었다. 학교에 와서 비로소 언어를 습득하게 된 저학년 아이 중 일부는 집에 다녀와야만 하는 현실이 진짜로 닥쳐올 때면 소리를 지르고 성질을 부렸다. 그럴 때면 페브러리는 자기라도 이 아이들을 잘 돌봐야겠다는 생각과 더불어 부모를 향한 연민과 분노가 한데 뒤섞여 차올랐다. 그런 부모들은 운명이 이런 것을 나보고 뭘 더 어쩌라는 것이냐는 식의 눈빛으로 페브러리를 바라보았다. 그럴 때마다 페브러리는 **노력**은 해봐야 하는 거잖아요! 하고 소리치고 싶었다. 하지만 그들이 노력하지 않는다고 함부로 판단하는 것 또한 자신의 오만일지도 몰랐다. 그녀가 할 수 있는 건 학교에서 학생의 가족과 친구들에게 무료로 수어 수업을 제공하고 있음을 알리는 것 정도가 다였다. 페브러리는 대개 별다른 말없이 조용히 인사를 하고 일이 순조롭게 진행되는 데만 집중했다. 동선을 안내하고 기숙사를 깨끗이 청소하고 워키토키를 통해 경비원들과 통신하고 등등.

위탁 가정의 아이들은 거주지가 불안정했기에 돌아갈 버스가 제대로 준비되지 않았고, 난처한 표정의 사회복지사가 데리러 올 때까지 기다리는 일이 부지기수였다. 그리고 '멀로이' 가족이 있었다. 부부는 아이들을 방치하거나 어떤 때는 심지어 특별한 이유도 없이 나타나지 않았다. 진짜 멀로이 부부를 못 본 지는 벌써 몇 년이 지났다. 교사가 되고 나서 처음 만난 부류의 사람들이었고, 자식을 낳지 말았어야 하는 부모들을 만날 때마다 그녀는 혼자 마음속으로 멀로이 부부라고 불렀다. 원조 멀로이 부부에게는 동그랗고 큰 눈을 가진 사랑스러운 아들 제이미가 있었다. 금발에 주근깨가 있는 가족들과 자신을 구별해줄 다른 뭔가가 필요하다는 듯 혼자서만 까만 머리카락을 지닌 아이였다. 처음 몇 번 아들을 데리러 오지 않았을 때는 이를 실수라 생각했다. 그때까지만 해도 페브러리는 부모가 자식 일을 가장 먼저 앞세우지 않을 수도 있다는 것을 상상하지 못했다. 하지만 제이미의 1학년 마지막 학기가 끝나고 여름방학이 시작될 때에도 부모가 나타나지 않자 페브러리는 그제야 이것이 실수가 아님을 깨달았다. 멀로이 부부와 비상 연락처에 몇 번이고 전화를 했지만 받지 않았다. 정오 무렵 다른 아이들이 모두 떠나고, 오후 5시가 되어갈 즘에도 그들은 나타나지 않았다. 페브러리는 하는 수 없이 경찰서로 전화를 걸었다.

보안관이 학교로 와 제이미를 경찰서로 데려갔다. 멀로이 부부가 여름 동안 제이미를 양육할 수 있는 권리를 승인받기 전, 아동보호국으로부터 경고를 받았다고 했다. 그러나 그해 추수감사절에도 같은 일이 반복되었다. 페브러리는 제이미가 스스로 자립 신청을 하기 전까지 친척들 집을 전전하는 모습을 무력하게 지켜볼 수밖에 없었다. 소문으로는 제이미가 지금 로체스터에서 전기 기사로 일하며 살고 있다고 했다. 사람들은 이제 제이미가 행복해 보인다고 했다. 이게 아주 드문 일이라고도 했다.

올해의 멀로이인 슈나이더 씨의 딸 에밀리는 친구들이 하나둘씩 집으로 돌아가자 마지막까지 남는 사람이 자기가 될까 봐 초조한 마음으로 로비를 서성였다. 원조 멀로이 부부와 마찬가지로 슈나이더 부부에게도 다른 자식, 그러니까 청인인 아이가 있었는데 이 확연한 대비가 문제를 더 악화시켰다. 제이미가 위탁 가정을 전전해야 했던 반면 그의 형제자매들은 집에서 자랐다. 에밀리의 경우 늘 오빠의 커다란 옷을 물려받아 입었다. 그게 꼭 범죄라는 건 아니었지만, 그녀는 계속해서 방치됐기에 좋게 보이지 않는 것도 사실이었다. 에밀리는 인공와우 수술을 받은 학생 중 가장 성공적인 케이스였고 구화 능력도 뛰어났다. 그래서 부모의 이러한 태도가 더욱 비이성적인 것으로 비쳤다. 자식을 상품 대하듯, '청각' 능력을 지닌 자식만이 사랑받을 가치가 있다고 말하는 것처럼 보였다.

오후 5시 무렵 한쪽 구석에 서서 이런 생각을 하던 페브러리는, 어쨌거나 상상이었다 해도 아이들에게 등급을 매긴 것을 자책하며 뒷주머니에서 휴대폰을 꺼내 보안관에게 전화를 걸었다. 그러나 페브러리가 무슨 생각을 하든 에밀리에게는 아무런 도움이 되지 못할 것이었다. 자식이 정상성을 얼마나 훌륭하게 수행하느냐에 따른 대가로 사랑을 주는 부모를 둔 아이라면 그 누구에게라도 말이다. 전화를 끊고 나자 분노는 조금 가라앉은 대신 절망감에 마음이 괴로웠다. 내년에 학교가 없어지게 되면, 농인 자식을 종일 돌보게 된 슈나이더 부부와 에밀리, 또 에밀리와 같은 처지에 있는 다른 아이들은 어떻게 되는 걸까?

이리 오렴.

페브러리가 말했다.

교장실에 가서 기다리자꾸나.

쿠키도 있단다.

에밀리를 데리고 교장실로 가는데 멀리서 사이렌 소리가 들려왔다. 비상 전화가 아닌 일반 전화로 연락을 했는데도 경찰차가 벌써 오는 것을 보면 콜슨은 오늘 평화로운 하루를 보낸 듯했다.

학교는 어땠냐고. 수어로 말하면 내 말을

ㅁ-ㅜ-ㅅ-ㅣ 하진 않겠지!

순간 찰리는 아빠의 수어 실력이 그렇게 늘었다는 사실에 깜짝 놀랐다. 어휘력은 아직 부족했지만 수어의 개념은 이제 이해한 것 같았다. 아빠는 모르는 단어가 나오면 지화를 쓰거나 에둘러 설명하는 식으로 수어를 편하게 쓰기 시작했다. 저녁 수어 수업에서 아빠는 수업을 들은 지 오래된 부모들, 특히 새로운 언어를 배우는 일에 노력을 들이기가 쉽지 않은 엄마들을 제친 지 오래였다. 찰리는 아빠의 실력이 점점 좋아지고 있다는 사실이 기쁘면서도 화가 났다. 왜 더 빨리 배우지 않았던 걸까? 아빠가 무엇을 두려워했었는지 궁금했다. 실패? 아니면 엄마? 어렸을 때 이 언어를 가르쳐줄 사람이 옆에 있었더라면 어땠을까 생각했다. 아주 가끔만이라도, 진짜 필요할 때만이라도 자기 언어를 꺼내 쓸 수 있었다면 어땠을까?

죄송해요. 딴생각 중이었어요.

공상 아니고?

공상이라기보다는 수치심에 허덕이고 있었다는 게 옳았다. 찰리는 아직도 피자 가게에서 있었던 일에서 빠져나오지 못하고 있었다. 케일라와 오스틴 사이에 일어난 일에 대해서는 뭐라고 해야 할지 감조차 잡히지 않아, 그저 흑인 수어에 너무 무지해서 미안하다고밖에 말할 수 없었다. 케일라가 대수롭지 않게 말했다.

넌 그냥 수어도 뭔지 모르잖아, 됐어.

둘은 작게 웃음을 터뜨렸고 그걸로 끝이었다. 찰리는 오스틴의 몫까지 두 배로 미안했다. 결국, 애초에 케일라에게 피자를 먹으러 가자고 한 건 찰리였으니까.

새로 온 네 개의 메시지가 오스틴에게서 온 게 아니라는 걸 확인한 순간 찰리는 실망했고, 이내 그 기분을 떨쳐보려 했다.

지금집에가고있어. 뭐 좀 주료고 괜찮지?

*주려고

찝이니

*집!

젠장.

찰리가 아빠를 향해 말했다.

엄마가 온대요.

지금?

뭘 주러 잠시 들른대요.

뭘?

몰라요.

이윽고 아빠 집 앞으로 엄마의 차가 미끄러지듯 들어왔다. 그녀는 차에 기대 예쁘게 다듬은 긴 손톱으로 휴대폰을 만지작거리고 있었다. 그러다 남편과 딸이 나타나자, 그들이 갑자기 자기 집에 들이닥치기라도 한 것처럼 허둥거렸다.

미안. 지금쯤이면 네가—엄마는 다시 한번 휴대폰 화면을 잠시 확인했다—집에 있을 것 같아서.

찰리는 엄마가 무슨 얘길 하는 건지 몰랐지만, 아빠를 보니 안경을 벗어들고 눈을 비비고 있었다. 아빠가 화난 걸 감출 때 나오는 버릇이었다. 엄마가 가방을 뒤져 작은 흰색 상자를 하나 꺼냈다. 찰리는 그게 무엇인지 알았다.

이거 받으러 병원에 잠시 다녀왔어. 너 학교에서든 어디서든 써야 하잖아.

추수감사절 연휴라 수업 없어요.

아, 그렇구나. 아무튼, 여기.

찰리는 태연한 표정을 유지하려 했지만 표정이 감춰지지 않았다. 연휴에 딸이 집에 있을 거란 사실 정도는 알고 있어야 하는 것 아닌가? 엄마는 그저 추수감사절 식사에 찰리가 인공와우를 끼고 나타나길 바란 것뿐이었다. 엄마는 대체 왜 자기 생각을 그냥 말하지 않는 걸까? 왜 이 거지 같은 눈치 게임을 아직도 해야 하는 걸까?

언젠가 병원에서 찰리는 이식 수술을 한 남자애가 전화를 하는 걸 본 적이 있었다. 찰리는 음모론을 상상해봤다. 그는 에지 바이오닉스에서 고용한 배우고 하는 말은 각본에 다 쓰여 있는 대사라고 말이다. 어쩌면 전화 건너편에는 아무도 없을지 모른다. 소년의 즐거워 보이는 얼굴과 머리 안에 있는 기계가 처리하는 능력 사이의 간극을 보면 완전히 억지스러운 얘기는 아니었다. 인공와우 판매 직원에 관해 찰리가 아는 바에 따르면 더더욱 그랬다.

같은 병원의 화장실 화장대 앞에서 두 여자의 얘기를 엿듣게 된 적이 있었다. 이름표를 달고 펜슬 스커트를 입은 판매원들은 눈썹을 다듬고 있었는데, 한 명이 판매 실적을 자랑하며 자기가 살 테니 주말에 빌록시에 가 술을 마시자고 했다. 그 당시 찰리는 여자의 알랑거리는 태도에 대한 본능적인 거부감 외에 다른 건 느끼지 못했지만, 이제 와 생각해보니 엄마의 악몽을 이용해 누군가는 돈을 벌고 있었던 듯했다.

찰리는 그래서 지금 엄마가 조심조심 상자를 열어 어음처리기를 꺼내는 모습을 지켜보는 것이 더 괴로웠다. 엄마는 그것을 가보라도 되는 듯 소중히 다루었지만 찰리의 눈에는 그저 알코올 중독자가 맥주를 한 잔 더 손에 쥐는 모습으로밖에 보이지 않았다.

의사 선생님이 예전 맵을 여기에 미리 세팅해두셨어. 그래도 예약을 잡아뒀으니 네가 필요하면 가보자.

엄마가 말했다.

필요 **없어요.** 하지만 찰리는 혼자 생각할 뿐 굳이 입 밖으로는 말하지 않았다.

대신 말없이 어음처리기를 집어 귀에 걸고 머리카락을 뒤로 넘겨 자석에 맞게 붙였다.

어때?

찰리는 이제 청각장애에 관련된 웬만한 질문들에는 익숙해졌지만, 딱 하나 그녀를 진짜로 화나게 하는 게 있었다. "인공와우를 끼고 들으면 어떻게 들려?" 늘 이렇게 멍청한 질문만 있는 건 아니었지만—한번은 제퍼슨에서 누군가가 겨울에 귀가 시리지 않은지 물은 적이 있었다—찰리는 정말이지 이 질문이 싫었다. 아마 답을 알지 못했기에 더 싫었는지도 모른다. 인공와우 없이 소리를 들어본 적이 없는데 그게 어떤 느낌인지, 어떻게 다른지 무슨 수로 알겠는가? 하지만 지금은 엄마와 아빠가 눈을 반짝이며 뚫어져라 보고 있었다. 마음이 불편해진 찰리는 고개를 이리저리 돌려봤다. 엄마가 헬륨 풍선처럼 기대에 부푼 얼굴로 찰리를 지켜보고 있었다. 그런 엄마를 보며 화가 난다기보다 슬퍼졌다.

괜찮은 것 같아요. 그래도 좀 있어 봐야 알 것 같지만요.

그럼, 그럼. 적응이 돼야겠지.

엄마가 대답했다.

찰리는 멋쩍은 자세로 고개를 끄덕였다. 다른 친구들도 엄마 앞에서는 이렇게 기분이 이상한지 궁금했다.

그래, 이제 가봐야겠다. 미스 고구마파이 의상이 기다리고 있거든.

기분이 좋았다면 탄수화물의 이름을 딴 미인 대회를 갖고 농담을 했을 것이다.

그럼 수요일 저녁에 봐요.

엄마가 손을 뻗어 찰리에게 잠시 대었고, 그건 엄마 나름의 포옹이라는 걸 찰리는 알았다. 엄마는 차에 올라 시동을 켠 다음 후진해 이내 시야에서 사라졌다. 마치 붙잡혀 있다가 이제 막 풀려난 사람처럼.

엄마는 널 도우려는 거야.

도움 한번 참 형편없네요.

아빠가 긴 한숨을 내쉬었다.

네게 이식 수술을 받게 한 건 전적으로—

엄마 인생을 쉽게 만들기 위해서였겠죠.

네 인생이 더 쉬웠으면 해서였단다.

***이게** 바로 제 인생을 쉽게 해주는 거예요.*

찰리가 아빠에게 그녀의 두 손을 들어 보였다.

그래, 엄마가 잘못 판단한 거야. 하지만 엄마의 마음은 진심이었잖니. 지금은 후회하고 있단다.

후회요? 제 머리 안에는 이만한

금속 덩어리가 들어가 있다고요!

하지만 네가 수술을 받지 않았다면? 말하는 법을 아예 배우지도 않았다면 어땠을 것 같니?

구화를 쓰지 않고 사는 사람들도

얼마든지 있어요.

말은 그렇게 했지만 찰리도 오스틴

말고는 떠오르는 사람이 없었다.

그리고 그들은 저보다 훨씬 더 평범한

삶을 누리며 잘 살고 있다고요.

평범이라고? 네가 제일 싫어하는 게 평범한 것 아니었니?

왜 엄마 편을 드는 거예요?

내 말은, 엄마는 널 사랑한다는 거야. 그래, 어쩌면 그 사랑이 힘겨울 수도 있겠지—

그건 엄마 아빠 얘기 아니고요?

'힘겨운 사랑'?

오, 아냐. 네 엄마는 날 싫어해.

찰리가 흥 하고 코웃음을 쳤다.

하지만 엄마는 널 싫어하지 않아. 둘 다 그렇게 서로 못 잡아먹어 안달이다만.

숙제해야 해요.

지금?

찰리가 눈알을 굴리며 방으로 들어갔다. 예전에 찰리는 엄마와 자신의 관계가 불공평하다고 생각했다. 하지만 요즘 들어 진짜 부당한 건 엄마가 처한 현실인 것 같았다. 자식과 엄마는 완전히 다른 존재임에도, 낳았으니 온전히 이해해야 한다고 엄마에게 강요되는 이 현실 말이다. 찰리는 아빠가 모르는 것에 대해서는 늘 관대하게 넘어갔다. 그런데 엄마라는 존재는 왜 틀리면 안 되는 걸까? 〈피터 팬〉에 나오는 잃어버린 생모라느니, 계모라느니 하는 얘기들 때문에 자기 머리가 어떻게 된 건지도 모른다고 찰리는 생각했다. 어쨌거나 찰리는 인공와우 스위치를 끄고 다녔고 엄마는 이를 알지 못했다. 지금은 이걸로 됐다고 스스로를 위로했다.

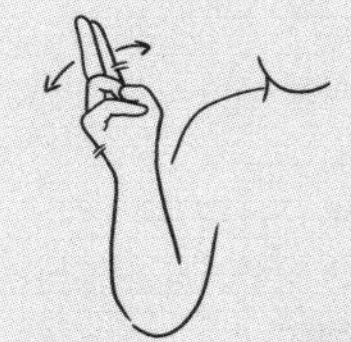

당신을 위한 치료

고대부터 청인들은 청각장애를 '치료'하고자 노력해왔고 어떤 시도들은 다른 것들보다 좀 더 성공적이었다(해로웠다). 오랜 역사 동안 많은 사기꾼과 치료사가 청각장애를 치료했다는 허황되고 거짓된 주장을 펼친 죄로 처벌을 받아왔다.

고대

- 기원전 1550년 이집트에서는 '귀가 잘 들리지 않는 사람의 귀'에 올리브 오일과 붉은색 납, 박쥐의 날개, 개미 알, 염소 오줌을 섞어 넣었다.
- 이것이 청각장애에 관해 현존하는 최초의 기록이다.

고대~기원후 초기

- 신약에는 예수님이 침을 이용해 듣지 못하는 자의 귀를 고치는 이야기가 나온다.
- 지금까지도 기독교 근본주의자들의 전통 안에는 '믿음이 치료한다'는 신앙이 남아 있다.
- 치료 의식은 다른 종교에서도 흔히 볼 수 있다.

기원후 초기~17세기

- 약초와 영적 치료가 여전히 남아 있다.
- 손을 사용하는 수어 교육은 이 시기에 전성기를 누렸으며 이에 따라서 치료법을 찾고자 하는 노력이 다른 시대에 비해 다소 줄어들었다.
- 나팔형 보청기가 사용되기 시작했다.

18세기

- 나팔형 보청기가 인기를 얻었다.
- 움푹 들어간 안락의자에 보청기가 숨겨져 있는 청각용 의자(Acoustic throne)가 고안되었다.
- 양쪽으로 나팔이 달린 보청기와 머리에 하는 청각 보조 밴드가 발명되었다.

19세기

- 수은, 질산은과 같은 유독 물질이 사용되기 시작했다.
- '폐색'된 귀를 뚫기 위해 코에 카테터를 삽입했다.
- 전기, UV 광선, 진동 요법 등이 사용되었다.

- 외이도에 인공 고막을 달았다.
- '외부에서 보이지 않는' 보조 기기에 대한 요구가 증가했다.

20세기

- 귀를 막는 압력을 '바로잡기' 위해 비행기를 거꾸로 탔다.
- 전자기를 이용한 헤드 캡이 등장했다.
- 최면술을 이용했다.
- 귀 뒤나 귀 안에 꽂는 아날로그 방식의 보청기와 뼈에 부착하는 방식의 디지털 기기가 등장했다.
- 인공와우 이식 수술이 처음 시행되었다.

21세기

인공와우 수술의 증가:

- 내부 기기와 외부 기기로 구성된다.
- 소리를 증폭하지 않고 내이를 우회해 청신경을 직접 자극한다.
- 초기 모델은 잔존 청력을 파괴했다.
- 성공률은 개인에 따라 다르다.

개발 중인 기술:

- 줄기세포를 이용한 재생 치료제가 개발 중이다.
- 유전자와 유전체를 편집한다.

청각장애를 치료하려는 시도는 오랜 세월 동안 계속되었지만 21세기 치료법은 기술 수준, 적용 시기, 효과의 영속성에서 과거와 차이가 있다. 이러한 차이점은 윤리적인 문제와 당사자의 동의 여부에 대해 근본적인 질문을 던지게 만든다.
농인 아이들은 이미 아무런 동의 없이 이식 수술을 받고 있다. 유아에게 줄기세포를 주입하고 포궁 내 태아의 유전자를 '편집'하는 문제는 어떻게 봐야 할까?

토론 주제

1. 인류의 다양성 보존 관점에서 의료계가 지켜야 할 윤리적 의무는 무엇일까?
2. '맞춤 아기'의 어떤 점이 비윤리적인가? 비윤리적인 것의 기준은 누가 결정해야 할까?

오스틴은 화요일 밤부터 수요일 오전 수업 시간까지 내내 머릿속으로 그 **사건**을 계속해 재생하며 수치심에서 헤어 나오지 못하고 있었다. 어떻게 그렇게 편견에 가득 차 살아왔을까? 어떻게 그렇게 생각이 없었을까? 어떻게 그렇게 **백인**처럼 지내올 수 있었을까 계속 자책했다. 오스틴은 참을 수 없이 부끄러웠고 그래서 진심으로 사과했다. 하지만 케일라와 얘기를 하고 사과를 하는 와중에도 찰리가 이 모든 걸 옆에서 지켜보고 있다는 생각을 떨칠 수 없었다. 제대로 사과하려고 노력했다는 걸 케일라는 찰리에게 말해줬을까? 방과 후에 케일라를 만나 틱톡 촬영도 하고 다시는 재수 없게 굴지 않겠다고 약속한 건?

오스틴은 그날 이후로 찰리를 만나지 못했다. 그날 밤 기숙사 앞에서 헤어질 때 찰리를 가볍게 안았는데 그녀에게서 머뭇거림이 느껴졌다. 그들 사이에 아주 가느다란 금이 생긴 것 같았다.

집에서는 다른 문제가 기다리고 있었다. 부모님과의 관계가 어쩐지 어색했다. 스카이가 태어난 후로는 부모님과 대화를 나누는 일이 부쩍 줄었다. 아니, 거의 없었다는 게 옳았다. 그는 주말 내내 소파에 널브러져 옛날 의학 드라마들과 스파이더맨 영화를 보는 둥 마는 둥 하거나 방 안에 처박혀 숙제를 했다. 콜의 집에 놀러 가 그다지 좋아하지도 않는 비디오 게임까지 했다. 아빠를 피할 수 있다면 뭐든 했다. 엄마는 스카이를 돌보는 것만으로도 무척 피곤해 보였지만, 엄마와의 사이는 금세 예전으로 돌아갔다. 하지만 아빠를 보는 건 여전히 힘들었다.

그래도 월요일이면 학교로 돌아갈 수 있어 다행이었다. 오스틴이 부모님과 일상을 묻고 답하고 화상 전화 할 시간을 정하는 등 잡담을 나누는 가족 메신저 창은 이따금씩 올라오는 스카이의 사진—'오하이오'라고 적힌 일체형 옷을 입은 스카이, 파자마를 입은 스카이, 엎드린 채 고개를 든 스카이—말고는 아무것도 오가지 않은 지 벌써 오래였다. 그런데 아빠가 오스틴에게 전화를 걸어 혼자 버스를 타고 집으로 오라고 한 것이었다. 오스틴은 빨랫감을 잔뜩 들고 갈 생각이었지만 굳이 말하지는 않았다. 부모님은 아기 때문에 너무나 바빴으니까.

그렇게 집에 도착했는데 집이 텅 비어 있었다. 방에 가방을 던져놓고 곧장 부엌으로 가 타파웨어 통에 든 먹다 남은 고기찜을 데우지도 않은 채로 지방이 굳은 쪽을 피해 우적우적 먹었다. 그사이에 부모님이 집에 돌아왔다. 그런데 부모님 사이에 미묘한 냉기가 감돌았다. 평소 엄마는 오스틴이 부엌에 서서 아무렇게나 먹을 때마다 잔소리를 하곤 했는데 이번에는 그저 그를 꼭 안기만 했다. 그녀의 어깨너머로 아빠가 못 말린다는 표정을 지었다.

왔구나.

엄마가 말했다.

바구니 카시트에 누워 있던 스카일라가 칭얼대기 시작했다. 오스틴은 아빠가 동생에게 또 자장가를 불러주려나 싶어 곁눈으로 보았지만 아빠는 조용히 스카이를 안아 우유를 데워줄지 수어로 물었다.

시험은 어땠니?

아빠가 뜨거운 물에 젖병을

데우며 물었다.

꽤 쉬웠어요. 삼각법만 보면 됐거든요.

나머지는 과제물로 내는 거고요.

사이벡 선생님은 항상

농 문법에서 감점하는 걸

잊어버리세요.

다행이구나.

별일 없죠?

그럼.

어디 다녀오셨어요?

병원에 다녀왔어.

아빠가 스카이를 가리키며 말했다.

스카이는 잘 크고 있대.

주사 맞으러요?

키는 계속 평균 이상이래요?

응, 상위 70퍼센트라네!

와!

오스틴이 스카이에게 다가가 아빠가 한 것처럼 조심스레 품에 안고는 워크맨 집안의 첫 농구 선수가 될지도 모르겠다고 말하며 웃었다.

한번 먹여볼래?

엄마가 말했다.

손목에 먼저 한 방울 떨어뜨려봐.

오스틴이 젖병을 들어 우유를 먹이며 스카이가 열심히 젖병을 빠는 모습을 보았다. 뒤에서 부모님이 뭔가 격렬한 대화를 나누고 있다는 걸 눈치챘지만 스카일라의 커다랗고 푸른 두 눈을 보자 오스틴은 동생에게서 눈을 떼지 못했다. 그러다 아빠가 발을 쿵쿵 굴러 오스틴은 깜짝 놀라 고개를 들었다. 아빠는 엄마의 관심을 끌려고 한 행동이었지만 진동은 오스틴과 스카이에게도 똑같이 전해졌다.

오스틴한테는 당신이 말해요.

아빠가 자기만의 소굴로 들어갔다.

뭘요?

아빠 지금 기분이 안 좋아.

변화가 싫은 거야.

왜요? 무슨 일 있어요?

방금 소아과가 아니라

청능사한테 다녀왔단다.

스카이요? 왜—

스카일라가 목소리나 소리에 반응하는 게

점점 약해지고 있다는 걸 아빠가 발견했어.

난 아직 아기니까 모른다고 생각했지. 그런데

검사해보니 청력이 40데시벨까지 떨어졌대.

그럼…… 듣기 어렵다는 거예요?

그런 것 같아. 그래도 지금 기술이면

보청기로 소리를 증폭시킬 수 있다나 봐.
그래서 스카이 귀 모양에 맞는 몰드를
맞추러 다녀온 거야.

그런데, 아빠는 그래서 기분이 안 좋다고요?

스카이, 트림시켜줘.

엄마가 천을 건네며 말했다.

오스틴이 어깨에 천을 대고 스카이를 들어 올려 등을 토닥였다.

더 세게.

등을 더 세게 두드리자 곧 스카이가 시원하게 트림을 해 그 진동이 오스틴에게도 전해졌다.

아기가 아저씨처럼 트림을 하네요!

두 사람이 웃음을 터뜨렸다.

아빠 좀 봐주렴. 네가 태어났을 때
농문화를 함께 나눌 수 있다는 생각에
나도 무척 기뻤단다. 아빠도 스카이한테
똑같은 감정인 거야.

청인들 문화요?

알잖니, 팟캐스트니 라임이니
자막은 싫다느니 하는 그런 것들.

엄마가 윙크했다.

아빠는 자막 안 싫어하잖아요.

아빠는 우릴 편하게 해주려고
최선을 다하는 거야.

알아요.

오스틴이 말했다.

아빠도 받아들일 시간이 필요하단다.

오스틴은 우유가 조금 남은 젖병을 들어 스카일라에게 먹였다.

엄마는 어때요?

전에도, 지금도 똑같이 스카일라를

사랑하지. 네가 태어났을 때처럼 그저

앞으로 힘든 삶이 펼쳐질까 봐 그게

걱정될 뿐이야. 그래도…….

오스틴이 눈썹을 추켜올렸다.

집안 전통이잖니.

엄마의 얼굴 위로 옅지만 개구쟁이 같은 미소가 스쳤다. 젖병을 다 비운 스카일라가 울음을 터뜨리자 오스틴이 엄마에게 동생을 넘겨주었다.

잊지 마, 아빠한테 잘해주렴.

오스틴이 고개를 끄덕인 뒤 아빠 방으로 향했다. 컴퓨터 화면에는 여러 개의 스프레드시트가 켜져 있었지만 아빠는 스프링 장난감을 만지작거리고 있었다.

아빠, 오스틴이 구화로 말했다.

엄마랑 얘기했니?

워크맨끼리 작은

축하 파티라도 했니?

네? 아뇨.

미안하다. 내가 지나쳤구나.

아빠 기분이 안 좋다고 들었어요.

변명할 수가 없네.

오스틴이 괜히 발끝을 바라보았다.

농인이든 청인이든 그런 건

상관없단다. 그런데 스카이가

태어나던 날 간호사가 와서

말해주었을 때, 내가 어릴 때

어머니가 불러주시던 노래들이

생각났어. 너한테 해주지 못했던

것들이 떠올랐지.

엄마는 아빠가 저한테도 노래를

불러주셨다던데요.

아빠가 미소를 지었다.

그랬지.

스카이는 보청기를 끼면

괜찮을 거라고 들었어요.

그래, 그럴 거야.

네, 스카이는 잘할 거예요.

아빠가 오스틴에게 이리 와보라고 하고는 한쪽 팔로 그를 감싸안았다. 오스틴은 자기가 아빠에게 힘이 되어준 것 같아 괜히 마음이 뿌듯해졌다.

근데 그거 아니?

뭐요?

네가 먹은 그 고기찜

진짜 오래된 거야.

멋지네요.

정말 진짜 ***오래된*** *거야.*

오스틴이 낮게 신음을 내며 아빠의 팔을 빼냈다.

엄마한테 햄버거 먹으러 가자고

해볼까? 연휴처럼 큰 요리를

앞두고 있을 땐 넘어가주잖니.

네, 우리 둘이 가서 불쌍한 강아지

표정을 지어볼까요?

좀 있으면 스카이에게도 가르쳐야겠구나.

불쌍한 네 엄마는 이제 우리

셋한테 꼼짝없이 당하겠어!

오스틴과 아빠가 밝은 얼굴로 부엌에 들어서자 엄마의 표정도 환해졌다. 스카일라가 자기를 둘러싼 사람들을 보려고 목을 길게 빼고는 활짝 웃었고 그 순간만큼은 오스틴도 찰리를 잠시 잊을 수 있었다.

연휴를 맞을 때면 찰리는 늘 상반된 감정에 휩싸였다. 엄마가 할머니의 방문을 앞두고 초조해하는 모습을 보는 게 재밌기도 했지만 한편으로는 자신도 할머니를 만나야 한다는 사실 때문에 마냥 좋을 수만은 없었다.

할머니는 대단히 고압적인 사람이었으며 그것이 놀라운 일은 아니었다. 할머니는 향수조차 지독했다. 엄마의 가볍고 산뜻한 시트러스 향과는 달리 할머니는 장례식장에나 어울릴 진한 백합 향기를 풍기고 다녔다. 금발로 염색한 머리는 보브 스타일로 정수리 쪽에 볼륨을 봉긋하게 넣어 멋을 냈고 진한 핑크색 힐은 엄마의 로퍼보다도 더 불편해 보였다. 그리고 할머니의 그 성격.

샬럿!

찰리가 문을 열어 할머니를 맞자 할머니가 비음이 섞인 높은 목소리로 외쳤다.

할머니가 찰리의 얼굴을 잡고 프렌치 스타일을 고수하며 양쪽 뺨에 입을 맞추었고 그 바람에 찰리의 어음처리기가 할머니 귀에 부딪쳐 바닥에 떨어지고 말았다.

머리카락에 뭘 한 거냐?

뭐 안 했는데요.

찰리가 대답했다.

할머니가 찰리의 목 뒤로 늘어뜨려진 청록색 줄을 홱 잡아당겼다. 여름에 한번 해본 거였는데 까맣게 잊고 있었다. 미용사의 실력이 좋았던 것 같다.

아, 그거요.

찰리가 색이 바랜 청록색 머리 한 가닥을 손가락으로 빙글빙글 돌려 다시 머리카락 속으로 숨겼다. 이미 관심이 딴 데로 옮겨간 할머니가 또각또각 구두 소리를 내며 주방으로 향했다. 찰리는 할머니의 모피가 제발 모조품이길 바라며 버건디색 코트를 현관 옷걸이에 걸고 할머니를 따라 들어갔다.

냄새 좋구나.

할머니가 손가락으로 창턱을 슥 쓸고는 자기 손가락을 가까이 들여다보며 말했다.

엄마, 제발요. 범죄 현장 조사에 나서기에는 너무 이른 시간 아닌가요?

할머니가 두 손을 허리로 가져갔다.

난 아무 말도 안 했다.

청소했다고요.

그랬겠지, 딸. 알겠다. 와이엇도 왔니?

엄마가 고개를 끄덕이며 고갯짓으로 거실 쪽을 가리켰고 그곳에는 만난 지 1년쯤 된 엄마의 남자친구가 텔레비전에 달라붙어 미식 축구를 보고 있었다. 그동안 찰리가 유심히 관찰한 결과 와이엇은 얼간이었다. 사실 엄마를 좋아한다는 점 말고는 그에게는 딱히 잘못이 없었다. 물론 그건 아빠도 마찬가지이긴 했지만. 와이엇은 얼굴도 허여멀겋고 성격도 둔했다. 한번은 3월의 광란° 어느 날 목에 꽉 끼는 넥타이를 저녁 내내 벗지도 않고 경기를 시청하는 걸 본 적도 있다. 그래도 할머니의 관심을 분산시킨다는 점에서 그는 온기가 있는 육체를 가진 사람으로서의 쓸모는 있었다. 찰리는 맞은편에 있는 엄마도 같은 생각을 하고 있었다는 걸 곧 알아차렸다. 비록 미끼는 달랐지만 말이다.

네 아빠는 언제 온다고 했지?

엄마가 물었다.

모르겠어요. 문자 보내볼게요.

찰리는 주머니에서 휴대폰을 꺼내 아빠에게 SOS를 보냈다.

뭐 좀 도울까요?

찰리가 엄마에게 물었다.

감자 좀 깎아줄래?

네.

찰리는 서랍에서 채칼을 꺼내며 할머니가 와이엇 아저씨를 심문하고 있는 모습을 흘깃 보았다. 찰리는 감자 껍질을 벗기고 4등분한 다음 소금물이 담긴 냄비에 감자를 쏟았다. 이어서 리넨 냅킨을 링 안에 넣어 가지런히 테이블 위에 세팅하자 엄마가 찰리를 향해 고마움의 눈길을 보냈다. 할머니가 방문할 때 유일하게 좋아하는 순간이

° 매년 3월에 열리는 전미 대학농구선수권 토너먼트.

었다. 두 사람은 짧은 시간이나마 공동 전선을 구축했다.

그러나 할머니의 심문이 닥쳐오는 건 시간문제였다. 저녁 식사 테이블에 막 앉는 순간 아빠가 나타났고 할머니가 그녀 특유의 눈빛—네 일말의 자존심까지 내가 짓밟아버리겠다—으로 아빠를 훑어보았다. 그러고는 예의를 갖춘 남부식 말투로 아빠에게 물었다. 왜 아직도 이 집에 드나들고 있냐고.

저랑 찰리가 같이 살고 있거든요.

좋구나. 솔직히 말하면 난 늘 자네가

리넷을 두고 ——고 생각했다.

네? 아니요. ——적 없어요.

아빠가 대답했다.

엄마—

무슨 말이에요?

바람 같은 걸…… 얘기하시는 것 같아.

일부러 그런 게 아니었다. 그녀야말로 리버밸리에 관한 얘기는 피할 작정이었다. 엄마는 자신의 패배를 시인하기 싫어서 얘기하지 않을 테고 아빠는 피할 수만 있다면 먼저 이야기를 꺼낼 이유가 없었다. 그러니 와이엇 아저씨만 눈치 없이 폭로하지 않는다면 어물쩍 넘어갈 수도 있었을 것이다.

그런데 스스로 폭탄을 터뜨린 셈이었다. 지난 몇 달 사이 찰리는 완전히 변했다. 주변에서 일어나는 일에 관심을 가졌고 흘러가는 상황들을 이해하게 되었다. 얼마나 오랜 시간, 주위 사람들의 대화를 그냥 흘려보내고 떠내려가게 했던가. 찰리는 이 변화가 마음에 들었다. 다만 **이번**에는 그냥 흘려보낼 수 있었으면 했는데. 집중 폭격을 예상한 찰리는 마음을 단단히 먹었다.

샬럿?

할머니가 자기 두 손을 올리며 물었다.

대체 이런 건 어디서 배운 거니?

인터넷에서요?

찰리가 대답했다.

하지만 부모님이 그게 아니라는 듯 고개를 저었다.

어— 새로 간 학교에서 배웠어요. 리버밸리요.

사립학교니?

할머니가 물었다.

그게,

엄마가 끼어들었다.

농인학교예요.

결국 찰리는 말해버렸다.

와인을 입에 가져가던 할머니가 깜짝 놀라 잔을 그대로 다시 내려놓았다.

정말이니?

할머니가 물었다.

찰리가 고개를 끄덕였다. 엄마도 고개를 끄덕였다. 어느 시점부터인가 서빙용 스푼과 자기 스푼을 바꿔 사용하고 있는 와이엇만이 아무것도 모른 채 음식을 입에 넣고 있었다. 할머니가 자리에서 일어났다.

샬럿, 그거 잘됐구나! 수어로 '잘됐다'는 말은 어떻게 하는 거지?

찰리가 충격을 떨치려고 눈을 힘껏 깜박였다.

잘됐어요.

찰리가 수어를 보여주었다.

할머니가 찰리의 수어를 따라 한 다음 한쪽 팔로 찰리의 어깨를 꼭 감싸안았다. 찰리는 영문을 몰라 할머니 어깨너머로 부모님을 향해 눈썹을 들어 올렸다.

그래, 때가 됐지. 너희는 왜 다 나를 그렇게 비스킷에 낀 머리카락처럼 보고 있는 거냐?

아니에요. 그냥 엄마 반응에 좀 놀라서요.

엄마가 말했다.

뭐, 리넷. 찰리가 누구처럼 날 속인 것도 아니잖니.

엄마!

그렇죠.

아빠가 말했다.

샬럿, 그래서, 새 학교는 마음에 드니?

네, 좋아요. 많이 배우고 있어요.

찰리가 입에 콩을 한 움큼 물고 우적우적 말했다.

입에 음식이 있을 땐 다 먹고 말하려무나, 샬럿, 세상에.

할머니가 여전히 미소를 지은 채 엄마가 가장 아끼는 접시 위로 매시트포테이토를 덜며 쨍그랑 소리가 울릴 만큼 스푼을 세게 내리쳤다.

디저트를 다 먹을 때까지 느릿느릿 진행되던 식사는 저녁 6시가 되어서야 끝이 났고, 그들은 식사가 끝나자마자 곧장 집을 나서는 할머니를 현관 앞에서 배웅했다.

아빠랑 가도 돼요?

아빠도 집에 갈 준비를 하며 신발을

신자 찰리가 물었다.

추수감사절은 엄마랑 보내기로 했잖니.

아빠가 말했다.

무슨 일이에요?

안으로 들어가던 엄마가 물었다.

아니에요.

찰리가 대답했다.

잘 자렴.

아빠가 인사했다.

아빠가 찰리의 뺨에 입을 맞추고 떠나자 찰리도 문을 닫고 얼굴에서 싫은 기색을 지우며 다시 안으로 들어갔다. 하지만 엄마는 한눈에 보아도 몹시 흥분한 상태였다. 그녀는 한쪽 다리를 빼고 삐딱하게 서 찰리를 쏘아보았다.

너.

왜요?

대체 왜 그러는 거야?

일부러 그런 게 아니에요. 그게 그냥 나와 버렸어요.

엄마가 코웃음을 쳤다.

넌 정말 날 망신주고 싶어 안달이구나.

엄마와의 이런 싸움은 너무 익숙해, 이제 그냥 삶의 일부처럼 느껴졌다. 하지만 술기운을 빌려 나온 엄마의 이번 진심은 유난히 쓰라렸다.

아니에요.

찰리가 나직한 목소리로 말했다.

비틀거리며 주방으로 걸어가던 엄마가 아일랜드 의자에 부딪혀 발가락을 찧고는 소리를 질렀다. 엄마 얼굴은 보이지 않았지만 욕을 내뱉은 것 같았다. 엄마가 욕을 하는 일은 결코 없었기에 찰리는 이를 놓친 것이 아쉽기까지 했다.

엄마가 뭐라고 했는지는 모르지만 나쁜 말인 것만은 분명해 보였다. 소파에 있던 와이엇 아저씨가 일어나 엄마에게 물을 한 잔 가져다주었으니까.

방으로 데려다줄게요.

그가 말했다.

엄마는 순순히 현관을 지나 계단을 오르면서도 찰리를 끝까지 노려보았다. 그 자리에 굳은 듯 선 찰리는 현관문을 노려보며 이제 무엇을 해야 좋을지 생각했다.

페브러리에게 직관은 일종의 지능이었다. 그녀가 유일하게 뛰어난 것이 바로 직관력이기도 했다. 페브러리는 어릴 때부터 종종 당시에는 이해하기 어려우면서도 불길한 꿈을 꾸었다. 일곱 살 때는 키우던 개가 외계인들에게 붙잡혀 가는 꿈을 꾼 다음 날 개가 주방 바닥에 입을 벌리고 혀를 축 늘어뜨린 채 쓰러져 있었다. 나이가 들면서 차츰 그녀는 꿈이 불길한 징조 혹은 뭔가 유용한 정보를 넌지시 알려주는 것이라 생각하게 되었다. 하지만 아버지가 세상을 떠날 때는 아무것도 나타나지 않았다. 그래서 더 황망했다. 꿈은 왜 경고해주지 않았던 걸까? 아버지의 심근경색은 정도가 심하고 급성이었기에 고통을 느끼지 못하고 바로 숨을 거두었을 거라고 의사들은 말했다. 페브러리는 그 말에 위안을 얻었지만, 이 사건으로 자부심을 갖고 있었던 자신의 직관력에 의심을 품게 되었다.

하지만 이번엔 변명의 여지가 없었다. 페브러리는 추수감사절 새벽부터 잠에서 깼다. 특별한 일이라 할 수는 없었다. 이미 오래전부터 늦잠을 자는 능력을 상실했으니까. 여덟 시간을 자지 못하면 인간으로서의 기능을 하지 못하는 멜은 페브러리가 조금 전까지 누워 있던 따뜻한 자리를 더듬으며 다시 이불 속으로 파고들었다.

페브러리는 샤워를 하고 옷을 갈아입고 머리를 묶은 다음, 스웰 교육감에게 다음 주에 필 교감과 함께 만나 문제를 논의하고 일을 진행시키자는 메일을 썼다. 학생들을 위해 하루라도 빨리 대책을 마련해야 했다. 하지만 휴가 중이라는 자동 회신이 돌아오자 페브러리는 하는 수 없이 노트북을 닫고 자리에서 일어났다. 드디어 오늘 (스스로와 멜에게) 매번 약속만 하던 24시간 업무 금지의 날을 실행해보는 거다.

페브러리는 주방으로 가 냉장고에 있던 칠면조를 조리대 위로 옮겼다. 원래 고기 냄새를 맡으면 속이 뒤틀리고는 했는데 멜이 이미 마늘과 타임, 소금을 문질러두어 피비린내는 사라진 뒤였다. 그레이비소스를 만들 내장을 떼어내 프라이팬에 올렸다. 내장 굽는 냄새를 피할 수는 없었으므로 페브러리는 토하지 않으려 아이처럼 티셔츠를 코까지 덮어썼다.

페브러리나 멜이나 고기소를 좋아하지 않았지만, 멜의 아버지와 페브러리의 엄마가 최근 몇 년 사이 틀니에 부드러운 고기소를 즐겨 먹기 시작했다. 페브러리는 멜이 전날 만들어놓은 속 재료를 차곡차곡 칠면조 안에 넣었다. 이제 묶어야 하는 건가? 페브러리는 멜이 예전에 어떻게 했는지 더듬더듬 기억을 따라갔다. 하지만 잡동사니 서랍 안에서 실을 찾을 수가 없었고 어쨌거나 칠면조가 거의 프라이팬만큼이나 커서 뒤집어지지도 않을 것 같았다. 이어서 그녀는 칠면조 등 위에 베이컨을 격자무늬로 겹쳐 올린 다음 오븐을 예열했다.

이제 어려운 부분은 다 끝났다. 페브러리는 불현듯 이 칠면조 전통이 어디서 시작된 건지 궁금했다. 시골 사람들은 좋아할지도 모르지만, 그녀가 아는 사람 중 칠면조 요리를 진짜로 좋아하는 사람은 한 명도 없었다. 물론 고구마파이, 콘브레드, 맥앤치즈 같은 사이드 요리들은 페브러리도 좋아했다. 그녀는 먹음직스럽게 익은 갈색 내장이 눌어붙지 않게 팬을 흔들었다.

멜이 주방에 들어와 비스듬하게 서서는 페브러리가 벌려놓은 것들을 둘러보았다. 고마워하는 눈빛이었지만 멜은 그런 말을 입 밖으로 하는 성격이 아닌 데다 일어나고 나서 약 15분 동안은 원래도 말이 없었다. 멜은 수어로만 말하는 것도 좋아했을 거야. 페브러리는 자주 생각했다.

굿모닝.

멜이 고개를 끄덕이며 찬장에서 머그잔을 두 개 꺼내 커피를 내렸다. 멜이 페브러리에게 커피를 건넸지만 페브러리는 잔을 카운터 위에 내려놓았다.

고마워.

그리고 페브러리가 오븐을 확인했다.

왜 그래?

멜이 물었다.

뭐가?

멜이 잔을 가리켰다.

커피 안 마셔?

이것 먼저 하려고.

웬일이야? 할 수만 있다면 혈관에 커피를 수혈하고 싶어 하는 사람이.

디톡스 좀 해볼까 해.

그래서, 추수감사절이 디톡스 하기에 딱 좋은 날이라 생각한 거야?

듣고 보니 페브러리의 귀에도 정말 우스꽝스럽게 들렸다.

그러네.

페브러리가 머그잔을 들어 커피를 한 모금 마셨다. 멜이 내려주는 커피는 왜 더 맛있는 걸까.

그래, 그래야 내 아내지.

멜이 말했다.

멜이 페브러리의 잔에 자기 잔을 쨍그랑 부딪치며 가볍게 입을 맞춘 뒤 거실로 갔다. 곧 TV가 켜지는 소리가 들렸고 뉴욕의 퍼레이드가 중계되었다.

나 안 도와줄 거야?

페브, 지금 8시 반이야. 으, 장식 너무 이상해. 이것 좀 봐!

엄마 모시러 가기 전에 끝내야 한단 말이야. 우리 다른 야채도 좀 사야 할까? 샐러드 같은 거?

내가 아까 뭐라 그랬어? 추수감사절에 샐러드 먹는 사람은 없다니까.

아버님한테는 몇 시에 오시라고 했어?

3시.

건너편 이웃도 초대할까?

오, 이것 봐, 스누피야!

멜!

그 사람들도 계획이 있겠지.

그런데 우리 칠면조 9킬로그램은 될 거 같은데 이걸 다 어쩌지.

있잖아, 자기 그 사람들 이름은 알아? 그럼 초대하든가.

음— 이건 불공평해. 난 이름에 약한 거 알잖아—

그럼 그 사람들에 관한 거 뭐라도 얘기해봐—

빨간색 미니밴 타잖아.

지금 창밖 보고 있는 거야?

남편은 아마존에 다니고. 헤브론에 있는.

그래, 그건 맞아.

잭슨!

페브러리가 외쳤다.

브라보.

자긴 그 사람들 이름 알고 있었지?

당연하지. 우리 이웃이잖아.

페브러리가 거실 쪽으로 걸어가자 멜이 나왔다.

내가 좋지? 내 유머감각 좋아하잖아.

멜이 말했다.

맞아.

페브러리가 멜을 문틀 위로 지그시 밀며 진하게 입을 맞췄다. 그 순간 전화벨 소리가 울렸다. 휴대폰이 아니라 집 전화였다.

처음에는 무시하려고 했다. 이제 그 번호로 전화를 거는 사람은 아무도 없었으니까. 페브러리는 몇 달째 전화선을 해지해야지 하면서도 계속해서 잊어버리고 말았는데 그건 전화가 울리지 않아서이기도 했다. 그런데 전화벨이 계속 울리자 받지 않을 수가 없었다. 텔레마케터가 뭐라 말하든 이번에야말로 전화를 꼭 해지하겠다고 생각하며 페브러리는 느릿느릿 주방으로 걸어가 수화기를 집어 들었다.

결국, 페브러리의 직관은 사라지지 않았던 것이다. 어쨌거나 전화를 받아야 한다고 생각했으니까. 물론 집 전화를 받지 않았다 해도 휴대폰으로 다시 왔겠지만. 조금이라도 빨리 받은 게 다행이었다. 전화를 건 이는 스프링 타워에서 페브러리가 가장 좋아하는 간호사였다. 간호사는 아침 회진 시간에 엄마가 의식불명 상태로 발견됐으며 심각한 뇌졸중이 왔고, 지금은 진통제와 항불안제를 주사해 편해진 상태지만 페브러리가 당장 와야 한다고 말했다.

항불안제요? 엄마는 깨어 있나요?

페브러리가 수화기를 든 채로 침실로 달려가 바지를 입으며 물었다.

간호사가 목을 가다듬고 말했다.

호흡을 방해하지 않으면서 불편함을 줄여주는 약이에요.

그러고는 너무 조심스레 말해 거의 속삭임처럼 들리는 목소리로 말했다.

환자분은 지금 임종 직전 불안 증세를 겪으시는 거예요.

지금 갈게요.

페브러리가 말했다.

그녀는 정신없이 후드 티를 대충 걸쳐 입고 지갑을 찾았다. 간호사가 방금 '임종'이라고 했던가?

어서 가. 내가 뒷정리하고 따라갈게.

멜이 말했다.

페브러리가 스프링 타워에 도착하자 접수원은 엄마가 옮겨 갔다는 호스피스 병동의 위치를 알려주었다. 접수원이 위치를 설명해주었지만 '호스피스'라는 말을 듣는 순간 뒤에 이어지는 말이 들리지 않았다.

엄마는 잠이 들어 있었다. 당연한 일이었다. 간호사는 엄마가 깨어날 가능성은 거의 없다고 했다. 하지만 페브러리는 엄마의 손을 꼭 붙들고 이마에서 입술을 떼지 않았다. 잠시라도 엄마가 돌아오기를 바랐다. 페브러리가 그곳에 있다는 걸 알려줘야 했다.

페브러리는 초등학생 때 학교에서 헬렌 켈러에 관해 배웠던 날을 떠올렸다. 그 농인은 촉감만으로 수어를 이해할 수 있다고 했다. 그때 얼마나 설레는 마음으로 집에 돌아갔던지. 한껏 들뜬 페브러리와 엄마는 지화를 만들어 서로의 손바닥에 대고 같이 연습했다. *ㄱ-ㅗ-ㅇ-ㅑ-ㅇ-ㅇ-ㅣ, ㅍ-ㅔ-ㅂ-ㅡ, ㅇ-ㅓ-ㅁ-ㅁ-ㅏ.* 페브러리는 손으로 *사랑해요*라는 수어를 만들어 엄마의 손바닥에 가져가 지그시 눌렀다. 엄마의 입에서 낮은 신음이 흘러나왔다.

페브러리는 엄마의 목소리 때문에 이토록 마음이 아플 거라고는 예상하지 못했다. 화가 나거나 겁에 질렸을 때를 빼면 엄마가 말을 하는 일은 거의 없었다. 페브러리는 엄마의 웃음소리, 불평하는 소리, 이런 것들이 벌써 그리웠다. 슬픔이 차올라 눈까지 욱신거렸다. 엄마가 누워 있는 침대 위로 올라가 엄마를 꼭 껴안자 엄마의 눈꺼풀이 파르르 떨렸다. 딸을 찾듯 움직이는 입술이 페브러리의 뺨을 스쳤다. 그러고는 누가 줄을 잡아당긴 듯 몽유병 환자처럼 엄마의 두 팔이 페브러리를 향해 들렸다. 자식을 다독여주려는 인간의 본능에 페브러리는 경외감과 부끄러운 마음이 동시에 일었다. 엄마의 팔을 조심히 내려주고는 엄마의 머리를 천천히 쓰다듬었다. 엄마, 난 괜찮아요.

이윽고 멜이 커피와 치토스 두 봉지를 사왔다. 스트레스를 받을 때면 즐겨 먹는 과자였다. 엄마의 숨소리를 한시도 놓치지 않으려 침대 위에서 내려오지 않고 있는 페브러리 옆으로 멜이 의자를 당겨 앉았다. 둘은 한동안 그렇게 말없이 가만히 있었다.

한숨도 자지 못한 채 시간이 흘러 밤이 되었고 멜이 페브러리에게 다리를 좀 펴라며 등을 떠밀었다. 페브러리는 마지못해 침대에서 일어나 화장실로 가 세수를 한 다음 자판기에서 콜라를 뽑았다. 팔에는 감각이 없었고 시계를 보느라 하도 고개를 돌렸더니 뒷목이 아팠다. 엄마의 어두운 병실에 있을 때는 피곤하기만 했는데 복도에 걸린 무자비한 형광등 아래 있으니 마음이 불안해지고 숨이 가빠왔다. 페브러리는 무작정 걸으며 마음을 진정시키려 해봤지만 서늘한 소독제 냄새에 불안증이 더 심해졌다. 계단을 내려가 메인 로비를 지나 밖으로 나갔다. 그렇게 잠시 문밖에 서서 뺨을 스치는 찬바람을 맞았다. 뒤에서 자동문이 열렸다 닫히기를 반복했다. 페브러리는 발가락이 얼얼해질 때까지—스니커즈 안으로 한기가 금세 스며들었다— 우두커니 서 있었다. 저절로 열리면서 이제 그만 들어오라고 손짓하는 듯한 문을 통과해 안으로 들어갔다.

그래, 들어가자.

페브러리가 혼자 크게 외쳤다.

멜이 먹을 것을 사러 나간 동안 페브러리가 멜의 의자에 앉았다. 엄마가 숨을 들이마실 때마다 씩, 씩 힘겨운 소리가 새어 나왔다. 페브러리는 복도를 향해 고개를 내밀어 다급하게 간호사를 불렀다.

엄마가 숨을 잘 못 쉬는 것 같아요.

간호사는 고개를 갸우뚱했지만 어쨌거나 페브러리를 따라 병실로 가 가운 주머니에서 청진기를 꺼냈다.

이 소리를 듣는 데 그 망할 청진기까지 필요하다고요?

참지 못한 페브러리가 소리를 질렀다.

미안해요, 제가— 전—

간호사가 페브러리의 어깨에 손을 얹었다.

어머니 상태는 괜찮아요.

페브러리는 엄마는 전혀 괜찮지 않다고, 보통은 멜이 흥분하지 그녀가 욕을 하는 일은 없다고, 엄마 가슴에서 이상한 소리가 끓어오르는 게 정상은 아닌 것 같다고 말하고 싶었다. 하지만 그 모든 말을 꾹 삼킨 채, 엄마가 지금 통증을 느끼고 있는 게 아니라는 간호사의 말에 가만히 고개를 끄덕였다. 페브러리는 침대 옆에 무릎을 꿇고 기도했다. 멜이 돌아와 달콤하고 기름진 웬디스 봉투를 내밀었지만 페브러리는 속이 메슥거렸다.

내일도 걸어 다니고 싶으면 이제 일어나는 게 좋을 거야.

멜이 손을 내밀며 말했다.

누가 그러고 싶대?

침대로 다시 올라가.

엄마 숨 쉬는 게 힘들어 보여. 너무 바싹 붙어 있지 않으려고.

어머니는 네 옆에 있고 싶으실 거야.

페브러리가 조심히 엄마 옆으로 가 누웠다. 그러고는 엄마의 손바닥 위에 *멜*이라고 썼다.

뭐라고 했어?

네가 여기 있다고. 엄마가 자기 제일 좋아하잖아.

멜이 미소를 지었다.

보다시피, 오하이오에서 네가 제일가는 마마 걸일 거야.

멜이 침대 가드 위로 몸을 숙여 엄마의 손을 잡고 그 위에 무언가를 썼다.

자긴 뭐라고 말했는데?

페브러리가 물었다.

그냥, 괜찮다고.

괜찮지 않아.

당연히 안 괜찮지. 하지만 어머니가 자기를 걱정하지 않으셨으면 해서. 자기 옆에 내가 있다고.

응.

페브러리가 고개를 끄덕이며 대답했다.

응.

페브러리는 그렇게 몇 시간을 침대 가드에 등을 꼭 붙이고 가만히 누워 엄마의 호흡이 점점 얕아지고 느려지는 모습을 지켜보았다. 목에서 가늘게 뛰는 맥박을 통해서만 엄마가 아직 살아 있다는 걸 겨우 알 수 있었다. 자정 무렵 간호사가 들어와 엄마의 페를 한 번 더 확인했고 무슨 일이 있으면 곧바로 버튼을 눌러 호출하라는 말과 잘 자라는 인사를 남기고 나갔다. 멜도 어디선가 하나 더 가져온 의자 위에 다리를 올리고는 곧 잠이 들었다. 하지만 멜이 그렇게 옆에 있어주는 것만으로도 페브러리는 큰 위안을 얻었다. 엄마가 단둘이 조용히 남을 수 있는 순간만을 기다려온 것 같다는 생각을 했다. 엄마는 마지막으로 긴 숨을 내쉬었다. 그 긴 숨은 그날 밤 엄마가 들이마셨을 모든 숨보다 훨씬 길었다. 그 마지막 숨은 엄마가 평생 감추고 살았을 숨이 아닐까 페브러리는 생각했다. 엄마의 숨이 사라졌다. 이제 병실 안에는 건조하고 매캐한 공기만 남았다. 엄마가 가버린 것이다. 페브러리는 이제 어떻게 해야 할지 알 수 없었다. 그녀는 다른 사람들에 비해 부모님과 오랜 시간 함께 살았고 부모님은 좋은 인생을 사셨다. 그 점이 페브러리의 슬픔을 아주 조금 덜어주기는 했지만 지금은 페브러리가 이제 다 큰 어른이라는 사실도, 어떤 기도도, 마지막 작별 인사도, 심지어는 멜의 위로도 페브러리가 느끼는 슬픔의 무게를 덜어주지 못했다. 씨가 있어야 할 자리에 텅 빈 구멍만 덩그러니 남아 흐무러진 검붉은 복숭아처럼 페브러리는 그렇게 헤집어지고 부패하는 슬픔 속에서 몇 주를 보냈다. 블랙 프라이데이* 새벽 4시 4분이었

* 추수감사절 다음 날, 대규모 할인 행사가 진행되는 날이자 예수님이 십자가에 못 박혀 돌아가심을 기리는 날.

다. 간호사가 사망 시각을 기록할 때 페브러리는 웃음을 터뜨릴 뻔했다. 이날을 잊는다는 게 가능하기는 할까?

찰리는 엄마가 할퀴고 간 자리에 남아 우두커니 서 있었다. 엄마를 방에 데려다주고 나온 와이엇 아저씨가 현관에 있는 찰리를 보고 여태껏 그렇게 서 있었던 거냐는 얼굴로 쳐다보았다. 찰리가 긴장을 떨쳐내듯 몸을 툭툭 털고 주방으로 갔다. 와이엇 아저씨가 씻어놓은 와인 잔들이 물방울이 맺힌 채 마른 타월 위에 일렬로 세워져 있었다. 그는 곧 자기만의 공간인 지하실로 내려갔다. 저녁 7시 반밖에 되지 않았는데 그보다 훨씬 더 늦은 밤처럼 느껴졌다. 기분 전환할 것을 찾으려고 TV를 켜 와이엇 아저씨의 채널을 이리저리 돌려봤지만 방영되는 거라고는 온통 내일 있을 세일 광고들뿐이어서 이내 TV를 껐다. 오스틴은 뭘 하고 있을까 궁금했다. 비디오 메시지를 보내볼까 했지만 딱히 할 말이 떠오르지 않았다. 그는 분명 집에서 자신들이 누구인지 의심하지 않는 가족들과 함께 오순도순 식탁에 둘러앉아 농인 버전 〈브래디 펀치〉°를 찍고 있을 것이었다. 찰리는 메시지를 보내려던 걸 그만두고 대신 인터넷 창을 켜 가스캔을 검색했다. 오늘도 오픈한다는 알림이 떠 있었다. 어쨌든 오늘이 목요일인 건 맞았으니까. 무정부주의자들한테도 추수감사절이 휴일인가? 이제 알아보면 될 것이다.

찰리는 여태껏 엄마가 할머니를 만나고 난 다음 날 맹렬한 숙취 없이 일어나는 걸 본 적이 없었고 내일도 예외는 아닐 것 같았다. 그녀는 조심스레 엄마의 침실로 가, 엄마의 입에서 "그래, 그래, 찰리, 알았다고"라는 말이 나올 때까지 별 의미 없는 말들을 중얼중얼 지껄였다. 엄마는 다시 침대 속으로 들어갔다. 다음 날 아침이면 엄마는 찰리가 무슨 말을 하든 찰리의 말을 받아들일 수밖에 없게 될 것이었다. 엄마처럼 점잖은 여자는 자신이 술에 취해 실수했다는 사실을 절대로 받아들이는 법이 없으니까.

찰리는 스니커즈를 신고 버스에 올라타 이스트 콜슨으로 향했다. 슬래시를 만날지도 모른다는 생각에 벌써 마음이 들떴다. 잠시, 오스틴에게 미안해해야 하나 싶었지만 그런 마음은 접어두기로 했다. 애초에 두 사람과 친구가 될 수 없다고 생각한 게 문제지, 슬래시와 오스틴 중 한 명을 선택해야 하는 게 문제는 아니었다. 서로 뭔가를 약속하거나 한 것도 아닌데 친구로 남지 못할 이유도 없었다. 그러니 둘 다 좋다고 한들 뭐가 문제란 말인가? 버스가 곧 카지노 앞에 도착했고 찰리는 버스에서 내려 가스캔을 향해 천천히 걸었다.

실내는 따뜻했고 사람도 거의 없었다. 나이가 좀 있어 보이는 몇몇이 한쪽 구석에 있는 테이블에서 떠들고 있었지만 슬래시나 그의 친구들은 보이지 않았다. 찰리가 바 한쪽 끝에 가 앉자 바텐더가 마시

° 유쾌한 대가족 이야기로 1990년대 미국에서 인기를 끌었던 국민 시트콤.

겠느냐는 손짓으로 맥주잔을 들어 보였다.

고마워요.

찰리가 말했다.

오, 말할 수 있구나.

네?

슬래시가 저번에 네가 청각장애인이라고 말해줬거든. 그래서—

슬래시가 내 얘길 했어요?

응.

네, 말할 줄 알아요.

슬래시가 그 얘긴 하지 않아서.

바텐더도 바 아래에서 자기 맥주잔을 꺼냈다.

짠.

그가 잔을 들었고 둘은 쨍그랑 잔을 부딪쳤다. 그러고도 바텐더가 뚫어져라 찰리를 쳐다보는 바람에 찰리는 자기 얼굴에 뭐라도 묻었나 싶어 소매로 입술을 닦았다.

왜요?

찰리가 물었다.

아냐, 미안. 내 사촌도 농인이거든.

찰리는 이럴 때 뭐라고 말해야 할지 몰라 늘 말문이 막혔다. 축하한다고라도 해야 할까?

그렇군요.

걔는 그, 뭐지? 이식 수술을 했다던데. 그래서 잘 들린다더라고.

잘됐네요.

넌…… 그런 거 해볼 생각 없어?

찰리가 잔을 들어 맥주를 한 모금 들이켰다. 맥주가 썼다. 이런 질문은 낯설지 않았다. 제퍼슨에서 마지못해 찰리와 엮인 친구들도 그런 말들을 했다. 자기도 귀가 들리지 않는 개가 있다고, 아니면 보청기로 엄마 목소리를 듣고 활짝 웃는 유튜브 속 아기들처럼 넌 왜 치료를 받지 않느냐고. 찰리는 고등학교 밖의 세상은 좀 다르길 바랐다.

저도 수술받았어요.

찰리처럼 입술의 움직임을 오랫동안 공부하지 않은 사람이라면 눈치채지 못할 만큼 바텐더의 입술이 미세하게 떨렸다.

보이죠?

찰리가 머리카락 사이에 감춰져 있던 어음처리기를 떼어 보여줬다.

그렇구나.

그는 자신의 입을 닫으려는 듯 서둘러 맥주잔을 입으로 가져갔다.

놀라셨나 봐요.

아냐.

뭐가 아니에요?

그냥, 넌— 개는— 아냐.

제가, 뭐요? 개만큼 말을 잘 못한다고요?

아니 그냥…… 좀 달라서.

그가 기어들어가는 목소리로 말했다.

그렇군요.

찰리가 어음처리기를 귀 뒤에 다시 붙이며 말했다.

미안해. 내가 너무 무례했네.

네, 뭐.

이제 찰리가 맥주를 한 모금 삼켜 그녀가 한 말들을 씻어 보낼 차례였다. 그때 누군가가 찰리의 다리를 쓰다듬어 돌아보니 슬래시가 와 있었다. 타이밍이 좋았다. 찰리는 그의 손길이 좋았다. 이 대화에서 빠져나갈 수 있게 된 것도 좋았지만.

뭐가 무례해?

슬래시가 물었다.

내가 멍청한 말을 좀 지껄였어.

괜찮아요. 내 인공와우가 형편없다는 건 비밀도 아닌데요, 뭐.

찰리가 습관처럼 머리카락으로 수술 부위를 가리며 말했다.

젠장, 너 뭐라고 떠든 거야?

됐어, 잘 지냈어?

응.

슬래시가 찰리의 뺨에 입을 맞췄다.

오늘도 공연이 있나 해서 와봤어.

응, 매주 목요일에 하니까.

찰리는 오늘이 휴일인 건 아느냐고 묻지 않았다. 그녀는 순간 엄마가 커다란 저택 현관 앞에 팔짱을 끼고 서서 바람이 나부끼는 어두운 허공을 응시하며 찰리를 걱정하는 모습을 떠올렸고 그러자 조금 미안한 마음이 들었다.

이리 와. 조율하러 가자.

슬래시가 찰리의 손을 잡고 자리를 떠났다.

공연이 끝나자 찰리는 무대 왼쪽에 있던 스피커에서 몸을 떼어내고 슬래시에게 갔다.

그래서, 이제 집에 가야 해? 아님…….

아님 뭐?

이제 진짜 제대로 놀아볼래? 사실 널 이용할 수도 있을 것 같아.

날 이용한다고?

찰리가 물었다.

우리가 하는 프로젝트가 있거든. 도와줄래?

오케이.

오케이.

뭐야, 너 지화 쓸 줄 알아?

찰리는 함께 뒹굴 때 자기가 알려준 건가 싶어 기억을 더듬었다. 그러다 문득, 그럼 그동안 슬래시는 지화를 알면서도 그 사실을 숨겨 온 건가 하는 생각에 서운한 마음도 들었다. 공정하게 말하자면 제퍼슨에서 만날 때—그걸 만난 거라고 말할 수 있다면—는 **찰리가** 수어를 몰랐으니 슬래시가 먼저 얘기를 꺼내지 않은 것도 이해는 되었다.

주일학교에서 배웠어. 그래서 알파벳이랑 하나님, 예수님, 성경……. 이런 것만 알아.

그리고 *죄.*

슬래시가 치아까지 드러내며

과장된 몸짓으로 말했다.

찰리가 웃음을 터뜨렸다. 슬래시가, 아니 카일이라 해도, 그가 교회에 갔었다니 상상이 되지 않았다.

가자.

찰리가 말했다.

밖으로 나가자 그렉과 시드가 있었다. 슬래시가 가방에서 털모자를 꺼내 하나는 자기가 갖고 나머지는 그렉과 찰리, 그리고 모히칸 머리를 아래로 내려 알아보지 못할 뻔한 시드에게 나눠 주었다.

스케이트라도 타러 가는 거야?

찰리가 태연한 척 물었다.

그건 아냐.

슬래시가 말했다.

모자를 쓴 슬래시가 접혀 있던 부분을 아래로 내리자 두 눈만 보였다. 손에 쥔 모자를 펼친 찰리는 가슴이 철렁 내려앉았다.

렘은 어딨어?

찰리가 물었다.

슬래시가 복면을 걷어 올리고 말했다.

아, 보석금이 필요할 때를 대비해서 한 명은 남겨 두거든.

뭐라고?

조심하는 거지. 그럴 필요까진 없는데.

경찰이 올 때쯤이면 우린 이미 떠나고 없을 거야.

찰리는 뒤를 돌아보았다. 어깨너머로 가스캔의 네온 불빛이 반짝이고 있었다. 그들이 무슨 작당 모의를 하든…… 아직까진 빠져나갈 기회가 있다는 뜻이었다. 그 일이 무엇인지는 알지 못했지만 나쁜 일이라는 것만은 분명 알 수 있었다.

그래서, 보안은 다시 확인한 거지?

그렉이 물었다.

세 번 확인했어.

——, 구리 제품들은 ——.

시드가 말했다.

아, 카메라가 있어. 정문에만. 경보기에 ——라고 쓰여 있더라.

그래서?

그렉이 물었다.

그 보안 회사 2015년에 망했어.

찰리는 이게 대체 무슨 이야기 중인지를 따라가면서도, 진짜 범죄 현장에 끌려가기 전에 재빨리 여길 떠나야 하나 고민하느라 머리가 지끈거렸다.

그래서, 대체 뭘 하는 건데?

드디어 찰리가 물었다.

홀든스.

슬래시가 대답했다.

뭐?

당신의 친근한 이웃, 가정용품 회사 말야.

거긴 지금 닫지 않았어?

찰리가 알면서도 굳이 물었다.

찰리는 순진하지 않았다. 그들이 뭔가를 훔치려 한다는 건 눈치채고 있었지만 어쩐지 침입은 단순 도둑질과는 완전히 느낌이 달랐다.

안 도와줄 거야?

슬래시가 물었다.

모르겠어.

왜 그래, 난 너도 우리 기요틴 팀에 든 줄 알았는데.

난—

지난번에 슬래시와 밤을 보내고 혁명에 관한 개인 교습을 받은 후로 찰리도 혼자 이를 곰곰이 생각해보았다. 하지만 그래서 뭐 어쩌겠다는 건지 이해가 되지 않았다. 슬래시가 체제 '밖에서' 그 자급자족하는 사람들처럼 되겠다는 건 그렇다고 치자. 그렇다면 체제 안에 있는 다른 사람들의 것을 망쳐서 얻는 건 대체 뭐라는 말일까?

그거랑 가정용품 가게를 침입하는 거랑 무슨 상관인지 모르겠어.

잠시 후 찰리가 입을 뗐다.

알려주려는 거지. 너한텐 쉬운 일을 줄게.

복면을 쓰면 난 무슨 말인지도 모르는데.

지금 다 말해줄 거야. 어차피 거기서 말은 하면 안 되니까.

휴대폰 있어?

그렉이 물었다.

찰리가 고개를 끄덕이며 전화를 꺼냈다.

일단 꺼.

그들은 복면을 뒤집어쓰고 가게로 향했다. 찰리는 복면이 닿을 때마다 지지직거리는 어음처리기를 빼버렸다. 홀든스의 간판은 여전히 환했지만 실내는 빨간색 비상구 표시를 제외하고는 깜깜했다. 슬래시가 가방 안으로 팔을 깊숙이 집어넣고 문에 달린 유리창을 힘껏 후려쳤다. 유리에 금이 갔다. 하지만 깨지지는 않았다. 한 번, 두 번, 강하게 더 내리치자 유리창이 깨졌다. 슬래시가 문을 열었고 그들이 가게 안으로 들어갔다. 슬래시와 그렉, 시드가 서로를 한참 바라보는 걸로 미루어 찰리는 그들이 대화 중이란 걸 알았다. 하지만 무슨 얘기를 하고 있는지는 알 수 없었다. 그렉과 시드가 앞으로 나아갔고 슬래시가 찰리를 보며 눈삽 한 무더기와 보안 카메라, 찰리를 차례로 가리켰다.

찰리가 삽을 들고 보안 카메라 아래로 가 삽으로 카메라를 가렸다. 슬래시가 고개를 끄덕인 다음 그렉과 시드를 뒤따라 들어갔다. 찰리는 복면 때문에 시야가 제한되어 있었고 삽이 무거워 팔도 덜덜 떨렸다. 주위를 살필 새도 없었는데 바닥이 몇 번 쿵쿵 울렸다. 그들이 너무 큰 소란을 피우고 있는 듯했다. 이웃이 벌써 경찰을 부르진 않았을까? 지금이라도 도망가야 하나? 아니면 경찰이 올 때까지 기다렸다가 덜떨어진 청각장애인인 척 굴어야 할까?

미처 뭔가를 결심하기도 전에 안에서 두 팔 가득 파이프와 주방용품이 든 상자를 안은 소년들이 쏜살같이 달려나와 찰리를 지나쳐 달아났다. 찰리도 그들을 따라 달렸는데 집으로 돌아가는 길이 아니었다. 바인에서 길을 갑자기 왼쪽으로 꺾더니 요크를 지나 어두운 굴다리 아래로 숨어들었다. 숨이 가빠 심장이 터질 것 같았지만 너무 무서워 멈출 수가 없었다. 철로에 다다라서야 슬래시와 시드, 그렉이 속력을 늦췄고 훔친 것들을 풀썩 내려놓고 복면을 벗었다.

이 멍청한 새끼! 경보기 같은 건 없다고 했잖아!

그렉이 소리를 질렀다.

뭐 어때? 경찰이 뜨기 전에 빠져나왔잖아!

무슨 말이야?

찰리가 물었다.

별거 아냐. 도난 경보기가 있었어. 어쨌든 이젠 괜찮아.

귀가 쩌렁쩌렁 울리더라니까!

시드가 말했다.

셋이 티격태격했지만 찰리는 그들에게 집중할 수가 없었다. 한쪽 구석에서 어떤 그림자가 길어지고 있었던 것이다. 그림자는 가슴을 드러낸 채 겨울 코트를 걸친, 아인슈타인 머리의 늙은 남자였다. 찰리가 자리에 얼어붙었다. 그러나 남자를 본 슬래시가 활짝 웃었고 둘이 서로를 반기며 악수를 했다.

얘들아, 로빈이 왔다!

찰리는 남자가 그렇게 말한 것처럼 보였다. 그가 손을 흔들자 어둠 속에서 더 많은 사람이 모습을 드러냈는데 하나같이 아무거나 되는 대로 걸쳐 입고는 지독한 냄새를 풍기고 있었다. 슬래시 일당을 둘러싼 사람들, 자기들끼리 삼삼오오 뭉친 사람들, 그들이 한꺼번에 떠들자 찰리는 더는 대화를 따라갈 수 없었다. 눈이 어둠에 적응하자 주변 풍경이 어슴푸레 보이기 시작했다. 그곳은 일종의 야영지였는데 철판과 판자, 파란 방수포 따위를 아무렇게나 엮어 만든 집들이 일렬로 늘어서 있었고 발아래에는 깨진 유리 조각과 치킨 뼈, 오렌지색 주사기가 나뒹굴었다. 사람들이 슬래시와 친구들이 훔쳐온 물건 주위로 모여들어 배관에 필요한 도구와 금속 장식 등을 집어들고 다시 어둠 속으로 흩어졌다. 사람들이 물건을 다 가져가고 나자 좀 전에 따로 빼두었던 똑같이 생긴 큰 상자 두 개와 남은 것들을 슬래시와 그렉이 다시 들었다. 시드가 찰리에게 따라오라며 손을 흔들었다.

유령이라도 본 것 같은 얼굴이네.

가로등이 있는 거리로 나오자 슬래시가 말했다.

강도짓은 처음 해봤거든.

강도짓이 아니라 빈집털이.

슬래시가 정정했다.

그 사람들이 아까 널 로빈이라 부른 거야?

응, 로빈후드.

슬래시가 웃으며 말했다.

그러니까, 그 사람들한테 가져다주려고 훔쳤단 말야?

음, 그건…… 보너스 같은 거고.

슬래시가 자기가 안은 상자를 두드리며 대답했다.

이게 우리가 오늘 거기 간 이유지. 구리는 좋은 ___거든.

뭐?

ㅁ-ㅣ-ㄲ-ㅣ.

음……. 슬래시가 뭐라고 설명해야 좋을지 고민하는 듯했다. 유인하는 거 말야. 경찰들은 이제 약쟁이들이 한 짓이라고 생각할 거야.°

그런데 그럼 그 사람들 위험해지는 거 아냐?

아냐, 그럴 일은 없어. 판로도 꿰고 있거든.

그렉이 말했다.

그 사람들이 어디 가서 말하면 어떡해?

셋이 동시에 웃음을 터뜨렸다.

그 사람들은 밀고 같은 거 안 해.

시드가 대답했다.

이리 와. 이제 집에 가자.

슬래시가 말했다.

• • •

아까 본 사람들, 좋은 사람들이야.

집으로 돌아오자 슬래시는 계속 그 얘기를 하고 있던 것처럼 불쑥 말했다.

그 철로에 사는 사람들 말야. 나, 잘 데 없을 때 그 사람들이 도와줬어.

찰리는 카일이 굴다리 아래서 자는 모습을 상상할 수 없었다. 슬래시가 된 그에게는 많은 일이 있었던 것처럼 보였다. 그렉이 벽장을 열어, 열 개쯤 되는 다른 상자들 위로 훔쳐 온 상자를 테트리스를 하듯 끼워 넣었다. 상자에는 엄마와 비슷한 금발을 가진 여자와 로스트비프 사진이 보였다.

너네, 냄비를 훔친 거야?

찰리가 이 상황을 도무지 이해할 수 없다는 표정으로 물었다.

냄비가 아니라 압력솥이라고!

• 중독자들이 술이나 약을 사기 위해 다른 금속에 비해 비싼 구리를 훔치기도 한다.

슬래시가 외쳤다.

그것도 **두 개!**

그렉이 덧붙였다.

그러고는 벽장을 흘깃 보며 말했다.

이제 다 합치면 열 개가 되겠군.

왜 이런 쓸데없는 짓을 하는 거야!

쓸데없는지는 한번 두고 봐.

슬래시가 말했다.

그냥 마이어에만 가도 20달러면 살 수 있잖아!

거기가 바로 틀렸다는 거야, 신입.

시드가 말했다.

우린—시드는 머리카락 한 가닥을 뽑았다—그 어디도 그냥 걸어 들어가서 압력솥을 살 수가 없거든. 넌 가능하겠지. 가발 쓴 렘도.

그런데 우린 벌써 렘을 써먹었거든.

슬래시가 말했다.

그런데 대체 이걸로 뭘 **한다는** 거야?

넌 좀 더 자주 밖에 나와야 해.

슬래시가 웃으며 찰리에게 베이프 펜*을 건넸다.

찰리가 두 모금을 깊이 들이마시자 슬래시가 찰리를 침실로 이끌었다.

* 기체화된 액상 마약을 흡입할 수 있게 해주는 전자담배.

미국 무정부주의 운동, 역사적 배경

위키백과, 우리 모두의 백과사전

이 연대표는 문서의 일부입니다. 메인 문서로 돌아가려면 '아나코-코뮤니즘'으로 가십시오.

1800년대 초: 미국의 개인주의 아나키즘은 자신의 노동력으로 생산한 것에 대해서만 개인의 소유권을 인정한다. 초기에는 초월주의 철학이나 노예 폐지 운동과 관련이 있었지만, 남북전쟁 이후 '개척 정신'과 서쪽으로의 확장을 통해 모습을 드러냈다.

1800년대 말/세기의 전환: 아나카 페미니즘과 자유연애는 기존의 성적 자유 관념에 개인주의 아나키즘을 적용한 개념이다. *(자유연애의 역사와 다른 문맥에서의 자유연애에 관해서는 '자유연애' 문서를 참고하십시오.)* 초기 페미니스트들의 운동인 아나카 페미니즘은 여성에게 과도한 부담을 지우는 결혼과 피임 제한을 포함해 성에 기반을 둔 차별적 법률 제정에 적극 반대했다.

자유사상은 반종교운동과 관련이 있다.

1800년대 말/세기의 전환: 아나코-코뮤니즘은 19세기 노동운동의 일환으로 시작되었다. 아나코-코뮤니스트들은 사회주의를 옹호하고 여성과 정치범, 유색인종, 홈리스의 인권을 지지하며 군국주의와 징집에 반대했다.
아나코-코뮤니스트들의 시위는 1886년 5월 시카고 헤이마켓 광장의 노동자 인권 행진에서 정체불명의 범인이 폭탄을 던지고 경찰관 한 명이 사망하면서 파국으로 치달았다. 이어진 소요 속에서 경찰 일곱 명과 네 명의 노동자가 사망했다.

20세기 초: 루이지 갈레아니는 폭압적인 제도를 타도하기 위한 폭력 사용, 즉, '행위의 프로파간다'를 지지했다. 1901년에는 미국인 무정부주의자인 리언 촐고츠가 대통령 윌리엄 매킨리를 암살했다. 갈레아니를 옹호하는 사람들이 1920년 월스트리트 폭탄 테러 사건을 비롯해 암살과 폭탄 테러를 지속적으로 자행했다.

제2차 세계대전 이후 시대: 아나코-파시피스트(무정부주의 평화주의자)와 아나키스트 기독교인, 초기 환경운동가 그룹이 1960년대 반문화와 학생 반전시위에 커다란 영향을 미쳤다.

20세기 말~현재: 아나키즘은 흑인 인권과 동성애자 인권 운동, 점거 운동을 포함한 20세기, 21세기 좌파 정치뿐 아니라 2016년 대선 이후 부상한 극우 세력에 대항하는 반파시스트 조직에도 계속해서 영향을 미치고 있다. ('안티파(Antifa, 안티 파시스트 액션)'를 참고하십시오.)

잠에서 깬 찰리는 자신을 바라보고 있는 슬래시와 눈이 마주쳤다. 찰리가 자리에서 벌떡 일어났다.

미안. 놀랐구나.

어, 좀.

찰리는 다시 누워 슬래시의 품으로 들어갔지만 갑자기 분출된 아드레날린이 잦아들자 속이 쓰리고 입안에서 악취도 올라왔다. 어젯밤 얼마나 마셔댔는지 기억해보려 했지만 간밤의 기억은 사라지고 오직 찜찜하고 우중충한 기분만 남았다. 슬래시와 친구들이 뭔가로부터 막 달아나는 걸 본 거 같은데 그게 꿈이었는지 현실이었는지가 헷갈렸다.

어젯밤엔 잘하던걸.

그랬나?

응, 홀든스에서.

상점 이름을 들으니 간밤의 일이 더 실감 나긴 했지만 그래도 여전히 믿기지가 않았다. 찰리는 살면서 법을 어긴 적이 없었다. 최소한 그녀의 몸이 아닌 다른 것에 불법을 저지른 적은 없었다는 말이다.

타고났나 보지.

찰리가 어색하게 웃으며 말했다.

슬래시도 미소를 지으려 해봤지만 어색한 건 마찬가지였다.

근데 너 괜찮은 거야?

찰리가 묻자 슬래시가 고개를 끄덕였다.

응, 그냥. 오늘 해야 할 일을 좀 생각 중이었어.

찰리가 바지를 찾아 주머니에서 휴대폰을 꺼냈다. 전원을 켜자 징, 징 진동이 울리며 어젯밤부터 쌓인 메시지가 한꺼번에 쏟아져 들어왔다. 아직 메시지를 확인하진 않았지만 알림창에 '엄마'가 연속으로 뜨는 것을 보자 이제 뭐라고 둘러대야 하나 하는 걱정이 밀려들었다. 게다가 찰리는 하마터면 슬래시와 친구들을 위험에 빠뜨릴 뻔했다. 술에서 깬 엄마가 찰리가 없어진 걸 알고 경찰에 신고라도 했다면 어떻게 되었을까?

넌 괜찮은 거야?

어, 그냥—찰리가 전화를 가리켰다—이제 가봐야겠어.

응, 새해 첫날에 또 와. 불꽃놀이 할 거거든.

응, 상황 되면.

창고에서 큰 파티가 있어. 아마 밤 10시쯤 열 거야.

슬래시도 일어나 바지를 입기 시작했지만 찰리가 손을 흔들어 인사했다.

나 혼자 갈게.

찰리는 합판을 헤치고 밖으로 나가 현관 계단 앞에 섰다. 다시 휴대폰을 열어 엄마의 메시지를 죽 보는데 마지막에는 그냥 물음표만 계속해서 이어졌다.

아빠한테 왔어요.

밑져야 본전인 찰리가 시도해보았다.

다른 걸 대봐.벌써.아빠한테. 전화.했어.

찰리는 스크롤을 죽 내려 아빠가 보낸 메시지를 확인했다. 그녀는 곧장 카지노 앞 버스 정류장으로 뛰어가며 머릿속으로는 엄마에게 먹힐 만한 이야기를 구상했다.

친구랑 브런치 먹었어요. 이제 버스 타고 집에 가고 있어요.

엄마는 브런치라면 사족을 못 썼다. 브런치 때는 엄마의 엄격한 식단조차 조금 느슨해졌다. 엄마는 언젠가 부활절 뷔페에서 키쉬 접시를 보며 진짜로 손뼉을 친 적도 있다. 찰리가 버스에 올라탔고 버스가 좌우로 흔들리며 주차장을 빠져나갔다. 엄마에게서는 아직 답이 없었다.

놀라게 해서 죄송해요.

찰리가 다시 메시지를 보냈다.

집에 들어가기 전 찰리는 마음을 굳게 먹었다. 그런데 무릎 위에 담요를 덮은 채로 꽤 침착하게 소파에 앉아 있는 엄마를 보자 겁이 났다. 엄마가 운동복 바지를 입고 있는 것이었다. 엄마가 찰리에게 손에 들고 있던 체다 팝콘 봉지를 내밀었다. 평소 찰리는 체다 팝콘에서 발 냄새가 난다고 생각했지만 아무 말없이 한 움큼을 집었다.

그래서, 걘 누구야?

엄마가 잠시 후 물었다.

누구요?

브런치 같이 먹었다는 남자애 말야.

무슨 남자애요? 그런 거 없어요.

찰리는 슬래시가 엄마와 악수를 한 다음 테이블에서 의자를 빼주고, 엄마가 그런 슬래시의 귓불에 난 커다란 구멍들을 보고는 소스라치게 놀라 입을 다물지 못하는 모습이 머릿속에 떠올랐다.

말해봐. 아니면 네 아빠랑 얘기해야 할 거야.

학교에서 만난 애예요. 오스틴이요.

찰리가 불쑥 말했다.

농인?

찰리가 눈알을 굴렸다. 오스틴은 찰리가 생각할 수 있는 가장 괜찮은 친구였음에도 그조차 엄마에게는 부족했던 것이다.

아뇨. 걘 청인인데 농인학교는 그냥 다니는 거예요.

그러지 않는 게 좋을 거야.

'피터 팬'이에요. 겨울에 연극한다고 했잖아요. 근데 진짜 그냥 친구예요.

연극부라고 하면 엄마 마음이 조금은 풀어질까 생각하며 찰리가 말했다.

그냥 친구라면서 왜 아무한테도 말을 안 하고 나간 거야?

말했어요. 어젯밤에요. 엄마가…… 피곤한 거 같긴 했는데.

이제 와서 난데없이 모성 본능이 깨어나려는 건지, 찰리가 거짓말을 하는지 판별하려는 듯 엄마가 잠시 손을 내려다보았다. 다행히도 모성 비슷한 것은 발현되지 않았다.

죄송해요, 엄마. 이 문제는 그냥 넘어가면 안 될까요? 머리가 아파요.

엄마가 자기 관자놀이에 손을 가져갔다. 찰리는 딸이 아프다는 말에 화색이 도는 듯한 엄마의 모습에 큰 의미를 부여하지 않으려 애를 썼다.

참, 새 어음처리기는 어때?

나중에 얘기하면 안 될까요?

엄마가 입술을 꾹 다문 채 일어났다. 그러자 플리스 담요에 정전기가 일어 담요가 바지에 달라붙었다. 엄마는 부엌으로 걸어가 동그랗게 말린 팝콘 봉지를 휙 던져 한 번에 쓰레기통 속으로 골인시킨 다음 다시 소파로 돌아가 앉았다.

찰리는 오후 내내 방에 틀어박혀 죽은 듯 잠만 잤다. 그러고는 일어나자마자 욕실로 가 온몸을 깨끗이 문질러 샤워를 했다. 산들바람을 맞은 듯 상쾌하고 가벼운 기분이 되었다. 아래층으로 내려가 엄마를 도와 저녁을 준비하고 나자 오늘도 게슴츠레한 눈으로 텔레비전 앞에 붙어 있는 와이엇 아저씨도 그리 나빠 보이지 않았다. 슬래시도 꺼져버리라지. 마약도, 절도도 그만하자. 착실하게 살길 두려워하고 벽장 속에 압력솥 같은 이상한 약탈품이나 잔뜩 쌓아놓고 사는 불량소년들도 더는 만나지 않을 생각이었다. 슬래시가 잘생기고 다정하긴 했지만, 그래서 뭐 그게 어쨌단 말인가? 다 부질없었다. 찰리는 이제부터 착한 아이가 되기로 마음먹었다.

그날 밤, 엄마와 와이엇 아저씨가 잠이 든 후에도 찰리는 안락의자에 파묻혀 책을 읽고 있었는데 케일라에게서 메시지가 왔다.

드디어 학교 가네.

찰리가 텅 빈 거실을 둘러보았다.

응 드디어 ㅋㅋ 집엔 별일 없었어?

뭐, 엄마랑 있으니 존나 재미없어.

나도. 엄마 남친은 더 심하고.

찰리가 썼다.

야, 말도 꺼내지 마.

참, 있잖아……. 그때 오스틴 일 말야, 정말 미안해. 그 일이 계속 신경 쓰였어.

네 탓도 아닌데, 뭐. 아무튼, 오스틴도 사과했어.

잘됐네.

틱톡에서 내가 걔 때리게 해줬어 ㅋㅋ

……그럼 이제 괜찮은 거야?

조금씩 나아지는 거지.

케일라가 말했다.

엄마가 세상을 떠나자 페브러리는 그 어느 때보다 농인 커뮤니티에 강한 애착이 생겼다. 바깥세상의 누구도 침투해 들어올 수 없는 어떤 두껍고 견고한 슬픔의 막이 그녀를 둘러싸고 있는 것 같았다. 장례식 내내 곁을 지키며 플로리스트와 장의사에게 연락하고 장례식을 집전하는 목사님에게 서류를 갖다주고 조문객들을 함께 맞아준 멜조차 그 안에는 들어갈 수 없었다.

아빠가 돌아가셨을 때 페브러리는 슬펐고 힘들었으며 화가 났고 이러다 녹아 없어지는 게 아닐까 싶을 만큼 울었다. 엄마의 상태가 악화되면서 페브러리는 앞으로 닥칠 상황을 대비해 이따금씩 아빠가 떠났을 때를 떠올리며 일종의 예행연습을 해보기도 했다. 하지만 소용없는 짓이었다. 아빠를 잃은 슬픔이 엄마의 죽음을 대비해줄 수는 없었다. 그리고 엄마가 없다는 건 아빠가 없는 것과는 완전히 다른 일이었다. 이건 좀 더 원초적이고 원형적인 슬픔이었다. 평생토록 어두운 발밑에 빛을 비춰주던 북극성을 잃는 것과 비슷했다. 페브러리는 장례식장을 찾아오는 부모님의 친구들과 동료들, 조지아에서 온 사촌들이 내미는 손을 잡으며 문득 그런 생각을 했다. 감정적인 측면만 본다면 고아가 되는 일에 나이가 중요할까? 핵가족에서 마지막으로 남는 사람이 겪는 외로움에는 시효가 없을 거라는 생각이 들었다.

이 모든 과정 중 장례식이 가장 쉬웠다. 일련의 예식 절차는 주의를 분산시키는 데 큰 도움이 되었다. 식이 끝나고 집으로 돌아와 다가오는 어둡고 암울한 겨울을 견디는 것, 그 일이 어려웠다.

페브러리와 멜의 집은 밀려드는 칠면조 때문에 터지기 일보 직전이었다. 친구들과 이웃들이 칠면조와 함께 캐서롤, 샌드위치, 수프 등을 보내왔다. 페브러리는 음식 냄새에 속이 역했지만 일부러 파이를 집어 들었다. 일을 하거나 책을 읽거나 그동안 바빠서 보지 못한 영화를 보려고도 해봤지만 집중이 되지 않았다. 그래서 며칠을 그냥 소파에 누워, 결국 손도 대지 않고 버릴 음식을 종이 접시 위에 올려둔 채로 〈빅 브라더〉 전편을 다 보았고 간간이 〈아메리칸 닌자 워리어〉로 화면을 돌리기도 했다.

멜은 사려 깊고 큰 도움이 되었지만 엄마에 대한 페브러리의 상실감을 덜어주지는 못했다. 처음에는 페브러리도 그 사실이 그리 신경 쓰이지 않았다. 아내가 엄마를 대신한다는 건 불가능한 일이었으니까. 더구나 멜이 그래주길 바라는 것도 아니었다. 어렸을 적 느꼈던 평화와 로맨스는 정반대 위치에 있어야 할 것 같았다. 그러던 어느 날 완다가 로스트비프를 가지고 페브러리의 집 앞에 나타났다.

칠면조는 이제 질렸을 것 같아서.

완다가 능숙하게 한 손으로 말했다.

이런 상황에서도 느긋하고 유머를 잃지 않는 완다의 모습에 페브러리는 미소를 지었다. 그러나 접시를 건넨 완다가 집 안으로 들어오자 페브러리는 친구나 옛 연인을 향한 애틋한 마음이 아닌 낯선 감정을 느꼈다. 가장 소중한 것을 다시 찾은 듯한 기분이었다. 아주 잠깐이었지만 마음에 평화가 찾아왔다. 엄마의 수어와 크게 다르지 않은 좀 더 활달한 완다의 손짓을 보고 있자니 페브러리는 가슴을 감싸고 있던 슬픔이 스르르 한 꺼풀 벗겨지는 것을 느꼈다. 그 순간, 페브러리는 깨달았다. 다 괜찮아질 거라는 걸.

하지만 페브러리는 이내 불안해졌다. 이 뿌연 안개를 걷은 것이 멜이 아니라 완다라니, 이게 대체 무슨 의미일까? 그리고 일을 마치고 집에 돌아온 멜이 집에 완다가 와 있는 모습을 보면 얼마나 화를 낼지도 걱정이 됐다.

페브러리는 완다에게 커피를 내어주며 시간을 확인했다. 농인들이 통상 헤어질 때 걸리는 시간을 고려하면 30분 이상의 여유를 두어야 했다. 하지만 완다는 페브러리가 초조하게 시계를 확인하는 모습을 눈치채지 못한 건지, 아니면 그런 건 신경 쓰지도 않는 건지 천천히 커피를 마시며 엉망진창으로 끝난 시가 식구들과의 추수감사절 저녁에 대해 이러쿵저러쿵 떠들었다. 정치 화제가 불을 지펴 마지막엔 남편의 형제가 그레이비소스 그릇을 엎어버렸다고 했다. 눈앞에 완다의 이야기가 생생히 펼쳐지자 그녀는 슬픔을 잊고 웃을 수 있었다.

학교는 어때?

페브러리가 망설이다 물었다.

최근 며칠 페브러리는 학교 일을 생각할 여유가 없었다. 그런데 말을 꺼내고 보니 마음에서도, 현실에서도 학생들을 내팽개쳐 두었다는 사실이 못내 미안했다.

너 없이도 잘 굴러가고 있어. 필 교감 선생님은 놀란 사슴처럼 헤매고 있긴 한데 그래도 잘하고 계셔.

이렇게 오래 학교를 떠나 있기는 처음인 것 같아.

수업일수로는 나흘밖에 안 됐어! 멜이랑 어디 놀러가지도 않는 거야?

여름방학 때 다녀오잖아.

너, 다음 주도 쉬는 게 어때?

완다가 페브러리의 팔을 쓰다듬으며 말했지만 학교 이야기가 나온 이상 페브러리는 생각을 멈출 수가 없었다. 특히 폐교 이야기가 나온 마당에 더 쉬어서는 안 될 것 같았다. 스웰 교육감은 2주 후에 있을 12월 디스트릭트 운영 회의에서 이 사실을 발표할 것이었다. 연말까지 비밀이 유지된다면 새해 교직원 회의에서 이 모든 게 드러나리라. 페브러리는 완다의 손 위에 그녀의 손을 포갰다.

알겠어, 생각해볼게.

• • •

잠시 후, 페브러리는 다시 소파와 한 몸이 되어 축 늘어졌다. 퇴근한 멜이 집에 들어오자마자 냉장고로 직행했다.

잘 다녀왔어?

페브러리가 물었다.

응, 뭐 똑같지. 그런데 있잖아, 그렇게 24시간 매일매일 누워 있으면 안 좋은 거 알지?

당연히 안 좋겠지. 난 애도하는 중이잖아.

애도가 꼭 건강을 해치는 방식일 필요는 없잖아. 갑자기 요가에 집착이 생긴다든가 할 수도 있지.

집착은 건강한 거고?

그런데 이 로스트비프 맛있다.

응.

페브러리가 몸을 비스듬히 일으켜 팔을 괴고는 주방을 향해 대답했다.

완다가 가져왔어.

멜이 순간 멈칫했다가 이내 다시 입을 우물거렸다.

고맙네.

멜이 말했다.

응.

그런데 왜 그런 눈으로 날 보고 있는 거야?

아냐, 아무것도. 그냥—

우리한테 음식을 가져다준 거라며. 정말, 페브, 내가 무슨 괴물도 아니고.

맞아. 미안.

게다가 이거 맛있어.

멜이 고기와 감자를 접시에 담으며 말했다.

우리 양상추를 좀 사야겠어. 샐러드는 가져다주는 사람이 없네.

페브러리가 말했다.

샐러드 먹고 기운 내는 사람은 없으니까.

멜이 거실로 접시를 가져와 소파에 앉았다.

학교에 다시 갈 수 있을지 모르겠어.

페브러리가 입을 열었다.

바보 같은 소리. 당연히 갈 수 있지.

온통 엄마 생각이 나게 하는 것들뿐이야.

어쩌면 좋은 걸지도 몰라. 교정 곳곳에 엄마가 깃들어 있는 거잖아. 아이들한테도 그렇고.

응.

그리고 원한다면 언제든 좀 쉬어도 돼. 병가도 있잖아.

멜이 말했다.

그럴 순 없어.

페브러리가 대답했다.

그래, 알아.

그날 밤 페브러리는 서류 가방에서 노트북을 꺼냈다. 화면이 켜지고 컴퓨터가 돌아가는 소리가 들리자 일상으로 돌아온 게 실감이 나면서 불안해졌다. 학교 계정으로 교사들과 상사들, 그리고 학생들이 보낸 176개의 메일이 와 있었다. 메일 제목을 주욱 훑어보니 몇몇 위로 메일을 제외하면 대부분이 학교 업무에 관한 얘기들이었다. 세상은, 그녀와 아무 상관없이 빠르고 맹렬하게 움직이고 있었다.

학교에 돌아오자 모든 게 예전과 같았다. 아니, 훨씬 더 좋았다. 찰리는 연휴 동안 있었던 일을 시시콜콜 케일라와 떠들었고(압력솥 얘기는 굳이 하지 않았다) 케일라는 찰리를 휴게실로 불러 같은 층에 있는 여자애들이랑 유튜브를 보자고 했다(그래야 한다고 한사코 주장했다). 찰리는 수업 시간에도 얌전히 수업에 집중했고 휴가에서 돌아온 교장 선생님의 역사 수업 시간에도 그랬다. 그다음 주 연극 연습 때는, 검을 가지러 온 오스틴이 찰리의 손등에 입을 맞췄다. 찰리는 다시 궁금해졌다. 오스틴은 모든 게 달랐다. 슬래시랑 같이 있을 때처럼 격정적인 욕망 같은 건 생기지 않았다. 오스틴과 찰리의 관계는, 뭐라고 단정할 수는 없었지만 뭐가 됐든 조금 더 차분했다. 아마 그건 좋은 일일 거다. 욕망이나 분노 말고도 다른 감정들이 **있다는** 거니까. 이제야 제대로 된 자리를 찾은 걸지도 모른다. 어느 날, 연극 연습 중 잠시 짬이 생기자 오스틴이 찰리에게 학교 미식축구팀이 메이슨빌에서 야간 경기를 한다고 했다.

음…… 그런데?

찰리는 오스틴을 향해 부풀어가던 마음에 파삭 금이 가고 말았다. 지난 몇 주 동안 찰리는 오스틴과 친구로서 무척 가까워지고 있다고 생각했지만, 그가 그녀를 미식축구 경기나 같이 보러 가고 싶은 친구로 본다는 사실, 즉 찰리를 그다지 마음에 두고 있지 않다는 사실이 실망스러웠던 것이다.

아, 그게…… 원정 경기거든.
그래서 룸메이트가 없을 거라.

아!

찰리는 속으로 피식 웃었다. 원했던 것이기는 했지만 마냥 좋아만 하기에는 이내 오스틴과 단둘이 한 방에 있는 일이 조금 걱정됐다. 바로 며칠 전까지만 해도 다르게 살겠다고 다짐하지 않았던가? 하지만 오스틴을 만나는 게 그 다르게 산다는 것의 일환이 아닐까? 찰리는 생각했다. 오스틴에게는 찰리가 여태껏 한 번도 매력이라 생각해 본 적 없는 뭔가가 있었다. 장난이나 조건, 힘겨루기 같은 것과는 완전히 다른, 그래, 건전함. 바로 그것이었다.

게다가 찰리는 섹스가 좋았다. 왜 아니겠는가? 매일 찰리는 수도 없이 그다지 유쾌하지 않은 일들로 몸을 무장해왔다. 모두가 잠든 아침 일찍 일어나 듣기와 독순법을 연습했고 체육관에 가서 순환식 훈련을 받았으며 치실질을 했다. 그러니 가끔 한번씩은 몸에 새겨진 수치심 따위는 떨치고 즐겨도 되지 않을까? 찰리 또래의 남자들은 전부 섹스에 대해 떠들었고 누구도 그걸로 비난받지 않았다. 오스틴이 찰리에게 자기 방에 오겠냐고 물었을 때 그래서 찰리는 좋다고 대답했다.

밖은 아직 밝았고 추웠다. 같은 시간에 나왔는데도 해가 어제보다 훨씬 더 낮게 걸려 있어 계절이 봄을 향해 흐르고 있다는 걸 알 수 있었다. 찰리와 오스틴은 말없이 고요한 교정을 걸었다. 평화로웠다. 기숙사에서 얼마 떨어지지 않은 곳에서 갑자기 오스틴이 발걸음을 멈췄다.

왜 그래?

아냐. 이쪽으로 가자.

오스틴이 주위를 한번 살피고는 찰리의 손을 잡아 학교 건물 뒤쪽으로 갔다. 이어서 둘은 건물에 바싹 붙어 덤불 울타리와 벽 사이로 숨었다.

잠깐만.

오스틴이 말했다.

찰리는 오스틴이 덤불을 빠져나가 왔던 길로 다시 돌아가는 모습을 지켜보았다. 건물 외벽에서 새어 나오는 한기에 닿지 않으려고 찰리는 몸을 똑바로 세워 벽에서 몸을 뗐다.

자기를 버리고 간 걸까 상상의 나래가 펼쳐지려는 순간, 오스틴의 손이 쑥 나타났다. 고개를 들어보니 창문 너머로 기숙사 안쪽에 서 있는 오스틴이 보였다. 그가 블라인드를 걷은 다음 찰리의 두 팔을 잡아 그녀를 안쪽으로 들어 올렸다.

오스틴의 방이었다. 방향만 반대일 뿐 찰리의 방과 똑같았다. 오스틴의 침대 발치에는 찰리 방에도 있는 텔레비전과 둥글고 납작한 카메라가 붙어 있었는데 고장이 난 것 같았다. TV에서 눈이 아플 정도로 환한 빛이 깜박거리고 있었던 것이다. 놀란 찰리가 뒷걸음질을 치자 오스틴이 작게 한숨을 내뱉으며 리모컨을 들어 화면을 껐다.

저게 뭐야?

아마 부모님일 거야.

나중에 내가 전화하면 돼.

그런데 저게—

찰리가 손으로 화면을 가리키며 말했다.

뭐? ___?

뭐라고?

ㅎ-ㅗ-ㅏ-ㅅ-ㅏ-ㅇ 전화야. 화상 전화.

네 방에도 있어.

맙소사, 바보 같으니라고. 찰리는 여태껏 케일라와 친구들이 방에 TV를 두고 왜 노트북으로 보는지 궁금했었다.

우린…… 전화할 사람이 없어.

청인한테도 전화할 수 있어.

통역 서비스가 통역도 해주거든.

정말?

구화를 써도 되고.

상대방 대답을 수어로 통역해줘.

정말?

집에도 무료로 설치할 수 있어.

농인들한테 제공되는 서비스야.

정말?

그 말밖에 할 줄 모르면 별로

유용하지 않을 텐데.

찰리가 웃었다. 그녀는 이런 전화를 가진 어린 시절의 모습을 상상해보았다. 자기 언어를 가진 어린 찰리를 말이다. 이제는 문자 보내는 일이 쉬워졌지만 처음부터 그런 건 아니었다. 읽고 쓰기 전, 휴대폰을 갖기 전에는 눈앞에 있는 사람이 아니면 닿을 방법이 없었다. 찰리는 열 살 무렵의 자신을 떠올렸다. 지금처럼 똑같이 가늘고 곱슬곱슬한 머리를 한 여자애를. 오스틴처럼, 아니 어쩌면 그보다 훨씬 더 활발한 여자애를 말이다. 그 아이는 아빠에게 전화를 걸어 오늘 저녁엔 늦지 말라고 신신당부를 한다. 반 친구들에게 전화해 함께 놀자고도 할 수 있을 거다. 그래서 반 친구들이 진짜 친구가 되고, 어쩌면 그 애들 중 한 명은 찰리가 TV나 남들에게서만 목격한 신비한 존재, 단짝이라는 존재가 되었을지도 모른다. 누군가는 찰리를 단짝이라고 불렀을지도 모른다.

장난이야.

오스틴이 난처한 표정으로 말했다.

ㅈ-ㅏ-ㅇ-ㄴ-ㅏ-ㄴ.

미안. 잠깐 딴생각을 했어.

누군가한테 전화한다는 건

어떤 걸까 해서.

누구한테 전화하고 싶은데?

모르겠어.

찰리가 잠시 생각에 잠겼다.

가족, 음, 엄마?

청인이시지?

응, 그보다 청인일 순 없지.

그리고 엄마는 손톱이 길거든.

찰리가 매니큐어가 예쁘게

칠해진 엄마의 뾰족한 손톱을 흉내 냈다.

그래서 문자에 약해.

전화하면 편할 거 아냐.

착하다, 너.

응?

엄마가 편한 걸 먼저 생각하잖아.

찰리는 미소를 지을 뿐 엄마가 통역이 가능한 화상 전화를 받는 일을 얼마나 불편해할지는 말하지 않았다. 그건 그것대로 재밌을 것이다. 엄마를 화나게 하는 걸 재밌어한다는 게 얼마나 못돼 보일지 찰리도 알기에 오스틴이 그런 그녀의 마음을 모르길 바랐다. 하지만 오스틴은 그런 찰리를, 찰리의 미소 뒤에 감춰진 진실을 꿰뚫어보는 것만 같았다.

아니면…… 엄마를 까무러치게 할 만큼

놀라게 할 수도 있고.

보너스네.

오스틴이 침대에 앉았고 어색해진 찰리가 두 손을 만지작거리며 자신을 보고 있는 오스틴을 바라보았다.

또 누구한테 전화할 수 있는지 알아?

그가 물었다.

누구?

오스틴이 찰리의 손목을 잡아 찰리를 가까이 끌어당기자 둘의 무릎이 맞닿았다. 그 순간 찰리는 오스틴과 자면 안 되는 이유를 생각해보려 애썼다. 만약 이 일로 친구 사이를 망쳐버리면 찰리는 또다시 외톨이가 될 것이었다. 리버밸리는 그래도 조금 희망적이었다. 아무튼, 가장 우울했던 시기는 지나왔으니까. 최고의 순간은 아직 맛보지 못했지만.

오스틴이 능숙하게 찰리의 허리를 끌어당겼고 찰리가 오스틴 위로 쓰러졌다. 오스틴이 그의 경험에 대해 이야기한 적은 없었다. 찰리는 가슴을 더듬는 그의 손길에 깜짝 놀랐다. 찰리는 오스틴이 브래지어를 벗기게—그 손길 또한 능란했다—놔두었다. 찰리가 오스틴의 허리 위로 가 앉는 순간 그들 옆쪽에 있던 벽이 흔들렸다. 그 진동에 둘이 눈을 번쩍 떴다. 오스틴이 고개를 돌렸고 찰리는 재빨리 그에게서 내려와 몸을 두 팔로 안고 웅크렸다. 문 앞에는 유니폼을 입고 어깨에 보호대를 찬, 키가 큰 남자가 더플백과 헬멧을 뒤로 맨 채로 손잡이를 잡고 서 있었다.

문 좀 닫아!

오스틴이 침대에서 후다닥 뛰어 내려와 찰리의 브래지어를 주워 그녀에게로 던졌다.

여긴 내 룸메이트.

ㅇ-ㅔ-ㄹ-ㄹ-ㅣ-ㅇ-ㅓ-ㅅ.

엘리엇이야.

안녕.

엘리엇이 말했다.

찰리가 고개를 끄덕여 인사했다. 엘리엇은 찰리의 등장에 놀라거나 당황하지 않았다.

오늘 경기 있는 거 아니었어?

취소됐어. 오늘 밤 눈이 온대서.

그럼 길이 엉망이 되잖아.

케일라와 알리샤가 옳았다. 엘리엇은 정말 잘생겼다. 그가 창문을 열고 담배에 불을 붙이는데 움직일 때마다 팔에서 근육이 꿈틀댔다. 엘리엇이 창밖으로 재를 털려고 몸을 돌리자 그 순간, 귀에서부터 목까지 이어진 흉터가 보였다. 핑크색에 울퉁불퉁한 그 흉터는 엘리엇의 건강한 피부와 대조되어 사나운 느낌을 주었다. 눈을 떼기가 어려운 흔적이었다.

미안.

오스틴이 침대 쪽을 가리키며 말했다.

여긴 찰리.

엘리엇은 어깨를 으쓱한 뒤 풀밭 위로 담뱃재를 털었다.

미안.

오스틴이 이번에는 찰리를 향해 말했다.

괜찮아. 갈게.

오스틴이 찰리의 뺨에 입을 맞췄다. 찰리가 신발을 신기 시작하자 그도 후드 티를 입었다. 창가에 있던 엘리엇이 한쪽으로 비켜섰고 찰리는 오스틴의 도움을 받아 창밖으로 내려갔다.

담에 봐.

덤불 속에 선 찰리는 입을 꾹 다물고 최대한 매혹적인 미소를 지었다.

응, 나중에 봐?

찰리가 고개를 끄덕이며 엘리엇을 힐끗 보았다. 그의 흉터에서 또다시 눈을 떼지 못하고 있던 찰리는 오스틴이 창문을 닫으려고 움직이자 그제야 다시 오스틴에게로 눈을 돌렸다.

응, 이제 네 방이 어딘지 아니까.

나 오늘 엘리엇 봤어.

그날 밤 찰리가 케일라에게 말했다.

둘은 각자의 침대 위에서 숙제에 둘러싸여 있었다. 제퍼슨에서라면 엄두도 내지 못한 일이었지만 찰리는 이제 인공와우가 보이면 어떡하지 하는 그런 걱정 없이 머리를 높게 묶고 있었다.

잘생겼지?

응, 그런데……

무슨 일이 있었어?

찰리가 그녀의 얼굴에 선을 그리며 물었다.

음…….

케일라가 몸을 숙이고 말했다.

듣기론 엄마가 그랬대.

찰리는 케일라가 뭔가를 알고 있으면서도 꾹 참고 있다는 걸 알 수 있었다. 케일라의 두 눈이 호기심으로 반짝거렸다.

엄마?

케일라가 고개를 끄덕였다.

그런데 어쩌다 그런 상처가 남은 거야?

소문으로는 엄마가 엘리엇한테
불을 붙였대!

더는 참지 못한 케일라가 불쑥 말했다.

뭐? 말도 안 돼!

그래도 화상 자국 같잖아, 그렇지?

그래도, 말도 안 돼.

나도 그렇게 생각했어. 그러다
엄마가 일부러 그런 건 아닐 수도
있겠다는 생각이 들더라.

어쩌다 보니 아들한테 불을 붙였다고?

음, 그러게, 그래도 다치게 하려던 건
아닐 수도 있잖아.

찰리가 관자놀이를 문질렀다. 케일라가 말도 안 되는 얘기를 떠들고 있는 걸까? 아니면 찰리의 수어 실력이 모자라 제대로 이해하지 못한 걸까?

아들한테 불을 붙였지만……

일부러 다치게 하려던 건

아니었다?

케일라는 찰리가 뭔가 기막힌 통찰력을 발휘해주기를 기대했지만 그런 일은 일어나지 않았다.

이해가 안 돼.

아무튼, 소문이 그렇다는 거야.

그래, 뭐가 됐든, 네가 맞았어.

진짜 잘생겼어.

불현듯 케일라가 뭔가를 깨달았다는 듯 두 눈을 반짝였다.

잠깐. 너 지금 걔네 방에

있다 온 거야?

찰리의 얼굴이 빨개졌다.

오오, 세상에!

침대에서 벌떡 일어난 케일라가 손을 내밀어 하이파이브를 했다.

나중에 알리샤 얘기 좀 잘 해줘.

응, 기회를 노려볼게.

케일라는 이 재밌는 소식에 손뼉까지 쳤고 둘은 저녁을 먹으러 갈 때까지 한참을 더 웃고 떠들었다.

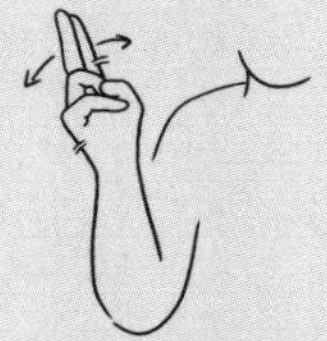

알렉산더 그레이엄 벨, 밀라노 1880년

그리고 당신의 엄마가 수어를 모르는 이유

19세기 말, 청각장애를 가진 아이들에게 수어를 가르치느냐, 구화를 가르치느냐 하는 문제는 미국 농인학교의 공동 창립자인 토마스 H. 갤러뎃과 우리들의 친근한 이웃이자 우생학자인 알렉산더 그레이엄 벨로 대표되는 교육자들 사이에서 뜨거운 토론 주제였다.
프랑스 농인 교사인 로랑 클레르에게 수어를 배운 갤러뎃은 프랑스에서 수어를 주로 사용하는 농인학교의 성공을 직접 목격한 뒤 수어를 적극 지지하게 되었다. 반면 벨은 청각장애인들이 구화를 배우고 농인학교에서도 수어를 쓰지 말아야 한다고 주장했다.

Q. 농인인 아내와 엄마를 둔 사람이 왜 수어를 말살하고 싶어 했던 걸까?
A. 우생학 때문이다.
우생학이란 인간 종족의 통제적이고 선택적인 번식(불임수술을 포함)을 옹호하고 실행함으로써 인류의 유전적 구성을 개선하고자 하는 것을 뜻한다.

그는 이렇게 말했다.
"나를 비롯해, 결함이 있는 인간 부류의 재생산이 이 세상에 대단한 재앙을 가져올 것이라 믿는 사람들은 청각장애인들 간의 결혼이 이루어지는 원인을 면밀히 살펴 이를 교정할 것이다."

—알렉산더 그레이엄 벨, 1883년

우생학은 당시 미국의 대중적인 사이비 과학이었으며 벨은 이를 강력히 옹호했다. 이러한 신념은 장애인에 대한 강제 불임수술을 정당화했다. 히틀러 또한 이를 극찬하고 본받았다고 알려졌다.
벨은 강제 불임수술에는 반대했지만 수어를 말살시키는 것이 청각장애를 근절하는 지름길이라고 믿었다. 수어가 없으면 청각장애인들 간의 결혼이 감소하고, 그렇게 그들이 주류에 편입되고 나면 청각장애인으로 태어나는 아기가 점차 감소할 것이라는 게 그 이유였다.
대부분의 청각장애는 직접 유전되지 않기 때문에 벨의 윤리관은 옳지 않을 뿐 아니라 과학적이지도 않다. 그럼에도 그의 주장은 현재까지도 농인 교육 전반에 널리 퍼져 있다.

1880년 밀라노 국제회의의 대표자들

청인	농인
163	1

1880년, 교육학자들이 농인 교육에 대해 의논하기 위해 이탈리아 밀라노에 모였다. 이 국제회의에 참석한 대표자들은 회의를 후원하는 구화법 지지자들이 선택한 사람들이었으며 이들은 학교에서 수어를 몰아내겠다는 명확한 목표를 갖고 있었다.
회의에서는 여덟 개의 결의안이 채택되었는데 이로써 80년간 전 세계 농인들은 학교에서 수어를 사용할 수 없게 되었다. 후에 갤러뎃 대학교가 된 학교를 비롯해 몇몇 학교들이 해당 결의안에 반발했지만 대부분의 학교는 이를 받아들였다.

> **밀라노 국제회의의 첫 번째 조항**
> 본 회의는 청각장애인들이 사회로 복귀하고 더 풍부한 언어를 배우는 데 있어 구화가 수어보다 우월함에 논쟁의 여지가 없기에 청각장애인을 지도하는 교육 현장에서 수어 대신 구화가 우선시되어야 함을 선언한다. *(가결 160-4)*
> **밀라노 국제회의의 두 번째 조항**
> 본 회의는 구화와 수어의 동시 사용은 구화 및 독순의 집중을 방해하기에 구화법이 우선으로 사용되어야 함을 선언한다. *(가결 150-16)*

이러한 밀라노 협약이 시행되면서 청각장애인 아동들은 교실 안과 밖 그 어디에서도 수어를 사용할 수 없게 됐다. 수어를 사용하다 적발될 때는 손이 묶이거나, 자로 손을 맞거나, 손을 서랍에 넣은 상태로 쾅 닫는 등의 벌을 받았다. 1880년에서 1960년 사이의 시기는 농교육의 암흑시대라 일컬어진다. 미국에서는 밀라노 국제회의에 대응해 1880년 미국농인협회(National Association of the Deaf)가 설립되었으며 최초의 장애인 권리 단체로서 농인에 의해, 농인을 위해 운영되고 있다.
미국 수어가 사멸될 것을 우려한 그들은 최신식 영화 기술을 이용해 그들의 언어를 기록했으며 최초의 기록물들을 남겼다.

밀라노 국제회의의 유산

1. 구화를 가르칠 수 없다는 이유로 농인 교사들을 학교에서 내쫓았다.

2. 농인 학생들은 언어를 박탈당했으며 농인 롤 모델도 찾을 수 없게 되었다.

3. 사회적으로 성공한 농인 전문가가 감소했다.

4. 청각장애는 더 불명예스러운 것이 되었다.

그러나 미국에서 우생학이 나치와 연관되기 시작하면서 그 인기가 차츰 사그라들었다. 이후 교육학자들은 밀라노 국제회의가 가져온 해악에 대해 사과했다. 잇따라 과학계는 미국 수어가 완전한 언어임을 증명했으며 수어의 사용이 구화를 배우는 데 방해가 되지 않는다는 점 또한 입증했다. 그럼에도 우생학의 그림자는 여전히 의학계와 교육계에 널리 드리워져 있다. 알렉산더 그레이엄 벨 협회는 지금까지도 청각장애 아동들에게 구화법만을 교육해야 한다고 주장하고 있다.

스스로 질문해보세요.

1. 만약 수어가 사멸한다면 세상은 어떻게 될까요?
2. 밀라노 국제회의의 여파로 농인들의 삶은 어떻게 달라졌을까요?
   위 도표에 나타난 사례 외 다른 사례들에 대해서도 사람들과 이야기를 나눠보세요.
3. 오늘날까지도 우생학의 유산이 남아 있는 곳은 어디일까요?

페브러리는 학교로 복귀한 첫 주를 정신없이 보냈다. 집으로 돌아오면 매일 밤 녹초가 되었고 중요한 일들을 수없이 처리했음에도 그날 뭘 했는지 전혀 기억이 나지 않았다. 단지 고되다는 것, 걱정에 휩싸여 또 하루를 보냈다는 것, 그런데 어떻게 해야 좋을지 도무지 모르겠는 현실만이 페브러리를 무겁게 짓눌렀다. 그 주 금요일 페브러리는 필 교감과 함께 디스트릭트 청사로 들어가며 오늘 집에 가면 멜을 앉혀놓고 꼭 둘의 미래를 의논하리라 다짐했다.

스웰 교육감이 회의를 시작하기 위해 단에 올랐지만 페브러리는 그를 쳐다볼 수가 없었다. 그래서 그녀는 교육감 옆에 앉아 필 교감에게 통역을 하고 있는 헨리 바야르에게 시선을 고정했다. 헨리는 좋은 통역사였으며 페브러리는 그가 온갖 종류의 고압적이고 불쾌한 상황에서도 훌륭하게 일을 수행하는 모습을 오랫동안 지켜봐왔다. 긴장감이 팽배한 학부모 간담회부터 학생들이 응급차에 실려 가는 현장까지. 그는 앰뷸런스에 올라타 통역을 해야 할 때도 눈 하나 깜짝하지 않았다. 그런데 스월 교육감이 '새로운 입법부의 제한된 정책'에 따라 해체될 프로그램의 방대한 목록을 읊기 시작하자 헨리의 눈이 가늘어졌다. 대부분의 예산 삭감은 작은 규모로 페브러리가 잘 알지 못하는 타 학교 프로그램들이었지만 학생들의 권리가 줄어들 거라는 사실만은 알 수 있었다. 그러다 교육감이 '특수교육' 기관인 리버밸리의 폐쇄를 발표하자, 아들의 학교가 곧 문을 닫을 것이라는 소식을 전하고 있는 헨리의 어깨가 크게 들썩이는 것을 페브러리는 알아차렸다.

곧이어 스월 교육감은 교육자인 그들이 이 변화를 발판으로 어떤 기회를 만들어낼 수 있을지, 억지로 지어낸 듯밖에 보이지 않는 일장연설을 늘어놓기 시작했다. 흡수와 통합의 승리라고도 했다. 교육감은 그 자리에 모인 관리자들에게 일반 학교로 가게 될 리버밸리 학생들을 위해 최선의 지원책을 마련해달라고 말했다. '착실한 조사'를 시작하기를 당부하면서도 2월에 있을 전체 교원 회의가 있기 전까지 이를 비밀로 유지해야 한다는 말을 잊지 않았다. 그는 질문에 직접 답변하는 일을 피하려고 질의응답 시간도 거의 남겨놓지 않았다.

"언제든 메일 주세요."

여기저기서 볼멘소리가 나오자 그가 말했다.

이 모든 피해를 고스란히 떠안는 건 페브러리와 필이었음에도 다른 교장과 교감들은 자신들의 분노와 두려움을 숨김없이 드러냈다. 페브러리는 헨리와 대화를 하려고 했지만, 헨리는 서둘러 그곳을 벗어났다.

괜찮아요?

페브러리가 차로 돌아가며 필 교감에게 물었다.

필은 천천히 고개를 끄덕일 뿐 아무 말도 하지 않았다.

연휴가 끝날 때까지는 이 일을 비밀로

해두고 싶어요. 사람들의 크리스마스를

망치고 싶지 않아서요. 이해하죠?

교감이 고개를 끄덕였다.

네, 그럼 조심히 돌아가세요.

페브러리는 차에 기대 필의 차가 주차장을 빠져나가는 모습을 지켜보았다. 그러고는 운전석에 앉아 휴대폰을 꺼냈다. 이제 멜에게 전화해 집에 가고 있는데 뭘 먹고 싶냐고, 내가 사가겠다고 말해야겠다고 생각했지만, 결국 백미러에 비친 자신의 얼굴을 한 번 흘깃 보고는 완다에게 화상 전화를 걸었다. 뚜뚜, 두 번째 신호에서 완다가 기다렸다는 듯 전화를 받았다.

어, 별일 없어?

페브러리가 당황하며 물었다.

보통 농인이 화상 전화의 불빛을 알아차리고 받기까지는 시간이 걸린다. 페브러리도 잠시 기다릴 생각으로 마음을 놓고 있었다.

응, 실험 과제를 채점하고 있었어.

완다가 책상 위에 쌓인

종이 더미를 가리키며 말했다.

넌 차 안이야?

응, 방금 청사에서 미팅이 끝났거든.

아, 그렇지. 별일은 없고?

음—

목구멍에 뭔가가 꽉 차오르는 것 같았던 페브러리는 굳이 목소리를 사용해 말하지 않아도 된다는 사실이 위안이 되었다. 하지만 눈에 차오른 눈물까지 숨길 수는 없어 민망한 표정으로 눈을 문질렀다.

아, 너 한 주 더 쉬라니까.
너무 무리하고 있잖아.

아냐. 그런 게 아냐.

페브러리가 고개를 저었다.

그럼 뭐야? 무슨 일 있어?

완다의 얼굴도 어두워졌다. 페브러리는 그럴 때면 하얗게 질린 완다의 얼굴 위로 주근깨가 더 두드러지곤 하던 모습을 떠올리지 않으려 애를 썼다.

리버밸리 일이야?

페브러리가 끄덕였다.

상황이 안 좋아.

우리 끝났구나, 그렇지?

페브러리가 다시 고개를 끄덕였다. 이제 그녀는 울음을 터뜨렸고 컵 홀더에 꽂혀 있던 오래된 냅킨을 집어 콧물을 닦았다.

응. 이번 학년이 끝나면.

젠장.

페브러리는 완다가 불같이 화내기를 기다렸지만, 완다는 힘없이 두 손을 늘어뜨린 채 아무 말도 하지 않았다.

넌…… 침착해 보이네.

아냐. 놀라지 않았을 뿐이야.
그래서 그래.

우린 입학생도 많잖아!
시험 점수도 2년 전에 비하면
좋아졌는데—

그런 게 문제가 아니란 거 알잖아.

평소 페브러리는 완다의 혜안을 존경해 마지않았지만, 지금은 다른 사람의 선명한 통찰력이 오히려 화를 돋웠다. 페브러리는 리버밸리의 폐교를 받아들일 마음의 준비가 전혀 안 되어 있었다. 그토록 오랫동안 적이 자신의 영토를 잠식해오는 것을 지켜보기만 하는 기분을, 거대한 부대를 이끌고 자신을 향해 질주해 오는데 할 수 있는 일이 없어 가만히 지켜봐야 하는 기분을 결코 진심으로 알지 못했다. 하지만 완다는 아주 오랫동안 멸종의 벼랑 끝에 서서 이를 가만히 바라보고 있었다.

알아, 나도 안다고. 돈이 중요하지.

돈, 맞아. 그런데 돈뿐만이 아냐.

페브러리가 한숨을 내쉬었다. 만약 이것이 정말 돈만의 문제라면 차라리 더 쉬웠을지도 모른다. 교육계의 자본은 이미 정치화된 지 오래였다.

난 그 끝이라는 게 결국 기술 때문에
올 거라고 생각했던 거 같아.

이건 늘 그들의 엔드 게임이었어.
이제 더 이상 우리를 세워놓고
강제로 수술을 시키는 일 같은 건 할 수
없게 됐잖아. 최소한 이 나라에서는.
그러니 두려움을 퍼뜨리는 거야.
격리시키고. 그자들은 우리의 마지막 남은
한 사람이 제 발로 그쪽에 갈 때까지
우리 돈과 힘을 뺏으려 들걸.

난 그냥 시간이 더 있었으면 했어.

아이들이 걱정돼.

응, 알아.

그들은 한동안 말없이 서로를 바라보았다. 어쩐지 어색한 기분이 들었다. 그렇게 쳐다보고 있는 것이 불편해서가 아니라 서로에게 더 가까이 다가갈 수 없다는 점 때문이었다. 화상 전화가 가진 한계였다. 상대방과 눈을 마주치려 해봐도 보이는 건 내 눈동자뿐이었다.

잠깐, 그럼 너희 이사해야 하는 거야?

잠시 후 완다가 물었다.

응.

젠장.

욕을 무슨 노래 후렴구처럼 하네.

학교에는 언제 알릴 거야?

가능하면 연휴 이후에 말하려고.

응, 그게 좋겠네.

전체 교원 회의가 있을 때까지 기다릴까 봐.

스윌 교육감더러 말하라고 하지.

완다가 고개를 끄덕였다.

고마워.

페브러리가 말했다.

뭐가?

모르겠어, 그냥.

페브러리가 창밖에 진짜 역경이 모습을 드러내기라도 한 듯 조수석 창문을 가리켰다. 하지만 창밖에는 비현실적일 만큼 따뜻한 해가 머무르다 떠난 텅 빈 주차장이 덩그러니 있을 뿐이었다.

페브러리는 완다에게 인사를 하고 전화를 끊은 다음 멜이 제일 좋아하는 중식당에 들러 음식을 포장해 집으로 갔다. 이윽고 멜도 퇴근 후 집에 돌아와 페브러리가 사온 음식을 보며 기뻐했다.

오늘 저녁은 내 담당이잖아?

멜이 말했다.

가끔 한번씩은 이런 날도 있어야지.

좋지.

멜이 페브러리에게 기대며 입을 맞췄다.

페브러리와 멜은 포장 용기에 든 로메인과 탕수육, 파로 만든 쇼좌빙을 식탁으로 가져가 접시에 덜었다.

기가 막힌 조합이야.

멜이 쇼좌빙을 우물거리며 말했다.

근데 너 괜찮아? 눈이 빨개.

페브러리가 고개를 끄덕였다. 평소라면 페브러리가 입을 닫아도 멜이 결국 말을 하게 만들고야 말았다. 때로는 그 때문에 싸움이 일어나기도 했지만, 그러고 나면 대개 기분이 풀렸다. 페브러리는 차라리 이번에도 한바탕 그런 일이 일어나기를 기대했다. 하지만 지금 멜은 다정했고 뭐든 다 들어줄 기세였다. 페브러리는 감정을 소모해야 하는 대화를 다시 시작하고 싶지 않았고 이 고요한 수면을 뒤흔들 기력도 없었다.

그렇게 멜에게 아무 얘기도 못 한 채로 다시 일주일이 흘렀다. 침묵이 길어질수록 거짓 속으로 침잠하기는 더 쉬웠다. 그런데 아무 말도 안 하는 거, 그것도 거짓말인가?

합리화는 쉬웠다. 교직원 회의가 있기 전까지는 페브러리에게 꽤나 그럴듯한 명분도 있었다. 가정의 평화를 몇 주 더 누리려는 게 그렇게 큰 잘못은 아니잖아? 페브러리와 멜은 다른 곳에서는 살아본 적도 없었다. 하지만 페브러리가 멜에게 털어놓기를 미루는 진짜 이유는 집 때문이 아니었다. 곧 무너질 환상이라 해도 하루라도 더 연장되기를 간절히 바랐기 때문이었다. 멜이 알게 되면 멜은 대책을 세우기 시작할 테고 그럼 리버밸리의 폐교가 정말로 현실로 닥쳐올 것만 같았다. 더는 되돌리기가 불가능해지는 것이다.

지나가는 과정이야.

일요일 오후, 멜이 그릴드 치즈를 거실로 가져오며 말했다.

뭐?

애도 말이야.

그렇다. 멜은 페브러리가 여전히 엄마를 애도하는 중이라 여겼던 것이다. 물론 그건 사실이었다. 하지만 슬픔과는 별개로, 페브러리는 다른 종류의 불편감을 안고 있었다. 처음에는 아내보다 완다를 먼저 생각했다는 사실에 대한 죄책감이라고 생각했지만, 곰곰이 다시 생각해보니, 아니, 미안하지 않았다.

완다는 세상의 끝을 본 적이 있다. 완다가 일곱 살, 오빠가 열일곱 살 때였다. 오빠는 쓰레기를 버리러 집 앞에 나갔다가 목에 두 발의 총을 맞았다. 계획된 절도였다고 하기에는 아직 해도 지지 않은 밝은 때였고, 오빠가 어울리던 사람들은 관련이 없었다. 사람들은 이를 신원 착오에 의한 사건이라고 생각했다. 오빠가 피를 너무 흘린 데다 목격자도 없었기에 이 사건은 미결 상태로 종결되었다.

그때 완다는 그곳에 없었다. 화요일 밤이었고 집에서 한 시간 떨어진 농인학교 기숙사에서 잠을 자고 있었다. 오빠가 세상을 떠나는 순간, 완다는 아무것도 알지 못했다. 집에선 완다에게 연락을 취할 수 있는 방법이 없었다.

아침이 밝자 완다에게 교장실로 오라는 쪽지가 전달되었고 그곳에서 어머니와 아버지가 기다리고 있었다. 부모님은 수어를 할 줄 몰랐다. 통역사가 오빠가 죽었다는 소식을 전했다. 완다는 묻고 싶은

게 많았지만 기회가 주어지지 않았다. 그녀는 그 후로 거대한 슬픔이 부모님을 집어삼키는 모습을 지켜봐야 했다.

오빠 에릭의 죽음 이전, 완다와 부모님의 관계는 중립적이었다. 이웃이나 육촌 정도 되는 사이라고 해야 할까. 형식적인 인사를 주고받고 연휴가 되면 좀 더 관심을 갖는 딱 그 정도의 사이. 그들 사이에 애정 같은 건 없었다. 완다는 부모님의 언어를 이해하지 못했고, 부모님은 완다의 언어를 배우지 않았는데 어떻게 애정이 자라날 수 있었겠는가? 그러나 딱 하나, 부모님의 얼굴에서 완다가 선명히 읽을 수 있는 것이 있었다. 오빠를 잃느니 완다를 잃는 게 나았을 거라는 그 표정. 그날 이후 완다에게는 좀 더 많은 것이 분명해졌다.

이상하게 들릴지 모르겠지만 리버밸리의 폐교 소식을 들은 지금 완다가 가장 먼저 떠올린 사람은 에릭이었다. 오빠의 죽음은 상실을 이해하는 렌즈가 돼주었다. 완다는 이 일을 통해 사랑하는 사람을 잃는 일은 잔인하며, 피할 수 없고, 그 어떤 이유도 위로가 되어주지 못한다는 것을 배웠다. 그리고 리버밸리 소식은 농인학교가 그녀를 구했었다는 사실 또한 상기시켰다. 학교가 없었다면 부모님 눈에 담긴 그 표정에서 완다는 살아 나오지 못했을 것이었다.

이 마음을 이해하는 이가 있다면 그건 바로 페브러리였다. 하지만 페브러리에게는 엄마의 죽음을 포함해 너무 많은 일이 벌어지고 있었고 완다 또한 마음속 깊숙이 감춰둔 영혼을 드러내지 않고는 에릭 이야기를 꺼낼 수 없었다. 페브러리를 향한 자신의 마음까지도 말이다. 그래서 완다는 아무렇지 않은 척 끝을 말한 것이었다. 페브러리도 바로 이러한 점 때문에 자기에게 전화한 것이리라 생각했다. 완다는 과학적이고 현실적인 사람이었으니까. 과학은 완다의 또 다른 짝사랑이었다. 농사회를 박멸하려는 시도와 공격은 고대 신비주의자로까지 거슬러 올라갈 수 있지만, 이제 운명은 의사와 과학자, 엔지니어들의 손에 달려 있었다. 청각장애를 가진 인간이 태어나기 전에 유전체 단계에서부터 장애 유전 요인을 제거하도록 설계한 최신 치료법과 인공와우 수술로 무장한 그들 말이다.

수세기에 걸쳐 지치지도 않고 그녀의 종족을 멸하는 데 혈안이 된 이 거센 물살을 지켜보며, 완다는 바랐다. 진짜 하고 싶었던 이야기를 페브러리가 알아봐주기를.

이건 네 탓이 아니야, 세상은 늘 그래왔는걸, 우리가 할 수 있는 일은 아무것도 없어, 그래도 이렇게 애를 쓰는 널 사랑해.

크리스마스 전날 밤, 한껏 들뜬 기숙사에 리버밸리 특유의 연휴를 앞둔 긴장감이 감돌고 있었다. 리버밸리 학생들에게는 집으로 돌아간다는 것의 의미가 통상적인 의미와는 조금 달랐으니까. 케일라와 찰리, 그리고 같은 층 여학생들은 저녁 내내 사감 선생님이 만들어 놓은 휴게실 부스를 오가며 시간을 보냈다. 부스에는 가족들에게 선물할 크리스마스 오리가미 장식이나 카드를 만드는 재료들이 준비되어 있었다. 케일라마저 신이 나 보였지만 찰리는 도무지 크리스마스 분위기에 동참할 수가 없었다. 여느 연휴와 마찬가지로 지루한 얘기가 오가는 식탁에 멍하니 앉아 고기를 질겅질겅 씹는 엄마의 입술이나 읽어야 할 게 뻔했다. 지금까지 찰리는 더 나은 뭔가를 바랐던 적이 없었다.

왜 그래? 무슨 일 있어?

케일라가 물었다.

아니, 그냥, 집에 갈 생각하니까…….

오늘 교장 선생님 수업도 그렇고.

오늘 같은 날 시험을 본 건

아니겠지? 그럼 진짜 최악인데.

아냐. 근데 그냥 최악이었어.

그 밀라노 얘기. A. G. 벨?

아, 농인 역사 말이구나.

지금 그거 배우는 거야?

저번에 케빈이 왜 그렇게

마서스비니어드 얘기를 하나 궁금했는데.

아, 그럼 넌 지금 다른 걸 배우는 거야?

난, 그건 전에 배웠어—

순간 케일라는 민망해하는 듯한 표정을 지었는데 사실 그건 찰리의 몫이었다는 걸 이내 찰리도 알아차렸다.

—어릴 때. 지금 우린 2차 세계대전을

배우는 중이야. 그런데, 그렇지,

벨은 정말 나쁜 놈이야.

나도 청인 학교에 있을 때 벨을 배웠는데

거기선 아무도 이런 걸

가르쳐주지 않았어!

케일라가 웃었다.

고작 그게 나쁜 것 같아? 건국의 아버지들

얘기가 나올 때까지 더 기다려봐.

아, 알겠어.

얼굴이 붉어진 찰리가 일주일 동안 입을 옷을 되는대로 가방에 구겨 넣었다.

그래서 교사가 되고 싶어.

케일라가 말했다.

이런 말도 안 되는 것들을 내 손으로

바로잡고 싶거든. 내 다음 세대는

이런 일을 겪지 않도록.

교장이 되도 좋을 거 같아.

어떤 타입의 교장이 되고 싶어?

음, 워터스 선생님 같은?

근데 더 터프한 버전으로.

선생님은 좀 부드러우시잖아.

찰리는 워터스 교장 선생님을 생각하면서 '부드럽다'는 수식어를 같이 떠올려본 적은 없었다. 욕했던 일을 조용히 넘어가준 건 사실이었지만, 부드럽다니, 차라리 무섭다면 모를까.

그리고 흑인 농인의 역사 수업도

만들 거야. 한 달짜리 같은 거 말고.

아예 흑인 수어 정규 과정을

만드는 거야.

멋지다.

찰리는 어쩐지 케일라의 눈치를 보며 말했다.

찰리는 이게 문제였다. 인종이나 인종차별주의 얘기만 나오면 어딘가 이상하게 구는 자신이 싫었다. 물론 인종차별을 지지해서가 아니었다. 뭔가 의미 있는 말을 하고 싶은데 뭐라고 해야 할지를 몰랐다. 찰리는 리버밸리에서 장애인 차별주의, 구화 중심주의처럼 그녀를 억압하는 것들의 이름을 배우게 된 것만으로도 해방감을 느꼈다. 그냥 마음으로만 느끼던 것들을 설명할 언어가 드디어 생긴 것이다. 하지만 배우면 배울수록 모든 게 더 복잡해졌다. 교문 안에서나 밖에서나 인종과 계급 간의 투쟁, 권력과 지배의 끈들이 서로 교차하며 뒤엉켜 있었다. 마치 작년 크리스마스에 아빠에게 선물하려고 만들었던 고무줄 공처럼.

뭐 하나 물어봐도 돼?

케일라가 고개를 끄덕였다.

리버밸리도 다른 데처럼
인종차별주의적이라 생각해?

당연하지. 왜 안 그렇겠어?

모르겠어. 그냥 난 여긴 좀 더……
낫길 바랐던 것 같아.

응……. 백인 농인들은 다 그렇게
생각해. 넌 여기서 안전하다고
느끼니까.

넌 안 그래?

가끔은 그렇지만 아닐 때도 있지.

할 말이 없어진 찰리가 더 혼란스러워진 채로 손만 바라보았다. 찰리는 자기가 도울 게 있는지 물으려다 뭘 어떻게 돕겠다는 건지 스스로도 알 수 없어 입을 다물었다.

미안해.

잠시 후 찰리가 말했다.

있잖아, 이제 너도 알았으니
관련된 책을 읽어보면 좋을 거야.
아님 최소한 위키피디아라도.

찰리가 고개를 끄덕여 대답했다.

추천해줄 만한 거 있어?

케일라는 뭐라고 한마디 할까 하는 눈빛으로 찰리를 잠시 쏘아보았지만 이내 자기 컴퓨터로 가 키보드 자판을 몇 개 두드렸다.

이메일로 보냈어.

빠르다, 너.

늘 준비돼 있거든. 백인들을 위한
내 기본 지침서 같은 거라 해두지.

케일라의 말에 찰리는 웃을 수밖에 없었다.

두 번째 팁은, 다음부턴 네가 직접
알아보라는 거야. 난 아직 월급 받는
교사가 아니라고.

선생님이 되고 싶은 거면,
갤러뎃을 생각하는 거야?

응, 그런데…… 돈이 문제지.

찰리가 어색한 미소를 지었다.

네가 가주기만 한다면 그 학교는
행운인 거지.

당연하지.

케일라가 청바지들을 돌돌 말아 벌써 터질 듯한 가방 안에 쑤셔 넣으며 대답했다.

필요하면 내 여분 가방 빌려줄게.

괜찮아. 이게 버스 탈 때
더 편해.

케일라는 이제 무릎으로 가방을 눌러 낑낑대며 양쪽 지퍼를 닫고 있었다.

찰리도 책상으로 가 오늘 역사 수업 때 배운 자료가 띄워져 있는 노트북을 닫고 가방에 넣었다.

그런데 말야, 그 사람들 뜻대로

됐다면 세상이 어땠을 거 같아?

누구, 벨이랑 그 사람들?

찰리가 고개를 끄덕였다.

응. 수어가 없는 세상.

케일라가 처음으로 놀란 표정으로 찰리를 보며 물었다.

넌 이미 알고 있잖아?

미국 흑인 수어(Black American Sign Language, 줄여서 BASL)

위키백과, 우리 모두의 백과사전

메인 문서로 돌아가기: '미국 수어'

흑인 수어는 미국 수어의 방언 중 하나로 미국에 사는 흑인들이 사용하며 주로 남부 지역에서 많이 쓰인다. 미국 수어와 미국 흑인 수어는 인종에 따른 학교 분리 정책으로 인해 서로 다른 모습으로 발전되었다. 학생 집단이 서로 분리되어 있었기 때문에 언어 또한 각각 독자적으로 진화할 수밖에 없었으며 음운과 구문, 어휘를 비롯해 많은 차이가 생겨났다.

흑인 수어는 '표준' 미국 수어와 비교되어 자주 비하된다. '표준 수어' 규정은 특히나 우려를 낳고 있는데, 과거 백인들만 입학이 가능했던 갤러뎃 대학교에서 사용되는 수어를 기준으로 삼기 때문이다.

하나의 언어가 다른 언어보다 우월하다고 믿는 것을 규범주의라고 한다. 규범주의를 지지하는 사람들은 종종 비표준 언어 사용을 오류로 간주한다. 미국의 진보적 언어학자들은 규범주의와 특권적 언어가 유럽 중심주의와 백인 우월주의 사상과 함께 현존하는 위계질서와 권력 구조를 유지하는 수단으로 사용되고 있다고 주장한다.

언어학적 차이

음운론적: 미국 흑인 수어는 대개 두 손을 사용하며 공간을 비교적 크게 쓰고, 얼굴의 아랫부분을 이용하는 수화가 많다.

구문론적: 미국 흑인 수어를 사용하는 사람들이 구문 반복을 더 많이 사용한다. 2011년 기록된 한 연구에 따르면 흑인 수어를 사용하는 사람들이 구성된 담화°와 구성된 행위°°를 더 자주 사용하는 것으로 나타났다.

어휘 다양도: 학생들이 거의 매일 사용하는 물건이나 행동과 관련된 수어는 미국 수어와 완전히 다르게 발전했다. 또한, 언어학자들은 젊은 흑인 농인들 사이에서 아프리카계 미국인 영어(African American Vernacular English, AAVE)로부터 차용한 단어와 숙어 사용이 증가하고 있다는 사실을 발견했다.

밀라노 국제회의 이후 백인 농인 교육계는 구화 위주의 교육만 시행했다. 백인 농인 아

° constructed dialogue, 수어에서 화자가 대화에 등장하는 인물의 역할을 맡는 것.

°° constructed action, 수어에서 지시 대상을 묘사하기 위해 표정과 머리, 몸 등을 이용하는 대화 전략.

동들은 미국 수어를 배울 수 있는 기회가 박탈되었고 미국 수어는 구화에 예속되었다. 그러나 흑인 농인 교육을 위한 정책적 지원은 거의 없었기 때문에 흑인 농학교에는 수어가 남아 있을 수 있었다. 따라서 학자들은 두 손을 함께 사용하는 등 흑인 미국 수어의 일부 특징들이 실제로는 초기 미국 수어의 언어학적 특징이 보존된 결과임을 지적한다. *('미국 수어의 기원'으로 돌아가기)*

주목할 만한 인물

플랫 H. 스키너(Platt H. Skinner). 노예제 폐지론자이자 유색인종 농인 맹인 아동들을 위한 학교 설립자, 1858년경. *('미국의 농인학교 안내'로 돌아가기)*

칼 크론버그(Carl Croneberg). 스웨덴계 미국 농인 언어학자로 미국 수어와 미국 흑인 수어의 차이를 처음 기록으로 남겼다. 1965년 쓰인 《언어 원칙에 관한 미국 수어 사전(Dictionary of American Sign Language on Linguistic Principles)》의 공동 편찬자이다. (윌리엄 스토키(William Stokoe) 보기)

캐럴린 매캐스킬(Carolyn McCaskill) 교수. 2011년 매캐스킬 팀은 여러 연구 활동을 통해 학계 내 중요 기초 자료로 여겨지는 책 《숨겨진 보물, 흑인 미국 수어: 그 역사와 구조(The Hidden Treasure of Black ASL: Its History and Structure)》를 썼다.

추가 읽기: 조지프 힐(Joseph Hill), 존 루이스(John Lewis), 멜라니 메츠거(Melanie Metzger), 수전 매더(Susan Mather), 앤드루 포스터(Andrew Foster), 아이다 햄프턴(Ida Hampton)

오스틴에게 크리스마스란 늘 석연치 않은 구석이 있는 날이었다. 그날엔 어쩔 수 없이 아빠 쪽 청인 가족들과 시간을 보내야 했다. 어릴 땐 사촌들이 수어도 몇 가지 알았고, 그것만으로도 그들은 뒤뜰에서 같이 미식축구를 하거나 숨바꼭질을 하며 놀 수 있었다. 하지만 지금은 저녁 식사가 끝난 뒤 식탁에 남아 휴대폰만 쳐다보다가 가끔 고개를 들어 테이블 위를 오가는 열띤 논쟁에 말을 얹는 게 다였다. 아빠 쪽 식구들은 서로 침을 튀겨가며 정치 얘기를 주고받는 것을 친목을 쌓는 놀이라 생각했다. 한편 오스틴과 엄마는 식탁 위에 수북이 쌓인 매시트포테이토 너머로 서로를 멍하니 바라보며 시간을 때웠다. 평소라면 오스틴은 자신을 연민하며 자리를 지키고 앉아 있었겠지만 오늘은 찰리를 떠올리며 자신이 진짜 세상을 경험하고 있다는 사실—정확히 말하자면 진짜 세상은 경험한 적이 없다는 사실—을, 그리고 대다수의 친구들이 집에서 이런 일을 매일 겪고 있다는 사실을 상기했다.

스카이가 칭얼대자 엄마가 동생을 얼렀다. 오스틴도 이내 휴대폰을 꺼내 찰리에게 메리 크리스마스, 하고 문자를 보낸 다음 반 친구들이 자기 반려동물에게 산타 모자를 씌워 올린 사진 홍수를 주르르 내려 스크롤 했다. 갑론을박하는 얘기들을 간간이 통역하던 아빠는 이제 싸움에 완전히 몰입해 얼굴이 빨개져서는 형제들에게 삿대질을 하고 있었다.

보고 싶어.

오스틴은 이렇게 문자를 보낸 뒤 휴대폰 너머에 있는 찰리가 타이핑을 하는 동안 화면에 뜬 점 세 개를 뚫어져라 쳐다보고 있었다. 영원에 가까운 시간이 흘렀다.

나도.

잠시 후 찰리에게서 답장이 왔다.

찰리를 떠올리는 것만으로도 기분이 좋아진 오스틴의 얼굴에 혈색이 돌았다.

뭐야?

엄마가 물었다.

뭐가요? 아무것도 아니에요.

얼굴이 빨개졌는데.

더워서 그래요.

다들 소리를 질러대고 있잖아요.

그렇긴 하지.

하지만 오스틴을 바라보는 엄마의

얼굴에 미소가 번졌다.

오스틴은 그렇게 하면 사라지기라도 할 것처럼 두 뺨을 문질렀다.

언제 그 친구 한번 초대하렴.

누구요?

누군진 모르지만 네 얼굴을
그렇게 빨갛게 만든 사람.

생각해볼게요.

오스틴이 말을 멈췄다. 사촌들이 그를 빤히 쳐다보고 있었다. 자기들은 그렇게 한참을 떠들어놓고 이 대화는 뭐가 그리 신기해서, 우리가 무대에라도 오른 것처럼 빤히 쳐다보고 있는 걸까?

친척들이 돌아가고 나자 그제야 집에 돌아온 기분이 되었다. 보다 못한 엄마가 샤워 좀 하라고 등을 떠밀기 전까지 그만의 크리스마스 연휴 전통에 따라 소파에 늘어져 TV에서 방영해주는 B급 가라테 영화를 내리 보았다.

새해 전날은 크리스마스와 달리 오스틴이 가장 좋아하는 날이었다. 그날에는 크리스마스 선물을 한 아름 안은 할머니, 할아버지가 오시고, 성대한 새해맞이 파티가 열렸다. 파티에는 트라이 스테이트에 사는 농인 가족들이 모두 참석했다. 오스틴은 일주일 내내 이 파티에 찰리를 초대할지 말지를 고민했다. 새해를 가족들과 보내다니 어린애 같은가 하는 생각도 들었고 찰리에게는 더 멋진 계획이 있을 것만 같았다. 하지만 한편으로는 그가 제일 특별하게 여기는 날을 찰리와 함께 나누고 싶기도 했다. 매일 아침 오스틴은 가족 전통에 대한 설명으로 시작하는 파티 초대 문자를 찰리에게 보낼까 말까 망설이다 어차피 거절당할 거 내일 보내지 뭐, 하며 휴대폰을 집어넣었다.

그러다 파티 하루 전, 에라 모르겠다 하는 심정으로 전송 버튼을 눌러버렸다. 문자가 갔다는 표시가 화면에 뜨자 오스틴은 두려움 반, 기대 반으로 뱃속에서 장이 꼬이는 것 같았다. 어른들 파티가 재미없으면 어쩌지? 그럼 몰래 술을 빼돌려 그의 방에 숨어들면 그만일 것이다. 그렇다면 방에선 뭘 해야 하지? 하지만 상상을 이어나갈 새도 없이 휴대폰에서 진동이 울렸다. 좋다는 찰리의 메시지였다. 주방에 있던 오스틴은 너무 기쁜 나머지 자기도 모르게 작은 승리의 춤을 추었다. 이를 본 엄마가 눈썹을 올리며 웃음을 꾹 참았다.

초대했어요!

누구 말이니?

제 얼굴을 빨갛게 만든 여자애요.

그럼 저녁 식사에도 오라고 하자!

오스틴이 얼굴을 찌푸렸다. 얼마나 흥을 잘 깨뜨리는지 어떨 때 보면 부모님이 그런 수업을 따로 받는 게 아닐까 하는 의심이 들기도 했다. 둘만의 첫 데이트에 할머니, 할아버지까지 청중으로 삼을 생각은 추호도 없었다. 그걸 데이트라 부를 수 있다면 말이다.

싫어요.

그래, 그래, 알겠어.

그냥 말해본 거야.

오스틴은 찰리에게 집 주소와 함께 모든 방향에서 오기 좋은 루트를 상세히 알려주었다. 그러고는 둘의 만남이 어떤 모습일지 상상하며 한껏 부푼 마음으로 방에 들어갔다.

메리 크리스마스!

찰리가 주방에 들어서자 아빠가 외쳤다.

기분 좋아 보이네요.

여전히 잠에서 깨지 못한 찰리가 눈을 비비며 말했다.

미안하구나,

요 에베네저[•] *같은 너석아.*

메리 크리스마스.

커피 마실래?

찰리는 고개를 끄덕였다. 아빠가 내리는 커피는 몹시 쓰다는 것을 알기에 잔을 받아 설탕을 한 움큼 넣은 다음 서걱거리는 정체불명의 음료를 들이켜며 인상을 찌푸렸다. 지금쯤 케일라는 집에서 어떤 크

• 찰스 디킨스 소설 《크리스마스 캐럴》의 주인공인 에베네저 스크루지. 크리스마스를 좋아하지 않는 구두쇠이다.

리스마스를 맞고 있을까? 오스틴은? 새해 첫날 데이트 신청을 해주길 바라며 지난 연극 연습 때 힌트를 흘렸는데도 그에게서는 아직 연락이 없었다.

무슨 고민 있니?

네, 그냥 저녁이 무사히

지나갔으면 해서요.

찰리는 아빠의 길 잃은 듯한 표정을 알아차렸다.

아, 엄마랑 할머니는 같이 있기 편한 사람들은 아니니까요.

찰리가 영어로 다시 말했다.

어른들의 세계에 온 걸 환영한다.

아빠가 찰리의 어깨에 팔을 둘러, 시들어가고 있는 자그마한 크리스마스트리가 있는 거실로 그녀를 데려갔다. 엄마가 걸어놓은 크리스마스 오너먼트들이 찰리를 맞았다.

이리 오렴. 선물을 열어보자.

그날 오후, 찰리는 크리스마스 저녁 식사에 빠져도 좋다는 허락 아닌 허락을 받았다. 그건 다름이 아니라 찰리가 아빠와 함께 엄마 집에 도착해 차에서 내리는 순간 의식을 잃고 쓰러졌기 때문이었다.

잠시 후 눈을 떠보니 찰리는 집 앞 차고에서 엄마 무릎 위에 머리를 뉜 채로 쓰러져 있었다. 엄마 얼굴이 너무 가까웠다. 찰리는 눈을 한 번, 두 번 깜박여보고 손가락, 발가락을 움직였다. 괜찮은 것 같았다. 엄마가 맨땅에 앉은 걸 본 적이 있던가 떠올려보려 했다. 여태까지 그런 적은 없는 것 같았다.

죄송해요. 어떻게 된 거예요?

괜찮아? 의사를 부를까?

아빠가 물었다.

고개를 젓자 자신의 귀를 감싸고 있는 엄마의 손길이 느껴졌다.

아니에요, 이제 괜찮은 거 같아요.

엄마가 뭐라고 말했지만 누워서 거꾸로 입 모양을 읽는 건 불가능했다. 아빠가 찰리를 일으켜주었다.

찰리가 뭐라고 한 거예요?

엄마가 아빠에게 물었다.

천천히, 찰리는 아빠의 손을 잡고 몸을 일으킨 다음 똑바로 서보았다. 의사를 불러야 하는지를 두고 엄마와 아빠가 옥신각신했고 찰리가 그들의 입술을 읽으려는 순간 대화가 뚝 끊겼다. 엄마의 시선이 찰리와 아빠의 너머로 향하자 찰리는 할머니가 도착했다는 걸 알 수 있었다.

넷이 집 안으로 들어갔고 평소와 달리 다정해진 엄마가 저녁을 준비하는 동안 찰리에게 소파에 누워 쉬라고 했다. 찰리는 아빠가 현관으로 나가 누군가에게 전화를 하는 모습을 곁눈으로 흘깃 보았다. TV에 빨려 들어갈 것처럼 농구 경기를 보고 있던 와이엇 아저씨는 화면에서 눈도 떼지 않고 찰리가 앉을 수 있게 소파 가장자리로 자리를 비켜주었다. 모르는 팀의 경기였다. 찰리는 이내 깊은 잠에 빠져들었다. 눈을 떴을 때는 모두 식탁에 둘러앉아 그녀 없이 저녁을 먹고 있었다.

12월 31일 오후, 부모님은 스카이의 병원 일정이 있었다. 엄마는 파티 손님들이 집에 들이닥치기 바로 전날인 새해 이브에 진료 예약을 잡은 아빠에게 화가 나 있었다. 엄마는 차를 타러 나가는 길에 문을 쾅 닫았고, 엄마의 기분이 언짢다는 사실을 그들 모두가 알 수 있었다. 이에 오스틴은 엄마가 일러준 구석구석을 청소기로 밀고, 스낵을 올려놓을 카드 테이블을 꺼내며 파티 준비를 열심히 도왔다. 얼마 지나지 않아 할머니, 할아버지가 도착했다. 로나 할머니가 푸치아색 립스틱을 바른 입술로 오스틴에게 키스 세례를 퍼부었고 윌리스 할아버지는 그의 등짝을 지나칠 만큼 세게 두들겼다. 오스틴은 마실 것을 내드리고 크리스마스트리의 전구를 켠 다음 계속 시계를 확인하면서도 들키지 않도록 조심했다. 너무 들뜬 모습을 보이면 질문이 나올 테고 그 질문은 찰리에게 닿을 수도 있었으니까.

네 부모님은 스카이를 또 어디로

데려간 거니?

잠시 후 할머니가 물었다.

아마 새로운 보청기 때문일 거예요.

하지만 오스틴은 부모님이 무슨 일로

병원에 갔는지 모른다는 사실을

깨달았다.

스카이의 귀도 좀 쉬어야지.

휴일이잖니!

로나 할머니가 화제를 바꿔 오스틴에게 학교며 연극, 여자애들 얘기를 물었다. 오스틴은 오늘 저녁에 찰리를 초대하지 않아 다행이라 생각했다. 최근 몇 달 사이 찰리의 수어가 많이 늘긴 했지만 할머니, 할아버지의 구식 수어와 관절염에 시달리는 손짓을 쳐다보다 두통을 얻을 수도 있었다. 마침내 부모님이 돌아오자 할머니가 기다렸다는 듯 현관으로 나가 스카이를 받았지만 부모님은 데면데면하게 잠시 인사했을 뿐 곧장 주방으로 향했다. 할머니가 스카이를 무릎에 앉혀 할아버지를 보게 하자 할아버지는 오스틴이 어렸을 때도 들려주었던 골디락스와 곰 세 마리 이야기를 시작했고 오스틴은 옆에서 그 모습을 구경했다.

이윽고 오스틴은 엄마를 돕기 위해 부엌으로 갔다. 엄마가 기름이 끓어오르는 냄비 앞에서 몸을 숙이고 요리를 하고 있었다. 엄마는 안색이 안 좋아 보였는데 오스틴을 보자 금세 환히 웃었다. 오스틴은 엄마가 억지로 웃는 거라는 걸 알아차렸지만 그건 거짓 미소가 들통이 나서가 아니라—엄마는 웃는 데 선수였다—엄마의 표정이 바뀌는 속도가 빠르지 못해서였다.

괜찮아요?

엄마는 고개를 돌리는 척 재빨리 표정을 감추었다.

내가 국자를 어디에 뒀더라.

좀 찾아줄래?

네.

엄마가 다시 고개를 돌렸다. 아빠가 차에서 얼음 봉지 몇 개와 보청기가 든 비닐 팩을 가지고 돌아왔다. 스카이의 새 보청기에는 금빛 반짝이가 뿌려져 있었다.

오스틴은 거실로 가, 아빠가 조심스레 보청기를 꺼내 동생의 귀에 꽂은 다음 분실 방지용 끈을 달아주는 모습을 지켜보았다. 스카이는 잠시 자기 귀를 몇 번 만져볼 뿐 아무 일도 없다는 듯 계속해서 리모컨 끝을 질겅질겅 씹었다. 아빠는 얕은 숨을 후 내쉬었다.

스카일라가 수어를 했어!

할아버지가 말했다.

옹알이에요.

아빠가 대답했다.

빠르구나, 그렇지?

그냥 손을 내저은 거예요.

그래도 말이다.

요즘 부쩍 늘었어요.

어느새 나타난 엄마가 아빠에게 눈을

부라리며 말했다.

너희, 무슨 일 있니?

할머니가 물었다.

오스틴은 엄마가 할머니, 할아버지가 싸우는 모습을 한 번도 본 적이 없다고 말했던 것을 떠올렸다. 할머니는 자식들 앞에서 절대 싸우지 않는다는 원칙을 갖고 계셨고 할아버지는 할머니의 말을 따랐다. 부모님은 그것에 반대되는 확고한 신념을 가진 건지 아니면 싸움을 감추는 일이 귀찮았던 건지, 오스틴은 부모님이 싸우는 모습을 여러 번 보았다. 이제 와서 자신이나 스카이, 심지어 할머니, 할아버지를 위해 바뀌지는 않을 거라는 사실 역시 잘 알고 있었다.

엄마가 괜찮다는 듯 고개를 저었지만 평소와는 다른 행동을 보건대 엄마도 아빠도 괜찮지 않은 것 같았다. 그들은 퉁명스러웠고 움직임은 뻣뻣했으며 손짓도 뚝뚝 끊어졌다. 오스틴은 이전에 무슨 일이 있었나 혼자 기억을 더듬었다. 부모님이 외출을 했을 때 안 좋은 일이 있었던 걸까? 크리스마스 때는 괜찮았다. 아빠가 난장 토론에 참전하느라 평소보다 더 빨리 그들을 잊긴 했지만 솔직히 오스틴도 엄마도 거기에 끼고 싶지 않았으니까.

선물을 열어볼까?

식사 먼저 해요.

엄마가 말했다.

아빠가 산더미처럼 쌓아올린 프라이드치킨을 내왔다. 갓 튀겨진 치킨 껍질이 기름으로 반짝거렸다. 가족들이 식탁에 앉았고 서로에게 접시를 전달했다. 스카이는 바운서에 앉아 불빛이 들어오는 딸랑이를 내리치거나 손잡이를 쪽쪽 빨았다.

귀여운 보청기구나.

할아버지가 말했다.

우리가 학교 다닐 때랑

완전히 달라졌어.

할아버지는 오스틴이 사진에서나 보았던 보청기에 대해 설명했다. 가슴에 커다란 전자식 오디오 상자를 매달고 상자에 달린 이어폰을 귀에 끼는 방식이었다.

우리가 스무 살,

서른 살이었을 때랑도 다르지!

할머니가 말했다.

엄마와 아빠는 여전히 입을 꾹 다물고 있었다.

왜 그러는데요?

오스틴이 아빠를 쏘아보며 물었다.

아무것도 아냐.

핑크색 보청기가 마음에

안 드냐?

아뇨, 색이 문제가 아니라,

효과가 없어서요.

고장 난 거예요?

전 몰드만 새로 맞추는 줄 알았어요.

의사가 뭐래요?

고개를 흔들며 치킨을 한 입 베어 무는 아빠를 보며 오스틴은 그가 시간을 버는 중이라는 걸 알았다. 하지만 입에 음식이 얼마나 많이 들었든 말하는 데는 전혀 거리낄 게 없는 게 바로 수어였다.

왼쪽 귀 청력이 떨어졌대요.

엄마가 대신 말했다.

왼쪽 귀는 이제 보청기를 껴도

안 들려요.

의사 말로는 오른쪽 귀 청력도

떨어질 가능성이 높다네요.

그럼, 스카이가 농인이란

말이에요?

응, 공식적으로 그렇게 됐네.

지독한 유전자구나…….

할아버지가 말했다.

할머니가 할아버지의 입을 다물게 하려는 듯 할아버지의 팔을 쓰다듬었지만 할머니는 분명 조금 기뻐 보였다.

음, 뭐, 좋은 걸지도 몰라요.

오스틴이 말했다.

오스틴은 찰리를 생각했다. 찰리가 부모님 때문에 얼마나 힘들어하는지, 그렇게 똑똑한데도 얼마나 많은 보충 수업을 받고 있는지 등등의 일들을. 스카이는 처음부터 자기가 누구인지 확실히 알고 시작하는 셈이니 다행인지도 몰랐다.

어중간한 것보단

확실한 게 낫잖아요.

할머니, 할아버지도 그의 말에 수긍한다는 듯 고개를 끄덕였지만 부모님은 말없이 접시만 쳐다봤다.

상황이 달라졌어.

테이블 건너편에 있는

아빠가 말했다.

네가 어렸을 때랑은

또 다르단다.

여자애라 다르기도 하고.

엄마가 덧붙였다.

뭐가 다르단 말이냐?

무슨 일이 있었니?

할머니가 물었다.

아뇨, 아무 일도 없었어요.

그냥, 사람들이 이용할 수도

있다고요.

그게 무슨 말이에요?

농사회가 점점 작아지고 있어.

디스트릭트에선 예산도 삭감하고—

아빠가 말했다.

잠깐! 우리 아직 그렇게

안 늙었다!

할아버지가 여전히 농담을

하듯 말했다.

아직 장례식 얘기까진 할

필요 없다고, 얘야.

스카이는 이식 수술을

해도 좋을 거래요.

아빠가 불쑥 말했다.

오스틴의 손에서 포크가 떨어졌다. 입안에 있던 매시트포테이토가 끈적끈적한 풀로 변해 목구멍 뒤로 넘어가지 않았다.

네? 그게 무슨 말이에요?

그게 최선인 것 같구나.

아빠가 말했다.

스카이는 몇 달 동안 사람들이

말하는 걸 들었으니 시작이 좋아.

이게 중단되지 않도록 소리를

계속 듣게 해주는 게 좋을 거야.

아빠가 별 얘기 아니라는 듯 치킨을 다시 한 입 베어 물었다. 오스틴은 머리가 멈춰버렸다. 훅 끼치는 기름 냄새가 메스꺼웠다. 할머니가 시선을 딸에게로 돌렸다.

어떻게 이걸 허락할 수가 있니?

음식에 손도 안 댄 엄마가 포크와 나이프를 접시 옆에 가지런히 올렸다.

더 안전하다고? 학교 예산? 농인들은

늘 공격받아왔어. 누굴 속이려 드니?

할머니가 말했다.

제가 가졌던 많은 기회를

스카이에게도 주고 싶어요.

이런 날이 올 줄 알았다.

할아버지가 이제 대놓고 아빠를

쏘아보며 말했다.

우린 이보다는 널 더 잘 키웠어.

제 자식한테 최선의 것을

주려는 것보다 더 잘요?

웬 청인 남자 말이나 홀라당

따르는 것보다는 더 잘 말이다!

이식 수술이라는 말에 정신이 아득해진 오스틴의 머릿속은 이제 더 많은 생각들이 들어찼지만 그것들이 한데 섞여 뒤죽박죽 엉켜버렸다.

저한테 가르쳐주신 것들이랑 완전히

다르잖아요! 농인으로서의 자부심!

데프 게인!•

이런 건 다 뭐였어요?

그냥 이렇게 다 버리시는 거예요?

엄마는 상처를 받았지만 지금 같은 상황에서 오스틴이 외교관처럼 굴기를 기대할 수는 없었다. 현실을 직시하라고 말할 수도 없었다. 아들을 그렇게 만든 건 바로 그녀였으니까.

스카일라는 여전히 농인일 거야.

아빠가 말했다.

수어도 할 거고. 인공와우 수술도

네가 어릴 때보다 훨씬 더 좋아졌다.

큰 도움을 받을 수 있어.

왜 스카이를 있는 그대로 사랑하지

않는 거예요? 왜 애 머리통에

구멍을 내려고 하시냐고요!

물론 스카이를 사랑해.

엄마가 말했다.

우린 우리가 해줄 수 있는 최고를

주려고 이러는 거야.

최고의 교육 말야.

그게 대체 무슨 ***말이에요?***

리버밸리는 좋은 학교잖아요.

오스틴은 의자를 박차고 일어나 자리를 떠나려 했다. 그런데 자신

• Deaf gain, 농을 획득했다는 의미로 '청력 손실(Hearing loss)'이라는 표현에 대항해 만들어졌으며 농인이 결핍된 존재가 아니라 뇌를 다른 방식으로 사용하는 존재임을 강조한 표현.

이 리버밸리라는 말을 내뱉자 부모님이 시선을 마주쳤다. 그걸 본 오스틴이 그 자리에 멈췄다. 그 얘기까지 갈 생각은 없었던 부모님은 아차 싶은 얼굴이었다. 아빠는 오스틴의 시선을 피했지만 엄마는 그의 눈을 마주 보았다. 엄마의 날카로운 눈빛이 적막을 뚫고 그에게 닿았다.

뭐예요?

오스틴이 물었다.

엄마가 가만히 오스틴을 바라보았다.

난 말할 수 없어!

아빠가 괴로워하며 말했다.

직업윤리에 어긋나는 일이야.

무슨 일이냐고요?

분노를 참지 못한 오스틴이 구화로 소리쳤다.

머릿속으로 변명거리를 찾고 있던 아빠는 오스틴의 화난 목소리에 다 포기한 듯 두 손을 힘없이 늘어뜨린 채 엄마를 쳐다보았다.

아빠가 얼마 전에 디스트릭트 회의에서

통역을 하고 왔어.

리버밸리를 닫는다는구나.

뭐라고요?

오스틴이 아빠를 향해 고개를 돌리자 그가 보일 듯 말 듯 작게 고개를 끄덕였다. 할아버지는 테이블에서 일어나 주방 잡동사니 서랍을 뒤지는 척 생각을 정리하고 있었다.

닫는다고요? 완전히요?

공식 발표가 아니야.

아무에게도 말해선 안 된다.

혼란을 만들면 안 돼.

그 사람들이 진짜로 비밀을 지킬

거라고 생각하는 거니?

할머니가 물었다.

아직 아무도 몰라요. 회의에는

페브러리와 필만 있었거든요.

오스틴은 저녁에 먹은 음식들이 올라오려 해 화장실로 달려갔다. 다행히 게우진 않았고 그를 따라온 사람도 없었다. 그는 도망치듯 방으로 갔지만 오히려 감옥에 갇힌 듯한 느낌이었다. 부모님은 대체 언제 말하려 했던 걸까? 새로운 학년이 시작될 때까지 비밀로 하려던 걸까? 친구들은 다 어떻게 되는 거지? 이 빌어먹을 운동화는 맨날 어디에 처박혀 있는 거야! 오스틴은 책상 아래 나뒹구는 운동화를 찾아 신으며 지금 당장 주방으로 가 스카이를 데리고 달아날까 고민했다. 하지만 곧 그게 얼마나 말도 안 되는 얘긴지 깨달았다. 대신 그는 방을 나와 삐걱거리는 마룻바닥을 피해 밟으며 살금살금 복도를 빠져나갔다. 하지만 문 앞에는 아빠가 떡하니 버티고 서 있었다.

어디 가니?

밖에요.

오스틴은 새해맞이 파티를 단 한 번도 빠진 적이 없었으므로 한바탕 소란이 일거나 최소한 어딜 가는지는 해명해야 할 거라고 예상했지만 아빠는 더 묻지 않았다.

진지하게 얘기하는 거야.

리버밸리 얘기는

밖으로 새어 나가면 안 돼.

무슨 상관이에요?

이건 나나 너, 스카이에 대한
문제가 아니야. 적당한 때
교장 선생님이 말할 때까지
기다려야 해.
우리가 떠들 문제가 아냐.

관심 없어요.

오스틴이 아빠를 피해 문손잡이를 잡으려 했지만 아빠는 물러서지 않았다.

알겠어요. ***알았다고요.***

그제야 아빠가 옆으로 비켜섰고 오스틴이 문을 열었다. 문 앞에 찰리가 서 있었다. 휴대폰 불빛이 비친 찰리의 얼굴이 파랬다.

아, 지금 문자 보내려던 참이었는데.

오스틴이 고개를 젓고는 찰리의 손을 붙잡고 그곳을 벗어났다.

바깥 공기는 차가웠고 찰리를 보니 오스틴도 화가 좀 가라앉았다. 코트를 가지고 나왔어야 했는데. 다행히 바람은 잦아들고 있었고, 어쨌거나 다시 돌아갈 수는 없었다. 오스틴이 인터스테이트* 반대편에 있는 버스 정류장을 가리켰다. 그들은 차가 오지 않는 때를 기다려 재빨리 건넜다.

괜찮아? 무슨 일이야?

응, 그게…… 나도 소화할 시간이
필요할 것 같아. 몇 분만. 괜찮을까?

응.

* 미국의 주와 주 사이를 잇는 도로.

이윽고 버스가 왔고 두 사람은 버스에 올랐다. 오스틴은 휴일 저녁에 일해야 하는 사람이 으레 그렇듯(그들을 비난하는 게 아니다) 버스 기사의 표정이 퉁명스럽다는 것을 알아차렸다. 오스틴은 얼른 돈을 내고 앉으려 했다. 그런데 어찌 된 일인지 지폐를 거꾸로 넣어버렸고, 운전사가 버럭 소리를 질렀다. 평소에도 독순은 어려웠는데 그렇게 고래고래 소리를 지르며 말하니 뭐라고 하는 건지 하나도 알아들을 수가 없었다. 옆을 돌아보니 찰리는 지갑에서 돈을 찾느라 기사의 말을 듣지도 못한 데다 이제 오스틴만큼이나 당황한 얼굴이었다.

청인들은 조금만 늦게 반응해도 참지 못하고 으르렁댔으므로 때때로 오스틴은 큰 소리로 더듬더듬 그들이 원하는 대답을 들려주었다. "청각장애인이에요!" 귀를 가리키며 이 자애롭고 마법 같은 단어를 외쳤다. 얼굴이 빨개진 운전기사가 오스틴에게 5달러를 다시 건넨 다음 그와 찰리에게 앉으라는 손짓을 했다.

만약 농인들의 참을성이 부족해지면 세상이 어떻게 될까를 상상하기란 어려웠다. 수어를 못하고, 자막 달린 TV 프로그램을 거부하고, 농인에게는 들리지도 않는 거지 같은 버스 안내 방송을 해대는 청인들을 참을 수 없게 되면 말이다. 물론 이것은 그들이 가진 특권이었다. 그들을 우월감으로 똘똘 뭉치게 하는 특권. 오스틴은 사람들이 수만 가지 작은 일에 화를 쏟아내는 걸 보며 자랐다. 식료품 카운터에서 엄마가 써준 쪽지를 오스틴이 읽어내려갈 때 두 사람을 내려다보던 경멸 섞인 남자의 얼굴, 파파이스 드라이브스루에서 인터컴을 지나쳐 창구로 가자 무섭게 쏘아보던 직원, 교통국 직원이 짜증스럽게 외치는 번호를 듣지 못해 엄마의 차례가 지나가버린 일, 엄마가 화상전화로 전화를 걸자 계속해서 끊어버리던 은행. 이런 일들은 끝도 없이 일어났다.

아닐 때도 있었지만, 대체로 사람들은 엄마나 오스틴이 청각장애인인 것을 알고 나면 적대감을 거두어들였다. 그렇다고 해서 죄책감을 가진 것도 아니었지만. 더 나쁘게도, 사람들은 늘 그들을 동정했다. 이제 콜슨 사람 대부분이 오스틴 가족을 알고 있어 사람들의 화를 맞닥뜨릴 일은 없었지만 동정심만은 사라지지 않았다.

스카일라가 인공와우 수술을 받고 나면 낯선 사람들의 화에서 자유로울 수 있을까? 그렇다면 수술이 그렇게 나쁜 건 아닐지도 모른다. 그는 스스로를 그렇게 설득했다가 문득 새해가 밝으면 리버밸리는 문을 닫게 될 거고 폐교를 막기 위해 자신이나 부모님, 워터스 교장 선생님이 할 수 있는 일은 아무것도 없다는 사실을 깨달았다.

정말 괜찮은 거야?

잠시 후 찰리가 물었다.

좀 무서워지려고 해.

오스틴이 고개를 끄덕이며 찰리의 어깨에 머리를 기댔다.

근데 우리 어디 가는 거야?

오스틴은 자기도 모르겠다고, 찰리에게 말할 수가 없었다.

페브러리는 멜이 거울에 몸을 숙이고 마스카라를 바르는 모습을 지켜보다가 문득 화장을 하면 좋을 것 같다는 생각이 머리를 스쳤다. 지금 같은 때 화장을 하면 파운데이션과 두꺼운 아이라이너 뒤에 숨을 수 있을 것이다. 그러니까, 화학으로 만들어진 갑옷을 입는 거다.

상대를 제압해야 하는 중요한 미팅 전에 거의 숭고한 의식을 지내듯 바르는 마른 장밋빛 립스틱을 제외하면, 8학년 때 제일 친했던 친구랑 차 뒷좌석에 숨어들어 서로의 눈꺼풀 위에 파란색 아이섀도를 발라주었던 일이 페브러리의 마지막 화장이었다. 뭐부터 시작해야 하는지조차 알지 못했다. 멜에게 도와달라고 해볼까 생각했다가 그건 다른 문제를 불러올 것 같았다. 갑자기 웬 화장? 혹시 완다 때문이야? 멜은 궁금해할 게 뻔했다. 더구나 파티에 차려입고 나가면 사람들도 관심을 가질 텐데 그건 배경처럼 묻혀 있으려는 그녀의 의도에 어긋났다. 결국 그녀는 로션과 립 밤만 바르고 침대에 앉아 멜의 준비가 끝나길 기다렸다.

할 일 없이 앉아 있자니 새로운 걱정이 슬며시 고개를 들었다. 페브러리는 완다와 필이 비밀을 지킬 거라고는 믿었지만 그건 정신이 말짱했을 때의 얘기였다. 술 먹은 그들이라면 얘기가 달랐다. 술은 언제나 만능 패였다. 그리고 그들은 당연히 멜도 알고 있을 거라 생각할 것이다. 위로라도 건네려고 하면 어쩌지? 페브러리의 겨드랑이가 축축해졌다.

있잖아, 우리 안 가도 돼.

페브러리가 말했다.

무슨 소리야, 난 널 집 밖으로 끌어낼 수 있는 것만으로도 좋아.

농인 파티는 네 취향도 아니잖아.

술만 있으면 다 내 취향이야.

멜이 욕실 문을 열고 뽐내듯 엉덩이를 내밀었다.

자, 이제 칭찬해도 좋아.

멜이 말했다.

페브러리가 미소를 지으며 침대에서 일어났다.

너 오늘 진짜 섹시하다.

딱 달라붙는 까만 드레스를 입어 잘록해진 멜의 허리를 어루만지며 페브러리가 말했다.

알아.

어째서 나이가 들수록 더 섹시해지는 것 같지?

페브러리가 말했다.

좋은 와인처럼?

응. 그리고 정말 오늘 거기 안 가도 돼.

참, 말이 나왔으니—

멜이 손가락을 튕기더니 화장실을 가로질러 나갔다. 페브러리는 멜이 남긴 아주 익숙한 호박 향과 따뜻한 오렌지 향 속에 혼자 남았다.

—와인도 몇 병 가져가자.

페브러리는 멜이 술 캐비닛을 여는 소리를 들었고, 하는 수 없이 그녀를 따라나섰다.

페브러리와 멜은 농인 시간으로 따져도 파티에 늦게 도착했다. 페브러리는 오히려 다행이라 생각했다. 그녀는 엄마의 장례식 이후 사람들을 만나지 않았다. 이런 요란한 파티는 수녀처럼 지내는 그녀의 생활에 대한 모욕이자 얼마간은 엄마에 대한 배신으로 느껴졌다. 하지만 배신이라니 가당치 않았다. 엄마는 친구들과 함께하는 새해 파티를 분명 무척 좋아했을 것이었다. 그걸 알기에 그녀도 불편한 마음을 애써 물리쳤다. 술에 관해서라면 그들에겐 밀린 일이 좀 있었다. 고맙게도 집에 들어서기도 전에 베스 워크맨이 나타나 그녀의 특기인 코스모폴리탄을 두 잔 내밀었다. 페브러리와 멜은 이를 단숨에 들이켰다.

산 사람들의 땅에 온 걸 환영해.

그들이 주방에 들어서자 완다가 반겼다.

우릴 밖에서 만나니 반갑대.

페브러리가 멜에게 통역을 해주었다.

멜이 작은 지갑에서 휴대폰을 꺼냈다. 그녀는 드레스를 입을 때면 손목에 늘 그 작은 지갑을 걸었다.

나도 반가워요, 멜이 휴대폰에 썼다. 사시가 될 작정이 아니라면 사람이 그렇게 〈아웃랜더〉만 밤낮으로 볼 수는 없더라고요.

완다가 눈을 동그랗게 떴다.

너네 〈아웃랜더〉를 좋아한다고?

난 아냐.

페브러리가 말했다.

난 시간 여행 같은 거 별로.

완다가 멜의 화면으로 시선을 옮겼다.

페브는 안 봐요. 시간 여행 따위는 페브의 이성 감각을 거스르거든요.

완다와 멜은 그게 뭔지 몹시 잘 알고 있다는 눈빛으로 서로를 바라보며 웃음을 터뜨렸다. 완다가 멜의 전화를 받아 뭐라고 쓰기 시작했다. 처음에 페브러리는 둘이 무슨 말을 속닥이는 건지 보려고 어깨너머로 고개를 내밀어봤다. 하지만 안경이 없으니 화면을 가린 둘의 뒤통수만 보였다.

페브러리는 아일랜드 식탁 아래로 완다의 허벅지를 툭툭 쳤다.

말하면 안 돼.

완다가 고개를 들자

페브러리가 말했다.

완다는 페브러리의 말을 알아들었는지 아니면 알아들었지만 개의치 않는 건지 미소만 지을 뿐이었다. 그리고 다시 화면으로 돌아가 멜과 수다를 떨었다.

그것 보라지, 페브러리는 생각했다. 지금껏 계속 멜에게 완다를 한번 만나보면 좋아하게 될 거라고 말해왔었다. 페브러리는 파티에 누가 왔는지 보려고 방을 한 바퀴 둘러보았다. 리버밸리 교사들인 농인 커플이 많이 와 있었다. 그들은 서로의 술잔을 채우고 새해 인사를 주고받고 웃고 떠들며 즐거운 시간을 보내는 중이었다. 사람들은 잘도 웃었다. 무슨 일이 있었는지 기분이 약간 처져 보이는 윌리스 워크맨과 로나 워크맨도 있었는데 페브러리를 보자 손을 흔들며 미소를 지었다. 좋은 사람들이었지만 엄마의 죽음이 다시 생생해질까 봐 두려워졌다. 가능하면 그들과의 대화는 피하고 싶었다. 혼자 사람들 사이를 둥둥 떠다니는 듯한 기분이 들려는 순간 건너편에 유독 쾌활하지 못한 두 사람을 발견하자 약간 마음이 놓였다. 베스 워크맨과 리버밸리의 연극부 교사인 뎁 픽맨이 찌푸린 얼굴로 대화에 열중하고 있었다.

그러니까, 〈크레이머 대 크레이머〉[°]네?

뎁이 말했다.

근데, 내 말은, 나도 조금은

그에게 동의한다는 거야.

베스가 말했다.

나 끔찍하니?

당연히 아냐.

오스틴한텐 말했어?

페브러리는 베스가 티토스 보드카 병을 들어 잔을 채우는 것을 지켜봤다. 그들은 잔을 쨍그랑 부딪친 뒤 한 모금 마셨다.

잘 지냈어요?

페브러리가 둘에게 다가가 인사했다. 그런 식으로 남들 대화에 끼는 일은 드물었다. 하지만 정말로 즐거워 보이는 사람들과는 말을 나누기가 어려웠고 혼자 구석에 처박히기에는 아직 술이 덜 들어간 상태였다. 베스와 뎁이 침울한 얼굴로 페브러리를 돌아보았다. 입술을 꾹 다문 뎁이 베스의 등을 가볍게 두드렸다.

오, 미안해요. 방해할 생각은 아니었는데.

° 미국 가정 문제를 다룬 영화.

아니에요, 괜찮아요. 저흰 그냥

스카이 얘기 중이었어요.

맞다, 축하해요! 아이도 있는데

파티까지 열고 정말 대단해요.

몇 달간 잠 못 자는 것만 빼면

똑같은걸요, 뭐.

베스가 자신 없는 미소를 지으며 말했다.

뎁이 연신 베스의 블라우스를 쓰다듬었다. 문득 페브러리는 끼면 안 되는 대화에 낀 게 아닌지 걱정이 되기 시작했다. 스카이에게 무슨 일이 생긴 걸까? 아니면 헨리?

괜찮아요? 뭐 도와줄까요?

괜찮아요. 그냥 가족 문제에요.

헨리가 이식 수술을 강하게 주장하고

있거든요. 그런데 그 얘기가 저녁 식사

도중에 나와서 그만—

베스가 그녀의 부모님이 앉아 있는 안락의자를 가리키며 말했다. 윌리스가 무릎 위에 올린 전채 요리 접시를 떨어뜨릴 듯 말 듯 쥔 채로 시끄럽게 코를 골며 졸고 있었다. 당황한 페브러리가 물었다.

이식 수술요? 오스틴을요?

베스와 뎁이 동시에 웃음을 터뜨렸다.

스카이 말이에요!

뎁이 말했다.

오스틴이라니, 그럴 리가요!

스카이? 오스틴 말로는— 스카이는

청인인 줄 알았는데요.

저희도 그런 줄 알았어요.

베스가 대답했다.

그럼, 기분이 좀 어때요?

결국 뭐든 괜찮을 거야. 요즘은
리버밸리에도 이식 수술을 받은
애들이 많은걸. 안 그래요, 페브?
이젠 큰일도 아냐.

맞아요.

사실 얼마 전에 벤이랑 휴게실에
창고로 쓰는 벽장을 '음악실'로
바꿔볼까 하는 얘기도 했어요.
아이들이 들어가 악기도
연주하고 그 아이패드 뮤직
에디팅 앱인가 뭔가도 할 수
있게요. 어때, 멋지지 않아요?

그러네요.

페브러리가 다소 열의 없이 대답했다.

베스도 말없이 물만 꿀꺽꿀꺽 삼켰다. 페브러리가 쳐다보자 베스는 더더욱 입에서 컵을 떼지 못했다. 베스도 폐교 소식을 들은 것이다. 당연했다. 세상에 대체 어떤 부부가 그런 일을 숨기겠는가?

그러자 완다가 실수로 학교 얘기를 꺼낼까 봐 불현듯 걱정이 된 페브러리는 양해를 구하고 주방으로 갔다. 아일랜드 맞은편에 앉아 있던 멜이 페브러리를 발견하고는 웃으며 이리 오라고 손짓을 했다. 멜의 미소를 보자 페브러리는 걱정이 눈 녹듯 사라졌다. 페브러리는 검지를 들어 잠시 기다려달라고 한 다음 테이블 위에 놓인 술병들을 잡히는 대로 섞어 베스가 내어줬던 술을 따라 만들었다. 그녀는 술잔을 들고 멜과 완다 그리고 완다의 남편이 있는 곳으로 갔다.

누군가가 TV를 켰다. 그들이 있는 자리에서는 볼 드롭*이 흘러나오는 화면은 보이지 않았지만, 사람들과 함께 카운트다운을 외치며 서로 입을 맞췄다. 잠시 후 열기가 가라앉자 멜이 화장실에 갔고 페브러리는 보드카가 남긴 취기 속에 홀로 서, 아주 잠깐이지만 엄마가 세상을 떠나 다행일지도 모른다고 생각했다. 적어도 엄마는 앞으로 일어날 일들을 보지 않아도 되었으니까.

* 뉴욕 타임스퀘어에서 열리는 새해맞이 행사.

무슨 일이야, 말해봐.

찰리는 어디로 향하고 있는지도 모르는 버스 안에서 인내심을 갖고 오스틴에게 가만히 어깨를 내주었다. 찰리는 오스틴의 집에 가기 전 그와 부모님께 동시에 잘 보일 만한 옷을 고르느라 무척 공을 들였다. 하지만 그 집에 미처 들어서기도 전에 계단 앞에서 이끌려 나와 다시 버스에 오른 일을 가지고 화내지 않기 위해 애를 썼다.

내가 도울 수 있을지도 모르잖아.

찰리는 오스틴이 속으로 뭔가를 저울질하는 중이라는 걸 느낄 수 있었다. 그는 신중히 말을 고르고 있었다. 오스틴이 한숨을 푹 내쉬었다.

내 동생 말야.

얼마 전에 태어났다는? 동생이 왜?

농인이야.

순간 찰리는 웃음이 새어 나와버렸다. 오스틴이 당황한 얼굴로 찰리를 보았다.

미안.

찰리는 웃음을 가리려

손으로 입을 막았다.

그런데, 너희 가족은 그걸로

명성이 있는 집안이잖아.

처음에 태어났을 땐 청인인 줄 알았는데

아니래. 부모님이, 아니 우리 아빠가

스카이한테 이식 수술을

받게 하려고 하셔.

뭐라고? 왜?

오스틴이 입술을 꽉 깨물었다.

스카이의 미래가 걱정된다나,

그게—

오스틴이 말을 멈췄다. 그러고는 발끝만 쳐다보았다.

모르겠어.

엄마는 뭐라셔?

엄마도 같은 생각이래! 여자애한테는

그게 더 안전하다나 어쨌다나 하는

말도 안 되는 얘길 하면서.

이번엔 찰리가 그의 눈길을 외면했다.

그건— 그게 중요한 건 아닌데.

찰리는 다시 눈을 들어 자기가 말할 수 없었던, 그러나 말하고 싶었던 이야기를 오스틴이 자신의 눈동자 안에서 찾아주길 바랐다. 손바닥에 땀이 나 괜히 청바지에 손을 슥슥 문질렀다.

아무튼.

엄마는 아빠가 그러는 걸
허락하실 것 같아.

말도 안 돼.

웃기지 않아? 좀 더 잘 들리라고
그런 수술을 시키는 게?
이해가 안 돼.
더구나 효과도 전혀 없다는데!

여기 산 증인을 보라는 듯 오스틴이 찰리를 가리키며 말했다. 이제 찰리가 말을 고를 차례였다. 그의 말에는 동의했지만 동전의 다른 면에 대해서도 찰리는 잘 알고 있었다. 오스틴이 반대편 의견을 듣고 나면 마음이 조금 놓일지도 몰랐다. 그렇게나 흥분해 있으니 그런 점들을 말해줘도 좋을 것 같았다.

그런다고 세상이 끝나는 건 아냐.
다른 사람들 수술은 대부분 괜찮아.
나처럼 최악은 아냐.

응, 알아.

그리고 원하면 언제든 뺄 수 있고.

아마도.

수어도 할 줄 알 테고.

그렇겠지.

그리고 리버밸리도 다닐 테고.

오스틴이 뭔가를 말하려는 듯 손을 들었다 다시 내렸다.

모르겠어.

잠시 뜸을 들이다
그가 말했다.

당연히 다니겠지!

찰리가 귀 뒤에서 어음처리기를 뺐고, 그러자 세상이 고요해졌다.

봤지? 완전히 농인이야 이제!

오스틴이 웃었지만 눈은 웃지 못하고 있었다.

스카이는 괜찮을 거야.

너도 그렇고.

술을 마시면 괜찮아질 거 같은데.

케빈이 파티를 한다고

하지 않았어?

걔넨 아마 밤새
비디오 게임이나 할걸.

아빠가 집을 비우셨어.

우리 집에 갈래?

수납장에 술이 좀 있을 거야.

그래, 좋아.

찰리가 휴대폰을 꺼내 구글 맵을 열었다.

그럼 일단 여기가 어딘지

먼저 보자.

그들이 탄 버스는 벌써 콜슨 시내를 지나 노플라이 쪽으로 향하고 있었다. 찰리의 집으로 가려면 버스에서 내려 반대편 버스를 타고 온 만큼 되돌아가야 했다. 아님—

있잖아, 지금 파티를 하는 곳을 알아.

동쪽에.

농인 파티야?

아니, 청인 파티.

제퍼슨 친구들이야?

음, 그렇다고도 할 수 있고…….

걔넨 좀 특이해. 어쨌거나 중요한 건

술이 있다는 거지.

좋아, 가자.

정말?

생기를 되찾은 오스틴이 고개를 끄덕였고 찰리가 노란색 하차 버튼을 눌렀다. 버스가 까만 어둠 속에 그들을 내려주었다.

오스틴은 안에 들어서기도 전에 쿵쿵 울려오는 음악 소리를 느낄 수 있었다. 인정하고 싶지는 않지만 정류장에서부터 외진 길을 따라 걸으니 겁이 나, 청인 파티라 해도 사람들의 기척이 무척 반가웠다. 줄지어 늘어선 창고들 끝의 방범 셔터가 반쯤 올라간 곳에 이르자 찰리가 무거운 철문을 밀고 안으로 들어갔고 오스틴도 서둘러 찰리를 따랐다.

찰리가 바텐더로 보이는, 사람을 주눅 들게 하는 인상을 가진 여자에게 뭔가를 말하자 여자가 왼쪽 구석을 가리킨 다음 작은 일회용 컵을 주었다. 그 컵은 오스틴이 치과에서나 봤을 법한 것이었다. 그 안에는 치과에서처럼 리스테린 맛이 나는 정체불명의 액체가 들어 있었다. 오스틴은 그걸 한입에 삼켰다. 찰리는 벌써 사람들 사이로 들어갔고, 그도 찰리의 손을 잡고 함께 그 속에 섞여들었다. 뒤를 돌아본 찰리가 어둠 속에서 보라색이 된 오스틴의 눈 흰자위와 치아를 보고 웃었다. 어두운 클럽 안의 사람들이 내뿜는 열기에 둘러싸이자 오스틴은 밤이 그에게 무한한 가능성을 내보이는 것만 같아 가슴이 두근거렸다. 찰리에게 학교 얘기를 하지 않은 건 잘한 일이었다. 비록 용기가 나지 않아 말하지 못한 것이긴 했지만.

인파를 헤치고 나아가 무대 앞에 놓인 사람 키만 한 스피커 앞에 서자 오스틴의 몸이 쿵쿵 울렸다. 찰리는 어느새 그의 손을 놓고 웬 삐죽삐죽한 까만 머리 남자를 안으며 인사를 한 다음 보라색 모히칸 머리를 한 남자랑 어깨를 부딪히고 그들 사이에 있는 여자에게 눈인사를 건넸다.

슬래시, 렘, 시드.

찰리가 셋을 소개했다.

오스틴이 손을 들어 인사하자 슬래시라고 하는 남자가 손을 내밀어 악수를 했다. 오스틴이 찰리를 보며 자기 수어 이름을 통역해달라고 했다.

A.° 좋아.

슬래시가 바로 오스틴의 수어 이름을 따라했다.

슬래시와 찰리 사이에는 오스틴이 딱 꼬집어 말할 수 없는 뭔가가 있었다. 둘이 가까워질 때면 주변의 공기가 확 달라졌고 춤을 출 때도 그랬다. 기분이 언짢아진 오스틴은 술을 연거푸 두 잔을 마시고 모히칸 남자가 물고 있던 베이프 펜을 빼앗아 그 안에 뭐가 들어 있는 줄도 모르면서 한 모금 피웠다. 그래도 기분은 나아지지 않았다.

뭐, 가벼운 사이겠지. 이번 한 번은 그냥 넘어가자. 이렇게 생각하

° 오스틴의 이름의 첫 글자를 딴 수어 이름.

며 오스틴이 찰리의 목선을 부드럽게 어루만졌다. 찰리의 몸이 파르르 떨렸다.

얘넨 어떻게 아는 사이라고?

말하자면 길어.

청인 학교에서 만난 거야?

아니, 우리보다 나이 많아.

그럼 교회?

찰리가 얼굴을 찌푸렸는데 그게 교회를 떠올렸기 때문인지 아니면 연달아 쏟아지는 질문 때문인지는 알 수 없었다.

소년원인가?

찰리가 한숨을 내쉬었다.

쟤넨 ㅂ-ㅐ-ㄴ-ㄷ-ㅡ야.

찰리가 말했다.

음, 음악 밴드 같은 거
말하는 거야?

응, 한 명은 제퍼슨에서 아는
사이였거든. 근데 너 펑크 밴드들이
농인 클럽을 공연장으로 빌려
쓴 거 알고 있었어?

들어본 적은 있어.

그래, 내가 누구한테 묻니.

찰리가 놀리듯 눈알을 굴렸지만 오스틴은 찰리가 조금은 상처받았다는 걸 눈치챘다. 엄마는 캘러머주에 있는 농인 클럽에서 클래시 공연을 본 걸 자랑하기도 했는데 지금은 말을 아끼기로 했다.

난 정말 모든 일에서 뒤떨어져.

학교에서 귀가 제일 안 들리는 애도
나보단 음악을 더 많이 알 거야.

나도 몰라.

그러시겠지.

난 정말 음악이 어떤 건지 몰라.

순간 찰리가 멈칫했다.

어떤 거야?

물어볼 사람을 잘못 짚었어.

아니, 진지하게 묻는 거야—
넌 들리긴 하잖아, 그치?

청인들처럼은 아냐.

그래도. 듣는다는 건 어떤 거야?

마치 답이 쓰여 있기라도 한 듯이 찰리가 고개를 들어 천장을 바라보았다. 흘러나오는 음악이 그들을 감쌌다.

답답해. 정보들이 쏟아지고 난
그걸 구별해보려고 정말 애를 쓰는데
여전히 무슨 말인지 알 수 없어.
소리들은 내 몸을 미끄러져 지나가고—
이리저리 움직이고, 변하고,
그런데 내가 하나를 이해하면 그 순간, 하!
다른 세 개가 나타나. 그리고 사람들은 내가
어음처리기를 달고 있으면 자기들처럼
들을 수 있는 줄 알아. 그래서 말도
빨리 하고, 입도 가리고…….

음…… 별로네.

응.

그래도 대화를 따라가는 거랑

이건 다르지?

오스틴이 스피커를 가리키며 물었다. 그에게 음악은 집요하게 지속되는 뭔가로 느껴졌다. 누군가에게는 그 지속성이 위안이 될 수도 있다는 것 또한 느낄 수 있었다.

이건—

찰리도 오스틴처럼 스피커를 가리켰다.

놀라워. 그런데 나, 여기선

인공와우 꺼.

안 듣는다고?

응, 이대로 좋은데 망치고 싶지 않으니까.

오스틴은 그 뒤로 술을 몇 잔 더 마셨고 시드의 베이프 펜도 더 피웠다. 슬래시였던가, 시드였던가, 누군가가 건넨 작고 하얀 알약을 찰리가 먼저 삼켰고 오스틴도 삼켰다. 술이 들어가자 오스틴은 밴드 멤버들의 매력을 알 것 같았다. 그들은 당당했고 매 순간 확신에 차 있었다. 사실 객관적으로 보면 그들이 하는 짓은 대개 우스꽝스러운 것들이었지만 그들은 개의치 않았다.

슬래시가 모르는 여자와 딱 붙어 춤을 추기 시작하자 오스틴은 기분이 한결 더 좋아졌다. 슬래시가 그 여자 입에 혀를 넣을 때마다 사나워지는 듯한 찰리의 모습은 애써 무시하며 오스틴은 찰리에게 더 가까이 붙어 춤을 추었다. 전에 찰리와 슬래시가 무슨 사이였든 간에 앙금이 어서 떨쳐졌으면 했다. 오스틴의 눈앞이 빙글빙글 돌았다. 시간이 하염없이 늘어졌다. 그는 눈을 감고 두 가지에만 감각을 집중했다. 냄새, 그리고 촉감. 짠맛이 났고 뜨거웠다.

약 기운이 떨어지자 질투심이 다시 고개를 들었다. 슬래시가 찰리의 어깨를 살짝 쳐 뭐라고 말했다.

슬래시가 서프라이즈가 있대.

가볼래?

찰리가 물었다.

좋아.

오스틴이 아무렇지 않은 척 대답했다.

좋아.

슬래시가 둘에게 술잔을 건넸다.

• • •

클럽 안에서는 외투를 입고 오지 않아 다행이라고 생각했지만, 밖으로 나오니 몸이 덜덜 떨릴 만큼 추웠다. 오스틴은 모자를 끌어내려 귀까지 덮어 썼다.

어디 가는 거야?

쟤네 집.

어느 건물 앞에서 이르자 슬래시와 렘이 판자를 들어 올려 그 뒤로 사라졌다. 그런 판잣집이 늘어선 모습을 보고도 찰리는 별다른 기색을 보이지 않았다. 멤버들이 다들 갈색 봉투를 들고 돌아왔고 세 번째 남자도 나타났다.

그렉이야.

찰리가 말했다.

슬래시가 한쪽 팔로 봉투를 안고 손으로 뭔가가 폭발하는 듯한 동작을 보였다. 그렉과 시드가 달리기 시작했고 시드가 뒤를 돌아 손을 흔들며 그들에게 따라오라고 했다. 찰리가 뭐라고 큰 소리로 말하자 슬래시가 또 뭐라고 말한 다음, 벌써 길 끝까지 다다른 친구들에게로 뛰어갔다.

우린 그냥 집에 가는 게 낫겠어.

흥이 한풀 꺾인 찰리가 난처한 표정으로 말했다.

왜? 괜찮아?

응, 그냥. 슬래시랑 애들이 좀……
거칠게 놀 거 같아서.

새해 불꽃놀이 같은 거
하는 거야?

응, 맞아.

찰리는 자신 없는 듯한 표정이었지만 오스틴은 흥이 가라앉지 않은 데다 자기도 이 정도의 일탈은 할 수 있다는 걸 찰리에게 보여주고 싶었다. 그는 찰리의 손을 잡고 무리를 따라 달리기 시작했다.

고가도로의 진입로처럼 보이는 곳에 이르자 슬래시와 친구들이 다투었다. 길목에는 보행 금지 표지판이 서 있었다.

걔네 무슨 얘기하는 거야?

모르겠어. 뭔가를 찾고 있나 봐.

시드가 발을 굴렀고 다른 멤버들이 짜증을 냈다. 하지만 그의 완고한 태도를 보아하니 이미 뭔가를 결심한 듯했다. 슬래시가 찰리와 오스틴을 향해 손을 흔들었다.

ㅈ-ㅜ-ㄴ-ㅂ-ㅣ 됐어?

뭐가?

찰리가 물었다.

하지만 슬래시는 말없이 도로로 뛰어 올라갔다. 찰리가 오스틴을 돌아본 뒤에 슬래시를 따라 뛰었다.

오스틴은 그렇게 텅 빈 고속도로는 본 적이 없었다. 자정 무렵이었으니 도시 전체가 집에서 TV에 나오는 유리 공을 쳐다보고 있을 터였다. 그렉과 시드가 15미터쯤 떨어진 곳에 버려져 있는 어떤 차를 향해 달려갔다. 한쪽 사이드미러에는 더러운 셔츠가 감겨 있었다. 그렉이 타르 조각으로 조수석 창문을 깬 다음 시드와 함께 차를 좌우로 흔들기 시작했다.

쟤들 지금 뭐 하는 거야?

모르겠어.

이를 지켜보던 슬래시가 한숨을 내쉬며 렘에게 갈색 봉투를 건넨 뒤, 차로 달려가 힘을 보탰다. 남자 세 명이 힘을 쓰니 차가 움직이기 시작했지만 역부족이었다. 그들이 오스틴을 보았다.

안 가도 돼.

찰리가 말했다.

알아.

하지만 그는 벌써 무리를 향해

뛰어가고 있었다.

차가 힘을 받아 움직이자 넷은 재빨리 한쪽을 힘껏 밀었고 차가 굉음을 내며 도로 위로 떨어져 오른쪽 차선을 막았다. 렘과 찰리가 봉투를 들고 그들에게 갔다. 봉투 안에 든 것 중에 오스틴이 아는 것이라고는 양초와 불꽃놀이 용품 몇 개가 전부였다. 지나가는 차는 한 대도 없었다.

슬래시가 봉투 안 제일 밑바닥으로 손을 쑥 넣어 작은 빨간색 원통형 물체를 두 개 꺼냈다. 그러고는 한껏 기대에 부풀어 오스틴 얼굴 앞에 쑥 내밀었다.

M80s!°

오스틴이 아무런 반응을 하지 않자

슬래시가 외쳤다.

아!

오스틴은 그게 뭔지도 모르면서

고개를 끄덕여 대답했다.

멋지네.

그렉이 깨진 창문 안으로 차 안에 봉투를 던졌고 렘도 던졌다. 곧 이어 슬래시가 한 손에 라이터를 들고 한 손으로 차 연료 탱크를 열었다. 어둠 속에서 새빨간 불꽃이 타올라 칼바람에 일렁였다.

지금이야!

슬래시가 탱크 안에 폭탄을 넣고 심지에 불을 붙이며 외쳤다. 그들은 길을 따라 아래로 미친 듯이 달렸다. 폭탄이 터지는지 보려고 고개를 채 돌리기도 전에 오스틴은 폭탄이 펑 하고 터지는 것을 온몸으로 먼저 느꼈다. 붉은색, 초록색, 흰색의 불꽃들이 까만 어둠 속에서 펑펑 터졌다. 인간은 어쩜 이리도 불꽃에 매혹되는지, 그들은 도로 위 캄캄한 밤하늘을 수놓는 형형색색의 불꽃을 넋을 잃고 바라보았다. 이내 불길이 번져 연기 기둥이 치솟았고 하늘 아래 뿌연 그림자가 피었다. 슬래시와 친구들은 그곳을 빠져나와 집을 그대로 지나쳐 도시 속으로 숨어들었다.

오스틴과 찰리도 그 뒤를 쫓아갔고, 곧 인적이 드문 곳에 다다랐다. 슬래시 일당은 새해를 맞는 사람들치곤 다소 우울해 보이는 사람들이 앉아 있는 어느 술집으로 들어가 구석에 자리를 잡았다.

° 미국에서 판매가 금지된 폭탄.

다들 숨을 고르느라 한동안 말이 없었다. 웨이트리스가 잔에 물방울이 맺힌 맥주를 가져와 내려놓으며 그들을 보고는 절레절레 고개를 흔들었다.

와, 미친!

웨이트리스가 가자 렘이 외쳤다.

봤지! 내가 그랬잖아!

시드가 말했다.

친구들이 떠들썩하게 잔을 부딪쳤고 오스틴은 그저 그들을 바라보았다. 친구들이 무슨 얘길 하는지, 심지어 방금 무슨 일이 일어났는지는 이해해보려고도 하지 않았다. 곧 바텐더가 위스키를 가져다주자 그들이 입에 술을 털어 넣었다.

왜 그런 거야?

오스틴이 슬래시에게 물었다.

뭐라고?

슬래시가 되물었다.

오스틴이 목을 가다듬었다.

왜 그런 짓을 했냐고.

오스틴은 자신의 거친 목소리를 듣고도 그들이 놀라는 기색을 보이지 않아 고마웠다. 그리고 문득 찰리의 목소리가 궁금해졌다.

두 가지 이유가 있어.

슬래시가 손가락을 들며 말했지만 그 뒤로는 알아듣지 못해 찰리를 보았다.

저항의 표현이래.

찰리가 말했다.

뭐에 저항하는 건데?

뭐, 전반적인 불만을
표시하는 거지.

근데 그거 주인 있는 차 아냐?

찰리가 통역을 했다.

슬래시 말로는, 시드가 지켜봤는데
오랫동안 방치돼 있었대. 시에서 돈을
쓰게 되면 말귀를 알아먹을 거라고.

무슨 말귀?

분노.

목이 말라진 오스틴이 맥주를 벌컥벌컥 들이마셨다. 누가 또 마리화나를 조금 주면 좋을 것 같았다. 청인들이 많이 모인 곳에 있으면 편집증이 생기고 긴장이 되었기 때문에 일부러 정신을 차리고 있었는데, 이상하게 지금은 불안하지 않았다. 슬래시와 친구들은 나쁜 사람 같지 않았고 사실 말도 꽤 잘 통했다. 골치 아픈 일은 나중에 고민하지, 뭐. 꽤나 술에 취한 오스틴은 이제 마리화나를 원했다.

그래서, 두 번째 이유는 뭐라고?

오스틴이 물었다.

안 될 거 있냐는 거지.

슬래시가 씩 웃으며 말했다.

오스틴이 어깨를 으쓱했고 **마리화나**를 달라는 손짓을 했다. 만국 공통어인 그의 말을 알아들은 그렉이 히죽 웃으며 그에게 베이프 펜을 건넸다.

이른 새해 아침, 술에 취해 거의 기다시피 해서 겨우 집으로 돌아간 찰리는 침대 위로 풀썩 쓰러졌다. 기절한 듯 자고 일어나니 머리가 깨질 것 같았다. 그렇게 마시고도 토하지 않은 걸 보고 찰리는 놀라는 한편 조금 후회했다.

대단한 파티였나 보구나.

오후가 되어서야 아래층으로 내려온 찰리를 보며 아빠가 말했다.

찰리가 웅얼거리며 뭐라고 말했지만 무슨 말인지 알 수 없었다.

베이컨 좀 먹을래?

배 안 고파요.

먹으렴, 속이 좀 나아질 거야.

알겠어요.

아빠가 베이컨과 달걀을 굽는 동안 찰리는 기름이 지글대는 프라이팬을 초점이 흐려질 때까지 바라보았다.

할 얘기 없니?

아빠가 카운터 위에 접시를 놓으며 물었다.

무슨 얘기요?

글쎄, 파티는 어땠는지, 뭐 하고 놀았는지, 마음에 드는 남자는 없었는지?

으으, 아빠, **됐어요.**

남자는 안 만났다고?

아빠랑 남자 얘긴 안 할 거예요.

하! 그럼 있었다는 거네!

찰리가 관자놀이를 문질렀다.

엄마 말이 추수감사절에 어떤

남자애랑 놀러 나갔다던데.

둘이 뭐예요?

행복 순찰대라도 되는 거예요?

난 그냥 네가—

찰리는 아빠가 다음 단어를 수어로 말하려고 애쓰는 모습을 지켜보았다.

ㅅ-ㅣ-ㄴ-ㅈ-ㅜ-ㅇ하게 행동하고

있는지 확실히 하려는 거야.

맙소사, 제발요.

아빠들은 원래 딸과 남자친구를

ㄱ-ㅓ-ㄱ-ㅈ-ㅓ-ㅇ하는 법이니까.

남자친구 같은 거 없어요.

그렇게 말하면서도, 한편으로는 자기에게 정말 남자친구가 생긴 건지도 모르겠다는 생각에 찰리는 뺨이 상기됐다. 지난밤 찰리는 오스틴 때문에 놀랐다. 그가 마약과 파티를 꽤나 즐거워해서이기도 했지만, 무엇보다 오스틴과 진심으로 가깝게 느껴져서였다. 카일, 그러니까 슬래시와는 단 한 번도 그런 감정이 든 적이 없었다.

숙제해야 해요.

그래, 열심히 하렴.

찰리는 연휴가 끝난 것이 기뻤다. 하지만 학교로 돌아간 첫날, 만만치 않은 일들이 기다리고 있다는 사실을 깨닫고 힘이 쭉 빠졌다. 연극 연습이 끝난 뒤 오스틴과 둘만 남게 된 찰리는 손을 잡고 교정을 걸으며 즐거운 시간을 보내고 있었는데 기숙사 앞에 서 있는 엄마 차를 발견한 것이었다. 찰리는 차라리 다시 수학 수업을 받는 게 나을 것 같았다.

오스틴은 찰리에게 '숙취'라는 수어를 알려주고, 인공와우 수술 논쟁의 후유증과 부모님의 파티가 남긴 잔해에 머리가 지끈거린다는 걸 설명하느라 찰리의 얼굴이 하얗게 질려가고 있다는 걸 알아차리지 못했다. 찰리가 기둥 뒤로 오스틴을 홱 끌어당겼다.

나 가야 해. 엄마야.

아, 나 인사드려도 돼?

우리 엄마 안 만나는 게 나을 걸.

1분이면 되는데 뭐!

수어도 못하셔.

뭐 어때? 손 흔들면 돼.

찰리는 잠시 고민했다. 엄마는 늘 창의적인 방식으로 찰리를 당황하게 만들었다. 차라리 엄마 코앞에서 귀먹은 남자애와 몸을 비비적대는 것도 나름 재밌을 것 같았다. 결국, 찰리는 마지못해 고개를 끄덕인 다음 오스틴을 데리고 엄마 앞으로 갔다. 엄마가 차에서 내려 오스틴의 얼굴 앞에 손을 내밀었다. 둘이 어색한 악수를 나눴다.

안녕, 네가 바로—

친구예요, 오스틴.

찰리가 틈을 주지 않고

곧바로 말했다.

안녕하세요. 만나 뵈어 반갑습니다.

만나서 반갑대요.

찰리가 통역을 했다.

연극 축하해.

엄마가 말했다.

피터 팬 된 거 축하한대.

감사해요.

만난 지 겨우 1분도 되지 않아 엄마는 참지 못하고 열쇠를 만지작거렸다.

그래, 이제 우린 가봐야겠구나. 차가 막힐 수도 있으니까.

이제 머리 찔리러 가야 해.

찰리가 말했다.

오스틴이 웃었고 엄마가 깜짝 놀랐으며 그런 엄마 모습에 찰리가 웃었다.

나중에 봐.

순간 찰리는 오스틴이 키스를 할까 봐 조마조마했지만 그는 대신 '키스'를 뜻하는 수어를 보내며 윙크를 던졌다.

남자애가 뭐라고 한 거니?

엄마가 물었다.

나중에 보자고요.

엄마가 그 뜻이 아니란 걸 안다고 말하려다가 입을 다물었다. 이윽고 차는 학교 정문을 빠져나갔고 찰리는 엄마가 꼭 금붕어 같다고 생각하며 혼자 웃었다.

• • •

콜슨 어린이 병원에 도착하자 먼저 온 통역사가 접수창구 앞 의자에 앉아 《뉴욕 타임스》를 가볍게 넘기며 읽고 있었다. 엄마가 접수를 하는 동안 찰리는 통역사와 크리스마스는 잘 보냈는지, 학교는 요즘 어떤지 인사를 주고받았다.

리버밸리? 내 아들도 거기 다니는데.

통역사가 말했다.

알지도 모르겠구나. 오스틴 아니?

찰리의 얼굴이 빨개졌다.

네, 알아요. 연극을 같이 하거든요.

어—

접수 담당자가 나타나 그들을 부르자 찰리는 속으로 안도의 한숨을 후 내쉬었다. 그러나 복도 끝에서 그녀를 기다리고 있는 것이 생각나 기분이 다시 가라앉았다.

그들은 진료실로 들어갔고 오스틴의 아버지는 표정을 가다듬었다. 찰리는 오스틴에게 들은 인공와우 수술 논쟁과, 오스틴과 아버지의 의견이 다르다는 사실을 무시하려 노력했다. 지금 찰리는 그가 필요했다. 곧 의사가 들어와 엄마와 악수했다.

연휴 동안 가족들을

놀라게 했다고 하던데.

통역사가 의사의 말을 전해주었다.

머리가 어지러웠어요.

죽은 듯 기절했었다니까요!

통역사가 엄마의 말을 전했다.

예전에 있던 두통처럼 아팠니?

기억이 안 나요.

너무 순식간에 일어난 일이라.

의사가 장갑을 끼고 찰리의 어음처리기를 떼어낸 다음 수술 부위를 지그시 눌러보았다. 찰리가 움찔했다.

누르면 아프니?

네, 조금요.

처리기를 바꾸고

더 나아진 점은 없고?

찰리가 고개를 저었다. 통역사가 턱을 가만히 쓰다듬었다. 의사가 방 한쪽 구석에 있는 컴퓨터에 뭔가를 타이핑했다.

그래, 일단 영상실에 먼저 가보자.

어디요?

엑스레이랑 CT를 찍어보려고.

그리고 좀 보자꾸나.

그래서 찰리는 양말과 민트색 병원 가운 두 개를 하나는 앞으로, 하나는 뒤로 겹쳐 입고—이렇게 하면 노출의 위험이 없다는 걸 수년간의 경험으로 터득했다—병원 깊숙한 곳에서 특유의 한기에 몸을 떨며 한 시간을 더 보냈다. 오스틴의 아버지가 유리창 너머에서 방사선사의 말을 전달해주었다. 통역사가 없었더라면 이 일을 다 어떻게 했을지를 생각하니 찰리는 순간 아찔했다.

안타깝지만 선택권이

없는 것 같네요.

그들이 진료실로 올라오자

의사가 말했다.

의사가 찰리의 머리를 촬영한 이미지를 띄운 다음 껐다 켰다 하면서 달팽이관 부위에 동그라미를 그렸다.

찰리의 인공와우가

리콜 처리된 점을 감안하면—

잠시만요.

엄마가 의사를 멈춰 세웠다.

아이 머리 안에 있는 기기가

리콜 대상이라고요?

의사가 고개를 끄덕였다.

그런데 왜 여태껏 아무도 저희에게

말해주지 않은 거죠?

최근에야 발견되었어요. 자진 리콜입니다.

편지가 갔을 텐데—

편지요?

회사에서는 지금 결함 문제가 나타난

사람들부터 먼저 대응하고 있습니다.

불필요한 혼란을 피하기 위해서요.

언론을 걱정한다는 거겠죠.

찰리가 무릎 위에서 손을

움직여 말했다.

찰리는 오스틴의 아버지를 보았고 그는 이 말을 전하지 않았다.

이해가 안 되는데요.

기기에 대해선 사용자들이 제일 잘

알아요. 그들이 제공하는

정보가 제일 믿을 만하고요.

그가 찰리를 가리키며 말했다.

네가 문제를 알아차리고 이렇게 왔잖니.

아직까지 위험한 사례는 보고되지 않았고

발생하지 않으리라고 봅니다.

편지라니요.

아기들은요?

찰리가 물었다.

뭐?

한 명, 아니 어쩌면

두 명이 동시에 말했다.

아기들은 스스로 문제를

말할 수 없잖아요.

리콜 사유는 정확히 뭐죠?

의사가 회전의자에서 몸을 돌렸다.

기기에 습기가 차는 사례들이

보고되었습니다.

뭐라고요?

습기가 차다니

위험한 거 아닌가요?

엄마가 외쳤다.

제 두통이 그것 때문인가요?

오스틴의 아버지가 의사를 대신해 뭐라고 중얼거렸다.

그래서 이제 어떻게 해야

한다는 거죠?

내부 임플란트를 빼고

상처 조직을 제거하거나

치료해야 해요.

다시 수술을 한다고요?

절대 싫어요.

보다시피—의사가 의자를 빙글빙글 돌렸다—*이쪽 조직에 상처가 났어요.*

큰 걱정은 하지 않으셔도 돼요.

손상 정도에 따라 새로운 전극과 수신기를

넣을 수 있을지 없을지를 봐야 합니다.

그건 직접 봐야 알 수 있어요.

아뇨, 다시 수술받는

일은 없을 거예요.

손상 정도가 심하면요?

반대편에 수술을

할 수도 있어요.

엄마! 절대 싫어요!

찰리의 목에서 비명이 터져 나왔다.

찰리, 너무 흥분하지 말렴.

찰리가 온 힘을 다해 참았기 때문에 겨우 소리나 지르는 것으로 끝날 수 있었다. 마치 그녀가 제삼자인 것처럼 수술 어쩌고 하는 그들을 보고 있자니, 찰리는 침묵의 방에서 느꼈던 그때의 분노가 다시금 온몸을 휘감아 몸이 터져버릴 것만 같았다.

수술을 하면 회복하는 데는
사나흘 정도가 걸릴 거예요.
기기를 다시 작동시킬 수 있을 때까지는
3주에서 6주쯤 걸릴 거고요.
수술 일정은 봄방학으로 잡을 수 있습니다.

결국 찰리의 머릿속에 든 건 쓰레기였고 그건 **그들의** 잘못이었다. 그들은 다 알고 있었고, 그럼에도 그 누구도 아무것도 말해주지 않았다. 평생 시달린 두통, 학교에서의 분투, 그 모든 것들이 다른 누구의 잘못 때문이었다니! 그 모든 게 자기 잘못을 시인할 용기도 없는 비겁한 자의 몫이었다니!

의사가 태연히 영업 모드로 전환해 10년 전 찰리가 수술을 받은 이후로 기술이 놀랍도록 발전했다고 했다. 채널이 더 많이 생기고, 블루투스로 연결할 수도 있으며, 외부 장치는 충전도 가능하다는 등 짧은 프레젠테이션을 늘어놓는 동안 그들은 이를 견뎠다. 더 작아진 부품과 더 정교해진 수술 방법을 통해 잔존 청력을 해치지 않고 새로운 임플란트를 이식할 수 있다고도 했다. 의사는 엄마에게 에지 바이오닉스의 최신 모델을 소개하는 팸플릿을 건넸고 엄마가 제품의 안정성에 의문을 제기하자 경쟁사의 팸플릿도 건네주었다.

진료실을 나와 엄마가 접수처에서 수술 상담사의 연락처를 받는 동안 찰리는 통역사에게 인사를 했다. 그는 아들을 까맣게 잊은 듯 보였다. 오늘 일로 딸의 수술에 대한 생각이 바뀌었을까? 찰리와 엄마는 병원을 나와 곧장 스타벅스로 향했다.

우리한테 아무도 알려주지 않았다니 믿을 수가 없어. 이 망할 회사

고소해버릴 거야. 그란데 스키니 바닐라 라테 주세요. 찰리, 넌 뭐 마실래?

핫 초콜릿이요.

휘핑크림 올려드릴까요?

바리스타가 사진을 가리키며 물었다.

찰리가 고개를 끄덕였다. 찰리가 잠잠히 따르는 모습에 엄마는 조금 안심하는 눈치였다.

저 안 할 거예요.

테이블에 앉자 찰리가 입을 뗐다.

찰리, 그러지 마.

수술은 안 받아요.

머리 안에 그 녹슨 쇠붙이를 놔둘 건 아니잖아.

맞는 말이었다. 하지만 찰리는 지금 엄마 말에 맞장구를 쳐줄 기분이 아니었다. 엄마에게 그런 만족감을 주고 싶지 않았다. 그래서 한참을 빨대로 초콜릿만 홀짝였다.

그럼 새로운 임플란트는 안 할 거예요. 반대쪽이라면 더더욱.

소수자로 산다는 게 어떤 건지 넌 이해하지 못해.

제가 이 모든 걸 이해하는 걸 다행으로 아세요!

찰리가 소리쳤다.

컵을 어찌나 세게 내려놓았는지 초콜릿이 흘러넘쳤다. 카페 안의 손님들이 둘을 힐끔거렸고 엄마의 얼굴이 붉어졌다. 찰리가 의자에 기대며 숨을 골랐다.

죄송해요. 하지만 이건 제 머리잖아요. 엄마가 유레카! 할 때까지 여기저기 구멍을 들쑤실 수 있는 유전 같은 게 아니라고요.

딸의 과장된 표현에 오랜 시간 단련되어온 엄마는 찰리의 말을 듣고도 어느 정도 침착함을 유지했다. 하지만 그녀가 찰리를 꾸짖지 않은 진짜 이유는 그녀 또한 충격에서 헤어나지 못했기 때문이었다.

나중에 네 아빠랑 같이 다시 얘기하자.

둘은 침묵 속에 각자의 음료만 홀짝거렸고 음료를 다 마신 뒤에는 컵 뚜껑 가장자리를 질겅질겅 씹었다. 그러다 서로의 똑같은 버릇을 발견하고는 화들짝 놀라 눈이 마주쳤다. 주차장을 향해 걸어가는 찰리의 머릿속에서 온갖 생각들이 시끄러운 소리를 내며 달가닥거렸다.

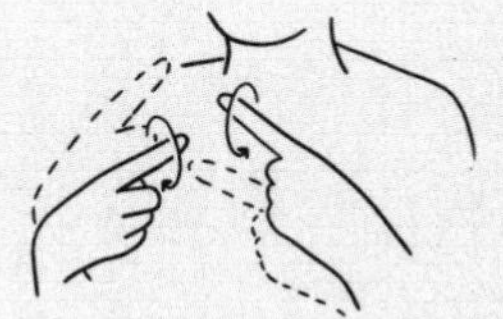

비수지 기호와 표정 문법

수어가 손으로만 표현되는 것은 아니다. 수어는 어깨의 들썩임이나 고개 기울이기, 눈썹과 코, 입의 모양 변화를 통해 다양한 추가 정보를 제공한다. 수어를 비롯해 언어를 쓰는 모든 화자는 대화를 할 때 얼굴 표정을 이용하는데 이 '비수지 기호'도 대화를 구성하는 한 방식인 것이다. 이러한 동작들은 문법의 일부로서 표준화되어 있다.

- 어깨를 들어 올리는 동작은 사건이 발생한 후의 크기 또는 시간을 의미한다. 뺨에 가까워질수록 크기가 작거나 최근의 일이다.
- 방향을 바꾸는 동작은 화자나 인물의 전환을 뜻한다.

- 눈썹을 올리는 것은 예/아니오식 질문이다.
- 눈썹을 내리는 것은 누구와/무엇을/언제/어디서/왜(wh-) 질문을 뜻한다.
- 눈썹과 코를 찡그리는 것은 크기를 의미한다.

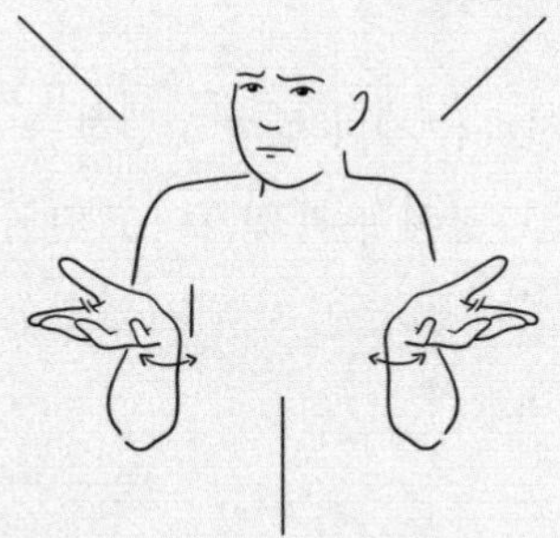

입 형태소의 종류

1. 수어와 소리를 동시에 사용하며 영어 문법과는 관련이 없다. (예: 구화 "차(cha)"+수어 "큰"은 *거대한*을 뜻하며, 구화 "파(pah)"+수어 "성공"은 *마침내*를 뜻한다)
2. 입과 치아 모양을 이용해 속도, 크기, 횟수를 강조할 수 있다.

연극 공연 당일 아침, 잠에서 깬 찰리는 사물이 다시 두 개로 보였다. 케일라는 벌써 샤워를 하러 나가고 없었다. 어떻게 해야 할지 몰라 아빠에게 페이스타임으로 전화를 걸었다.

너무 아파요.

아빠는 엄마에게 전화를 해야 할까 고민하는 눈치였다. 그는 찰리에게 물을 한 잔 마시고 잠시 누워 있으라고 말하고는 전화를 끊었는데 다시 전화가 오기까지 몇 분이 채 되지 않았음에도 찰리에게는 그 시간이 너무 길게 느껴졌다.

학교는 오늘 쉬어도 된대. 점심때까지
몸이 좋아지면 연극을 같이 해도
된다는구나. 엄마가 지금 의사에게
전화하고 있단다.

임플란트는 또 안 할 거예요.

그냥 불량품만 제거하고

저 좀 내버려두면 안 돼요?

찰리의 두통이 아빠에게 건너가기라도 한 듯 아빠가 관자놀이를 문질렀다. 아빠의 수어는 나날이 좋아졌다.

이번 여름에 우리 운이 좋았잖니.

그 ㅍ-ㅏ-ㄴ-ㄱ-ㅕ-ㄹ도 그렇고

농인학교 일도.

그러고는 아빠가 잠시 뜸을 들였다.

인공와우 싸움에서는

이길 수 있을지 모르겠구나.

아무튼 전 열여덟 살이 되면 뺄 거예요. 그러니까 돈 낭비라고요.

새건 괜찮을지도 모르잖니.

아빠까지 그러지 마세요.

잠 좀 자두렴.

11시 반에 다시 전화하마.

찰리가 무거운 몸을 이끌고 화장실로 가 수건을 적신 다음 침대로 돌아와 누웠다. 이마에 수건을 올리고 있으니 아빠의 얼린 시금치 봉지가 그리웠다.

얼마쯤 시간이 흘렀을까, 아빠의 전화 불빛에 찰리가 일어났다.

몸은 좀 어떠니?

일어나 앉아보았다. 눈앞은 여전히 흐릿했지만 아까처럼 사물이 두 개로 보이지는 않았고 몸도 좀 나아진 것 같았다.

괜찮은 것 같아요.

학교에 갈 수 있을 것 같니?

찰리가 고개를 끄덕였다. 전화를 끊고 화장실로 가 세면대에서 머리를 대충 물로 적신 다음 포니테일로 묶었다. 무대 스태프용으로 다 같이 맞춘 검은색 앙상블로 옷도 갈아입었다. 그러고는 공연장을 향해 눈부신 햇살 아래를 느릿느릿 걸었다.

오후는 그럭저럭 버텼다. 선생님들은 찰리가 몸이 좋지 않다는 걸 알고 있어 힘든 일을 시키지 않았다. 드레스 리허설 시간이 다가오자 선생님들이 조명과 커튼콜 등을 마지막으로 확인했고 미리 주문한 피자를 서둘러 먹어치웠으며 곧바로 의상과 소품을 준비했다. 픽맨 선생님이 조명을 너무 요란하게 껐다 켰다 하며 확인하는 통에 찰리는 눈앞이 어지러웠다.

의상실에서는 잃어버린 소년으로 분장한 여자애들이 꼬질꼬질한 얼굴을 하고 서로의 뺨에 갈색 아이섀도를 묻히고 있었고 맞은편에서는 가브리엘라가 나이트가운 밖으로 가슴골을 최대한 깊게 만들려고 푸시 업 브라와 싸우고 있었다. 어림도 없지, 찰리가 혼자 생각하며 오스틴을 찾으러 무대 뒤로 갔다.

오스틴은 조명 옆에 서서 모자 깃털을 이리저리 돌려보며 소란을 떨고 있었다.

스타킹이 잘 어울리는데.

시끄러.

오스틴의 말투가 사뭇 거칠었다.

하지만 그는 찰리의 허리를 끌어당겼다.

안 보이던데 어디 있었어?

아팠어.

찰리가 머리를 가리켰다.

곧이어 헤드램프를 단 픽맨 선생님이 나타나 무대를 돌며 학생들에게 신호를 보냈다.

준비 다 됐지? 자, 준비!

괜찮겠어?

응, 어서 가!

찰리가 비디오 모니터를 가리키며 말했다. 객석 조명이 꺼졌다. 오스틴이 찰리의 뺨에 입을 맞춘 뒤 무대 왼쪽으로 달려갔다. 찰리는 기다렸다 달링 가 아이들이 무대 위에 서는 것을 확인한 다음 커튼을 열었다.

공연은 무사히 진행되고 있었다. 그런데 1막이 끝나갈 무렵 돌연 머리가 깨질 것 같이 아팠다. 이윽고 인터미션이 되어 잠시 고개를 내밀어 객석을 보았다. 부모님과 와이엇 아저씨, 얼떨떨한 표정의 할머니까지 다 함께 넷째 줄에 앉아 있었다. 찰리는 깜짝 놀랐다. 엄마가 온 것만으로도 놀라운데, 할머니까지 초대한 걸 보면 엄마는 정말 자랑스러웠던 걸까? 마음이 누그러진 찰리는 주머니에서 어음처리기를 꺼내 머리에 착용했다. 엄마를 기쁘게 해주고 싶었다. 찰리가 무대에서 뛰어내려 객석으로 갔다.

와줘서 고마워요.

모자 멋지구나.

아빠가 헤드램프를 가리키며 말했다.

여기 우리 주인공이 왔구나. 피터 팬이 우리 찰리한테 푹 빠졌다고 들었는데?

할머니가 말했다.

아, 정말 왜 그러세요?

찰리가 부모님을 쏘아보자 아빠가 머뭇머뭇 주머니에 손을 넣었다.

네 아빠랑 난 다 널 걱정해서 그러는 거야.

그러시겠죠. 이 얘긴 다음에 하면 안 될까요?

하지만 엄마는 멈출 줄을 몰랐다.

네 나이에는 무슨 일에든 감정이 앞서. 나도 그땐 세상이 끝나는 줄 알았다니까. 그래서 똑바로 생각하기가 어려워.

우린 그냥 친구라고요.

찰리는 할머니를 보며 말했다. 그쪽이 부모님을 보고 얘기하는 것보다 편했다.

오, 대체 그게 무슨 상관이니. 그냥 가서 재밌게 놀거라.

할머니가 말했다.

엄마가 기겁하며 할머니를 쳐다보고는 찰리의 어깨에 손을 얹었다.

그래, 친구로 지내는 거, 그게 최선이야.

그 순간, 찰리는 혀를 꽉 물었다. 아무 대꾸도 하지 않는 것, 거기서 대화를 끝내는 것, 그게 최선이란 걸 알고 있었기에 죽을힘을 다해 꾹 참았다. 하지만 결국, 터지고 말았다.

왜죠? 누군가는 절 좋아할 수도 있다는 게 엄마 상식으로는 이해가 안 되나요?

드라마 퀸처럼 굴지 마. 난 그 **남자애**를 생각해서 그런 거니까.

하, 친절도 하셔라.

넌 네가 이 거품 속에 영원히 있을 수 있을 거 같지? 그렇지 않다는 걸 너도 알잖아.

아, 지금 그 **얘길** 하는 거예요? 그러니까, 제가 농인 남자애를 만나는 게 못마땅한 거냐고요!

오, 이제야 데이트하는 사이라고 말해주는 거니?

이게 엄마랑 무슨 상관인데요?—찰리가 헤드램프를 쳤다—엄마가 관심 있는 거라곤 엄마의 한심한 친구들한테 제가 정상인처럼 보이도록 제 머리 안에 쇳조각이나 계속 쑤셔 넣는 것뿐이잖아요!

엄마가 뭐라고 항변했지만 찰리가 등을 홱 돌려 무대 커튼 뒤로 들어와버렸기 때문에 엄마의 다음 말은 들을 수가 없었다.

공연이 '어른이 되고 싶지 않아'에 이르렀을 무렵, 불현듯 찰리의 몸이 부르르 떨렸다. 음악 때문이 아니었다. 머리에서 전류가 흘러 목까지 타고 내려왔다. 찰리는 순간 귀 뒤에 끼고 있던 어음처리기를 홱 떼어버렸지만 찌릿한 느낌이 멈추지 않았다. 입이 두꺼운 솜털처럼 부푸는 듯했고 턱이 딱딱하게 굳었다. 얼굴이 하얗게, 파랗게, 아니면 빨갛게 변해가는 것 같았지만, 무대를 오가는 친구들은 재밌다는 듯 그녀를 쳐다보기만 했다. 찰리의 몸이 벌새처럼 파닥였다.

날개를 단 팅커벨의 반짝이는 튀튀가 나풀거렸다. 형광 분홍색, 노란색, 초록색이 뒤섞인 회오리가 무대로 오르는 팅커벨의 궤적을 따라 가느다란 빛 한 줄기를 그렸다. 찰리는 그 빛을 따라갔다. 그 빛의 끝에, 이 끔찍한 통증을 가라앉혀줄 해독제가 있을 것만 같았다. 그런데 그 빛은 너무 미끄러웠다. 손에서 빠져나가고 반사되었다. 그러다 갑자기 너무, 너무나 밝은 빛이 비쳐 눈이 부셨다. 찰리는 아무것도 보이지 않았다. 자기 손을 내려다보았다. 그러고는 고개를 들었다. 그곳은 무대 위였다. 찰리가 무대 한가운데 조명 아래 서 있었다. 해적들이 흩어졌고, 웬디, 즉 가브리엘라의 얼굴이 일그러졌다. 오스틴만은 자리를 지키고 있었다. 찰리가 오스틴을 향해 손을 뻗자 어리둥절하긴 하나 여전히 다정한 미소를 짓고 있던 오스틴이 찰리의 손을, 다음엔 얼굴을 차례로 보았다.

픽맨 선생님으로 보이는 형체가 객석 중앙 통로를 뛰어오고 있었다. 하지만 찰리는 객석의 넷째 줄에 시선을 고정했다. 엄마도 뭔가가 잘못되었다는 걸 알아차렸다. 공연장에 있던 사람들이 모두 이 길

잃은 아이를 쳐다보고 있었다. 다음 순간, 심장에 충격을 받은 찰리가 쿵 소리를 내며 바닥 위로 쓰러졌다.

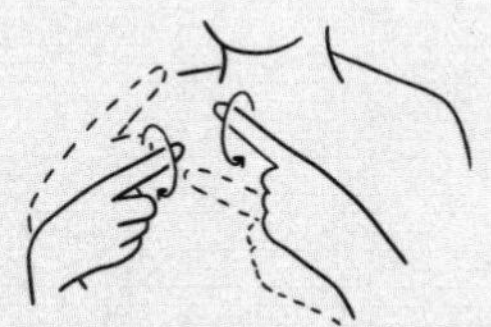

위급 상황을 위한 수어

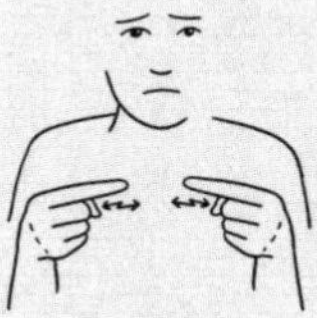

통증/아프다	위급 상황	의료/의사
병원	앰뷸런스	피/피를 흘리는
검사	주사/백신	수술
꿰매기/봉합	붕대	도움

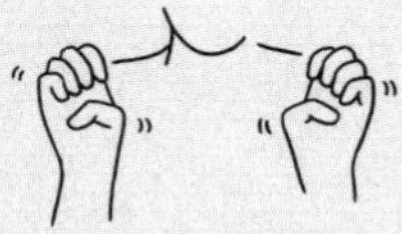

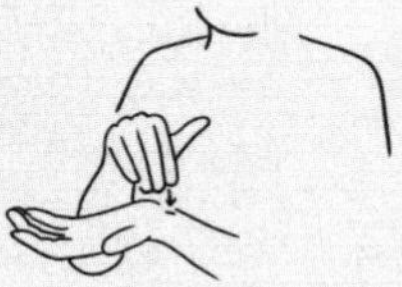

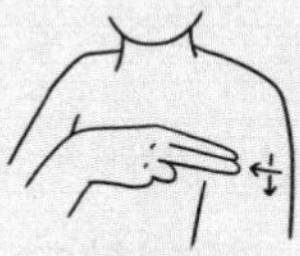

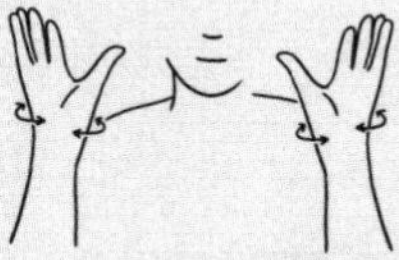

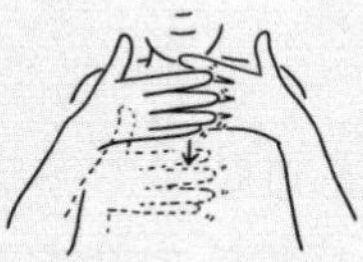

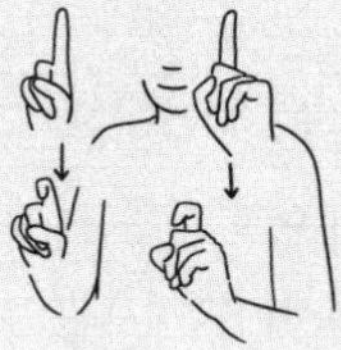

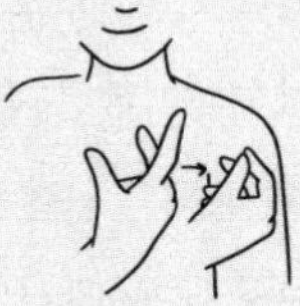

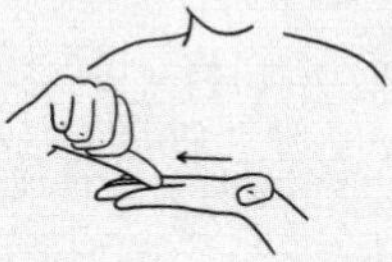

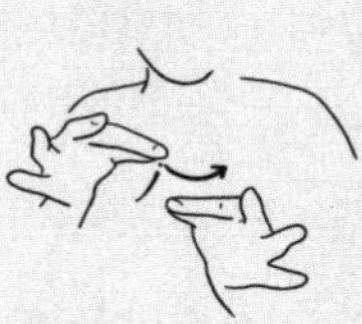

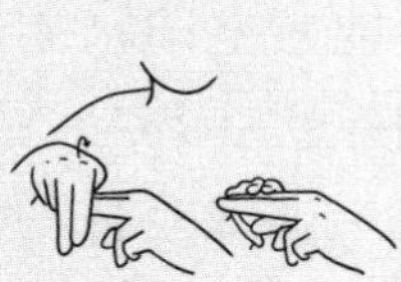

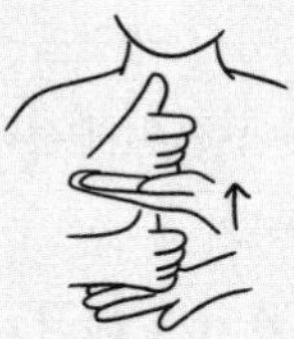

내 얘길 한번 들어볼래요. 난 괴물이 아니에요. 단지 딸에게 가장 좋은 걸 주고 싶었던 것뿐이에요. 아이에게 가능한 모든 기회를 주기 위해서요. 그 애에게 부당하게 지워진 것을 바로잡기 위해서요. 그러니까, 내 실수를 바로잡기 위해 말이에요.

딸이 태어났을 때 난 아이의 그 작은 손을 보며 꼭 쥐었어요. 그리고 생각했죠. 완벽해, 정말 완벽해. 나 같은 사람이 어떻게 이렇게 사랑스러운 생명체를 낳았을까? 몸은 힘들었지만 내 마음은 사랑과 경이, 두려움으로 가득 찼죠. 아이가 태어난 첫날 밤, 나는 동이 틀 때까지 품에서 아이를 내려놓지 못했어요. 무서웠죠. 그때 난 깨달았어요. 이 아이를 위해서라면 뭐든 할 수 있다는 걸요.

아이가 두 살이 되어도 말을 하지 않자 덜컥 겁이 났어요. 우리는 여기저기를 헤매기 시작했죠. 초기 간섭주의 방식을 지지하는 사람들, 자폐증 진단 센터, 마지막으로 청능사와 이비인후과, 언어병리과를 찾았어요. 결과는 분명했고요. 내가 아이를 망쳤어요. 빅터가 아이를 망쳤지요. 특히 빅터가요.

그런데 의사들이 기적이나 다름없는 새로운 기술을 알려주었어요. 열광하는 모습을 보니 나도 덩달아 들떴지요. 희망은 전염성이 강하니까요. 수술이며 장치, 치료는 정말 비쌌어요. 하지만 누가 희망에 가격을 매길 수 있겠어요? 찰리는 벌써 시간을 낭비한걸요. 우린 어떻게든 아이에게 보상을 해줘야 했어요. 나는 할아버지가 물려주신 유산을 정리했어요. 빅터는 일을 더 많이 했고요. 뭐든 할 작정이었어요. 딸에게 문을 열어주기 위해서라면요.

그거 아세요? 제게 수어를 하면 안 된다고, 딸도 수어를 해선 안 된다고 말한 건 의사들이었어요. 수어를 사용하면 아이가 혼란스러워할 거라고, 언어가 더디게 발달할 거라고 그들이 말했죠. 당신들이 그랬잖아요, 전문가인 당신들이요. 난 당신들을 믿었어요.

내가 아주 어릴 때 엄마는 나를 미인 대회에 나가게 했어요. 난 그게 정말 싫었어요. 아침 일찍 일어나 종일 차를 타고 이동해 오후면 낯선 호텔 연회장에 가서 머리카락에 뜨겁고 이상한 짓들을 해야 하는 일들 말이에요. 하지만 어린 소녀들이 주말을 그렇게 보내면 안 된다는 걸 깨닫기엔 나는 너무 어렸어요. 그건 좋은 거라고 엄마가 말했죠. 자신감이 생기기 시작했어요. 장학금을 받을지도 모른다고 생각했고요.

우승을 한 적은 없어요. 하지만 한 번은 2위에 올랐죠. 난 내가 자랑스러웠어요. 마침내 나도 마지막까지 무대에 남은 거예요. 나는 왕관과 부케를 받았어요. 내 방 침대 위에 걸려 있는, 그 위에 사인까지 받은 사진 속 미스 테네시가 쓴 왕관을 나도 썼어요. 시상식이 끝나고 무대를 내려와 엄마 얼굴을 보는데 난 단박에 알았어요. 엄마는 그다지 기쁘지 않다는 걸요.

아깝구나, 우승할 수도 있었는데.

엄마가 주차장으로 가며 말했어요. 그게 다였죠.

그러니 제발, 날 멋대로 판단하지 마세요. 나보다 나한테 실망한 사람은 없을 테니까요.

부인, 창구에서 좀 물러서 주시겠어요?

간호사가 다음 사람에게 손짓하며 말했다.

따님은 지금 중환자실에서 내려오고 있어요. 이제 곧 만나실 수 있을 거예요.

페브러리는 학생이 가족이나 친구 때문에 다칠 때마다 자신을 탓할 수는 없다는 것을 알 만큼은 학교에서 오랜 시간 일했다. 그럼에도, 학생이 힘든 일을 겪을 때마다 똑같이 괴로워했다. 연극 공연 날 밤도 예외가 아니었다. 구급차가 떠나자마자 페브러리는 차에 올라타 뒤를 바짝 쫓았다. 병원에 도착해봤자 대기실에서 기다리는 일밖에 할 수 있는 일이 없다는 걸 알면서도 그랬다.

교장 임기 동안 딱 한 번 학생을 잃었다. 당시 3학년이었던 벤자민. 벌써 10년도 더 된 일이었다. 아이가 자는 동안 사건이 일어났다. 심각한 뇌출혈이었기에 누가 손쓸 수 있는 일이 아니었다. 임기 2년 차에 겪은 벤자민의 죽음은, 사건 이전으로의 삶으로는 다시 돌아갈 수 없을 만큼 그녀에게 큰 상흔을 남겼다. 다른 사람들처럼 페브러리도 인생에서 몇몇 큰 사건들을 겪었다. 좋은 일도 있었고 나쁜 일도 있었다. 부모님의 죽음, 부모님의 딸로 태어난 일, 멜을 처음 만났던 밤.

페브러리는 이러한 순간들을 어떤 힘의 장으로 여겼다. 이런 일들은 일어나고 나면 그전으로 돌아가기란 불가능했다. 인간은 그저 받아들이고 앞으로 나아가는 수밖에 다른 도리가 없다. 벤자민이 떠나고 세월이 꽤 흘렀음에도 시간은 여전히 그 힘을 잃지 않고 있었다.

페브러리는 카페테리아에서 먹을 것들을 사서 찰리의 부모님에게 가져다준 다음 집으로 돌아와 2층 복도를 서성거렸다. 이제 곧 우리 집 복도가 아니게 되겠구나, 하는 생각이 문득문득 들었다. 멜은 페브러리에게 눈 좀 붙이도록, 최소한 차를 마실 동안만은 거실 소파에 앉아 진정하도록 달래봤지만 소용이 없었다. 페브러리는 침대에 누워 한참을 뒤척이다 결국 일어나 이메일을 읽고 설거지를 하고는 다시 서성였다. 동이 터올 무렵인 새벽 5시 반이 되어서야 그녀는 샤워를 하러 욕실로 들어갔다.

집을 나설 때는 사위가 깜깜했지만 교정에 들어서니 클레르 홀 뒤로 아침 해가 떠오르고 있었다. 페브러리가 나타나자 경비실에서 보초를 서며 졸고 있던 월트 씨가 화들짝 놀라 뛰어나와 경례를 했다. 그녀는 미소를 지을 수밖에 없었다. 교장실로 걸으며 기숙사를 올려다보았다. 아이들이 곤히 잠들어 있는 모습을 머릿속에 그려보았다. 눈앞에 당장 그림자 하나 보이지 않아도 여기에 있으면 혼자가 아니란 걸 알 수 있었다. 리버밸리가 그런 곳이라 페브러리는 좋았다. 그렇게 생각하니 누가 그녀를 부드럽게 감싸안아 주기라도 한 것처럼 불안한 마음이 가라앉아, 교장실에 들어가 커피를 타고 노트북을 켤 수 있었다. 3일 후면 페브러리는 교직원 회의에서 발표를 해야 했다. 새하얗고 텅 빈 워드 파일이 불안한 아이의 조그만 발처럼 커서를 깜박거리며 페브러리를 기다리고 있었다.

찰리는 밤사이 두 번 깼다. 한 번은 수술실로 실려 가면서, 한 번은 어두컴컴한 병실에서. 수술실에서는 불빛이 너무 눈부셔 금방 다시 눈을 감았다. 두 번째로 눈을 떴을 때는 찰리의 다리 위에 머리를 기댄 채 잠들어 있는 아빠가 눈에 들어왔다. 엄마는 어디에 있지? 아빠에게 묻고 싶었지만, 적어도 깨어났다는 사실만이라도 알리고 싶었다. 하지만 혀도 손가락도 움직일 수가 없었다. 언어를 두 개나 아는데도 쓸모가 없네, 생각하며 찰리는 다시 깊은 어둠 속으로 가라앉았다.

다음 날 아침, 다시 의식을 회복했을 때는 아빠와 엄마, 할머니까지 전부 침대 옆에 모여 있었다. 찰리가 깨어난 것을 가장 먼저 발견한 엄마가 소스라치게 놀라며 의자에서 일어나, 찰리가 알아듣지 못하는 말들을 쏟아내며 이마에 입을 맞췄다. 옆에 있던 아빠도 뭐라고 수어로 말을 했지만 찰리는 아직 정신이 혼미했다. 할머니는 그저 하염없이 찰리의 손만 쓰다듬었다.

엄마가 침대를 조정하고 베개를 등에 받쳐, 찰리가 앉을 수 있게 해주었다. 그러고는 찰리의 입에 빨대가 달린 물컵을 대주었다. 물이 닿자 목구멍이 쓰라리고 빈속이 뒤틀렸다.

엄마와 아빠, 할머니가 찰리만 뚫어져라 바라보았다. 찰리는 자신이 묘기라도 해야 하는 건가 싶었지만 평소처럼 쏘아붙일 힘이 없었다. 겨우 입을 뗀 찰리가 물었다.

무슨 일이 있었던 거예요?

그게,

가장 먼저 대답한 사람은 엄마였다.

하지만 찰리는 눈꺼풀이 떨려 엄마의 입술을 제대로 읽을 수 없었다. 그동안 인공와우가 찰리가 생각했던 것보다는 더 도움이 되었던 모양이었다. 찰리는 아빠가 수어로 통역해줄 수 있지 않을까 기대하며 아빠를 쳐다보았지만 그도 의학 관련 수어에 관해서는 아는 바가 없었다. 찰리는 하는 수 없이 펜을 가리켰다. 엄마가 가방에서 냅킨을 꺼내 글씨를 썼다.

난 통역사를 불러오마.

아빠가 말했다.

병실을 나서는 아빠 뒷모습을 보며 찰리는 아빠가 가지 않았으면 했다. 엄마가 찰리에게 냅킨을 건넸다.

임플란트에 습기가 찼었다는 얘기 기억나니?

찰리가 고개를 끄덕이며 다음 냅킨을 읽었다.

누전이 됐었다나 봐.

그럼 제가 감전된 거예요?

엄마의 눈이 커졌다.

임플란트에 감전됐다는 거죠. 제 머리에서요.

엄마가 자리에 얼어붙었다. 찰리가 할머니를 향해 고개를 돌렸다.

그 많은 말 중에 꼭…….

할머니가 말했다.

그럼 그건 꺼낸 거죠? 이제 전 괜찮은 거예요?

엄마가 냅킨에 썼다.

응, 꺼냈단다.

아빠가 돌아왔고, 놀랍게도 그의 뒤엔 통역사 대신 오스틴이 서 있었다. 황급히 머리를 정리해보려던 찰리가 손을 들었다가 머리에 있는 붕대를 발견하고는 놀라 소리를 꽥 질렀다. 엄마와 할머니, 아빠가 동시에 자리에서 벌떡 일어났고 오스틴도 놀랐다. 찰리가 어색한 미소를 지었다. 오스틴이 그녀를 따라 미소를 지었다.

진짜 걱정 많이 했어.

오스틴이 말했다.

여긴 어떻게 왔어?

진짜 걱정 많이 했다고.

계속 여기 있었던 거야?

라벤더색 유니폼을 입은 간호사가 나타나 찰리 코앞에 얼굴을 내밀며 과장된 입 모양으로 말했다. 민망해진 찰리와 오스틴이 동시에 몸을 움츠렸다.

깼구나!

오늘은 온 지 얼마 안 됐어.

어제도 왔었어.

어제?

간호사가 찰리의 상의 아래로 청진기를 쑥 집어넣었고 가슴에 차가운 금속이 닿는 촉감에 찰리가 흡 하고 숨을 멈췄다. 간호사가 옷

속으로 손을 넣고 있는 동안 오스틴을 보는 게 어색해진 찰리가 눈을 감았다. 곧 간호사가 일어나 찰리에게 엄지를 들어 보인 다음 머리 위에 있는 링거액을 확인하고 화이트보드에 찰리의 상태를 기록했다.

너, 이틀 만에 깬 거야.

윽, 맙소사.

배고프니?

간호사가 또다시 과장된 손짓으로 음식을 떠먹는 시늉을 했다.

조금요.

찰리는 간호사 때문에 터져나오려는 웃음을 꾹 참았다.

기분은 어때?

이제 괜찮은 것 같아.

여기 마약이 좀 든 것 같기도 하고.

찰리가 손에 꽂혀 있는 링거 주사를 가리키며 말했다.

농담이 나와?

메뉴 가져다줄게.

간호사가 말했다.

친구들은 이제 다 나 싫어하겠지?

싫어한다고? 아니,

왜 그런 말을 해?

내가 연극을 망쳤잖아.

〈피터 팬〉 엔딩 역사상 제일

재밌는 엔딩이었어.

찰리가 웃었다.

그래도 가브리엘라는 화가 났겠지?

오, 분노했지. 특별 보너스였어.

오스틴이 잠시 휴대폰을 꺼내 문자를 보낸 다음 다시 주머니에 넣었다. 찰리가 웃음을 터뜨렸다가 몸을 움찔했다. 오스틴의 전화가 울리자 그의 얼굴에 실망감이 번졌다.

엄마가 오셨대. 가봐야겠다.

응, 얼른 가봐.

찰리가 어서 가보라는 손짓을 했다.

휴대폰 충전하고 연락해.

고개를 돌리니 병원 로고가 새겨진 비닐 봉투가 한쪽 벽에 걸려 있었다. 봉투 밖으로 그녀의 검은색 바지가 삐져나와 있었다.

그럴게.

오스틴이 몸을 숙여 모두가 보는 앞에서 찰리에게 입을 맞추고는 가족들에게 손을 흔들어 인사를 하고 병실을 떠났다. 엄마가 일부러 탁탁 큰 소리를 내며 물건을 정리하기 시작했다. 잠시 후 찰리와 엄마의 시선이 마주쳤다.

방금 뭐야?

엄마가 물었다.

뭐가요?

엄마가 문 쪽으로 고개를 까딱 움직였다.

엄마도 만난 적 있잖아요.

그게 아니라—

그게 아니라 뭐요? 제가 농인 남자애를 만나면 엄마의 아름다운 세상에 금이라도 가는 거예요?

엄마의 얼굴이 빨개졌고 엄마가 무슨 말을 하든 더는 듣고 싶지 않다는 듯 찰리가 손을 들었다.

제 머리가 얼마나 어떻게 탔는지 의사랑 말하기 전까지 이 얘긴 안

할 거예요.

통역사는 찾으셨어요?

때마침 방으로 돌아온 아빠에게

찰리가 물었다.

엄마는 누가 의자에 밀쳐놓기라도 한 듯 의자 속에 몸을 파묻고 입을 다물었다.

내 생각에 네 머리는

괜찮은 것 같구나.

아빠가 말했다.

아빠 말은 사양할게요. 그렇게 생각하면서도, 찰리는 아빠 말이 맞을지도 모른다고 느꼈다. 이제 와보니 모든 게 너무나 분명했다. 이 오랜 싸움은 여전히 진행 중이었고 아빠는 찰리를 지켜줄 수 없었다. 그 누구도 그녀를 지킬 수 없었다.

페브러리의 비밀이 마침내 탄로 났을 때 그녀는 샤워 중이었다. 샤워기 아래에 서서 물을 맞으며 내일 있을 교직원 회의에서 폐교 소식을 어떻게 전하면 좋을지 고민하고 있는데, 멜이 수증기가 꽉 찬 욕실 안으로 고개를 들이밀고는 무서울 정도로 다정한 목소리로 말했다.

부동산에서 우리 집을 매물로 내놓는다고 사진을 찍으러 오셨는데? 학교에서 보냈대. 나한테 뭐 할 말 없어?

페브러리가 황급히 수도꼭지를 잠그고 샤워 부스 밖으로 나와 놀란 눈으로 멜을 보았다. 멜의 표정이 다정한 말투와는 사뭇 다른 것이 놀랍지는 않았다.

그게, 내가—

페브러리가 문 뒤에 걸린 수건을 찾아 손을 더듬거리며 말했다. 손에 여전히 비누 거품이 남아 있었지만 수건으로 아무렇게나 닦았다.

이게 무슨 말이야?

페브러리는 고개를 들 수가 없었다.

멜, 미안해.

미안하다는 말은 집어치우고. 무슨 일이냐고.

리버밸리를 닫는대. 자기한테 어떻게 말해야 할지 몰라서 얘기 못 하고 있었어.

어떻게 말해야 할지 몰랐다고?

말하려고 했어! 그런데 할 수가 없었어.

아내인 나한텐 우리 인생이 걸린 이런 중대한 문제를 논의했었어야지!

맞아, 네 말이 맞아.

아니면 최소한의 예의로라도, 내가 곧 빌어먹을 내 집에서 쫓겨나게 될 거란 사실이라도 얘기했어야 했다고!

자기 말이 맞아.

언제 알았어?

멜이 물었다.

페브러리의 몸이 덜덜 떨렸다.

디스트릭트 회의 때.

그보다 오래전에 알았지만 그렇게 말할 수는 없었다.

맙소사. 그럼 12월에 알았단 말야?

미안해, 자기. 정말 미안해.

또 누가 알아?

아무도 몰라. 필 교감. 그리고 헨리. 헨리는 회의 때 통역을 해서 안 거야.

다른 교사들은?

페브러리가 고개를 저었다.

스월 교육감이랑 내가 내일 교직원 회의에서 발표할 거야.

그럼, 완다는?

페브러리는 차마 눈을 들지 못했음에도 멜의 무거운 시선을 느낄 수 있었다.

그게—

세상에, 믿을 수가 없네.

멜이 화장실 문을 쾅 닫고 그길로 나가버렸다. 페브러리가 곧장 가운을 걸치고 멜을 따라 내려갔지만 아래층에는 당황한 얼굴로 줄자와 카메라를 들고 서 있는 운동복 차림의 중개인뿐이었다.

부인? 혹시 지금 곤란하시면 다음에 다시 오겠습니다.

아뇨, 괜찮아요.

치밀어 오르는 분노를 꾹 참으며 페브러리가 과장된 손짓으로 거실을 가리켰다.

지금 아주 딱 좋아요.

잠시 후 중개인이 떠나고 멜에게 장문의 메시지를 보내 미안하다는 말과 함께 얼굴을 다시 마주하고 대화를 하고 싶어질 때까지 올드 쿼터에 가서 지내겠다고 했다. 그리고 마지막으로 정말 미안하다고 다시 한번 더 사과했다. 이걸 멜이 페브러리의 배려로 여길지 또 다른 이기적인 행동으로 여길지는 알 수 없었지만 이것 말고는 **별다른** 방법도 없었다. 내일이면 학교에 폭탄이 터지게 될 텐데 양쪽에서 전쟁을 치를 수는 없었던 것이다. 페브러리는 트렁크에 짐을 싼 다음 터덜터덜 학교로 걸음을 옮겼다.

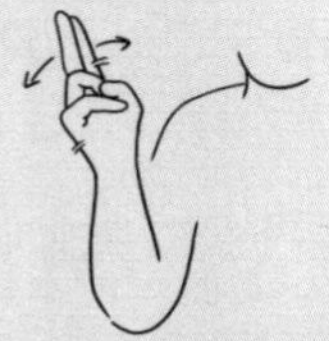

지금 당장 농인을 총장으로

당신에게도 이 문구가 익숙할 것이다. "지금 당장 농인을 총장으로(Deaf President Now, 줄여서 DPN)" 운동에 대해 얼마나 알고 있는가? 갤러뎃 대학은 세계 최초의 농인 대학교였음에도 농인이 총장이었던 적이 단 한 번도 없었다. 그러다 1988년 3월 마침내 변화의 물꼬가 트였다. 이사회는 농인 두 명, 청인 한 명, 이렇게 세 명의 후보자 가운데 한 명을 선출할 예정이었다.
이사회 회의가 시작되기 전 학생들과 교직원들은 첫 농인 총장의 취임을 바라며 적극 연대하고 이를 응원했다.

후보자들
엘리자베스 진저(Elizabeth Zinser) 박사, 청인, 노스캐롤라이나 대학 교학처 부처장
하비 코슨(Harvey Corson) 박사, 농인, 루이지애나 농인학교 교장
킹 조던(I. King Jordan) 박사, 농인, 갤러뎃 대학교 예술과학대학 학장

3월 6일, 이사회는 진저를 선임했다. 공식 발표도 이뤄지지 않았다. 학생들이 결과를 알기 위해 학교 홍보처 사무실에 찾아가고 나서야 이 소식을 확인할 수 있었다.
학생들은 이사회를 만나기 위해 메이플라워 호텔로 행진했지만, 전하는 바에 따르면 의장 제인 스필만(Jane Spilman)은 "청인 중심의 세상에서 농인이 제 역할을 다하기는 어렵다"라고 말하며 선임 결과를 옹호했다고 한다.

다음에는 어떤 일이 벌어졌을까?
3월 7일: 학생들이 불법으로 버스를 탈취해 학교 정문에 바리케이드를 친 다음 일부 허락된 사람들만 캠퍼스에 출입할 수 있게 했다. 학생들은 이사회를 만나지만 합의에 이르지 못했다. 시위자들이 주 의회 의사당으로 행진했다.
3월 8일: 학생들이 선출된 총장을 본뜬 인형을 불태우고 학생, 교수, 교직원 16명으로 구성된 위원회를 만들어 운동을 계획했다.

네 가지 요구사항:
1. 진저의 사임과 농인 총장 임명
2. 제인 스필만의 사임
3. 이사회 내 농인 비율 51%
4. 시위자들에 대한 처벌 일체 금지

다음에는 어떤 일이 벌어졌을까?

3월 9일: 시위가 점차 커져 미국 전역의 지지를 얻게 되었다. 시위는 ABC뉴스의 〈나이트라인〉에 방송되기도 했다.

3월 10일: 진저의 선임에 패배를 인정한 바 있는 조던이 시위에 가담해 "네 가지 요구사항은 정당하다"고 주장했다. 시위가 미국 전역의 조합과 정치인들의 지지를 얻었다.

지금 당장 농인을 총장으로!

3월 10일: 진저가 사임했다.

3월 11일: 2500명의 시위자가 "우리에겐 아직 꿈이 있다"는 현수막을 내걸고 국회의사당으로 행진했다.

3월 13일: 스필만이 사임하고 조던이 새로운 총장으로 선출되었다. 시위자들은 처벌받지 않았으며, DPN 운동은 미국 장애인법(Americans with Disabilities Act, 줄여서 ADA) 통과를 가능하게 한 초석이자 성공적인 시위 사례로 평가받고 있다.

병원에서 퇴원하고 집으로 돌아온 찰리는 며칠간 집에 머무르며 그동안 못 했던 숙제를 했다. 선생님들이 괜찮냐는 안부 인사를 전하며 공부할 것들을 알려주었고 교장 선생님은 화상 전화까지 연결해 갤러뎃 대학에서 있었던 시위에 대한 수업을 해주었다. 찰리는 학생들이 그렇게 재빠르게 연합해 움직일 수 있었다는 점에 깊은 인상을 받았다. '불법 자동차 탈취'라는 것이 어떻게 가능한 건지에 대해서도 자세히 물었다. 여태까지 찰리는 그런 건 슬래시나 아는 것이라고 생각했었다. 농인 슬래시가 있다고는 상상하지 못했던 것이다.

찰리는 학교가 그리웠지만 당분간은 집에 머물 수 있는 것만으로도 감사히 여기기로 했다. 한쪽 머리를 다 민 데다 그 위로 프랑켄슈타인 같은 수술 자국이 훤히 보였다. 이렇게 학교에 갈 수는 없는 노릇이었다. 게다가 몸도 계속 피곤했다. 식기세척기에서 그릇을 꺼내거나 수학 숙제를 한 장 푸는 정도로만 움직여도 소파로 기어올라 담요를 턱 끝까지 끌어올린 채 한동안 누워 있어야 했다. 의사는 마취 효과가 완전히 사라지려면 수일이 걸릴 거라고 했다. 그 뒤로는 찰리의 몸이 스스로 회복할 것이었다.

이윽고 일주일이 흘렀다. 찰리의 몸도 거의 다 나은 것 같았다. 병원 진료가 있는 날, 찰리는 엄마와 병원에 가며 오늘은 싸우지 않겠다고 스스로 다짐했다. 진료실에 들어서자 의사는 상처가 잘 아물고 있다며 요즘에는 한쪽 머리를 미는 것이 유행이지 않냐는 시답잖은 농담을 했다. 이번 외출은 별 탈 없이 마무리되는 것 같았다. 그런데 의사가 진료를 마무리하며 연고 처방 등의 안내를 하는 동안, 엄마 얼굴이 마치 숨을 참고 있는 사람처럼 보라색으로 변해가고 있었다.

엄마? 괜찮아요?

찰리가 의사의 말을 끊으며 물었다.

질문이 있어요.

통역사가 통역을 해주었다.

찰리의 뱃속이 뒤틀렸고 의사가 그러라고 고개를 끄덕였다. 엄마의 질문이 무엇인지는 듣지 않아도 알 수 있었다. 찰리는 그녀가 틀렸기를, 아니면 안 보는 사이에 통역사가 얼른 통역해주기를 바라며 잠시 고개를 돌렸지만, 고개를 들었을 때 의사는 이렇게 말하고 있었다.

—다시 수술을 하기에는
조직이 너무 많이 상했어요.
하지만 오른쪽에 다른 적당한
후보를 찾아볼 수 있어요.

지금 농담하는 거죠?

찰리가 그대로 자리를 떠났다.

찰리가 정신을 차렸을 때 그녀는 슬래시의 집 앞에 서 있었다. 이렇게 환한 대낮에 (그것도 제정신으로) 그의 집에 가본 적은 없었는데 머리가 위치를 기억하고 있었다. 찰리는 합판으로 된 문을 똑똑 두드렸다.

누군가가 경계하며 눈만 빼꼼 내밀어 방문객을 확인하고는 곧 고리를 풀어 문을 열어주었다. 렘이었다. 렘이 안도의 숨을 내쉬었다.

야, 꼬맹이. 너 때문에 진짜 놀랐잖아.

렘이 찰리의 팔을 잡아당겨 안으로 들어오게 한 다음 재빨리 문을 잠갔다. 집 안에서 희미하게 플라스틱 타는 냄새가 나고 있었다. 찰리는 렘의 눈길이 자신의 휑한 머리 쪽에 잠시 머물렀다, 이내 흉터를 발견하고는 입을 다물었다는 것을 알 수 있었다.

다 지하실에 있어.

렘이 말했다.

찰리는 렘을 따라 지하실 계단 앞으로 갔다. 렘이 뿌연 연기에 대고 소리쳤다. 찰리가 슬래시를 찾으며 아래쪽을 살폈다.

가고 싶으면 내려가봐.

렘이 말했다.

렘은 거실로 돌아가 창문에 댄 판자에 난 작은 구멍을 들여다보았다. 그렇게 밖을 확인하고 나서야 소파에 풀썩 앉았는데, 그러고도 눈은 계속 문 쪽을 주시하고 있었다. 어쩐지 불안했다. 무슨 일이 있는 게 분명했다. 지금쯤이면 엄마도 진료 상담을 끝내고 차로 돌아갔을 텐데 찰리가 없는 걸 알면 소란을 만들 게 뻔했다. 그래봤자 점잖은 남부 숙녀의 호들갑이겠지만. 그럼에도 결국엔 호기심이 걱정을 이기고 말았다. 찰리는 지하실 계단을 내려갔다.

지하실은 천장이 낮고 어두웠으며 곰팡이와 고양이 분변 냄새가 났다. 콘크리트 바닥을 통해 전해지는 진동으로 보아하니 음악도 크게 울리고 있는 것 같았다. 한쪽 구석에서 뭔가가 움직였다. 찰리가 그리로 발걸음을 옮기려는데 슬래시가 불쑥 나타나 그녀 앞에 섰다.

C, 여긴 어쩐 일이야?

너덜너덜해진 책 하나를 주머니에 밀어 넣으며 슬래시가 인사를 했지만, 책이 너무 커 들어가지 않자 이내 포기했다.

그게 뭐야?

슬래시가 난처한 얼굴로 쭈뼛대다 찰리에게 건넸다.

제조법?

찰리가 표지를 보며 물었다.

응, 그런 거야.

불꽃놀이 또 하려고?

응, 책은 오래된 거긴 한데. 새로 나온 버전은 '지역 공동체 조직'이다 뭐다 쓸데없는 소리만 늘어놓고 있어서.

순간 슬래시의 눈이 반짝였다.

내 말은, 이런 건 인터넷에도 다 있거든. 흔적을 남기지 않고 정보를 찾는 게 중요해. 예전엔 만능 도서관 카드가 있었는데 우리 쪽 애가…… 음, 아무튼…….

슬래시가 말꼬리를 흐렸고 찰리가 그의 어깨너머로 그렉과 시드가 뭔가를 들여다보는 모습을 훔쳐보았다. 하지만 뭘 관찰하고 있는지는 보이지 않았다. 옆에는 단정하게 접혀 노끈으로 묶인 압력솥 상자들이 놓여 있었다. 그렉은 교정 치과에서 만났던 의사처럼 커다란 확대 렌즈가 달린 안경을 쓰고 있었고 시드는 뭔가의 안을 들여다보며 전선을 이리저리 조작하고 있었다. 그제야 찰리는 깨달았다. 시드가 붙들고 있는 건 바로 압력솥이었다.

가볼게. 엄마랑 시내에 나왔거든. 인사나 하려고 들렀어.

그래, 지금 우리도 좀 정신없긴 해. 그런데 머리는 어떻게 된 거야?

감전됐어.

슬래시가 씩 웃다가 멈칫하더니 부르튼 입술을 씰룩였다.

맙소사.

그가 말했다.

진짜구나.

찰리가 고개를 끄덕였다.

이젠 괜찮아.

어쩌다 감전이 돼? 어디에?

빅 파마°에.

젠장, 괜찮은 거야?

슬래시의 질문이 찰리를 무겁게 짓눌렀다. 찰리는 잠시 생각했다.

아직 잘 모르겠어.

슬래시는 필요한 게 있으면 언제든 다시 오라며 그녀를 안아주었다. 찰리는 계단을 올라가 렘에게 짧은 인사를 한 뒤 밖으로 나왔다.

병원에 도착하자 엄마가 주차장 앞에서 신경질적으로 휴대폰 화면을 눌러대고 있었다. 찰리가 걸어가며 엄마에게 손을 흔들자 그 순간 엄마의 얼굴이 걱정에서 분노로 바뀌었다. 엄마는 우스꽝스러울 만큼 긴 아크릴 손톱으로 통화 종료 버튼을 누른 뒤 차가 오는지 살피지도 않고 길을 건넜다.

찰리, 도대체 이게 뭐하는 짓이야! 어디 있었어! 도시 한중간에서

° Big Pharma, 제약회사 경영을 시뮬레이션하는 플레이스테이션 게임.

그렇게 사라져버리면 어떡해!

찰리는 엄마가 질문하는 게 아니라는 건 알았지만, 약쟁이 무정부주의자들이 지하실에서 폭탄 만드는 걸 보고 왔다고 사실대로 털어놓으면 엄마가 어떤 반응을 보일까 상상하며 속으로 웃었다.

넌 대체 뭐가 문제니!

엄마가 제 문제예요!

찰리가 소리쳤다.

엄마가 지금 이 거지 같은 걸—찰리가 흉터를 가리켰다—로 절 죽이려고 하잖아요!

난 그냥 다른 옵션이 뭐가 있는지 물어본 것뿐이야.

다른 옵션은 없어요. 엄마가 정할 게 아니라고요.

세상에, 예의 좀 갖추렴, 찰리.

수술은 절대 안 해요. 전—

찰리가 멈칫했다. 교장 선생님 수업에서 이 상황에 딱 맞는 단어를 배웠는데 발음을 할 줄 몰랐다. 찰리가 휴대폰을 꺼내 썼다.

열여덟 살이 될 때까지 필리버스터[°°]를 행사할 거예요.

찰리가 휴대폰 화면을 엄마 얼굴 앞에 들이밀자 엄마가 놀랐다. 찰리의 반항이 그토록 강해서였는지, 아니면 휴대폰을 이용한 찰리의 의사소통 방식 때문이었는지, 그도 아니면 찰리가 그렇게 어려운 단어를 알고 있어서였는지는 알 수 없었다.

차에 타렴.

엄마가 말했다.

찰리는 말없이 차에 올라탔지만 마음은 슬래시의 집에 가 있었다.

°° 합법적 의사진행 방해를 뜻하는 용어로 주로 소수가 다수의 독주를 막기 위해 행함.

물론 조금 무섭긴 했지만 홀든스에서나 새해 때만큼은 아니었다. 어쩌면 익숙해지고 있는 건지도 몰랐다. 아니면 그게 유용할 수도 있겠다는 생각이 들 만큼 미쳐가고 있는 건지도.

엄마는 아빠 집에 찰리를 내려주었지만 찰리는 아빠도 싫었다. 중요한 순간이 오면 아빠는 엄마 편을 들 게 뻔했다. 여전히 엄마를 사랑해서든, 줏대가 없어서든, 아니면 속으로는 엄마와 같은 생각을 하고 있어서든, 이유야 뭐가 됐든 그게 머리에 또 구멍을 내는 결론일 거라는 사실에는 변함이 없었다.

학교에 갈래요.

찰리가 말했다.

그래, 내일 아침에 태워다주마.

아뇨, 지금요.

찰리, 이걸로 싸우지 말자. 숙제하고 짐을 싸두렴. 그럼 내일 아침 일찍 학교로 곧장 갈 테니.

알겠어요.

저녁 먹을래?

먹었어요.

찰리는 거짓말을 했다.

그래, 난 지금 마무리할 게 좀 있어서.

아빠가 자기 방을 가리키며 말했다.

그러세요.

사랑한다.

찰리는 방으로 올라가 손에 잡히는 대로 물건들을 가방에 집어넣은 다음 모자를 썼다. 그러고는 파란 화면을 들여다보고 있는 아빠에게 들키지 않도록 계단을 살금살금 내려가 조용히 문을 열고 집을 나섰다.

혁명 레시피
변화를 꿈꾸는 활동가를 위한 가이드

지효성 폭발물을 담을 용기가 준비되었다면 맞춤형 롱-퓨즈 기폭 장치를 만들 수 있다. 아날로그식 시계를 사용하면 폭발 시간을 설정할 수도 있다. (쇼트-퓨즈 기폭 장치는 8장을 참고하라.)

전구 폭죽은 비교적 적은 부품만으로도 쉽게 만들 수 있는 롱-퓨즈 기폭 장치이다.

필요 부품
- 전선 제거 도구
- 납땜용 전선
- 납땜 인두
- 백열전구
- 배터리
- 왁스 실란트
- 저폭발성 폭약 파우더
- 아날로그시계 혹은 여행용 손목시계
- 선택 사항: 악어 집게, 송진

설명서
1. 납땜용 전선을 전구 하부에 연결하라. (납땜을 위한 단계별 가이드는 7장을 참고하라.) 연결이 완료되면 배터리로 작동 여부를 확인하라. 다음 단계로 넘어가기 전 배터리를 분리해야 한다.
2. 백열전구 끝에 작은 구멍을 뚫어 폭약 파우더를 채워라. 파우더는 뭐든 상관없다. 검은색 파우더 또는 연기가 적게 발생하는 파우더는 미국의 많은 주에서 관대한 법을 적용하고 있으므로 합법적으로 구할 수 있다.

주의: 저폭발성 폭약 파우더라 하더라도 이 폭발물에서는 강한 효과를 낼 수 있다.

3. 왁스 실란트로 전구 입구를 다시 밀봉하라.
4. 전선 끝을 아날로그시계나 손목시계 장치에 연결하면 기폭 장치가 완성된다.

주목: 폭발물은 장치 중앙에 위치할 때 효과가 가장 좋다.

화요일 저녁, 페브러리는 완전히 녹초가 되어 올드 쿼터로 돌아왔다. 페브러리와 스웰 교육감이 교직원 회의에서 리버밸리가 곧 문을 닫게 될 거라는 소식을 발표한 지 만 하루가 지났다. 그녀는 교직원들의 차가운 시선을 감내해야 했다. 그 눈에 담긴 것은 분노가 아니라 슬픔과 충격에 더 가깝다는 것을 페브러리는 알고 있었다. 리버밸리의 교사들은 밝고 너그러웠지만, 동시에 세상이 늘 그들을 외면해왔다는 걸 잘 아는 사람들이었다. 스스로 자책을 할지언정 그들이 페브러리를 원망하지는 않을 것이었다.

이제 학생들에게도 소식이 퍼지는 건 시간문제였다. 학생 조회가 금요일로 예정되어 있었지만 그렇게 오래 비밀이 유지될지는 그녀도 알 수 없었다. 복도에서 교사들이 나누는 이야기가 학생들에게 흘러들어갈 수도 있었다. 페브러리는 앞으로 해야 할 일에 대한 목록을 작성해두었다. 필 교감, 카운슬러와 함께 상담을 진행하고, 가을 학기부터 각 가정에서 필요한 것들을 디스트릭트에 요청할 수 있도록 안내 공문을 보낼 생각이었다. 대책이랍시고 적어놓은 한 장짜리 종이를 들여다보고 있자니 웃음이 나올 만큼 부적절해 보였다.

멜과 마지막으로 대화한 지도 벌써 사흘이 흘렀다. 페브러리는 덜컥 겁이 났다. 대개 그들은 싸우더라도 몇 시간 후면 멜이 참지 못하고 메시지를 보내곤 했다. 침묵만 깰 뿐 또 다른 시비나 다름없는 행동일지라도 어쨌거나 그랬다. 하지만 이건 평범한 싸움이 아니었다. 더구나 페브러리가 잘못한 일이었다. 그녀도 속으로는 자신이 먼저 손을 내밀어야 한다는 걸 알고 있었지만, 어디서부터 어떻게 말해야 할지를 몰랐다.

찰리 세라노를 본 지 다섯 시간이 되었다. 계속 시간을 세고 있던 건 아니었고 나중에 세어보니 그랬다. 페브러리는 화상 전화로 찰리를 만나 지난 수업 시간에 했던 내용을 보충해주었다. **'지금 당장 농인을 총장으로!'** 시위에 관한 수업이었다. 찰리는 몸이 많이 좋아진 것 같았고 얼른 학교로 돌아오고 싶다고 했으며 학생들의 대학 점거 시위 이야기에 완전히 매혹된 듯 보였다. 그런 찰리를 보고 있자니 페브러리의 마음이 따뜻해졌다. 그 시위는 농인 신화에 있어 기념비적 사건이자 주목해야 할 사건, 직접적인 행동의 중요성을 잘 보여주는 사건이었다. 찰리의 질문은 끊이지 않았다. *불법으로 탈취한다는 게 무슨 말이에요? 학생들이 그런 걸 어떻게 아는 거죠? ㅂ-ㅗ-ㅂ-ㅗ-ㄱ이 뭐예요?* 페브러리는 수업 중간에 몇 번이나 울컥했다. 이 아이는 참으로 먼 길을 돌아왔구나, 생각했다. 그런데 몇 달 후면 찰리를 다시 제퍼슨으로 돌려보내야 한다고 생각하니 너무나 마음이 아팠다.

올드 쿼터 앞쪽은 회반죽이 덧발라져 있지 않다. 페브러리는 이 익숙하고 차가운 벽돌을 손으로 쓸어보았다. 손톱 아래 모래가 끼자,

페브러리는 허물어지고 있는 돌덩어리 때문에 리버밸리가 위험에 빠진 걸까 하는 바보 같은 생각이 들었다. 우리들을 그토록 따뜻하게 품어주었던 리버밸리 건물은 이제 어떻게 되는 걸까? 학교가 부서지고 번화한 상점가가 들어서는, 그리고 기숙사가 아파트로 바뀌는 모습을 떠올려보았다. 페브러리는 학교가 평화롭게 낡아갈 수 있기를 바랐다. 다른 잃어버린 문명들이 그랬던 것처럼 지붕이 허물어지고 벽은 무성한 덩굴로 뒤덮이고 모든 유물과 이야기가 땅속으로 삼켜지기를. 페브러리는 벽을 가만히 쓰다듬었다. 그동안 고마웠다고 인사를 전하듯 애정을 담아. 교정 뒤로 해가 지는 광경을 그녀는 한참 동안 바라보았다.

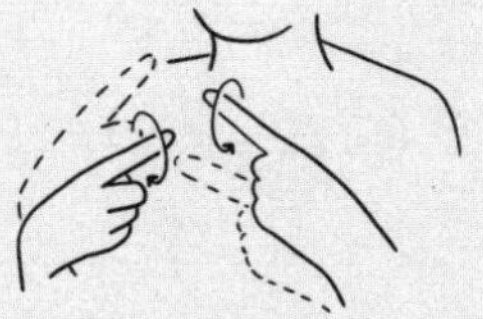

역할 전환: 이야기 속 역할 되기

역할 전환(role shift)은 화자가 다른 감정 표현과 더불어 몸, 고개, 시선을 이용하여 이야기 속 다른 사람이나 사물의 역할을 수행하는 수어 문법의 구성 요소이다. 예시는 아래와 같다.

어깨 방향 전환: 기본적인 역할 전환에서는 화자가 어깨와 몸을 왼쪽으로 돌려 한 인물의 역할을 맡은 다음 다시 오른쪽으로 몸을 돌려 다른 인물을 맡는다.

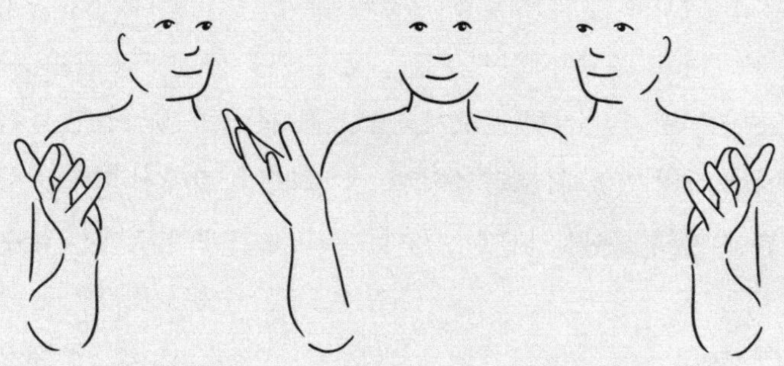

고개 기울이기와 시선 처리: 이 방법은 키나 권위를 묘사할 때 사용한다. 가령, 선생님과 학생 사이의 대화를 묘사할 때는 키가 큰 사람을 쳐다보는 것처럼 고개를 들었다가 작은 사람을 볼 때처럼 고개를 숙여 말한다.
능숙한 이야기꾼은 역할을 전환하면서도 표정 변화와 손짓의 속도, 크기, 공간, 방언, 버릇 등을 함께 이용해 인물을 생생하게 묘사한다.

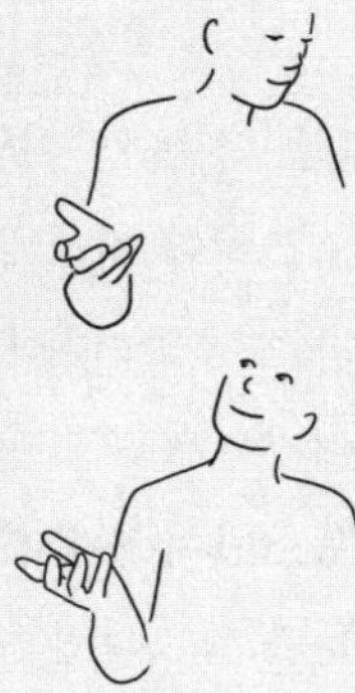

알고 있었나요? 역할 전환이 사람을 묘사할 때만 쓰이는 것은 아니다. 과거와 달리 농인들은 동물이나 식물, 건물, 다양한 종류의 무생물을 형상화해 3차원적 이야기를 만든다.

오스틴은 백지인 실험 보고서를 노트북 화면에 띄워놓고 멍하니 딴생각에 잠겨 있었다. 모든 수업에 낙제하면 학교에서 퇴학을 당해 제퍼슨에 가지 않아도 되지 않을까? 그런데 그때 창밖에서 눈부신 빛이 비쳤다.

저거 보여?

창에 가까이 있던 엘리엇이 고개를 들었다.

네 여자친구네.

엘리엇이 무심히 대답했다.

오스틴이 침대에서 벌떡 일어나 창문으로 달려가 보니 반갑게도 덤불 속에 찰리가 서 있었다. 손에는 조명이 켜진 휴대폰을 든 채였다.

여기서 뭐 해?

오스틴이 불빛에
눈을 찡그리며 물었다.

미안.

찰리가 휴대폰을 내렸다.

지금 바빠?

찰리가 고개를 들어 오스틴에게 입을 맞춘 다음 그의 도움을 받아 창을 넘어 방 안으로 들어왔다.

언제 돌아온 거야?

방금.

너, 음…… 돌아와도 되는 거야?

나 봐서 안 좋아?

당연히 좋기야 하지.

오스틴이 창문을 닫고 블라인드를 치고는 찰리를 침대에 앉혔다. 둘은 키스를 했고 오스틴이 그녀의 허벅지를 더듬자 찰리가 그를 멈춰 세웠다. 오스틴이 책상에서 노트북 화면을 들여다보고 있는 엘리엇을 향해 손을 흔들었다.

잠깐 우리 둘이 있어도 될까?

그러든가.

엘리엇이 느릿느릿 컴퓨터를 챙겨 휴게실로 나가자 오스틴과 찰리가 다시 엉겨 붙었다. 오스틴의 손이 찰리의 셔츠 아래로 들어가 천천히, 마치 그녀 척추에 있는 뼈마디를 하나하나 다 세듯 느리게 움직여 브래지어에 닿았다.

괜찮아?

찰리가 고개를 끄덕이자 오스틴이 브래지어를 풀었고 찰리가 오스틴 위로 올라가 셔츠를 벗었다.

찰리는 오스틴의 품에 들어가 기댔다. 취침 점호 시간이 머지않았으므로 현명치 못한 처사였지만 바로 그 점 때문에 스릴이 넘쳤다. 아무에게도 말하지 않았지만, 오스틴은 섹스를 할 때면 바깥세상을 완전히 잊을 수 있다는 점이 가장 좋았다. 이렇게 누워 있으면 수어를 하기는 불편했지만 서로를 안고 있는 것 자체가 수어나 마찬가지였다. 서로에게 몸을 딱 붙이고 온기를 느끼고 있는데 무슨 말이 더 필요할까?

행복한 시간이 눈 깜짝할 사이에 지나갔다. 땀이 식자 찰리가 몸을 떨었다. 오스틴의 가슴 위에 찰리가 뭐라고 글씨를 썼다.

ㅁ-ㅣ-ㅇ-ㅏ-ㄴ.

오스틴이 몸을 돌려 찰리를 보았다.

왜 그래? 무슨 일이야?

나 떠나야 할 것 같아.

찰리가 브래지어와 티셔츠를 입으며 말했다.

응? 내가 뭐 잘못했어?

아니, 그게 아니라,
콜슨을 떠나야 한다고.

그게 무슨 말이야?

부모님 때문에. 부모님이 다시
이식 수술을 시키려고 하거든.

뭐? 그런 일이 있었는데…….

오스틴이 찰리의 흉터를 가리키며 묻자 찰리가 고개를 끄덕였다.

내 말이. 부모님은 수술을
강행하실 거고 거기에 대항해
내가 할 수 있는 일이 없어.

그때 문이 살짝 열렸다. 엘리엇이 둘이 대화 중인 걸 확인하고는 안심했다.

지금 동쪽 점호 중이래.

샘이 알려줬어.

젠장, 알겠어. 고마워.

엘리엇이 고개를 끄덕이고는 침대로 갔다. 오스틴이 급히 옷을 입고 옷장 문을 열어 자기 옷을 한쪽으로 몰았다. 찰리가 그를 보고 서 있자 오스틴이 말했다.

더 좋은 생각 있어?

찰리는 옷장으로 들어갔다. 오스틴은, 문을 열어도 잘 보이지 않게 찰리 앞으로 옷을 옮긴 다음 문을 닫았다. 옷장까지 점검한 적은 한 번도 없었는데도 오스틴은 심장이 너무 세게 뛰었다. 셔츠 위로 심장이 뛰는 모습이 사감 선생님에게까지 보일까 봐 겁이 났다. 그는 역사 교과서를 가져와 갑옷 삼아 가슴 위에 올렸다.

진정해.

점호가 끝나자 엘리엇이 말했다.

왜? 뭐가?

엘리엇이 웃음을 터뜨렸다.

됐어. 너 지금 미친놈 같아.

뭐래, 점호 끝났지? 그치?

오스틴이 옷장 문을 열었고 찰리가 다시 그의 침대에 앉았다.

괜찮아?

응. 뭐, 이제 내 인생을

어떻게 해야 할지

모르겠다는 것만 빼면 괜찮아.

오스틴은 찰리에게 떠나지 말라고, 너를 지켜줄 방법을 찾아보겠다고 말하고 싶었지만 그건 사실이 아니었다. 현실은 그보다 훨씬 더 나빴다. 몇 달 후면 이제 아무도 안전하지 않을 테니까.

그럼 어디로 갈 거야?

모르겠어. 정할 때까진 아마
슬래시랑 친구들이랑
같이 있을 것 같아.

나도 갈래.

뭐? 안 돼. 아마 난 학교를
중퇴해야 할 텐데.

그래서?

그래서라니!
그러니까 넌 가면 안 되지.

오스틴이 발끝으로 카펫을 툭툭 찼다.

말할 게 있어.

손을 움직이려는데 마음처럼 쉽지 않았다. 오스틴이 겨우 손을 들었고 그런 그의 모습에 찰리는 오스틴이 자신을 일러바치려는 건가 싶어 덜컥 겁이 났다.

왜 그래? 무슨 얘긴데?

리버밸리, 이제 없어져.

뭐?

엘리엇이 침대에서 벌떡 일어났다.

엘리엇이 거기 있었다는 걸 잊고 있던 오스틴도 놀랐다. 하지만 이제는 상관없었다.

뭐? 언제?

올해까지만 유지될 거래.

디스트릭트 회의 때 발표했다는데

아빠가 거기서 통역을 하셨거든.

그래서 부모님이 스카이한테

수술을 시키시려는 거고.

그럼 넌 이걸 언제부터 안 거야?

연휴 때.

젠장.

거지 같네.

평소 긴장하면 머리카락을 쓸어 넘기곤 하던 찰리는 머리를 만지려다 상처 부위에 손이 닿아 화들짝 놀랐다.

그럼 우린 어떡해야 하지?

뭘 할 수 있겠어?

우리 얘긴 들어주지도 않을 텐데.

아무도 안 들어줄 거야.

그럼, 우리가 듣게 만드는 건……?

바로 거기, 거기서 찰리가 말을 멈췄다. 도중에 손을 멈췄는데 그 과장된 몸짓이 연극처럼 보일 정도였다. 찰리의 손은 청인들이 수어를 할 때 그러듯 귀 옆에 있지 않고 오스틴이 가르쳐준 대로 눈앞에 있었다. 돌이켜 생각해보면, 그 순간은 찰리에게 단절이자 새로운 시작이었다. 평생 그녀의 몸을 쥐고 흔들던 사람들과의 단절, 그리고 진정한 자기 자신으로서의 새로운 시작의 순간이었던 것이다. 하지만 그때는 수술 합병증이나 발작 같은 건 줄 알고 오스틴은 걱정이 되어 어쩔 줄을 몰랐다. 그래서 찰리의 손을 잡고 진정시키려 했다.

괜찮아?

응, 괜찮아.

찰리가 활짝 웃었다. 얼마나 환히 웃었는지 어금니 안에 있는 작은 은색 조각까지 훤히 보였다.

너, 진짜 예쁘다.

오스틴이 홀린 듯 말했다.

나 좋은 생각이 있어.
콜슨에 가자.

응…… 그런데 지금?

찰리가 고개를 끄덕였다.

시위를 하는 거야. DPN 스타일로.

그런데 벌써 어두워졌어.
밖에선 아무것도 안 보일걸.

그러니까.

그게 무슨 말이야? DPN 때는 엄청
큰 행진이 있었잖아. 온 나라가
떠들어대서 시위가 성공할 수 있었던 거고.

찰리가 고개를 저었다.

아니, 행진 때문에 성공한 게 아냐.

찰리가 말했다.

점거 때문이야.

오스틴은 심하게 긴장할 때면 뺨이 따끔거렸는데 지금이 딱 그랬다. 하지만 오스틴은 이미 알고 있었다. 찰리가 무슨 생각인지는 알 수 없었지만, 그게 무엇이든 함께하리라는 걸.

그리고 우리가 제대로만 하면
뉴스로 만들 수도 있어.

버스 시간표 확인할까?

됐어. 내 차 있으니까.

찰리와 오스틴이 동시에 놀라 엘리엇을 쳐다보았다.

나도 껴도 돼?

원한다면 되지만—

엘리엇이 주머니에서 휴대폰을 꺼낸 다음 둘에게도 손을 내밀었다.

난 휴게실에 놓고 갈 거야.

찰리와 오스틴도 전원을 끈 휴대폰을 엘리엇에게 내밀었다.

잠깐만.

찰리가 엘리엇의 팔을 잡으며 말했다.

그런데 넌 왜 우릴 돕는 거야?

가는 길에 말해줄게.

엘리엇이 말했다.

지금부터는 엘리엇 퀸의 이야기다.

11학년이 되기 전 여름방학, 인터스테이트 64 동쪽에서 엘리엇은 처음으로 죽음과 대면했다. 콜슨은 무더위로 활기를 잃고 있었다. 그와 부모님은 더위를 피해 국립공원으로 당일치기 여행을 떠났다. 탁 트이고 한가로운 풍경을 마주하자 엘리엇은 기분이 좋아졌다. 정신없는 학교생활에서 벗어나 그를 괴롭히는 청소년기 특유의 불안, SAT 점수, 미식축구 연습, 그리고 그중에서도 가장 신경을 거슬리게 한 여자애들에게서 잠시 떨어져 있을 수 있었으니 말이다. 엘리엇은 한 번도 누군가에게 빠져본 적이 없었는데 그 점이 오히려 문제라면 더 문제였다. 여자애들, 그러니까 그의 머릿속에서 컨베이어 벨트 위에 올려진 11학년 여학생들이 계속해서 빙글빙글 돌아가고 있었고, 미치기 일보 직전이었던 것이다. 하지만 그날은 셋 다 행복했다. 펜들턴 비치 타월 위에 앉아 커다란 버팔로 윙을 집어 블루치즈에 푹 찍어 먹었다. 습하기도 했지만 호수에서 상쾌한 산들바람이 불어왔다. 엘리엇은 편하게 앉아 갈색 피부 위로 내리쬐는 햇볕을 그대로 맞았다. 아빠와 함께 호숫가에서 공놀이를 하며 좋아하는 연예인 이름을 대는 등 시답잖은 이야기들로 같이 웃고 떠들었다. 정말이지 1950년대풍 행복한 가족의 주말 풍경이었다.

비가 내리기 시작했지만 그래도 좋았다. 그들은 미지근한 이슬비를 피해 차로 돌아가 몸을 식혔고 그날 하루에 만족했다.

고속도로에 들어서자 비가 쏟아졌다. 돌이켜보면 그때 그러지 말았어야 했다. 다 자기 탓이었다. 아빠는 수어가 보이도록 차 앞쪽 맵 램프를 켰다. 길이 미끄럽고 앞이 잘 보이지 않았으니 아빠는 수어가 아니라 길을 더 잘 봤어야 했는데.

사람이 튀어나왔던가? 동물이었나? 아니면 공사 중임을 알리는 주황색 원뿔 콘이었던가? 엘리엇은 기억이 나지 않았다. 그는 떠드느라 정신이 팔려 있었고 아빠와 엄마도 그랬다. 뭔가 쓸데없는 말을 하고 있었던 것 같은데 부모님은 여느 마음씨 좋은 부모들처럼 아들의 말을 들어주고 있었다. 앞에 뭐가 나타났었는지는 모르지만, 아빠가 급브레이크를 밟았는데도 차가 멈추지 않았다. 차는 마치 수상 활주로에서 하강하듯 빗길에 미끄러지다 뒤집혔다.

"모든 게 순식간에 일어나버렸어요" 같은 말은 다 헛소리였다. 사고는 실제로 실시간으로 일어났다. 끔찍하게 고통스러운 순간을 인지하고 그곳에서 결코 달아날 수 없다는 사실까지 깨닫는 현실 그 이상도, 그 이하도 아니었다. 뒤집힌 차가 빙글빙글 돌다 배수로에 처박혔다. 엘리엇은 얼굴을 유리창에 심하게 부딪히고 나서야 정신이 들었다.

안전벨트 때문에 거꾸로 매달린 그의 목이 조여왔다. 심장이 세차

게 뒤었다. 엘리엇이 벨트에서 빠져나와 반대쪽 창문 밖으로 기어 나간 다음 조수석에 있는 엄마에게로 달려갔다. 엄마는 비명을 지르고 있었는데 엘리엇의 얼굴을 보자 정신을 차렸다. 엘리엇은 다 찌그러져 형체를 알아볼 수 없는 문짝을 당겨 엄마가 나올 수 있게 도왔다.

엄마를 꺼내자마자 다시 차 안으로 고개를 넣고 사방을 살피는데 아빠가 보이지 않았다. 엄마가 뭐라고 소리치고 있었지만 엘리엇은 알아들을 수 없었다. 엄마가 도로로 달려갔고 엘리엇은 주머니에서 휴대폰을 찾아 덜덜 떨리는 손으로 번호를 눌렀다.

차 사고예요, 차 사고요!

엘리엇은 학교에서 배운 대로 접수원에게 소리쳐 말한 다음 전화를 끊지 않고 두었다.

그리고 엄마가 달려간 방향으로 계속해 달렸다. 그곳에 있었다. 산산조각이 난 헤드라이트 위에, 엄마와 아빠가. 엄마가 앉아서 아빠의 머리를 쓰다듬었다. 심하게 다친 아빠의 얼굴이 벌써 부풀어 오르고 있었다. 체격이 건장한 엘리엇의 아빠는 안전벨트를 매는 법이 없었다.

빗속에서 엘리엇이 엄마와 아빠 옆에 무릎을 꿇고 앉았다. 굵은 유리 조각이 박힌 아빠의 목에서 붉은 피가 흘러나와 땅을 적셨다.

아빠!

엘리엇이 부르자 아빠의 눈꺼풀이 떨렸다.

아빠가 눈을 떠 엘리엇을 바라보며 무거운 손을 들어 뭔가를 말하려 했다.

괜찮아요.

엘리엇이 말했다. 하지만 아들에게 하고 싶은 말이 있다는 듯 아빠의 손가락이 파르르 떨렸다.

그냥 말로 하셔도 돼요.

보이니? 저 천사들?

뭐라고요?

엄마가 물었다.

천국에서 온 천사들 말야. 정말 아름답구나. 저 나무를 환히 밝히고 있어.

엘리엇이 고개를 돌려보았지만 그 어디에도 환한 것이라고는 보이지 않았다. 앰뷸런스가 나타나기 전까지는. 그때는 이미 아빠가 떠나고 난 뒤였다. 그 후로 오랫동안 엘리엇은 그 어떤 아름다운 것도 보지 못했다.

장례식이 끝난 뒤 엘리엇과 엄마는 거실에 어두운 조명만을 켜둔 채로 터질 듯 돌아가는 에어컨이 뿜는 한기 속에서 3주를 보냈다. 그러던 어느 날 엄마가 불쑥 그에게 천국을 믿느냐고 물었다.

천사나 뭐 그런 거요?

아빠가 말했던 거 말예요?

응.

모르겠어요. 엄마는요?

교회에 가보고 싶구나.

엄마가 말했다.

그들은 원래 교회에 가는 사람들이 아니었다. 하지만 오하이오에서 교회에 가지 않는 사람은 드물었다. 엘리엇은 어릴 때 컵 스카우트 모임 때문에 교회에 몇 번 가본 것, 그게 다였다. 아빠도 평생 종교적인 사람이 아니었고 마지막까지 신앙 없이 세상을 떠났다. 하지만 교회 얘기를 할 때 엄마의 눈에 빛이 조금 돌아오는 것 같았다. 엘리엇은 몇 군데를 찾아보다 눈길을 끄는 첨탑과 화려한 웹사이트를 가진 교회를 하나 찾아냈다. **복음주의자로서의 새로운 탄생. 바로 오늘 당신의 새로운 출발을 시작하세요.**

웹사이트는 **있는 그대로 오라**고 말하고 있었지만 막상 가보니 내부 아트리움은 전혀 교회 같지가 않았다. 동그란 안뜰은 밝았고 바닥부터 천장까지 유리창이 이어졌으며 카페처럼 높은 테이블과 의자들이 여기저기 놓여 있었다. 중앙에 자리한 펩시 자동판매기 옆에는 커다란 현수막이 걸려 있었다. **무료 커피! 무료 탄산음료! 무료 와이파이! 패스워드: JESUS1.** 그리고 그 앞에는 예배실로 이어지는 육중한 나무문이 있었다.

안으로 들어서자 신도석과 실물 크기의 십자가 상 같은 조금 더 익숙한 광경이 눈에 들어왔다. 하지만 곳곳에 꽤나 현대적인 요소들이 스며들어 있었다. 은은하게 퍼지는 보랏빛 콘서트 조명과 천장에 달린 거대한 LED 화면, 제단 앞 연단에 놓인 일렉 기타, 드럼, 커다란 앰프, 세 대의 스피커 등 록 밴드 악기와 장비까지 설치되어 있었다. 그리고 신자들, 그들은 발을 구르고 손뼉을 치고 웃고 노래를 하고 있었다. 마냥 행복한 사람들이군. 그래, 이 정도는 괜찮아.

엘리엇과 엄마도 신자석으로 조용히 들어가 앉았다. 연주 소리가 잦아들자 모두가 자리에 앉았다. 목사로 보이는 남자가 연단 위로 뛰어올라 하늘을 향해 두 팔을 벌렸다. 그가 설교를 시작하자 화면 속 목사의 얼굴이 확대됐다. 엘리엇은 주의를 집중하려고 해봤지만 입술 읽기가 만만치 않아 이내 흥미를 잃었다. 야곱이라던가? 사막에서 길을 잃은 한 남자가 천사와 씨름을 했다던가? (아니 지름을 쟀다던가? 기름을 어쨌다던가?)

엘리엇이 통로 너머, 몇 줄 앞에 있는 소녀를 본 것은 바로 그때였다. 불타는 듯한 적갈색 머리칼이 등 뒤로 곱게 늘어뜨려져 있었고 새하얀 티셔츠를 입은 팔에는 흩어진 주근깨가 보였다. 엘리엇은 그렇게 예쁜 옆모습을 가진 소녀는 본 적이 없었다. 더 보고 싶은 마음에 그 여자애가 조금만 옆으로 돌아서주기를 바라며 기다렸다. 그때 엄마가 그를 툭 치면서, 이제 집에 가자고 했다. 얼마나 오래 바라보고 있었던 걸까? 엘리엇은 통로로 걸어 나오는 여자애의 얼굴을 흘깃 보았다. 하얀 피부에 주근깨, 녹갈색 눈. 그가 상상했던 것보다 훨씬 더 예뻤다. 심장의 톱니바퀴가 돌기 시작했고 그 순간 아빠를 향한 슬픔은 온데간데없이 사라졌다. 학교에서 보는 모든 여학생을 떠올리며 괴로워했던 엘리엇은 이제 단 한 명의 소녀, 이름도 모르는 신비의 소녀만을 생각하게 되었다.

그렇게 몇 달이 흘렀고 그동안 아빠에 대한 기억도 차츰 흐려졌다. 엄마는 완전히 새로운 사람이 되었다. 성경을 샀고 매일 밤 침대 옆에 무릎을 꿇고 앉아 기도했다. 기적을 믿었고 핼러윈과 랩 음악은 사탄에 이르는 길이라 했으며 여자들은 정숙한 옷차림을 갖춰야 한다고 말했다. 무엇보다도 엄마는 목사에게 절대적으로 순종했는데 마치 목사를 위해 영혼까지 비워놓는 것 같았다. 매주 엘리엇은 엄마를 위해, 그리고 그 여자애를 보기 위해 교회에 나갔다. 한편 성경에서 새로 배운 것들—청각장애는 병이다, 지은 죄에 대한 벌을 받은 거다, 부모의 무분별한 행동이 낳은 자식이다—은 엘리엇을 뜨악하게 했지만, 그는 입을 꾹 다물었다. 요한과 베드로와 노아 가운데 엘리엇이 있었다. 군중 앞에 선 예수님은 귀머거리의 귀에 손가락을 넣은 다음 침을 바르고 그자의 혀에 손을 대 귀를 열리게 했다. 그 얘기를 들은 날 밤, 엘리엇은 다른 사람의 침에서는 무슨 맛이 날까 궁금해하는 꿈을 꾸기도 했다.

그러던 어느 일요일, 예배가 끝난 뒤 셔먼 목사가 엘리엇의 엄마를 예배실 한쪽 구석으로 불러내 뭔가를 말했는데 표정이 심상치 않았다. 이를 본 엘리엇이 무슨 일인지 보려고 가까이 다가갔지만 내용은 알 수 없었고 다만 엄마가 그럼요, 물론이지요, 물론입니다, 하며 격하게 고개를 끄덕이는 모습만 보았다. 엄마를 겨우 빼내왔건만, 엄마는 그날 밤 특별 예배가 있으니 교회로 다시 가야 한다고 했다. 엄마는 그 예배를 '부활'이라고 불렀다. 그날 오후 엄마와 엘리엇은 셔먼 목사님이 시킨 심부름을 하느라 내내 돌아다녔다. 쇼핑 목록이 죄다 웬 신화 속에 나오는 물건들 같은 것뿐이었다. 약국에 들러 에센셜 오일을 샀고 식료품 가게에도 들러 로즈힙, 바질 씨앗, 유향 따위를 샀는데 먹기 위한 건 아닌 듯했다. 엘리엇은 커다란 봉투 두 개를 차 트렁크에 실었다.

다시 교회로 돌아갔을 때는 특별 예배가 이미 시작된 다음이었다. 벽 위쪽에 걸린 큰 스크린에는 **부활!**이라는 선명한 보라색 3D 글자가 띄워져 있었다. 엘리엇과 엄마는 이제 그들의 지정석이나 거의 다름없는 자리로 살금살금 들어가 앉았다. 엘리엇의 앞쪽에 앉아 있던 소녀가 자리에서 일어났다. 그녀는 엘리엇을 지나치며 그와 눈을 지그시 맞췄다.

엘리엇은 소녀가 예배실을 완전히 빠져나갈 때까지 기다렸다가 따라나섰다. 그런데 아트리움 입구에 들어서자 그녀가 보이지 않는 게 아닌가. 바로 그때, 누군가 그의 팔을 붙잡아 홱 끌어당겼다. 소녀가 엘리엇을 창고로 잡아당긴 것이었다.

소녀가 천장에 달린 줄을 당기자 전구가 켜졌다. 창고 안의 금속 선반에는 제병이 담긴 큰 타파웨어 통들이 쌓여 있었다. 그걸 보자 엘리엇은 목사가 코스트코에 가서 성체를 담는 통을 사는 모습이 상상되어 웃음이 날 뻔했다. 소녀가 엘리엇에게 가까이 다가가 이건 다 비밀이라는 듯 손가락을 들어 입술에 댔다.

엘리엇, 네가 와서 기뻐.

소녀가 말했다.

막상 소녀에게 입을 맞추려니 엘리엇은 머리가 핑핑 돌았지만 한번 불이 붙기 시작하자 몸에서 긴장이 풀리며 모든 게 너무나 자연스러워졌다. 소녀의 몸은 부드러웠고 베이비파우더 향이 났다. 엘리엇은 소녀의 목, 잘록한 허리를 쓰다듬고 셔츠 아래로 손을 넣어 배를 더듬었다. 소녀가 흡 하고 짧은 숨을 들이마셨지만 멈추지는 않았다.

하지만 엘리엇이 바지 단추를 풀려고 하자 그녀가 그를 확 밀쳤다. 그 바람에 엘리엇이 밀려나며 선반에 팔꿈치를 부딪쳤다. 엘리엇은 소리를 내지 않으려 입술을 깨물었다. 사과하려고 손을 내밀어봤지만 그녀의 눈빛이 이미 달라져 있었다. 바지 단추를 끌러서가 아니라 뭔가 다른 이유가 있는 것 같았다.

사람들이 널 부를 거야.

그녀가 말했다.

난데없이 그게 무슨 말이냐고 엘리엇이 눈썹을 치켜떴다.

넌 잘할 거야.

맹세컨대 소녀가 그렇게 말했다. 당시에는 그 말을 전혀 이해할 수 없었지만 말이다. 소녀가 엘리엇을 창고 밖으로 밀어냈고 그는 다시 예배당으로 돌아갔다. 사람들이 자리에서 일어나 손을 높이 들고 있었고 기타 연주자들이 소리를 높여 화음을 넣었다. 목사의 목소리가 스피커 세 대를 통해 크게 울려 퍼졌다.

오라, 그리하면 나을 것이다!

연단 위에는 어떤 나이 든 남자가 있었는데 사람들이 그의 머리를 내리치고 있었다. 신자석으로 돌아가던 엘리엇이 멈추었다. 이게 다

뭐지? 그리고 목사는 내가 팔꿈치를 다친 걸 어떻게 알았지? 그 순간 그는 깨달았다. 연단 위의 사람들이 남자를 일으켜 세웠다.

나았도다!

셔먼 목사가 외쳤다.

치유되고 구원받았도다! 하나님께서 말씀하셨습니다. "강해져라, 두려워하지 말라. 네 하나님이 널 구하러 올 것이다! 눈이 먼 이는 눈을 뜨고 귀먹은 자는 귀가 열릴 것이니!"

셔먼 목사의 그 말에 엘리엇은 분노로 장이 꼬이는 것만 같아 돌아서 그곳을 떠나려 했다. 그런데 그 순간, 등 뒤에서 그를 붙잡는 손들이 나타났고 그 손은 소녀의 손과는 달리 몹시 억셌다. 엘리엇은 사람들 틈에서 엄마를 찾으려 했지만 눈에 들어온 건 연단 위에서 타오르는 횃불뿐이었다. 아빠가 보았다는 그 빛처럼 환하고 눈이 부셔 다른 건 아무것도 눈에 들어오지 않았다.

사람들이 바닥에 엘리엇을 눕혔다. 셔먼 목사가 다가와 엘리엇의 양쪽 어깨를 무릎으로 짓누른 채 큰 소리로 알 수 없는 말을 지껄이기 시작했다. 사람들이 엘리엇의 고개를 옆으로 돌렸고 그는 저항했지만 팔과 다리와 가슴을 짓누르는 그 많은 사람에게 맞서기에는 역부족이었다. 사람들이 엘리엇의 귓속으로 번들거리고 뜨거운 액체를 들이부었다. 그 순간 엘리엇은 엄마를 보았던가, 아니면 소녀였던가? 누가 되었든 엘리엇은 한 손을 필사적으로 흔들어 외쳤다.

도와줘요! 이 사람들을 멈춰주세요!

그러나 사람들은 이내 그 한쪽 팔도 제압했다.

새하얗고 뜨거운 조명 아래 부글부글 끓는 기름이 그의 귀를 타고 머리 속 깊은 곳까지 흘러내렸다. 엘리엇의 귀에도 자신의 비명 소리가 아득히 들려왔다.

엘리엇의 이야기를 들으며 걷고 있던 찰리는 어느 순간 동시에 다른 일을 할 수 없게 되었다. 학교 뜰 한가운데 멈춰 선 찰리를 오스틴이 조심스레 잡아당겨 그림자 안으로 숨었다. 그들은 어둠 속을 걸으며 엘리엇의 참혹한 이야기를 이어서 끝까지 들었다. 찰리는 엘리엇을 안아주고 싶었지만 엘리엇은 누가 안아주기를 원하는 얼굴이 아니었다. 그것은 싸울 준비가 된 사람의 얼굴이었다.

유감이야.

찰리는 이렇게

말할 수밖에 없었다.

오스틴은 마치 녹아내리는 살점을 닦아내기라도 하듯 말없이 두 손으로 마른 세수를 했다. 엘리엇은 그저 말없이 그들을 불 꺼진 주차장으로 안내했다.

그들은 엘리엇의 트럭에 올라탔다. 찰리가 두 소년 사이에 자리를 잡았다. 편안히 뒤로 기대어 앉기에는 그들 사이가 너무 가까웠고 다들 긴장해 있었다. 대신 어색하게 몸을 앞으로 숙이고 앉았다. 오스틴이 앞좌석의 맵 램프를 켜자 엘리엇이 몸을 움찔했지만, 이내 고개를 끄덕이며 등을 켜도 좋다고 했다. 찰리가 슬래시의 집으로 길을 안내하면서 자기 계획을 말했다.

여기서 잠깐 기다리고 있어.

찰리가 말했다.

찰리가 계단을 올라가 합판으로 만들어진 문을 두드렸다. 하지만 아무도 없었다. 만약 이 일이 성공한다면 사람들 눈에 띄어서는 안 됐다. 찰리가 도로로 내려와 차창을 보며 말했다.

한 군데가 더 있어.

트럭은 여기 두고 가자.

엘리엇이 골목에 주차를 했다. 찰리는 그들을 데리고 가스캔으로 갔다. 가는 길엔 살아 있는 거라고는 아무것도 보이지 않았다. 가로등조차 없었다.

로베스피에르는 이제 막 공연을 마친 듯했다. 모두 땀에 젖어 있었고 슬래시가 어깨를 한 번 으쓱하며 그렉에게 약 봉지를 넘기고 있었다. 술잔을 들던 슬래시가 찰리를 발견하고는 깜짝 놀라 멈췄다.

C! 오늘 밤에 올 줄은 몰랐는데!

계획을 바꿨어.

찰리는 뭐가 들었는지도 모르면서 그의 손에 들린 잔을 빼앗아 마셨다. 슬래시가 웃었다.

헤이, 안녕.

슬래시가 오스틴에게 인사를 했고 오스틴이 고개를 끄덕였다.

찰리가 엘리엇을 소개했다.

엘리엇이야.

난 슬래시.

슬래시와 엘리엇은 주먹을 부딪쳐 인사를 했다.

파티야? 뭘 축하하는 건데?

그렉이 물었다.

찰리는 그를 무시했다. 오스틴과 엘리엇은 그렉의 말을 듣지 못했다.

있잖아, 나 그거 알았어.

찰리가 말했다.

그런데 네 도움이 필요해.

슬래시가 이해하지 못한 얼굴로 찰리를 보았다.

그거 말야!

찰리가 외쳤다.

대체 무슨 말이야?

그 기요틴 얘기. 없는 편이 우리한테 훨씬 더 좋은 것 말야.

술집에 들어서는 순간, 엘리엇은 자기가 실수한 게 아닌가 슬그머니 걱정이 되었다. 찰리의 계획은 다른 사람을 끌어들이지 않고도 이미 충분히 위험했다. 하지만 한편으론 일을 진행하기에는 뭐가 아무것도 없는 것도 사실이었다. 그는 찰리의 시선을 따라 한쪽 구석에 모여 있는 무리를 보았다. 마지막으로 이스트 콜슨에 와본 게 언제였더라, 기억도 나지 않았다. 이렇게 더럽고 위험해 보이는 술집에 어쩌다 10학년 애들이 와서 놀게 되었을까. 찰리가 제퍼슨에 다녔다는 건 알고 있었지만 학교에서 이 무리를 알게 된 건 아닌 것 같았다.

찰리가 그들을 소개했다. 그들 중 한 명은 지화를 할 줄 알았지만 엘리엇의 경험상 의미 없는 잡담보다는 술이 훨씬 더 유용했다. 술이 들어갈수록 엘리엇은 이 일이 성공하리라는 확신이 들었다.

그들은 다 같이 집으로 돌아갔다. 집 앞에 이르자 슬래시가 찰리와 친구들에게 휴대폰을 갖고 있는지 물었다. 좋은 신호였다. 신중하게 계획에 임하고 있다는 뜻이니까. 슬래시가 합판을 들어 올려 안으로 들어오라고 했다. 그들은 슬래시를 따라 지하실로 내려갔다.

와…… 엄청나군.

계단을 내려가며

엘리엇이 말했다.

찰리의 계획에 동의하긴 했지만 테이블 위에 널려 있는 압력솥들을 직접 눈으로 보는 건 또 달랐다. 그는 찰리와 슬래시의 대화를, 그리고 슬래시와 그 무리의 대화를 따라가려 노력했다.

애초에 그들이 뭘 날려버리려고 했는지는 몰라도 그 계획을 미루고 다른 데 먼저 쓰는 일을 두고 다투고 있는 것 같았다. 엘리엇은 너무 긴장돼 소리를 지르거나 그곳에서 달아나고 싶었다. 하지만 그렇게 해서 여태껏 얻은 게 무엇이었지?

너 괜찮아?

찰리가 물었다.

엘리엇은 찰리도 지하실에 가득 쌓인 수제 폭탄을 보고 걱정하고 있진 않은지 그녀의 표정을 살폈지만 아무렇지 않아 보였다. 오스틴도 동요하지 않는 것 같았다.

응.

그렇게 대답하고 나니

정말 괜찮아진 것 같은 기분이었다.

그냥 생각 중이야.

누굴 다치게 하지는 않을 거야.

원하면 돌아가도 괜찮아.

네가 다른 사람들한테 말하지

않을 거라는 건 믿어.

오스틴이 말했다.

찰리가 다 괜찮다는 듯 고개를 끄덕였다. 그녀의 시선이 엘리엇의 목을 따라 흘렀다.

아니, 안 가.

잠시 후 엘리엇이 말했다.

찰리가 활짝 웃었고 오스틴도 함께 웃었다.

너희, 얘네 믿는 거지?

응.

응.

친구들과 이야기를 끝낸 듯한 슬래시가 찰리에게 왔다.

버스를 타진 않았지?

오스틴이 통역을 바라며 찰리를 보았다. 엘리엇과 찰리가 고개를 저었다.

엘리엇 차를 타고 왔어.

차는 어디 있어?

엘리엇이 지하실 뒤를 가리키며 그들 집 뒤에 있는 작은 골목을 묘사했다.

좋아, 생각 좀 해보자.

일하던 중이던 렘이 고개를 들어 엘리엇에게 파란색 전기 테이프를 주었고 엘리엇은 영문도 모른 채 받아 들었다.

가서 번호판 좀 고쳐.

렘이 말했다.

뭐라고?

엘리엇이 물었다.

얼마나 오랜만에 구화로 말하는 건지 기억도 나지 않았다. 엘리엇은 그녀에게도 목소리가 들렸는지 알 수 없었다.

네 번호판 말야. 뭐, 3을 8로 만들거나 D를 B나 뭐 그런 거로 만들라고.

렘이 테이프를 작게 뜯어 이어붙이는 시늉을 하며 말했다.

D를…… B로 만들라고?

슬래시가 물었다.

알겠어.

엘리엇이 대답했다.

그렉이 위에 있어. 끝나고 나면 문 열어줄 거야.

슬래시가 위쪽을 가리키며 말했다.

밖으로 나가자 아침 햇살에 눈이 부셨다. 환한 대낮에 밖에서 이런 짓을 하다니 어쩐지 어리석게 느껴졌다. 주변은 어젯밤만큼이나 휑했다. 지금이 마지막 기회야. 지금 떠나면 돼. 그러나 엘리엇은 정말로 떠난다는 게 사실은 가능하지 않다는 것도 이해하고 있었다.

판잣집으로 돌아가자 그렉이 엘리엇에게 담배 한 대와 미지근한 내티 아이스 맥주를 주었다. 니코틴이 몸에 들어가자 엘리엇은 모든 게 괜찮을 거란 기분에 젖어, 정말이지 한참 전에 일어났어야 할 일이었다는 생각까지 들었다. 불에는 불로 맞서야 하는 법. 그가 맥주 한 캔을 다 마시자 그렉이 거실 한쪽 구석을 가리켰다. 맥주가 한 상자 있었다. 엘리엇은 상자를 들고 지하실로 내려갔다.

전사들을 위한 아침 식사군.

렘이 말했다.

맥주를 집어든 렘이 다섯 모금 만에 꿀꺽꿀꺽 한 캔을 다 비웠다.

오스틴은 손이 빠르고 그들 중 일을 가장 안정적으로 수행했다. 중간중간 벽에 기대어 맥주를 마시고 또 마시는데도 술은 그의 실력에 방해가 되지 않았다. 슬래시가 더 자주 그를 불러 복잡한 연결을 도와달라고 했다.

슬래시가 손을 흔들었고 오스틴이 갔다. 오래된 여행용 알람 시계 위로 몸을 기울인 슬래시가 뭐라고 말했지만 오스틴은 슬래시의 입이 보이지 않았다.

뭐라고?

오스틴이 찰리를 찾았다. 슬래시가 크게 소리쳐 찰리를 부르고는 흠칫 놀라 손바닥으로 얼굴을 감쌌다. 그 모습을 보고 오스틴이 웃었다. 이 모든 것들이 말이 안 됐다. 그들 중 찰리가 가장 큰 언어 장애를 오랫동안 겪어왔다는 사실이, 그녀의 머릿속에 있던 임플란트 전극이 그나마 남아 있던 청력까지 모조리 파괴해버렸다는 사실이, 두려움에 사로잡힌 청인들이 치료법을 개발하려 했지만 결국 장애만 더욱 심각하게 만들었다는 사실이 전부 어처구니가 없었다. 이제 인공와우를 떼어버렸으니 찰리는 부모님이 그토록 그녀에게 들려주고 싶어 했던 목소리, 음악, 심지어 오스틴에게도 가끔 들리는 커다란 굉음의 잔향조차 들을 수 없게 되었다. 어쩌면, 그건 그리 나쁜 일이 아닐지도 몰랐다. 그런 고요함을 가질 수 있다는 것 말이다. 그것 때문에 찰리가 죽을 뻔했다는 것만 빼면. 오스틴은 찰리를 보호할 수는 없었지만, 스카이도 같은 일을 겪게 하지는 않을 작정이었다. 오스틴이 찰리에게 다가가 그녀의 어깨를 두드렸다.

도와줘.

이거 망치고 싶지 않아.

오스틴이 말했다.

찰리가 미소를 지었고 그를 따라 슬래시에게 가서 그의 말을 통역해주었다.

오스틴이 고개를 끄덕였다. 이 일을 돕고 있다는 사실에 가슴이 뿌듯했다. 오스틴이 두 선을 가까이 들었고 슬래시가 불을 붙였다.

경찰차에 토를 하고 난 페브러리가 차 문을 두드려 앰버 경보*에 포함해야 하는 세 번째 학생이 또 있다는 사실을 전하며, 찰리 세라노의 이름을 알렸다. 그녀는 이제 세라노 씨에게 상황을 이해시켜야 했다. 하지만 그녀에게서 뾰족한 방책을 얻지 못한 그는 낙담해 경찰차로 가 문을 두드렸다. 지금으로서는 얻을 수 있는 게 없을 테지만, 페브러리는 세라노 씨의 마음을 충분히 이해했다. 그녀라도 똑같이 행동했을 것이었다.

그 이후로는 아침 내내 언론과 학부모들과 디스트릭트와 보안관실 기술 쪽 사람들의 전화를 받았다. 보안관실에서 아이들의 휴대폰을 열람해보았지만 찰리와 오스틴의 연애 문자만 있을 뿐 단서라고 할 만한 내용은 딱히 없었다. 학교를 빼면 찰리와 오스틴이 함께 있

* 실종 미성년자를 찾기 위해 TV, 라디오, 문자 메시지 등의 지역 전파 매체를 통해 신상 정보를 공개하는 시스템.

었던 장소는 세 곳으로 드러났다. 하나는 워크맨 씨의 집이고 하나는 스테이트 스트리트, 또 하나는 이스트 콜슨이었다. 그 즉시 순찰대에 정보가 전해졌다. 경찰 밴 안에서 그 좌표들을 노려보고 있던 페브러리는 만약을 대비해 사람들 몰래 휴대폰으로 사진을 찍었다.

수업이 없는 교사들은 교무실에 있었다. 어떤 교사들은 서류 작업을 했고, 어떤 교사들은 학생들이 기숙사를 드나들지 못하게 하는 일을 도왔고, 또 어떤 교사들은 뭐라도 해보려 학교 안을 돌아다녔지만 별 도움은 되지 않았다. 평소의 페브러리는 그런 빈둥거리는 모습을 좋아하지 않았지만, 오늘은 아무 말도 하지 않았다. 그녀 또한 무엇을 해야 할지 몰랐으니까. 교장실로 헨리가 찾아왔다.

무슨 소식이 있나요?

그녀가 물었다.

아뇨, 그런데…….

그가 망설였다.

무슨 일이에요?

제 잘못 같아요, 오스틴이 없어진 거요. 저희가 스카이에게 이식 수술을 할 거라고 오스틴한테 말했거든요. 그길로 오스틴이 집을 나가버렸는데, 그게, 우리가 그 뒤로 오스틴에게 연락도 못 했어요.

이식 수술이요?

페브러리가 놀라는 척 물었다. 베스가 자기와 나눈 대화를 헨리에게 하지 않은 듯했기에 그들 사이에 끼지 않는 게 좋을 것 같았다.

그게, 복잡해요.

헨리가 말했다.

물론이에요. 제 쪽에서 판단하거나 할 일이 아니죠…….

페브러리가 말끝을 흐렸다. 물론 페브러리도 속으로는 자기 식대로 판단할 것이었다. 지금도 온갖 것들을 판단하고 있었으니까. 하지만 무엇 하나 도움이 되는 게 없었다.

하나가 더 있어요. 오스틴이 학교가 닫는다는 걸 알고 있어요.

맙소사. 젠장. 그렇군요.

정말 미안해요. 말하려던 게 아니었는데.

페브러리는 할 말을 찾지 못했다. 그가 저지른 일이 얼마나 큰 직무윤리 위반이건 아들을 잃어버린 그를 나무랄 수는 없는 노릇이었다.

수사에 도움이 될 거예요. 알려줘서 고마워요.

마침내 페브러리가 말했다.

헨리가 고개를 끄덕이며 문 앞을 서성였다. 떠나고 싶지 않아 하는 모습이었지만—어쩌면 그도 혼자 있고 싶지 않은 것이리라—결국 교장실을 나갔다. 페브러리는 서둘러 완다의 실험실로 가 불빛을 반짝여 자신의 방문을 알렸다.

애들이 학교가 폐교된다는 걸 안대.

최소한 오스틴은 알아. 오스틴이

찰리랑 엘리엇에게도 말했을 거야.

이제 곧 다들 알게 되겠네.

그런데, 이거랑 애들이 없어진 거랑

관련이 있을까?

어쩌면. 오스틴은 이제 막 안 거래?

페브러리가 고개를 저었다. 그 점이 이상했다. 오스틴이 리버밸리가 없어질 거라는 걸 한 달 전에 알았다면 왜 하필 지금인 걸까? 그렇게 오랫동안 몰래 계획을 해왔던 걸까? 페브러리는 바로 하루 전까지만 해도 역사 수업에서 찰리를 만났고 분명 아무 문제도 없어 보였다. 뭔가를 놓친 게 분명했다. 이 세 아이를 하나로 묶는 열쇠가 있을 텐데, 단순해 보이지가 않았다. 뭔가가 손에 잡힐 듯 미끄러졌다.

헨리 말로는 12월에 알았대.

다른 말은 없었고?

오스틴은 잘 받아들였대?

당연히 아니지.

페브러리가 두 손을 들어 보란 듯 텅 빈 실험실을 가리켰다.

또 있어. 동생이 인공와우 수술

받는 걸 반대했대.

뭐? 스카이?

스카이는 청인인 줄 알았는데.

응, 나도 그런 줄 알았어.

흠, 그럼 진짜

그래서일 수도 있겠는데.

뭐가 그래서 그래?

오스틴이랑 전학생 여자애,

교실 밖에서 보니 사귀는 것 같았거든.

응, 기술팀에서 애들이 주고받은

문자를 열람했어.

사귀는 사이 같더라.

완다가 의자에서 일어나 교실 안을 천천히 걷기 시작했다.

그런데 그게 무슨 상관이야?

둘이 같이 사라지자거나

그런 얘긴 없었는걸.

이 상황을 연관 짓지 못하는 페브러리의 무능이 마치 고의인 것처럼, 참을성이 바닥난 완다가 한숨을 푹 내쉬었다.

오스틴은 지금 인공와우 때문에
모두가 보는 무대 위에서 쓰러진
여자애한테 반해 있어. 그런데 지금
동생이 그 수술을 받게 생겼다는데
기분이 좋겠어?

페브러리가 고개를 끄덕이며 자기 턱을 쥐었다. 곰곰이 생각할 때면 나오는 그녀의 버릇이었다. 그래, 오스틴과 찰리가 한 팀이고 화가 났다 치자, 그녀가 천천히 생각했다.

그럼, 그래서 둘이 어딜 갔다는 거야?

엘리엇은 왜 같이 갔고?

페브러리는 손끝으로 엘리엇의 이름을 부르는 순간 단박에 그때로 돌아갔다. 딱 이맘때였을 것이다. 새벽녘 학교 문 앞에 쓰러져 있던 엘리엇이 페브러리에게 기숙사에서 지낼 수 있게 해달라고 간청했던 때가. 간호사가 그의 상처를 치료하는 동안 페브러리는 엘리엇의 손을 꼭 잡아주었고 입학 서류를 준비하는 동안에는 올드 쿼터에서 지내게 해주었다. 학교가 사라지면 엘리엇은 엄마에게 돌아가거나 위탁 가정을 전전하거나 노숙자 신세가 될 것이었다.

엘리엇은 잃을 게 너무 많지.

아니면 아무것도 없거나.

페브러리가 휴대폰을 꺼내 아침에 사진을 찍어둔 GPS 위치를 살폈다. 화면이 흐려 확대해도 알아보기가 쉽지 않았다.

이거 검색해봐.

페브러리가 좌표의 숫자를 읽었다.

시내야. 티에스토.

완다가 말했다.

피자집? 그럼 이거 찾아봐.

페브러리가 두 번째 숫자를 읽었다.

이스트 콜슨이네.

완다가 지도를 들여다보았다.

이게 정말 인공와우 때문이라면

병원에 갔을지도 몰라.

콜슨 어린이 병원인가?

그런데 거기서 애들이 뭘 하겠어?

모르지. 시위? 연좌 농성 같은?

얼마 전에 네가 애들한테

DPN을 가르쳤잖아?

확대해봐.

완다가 지도를 확대했다. 처음에는 그저 빈 화면만 뜨다 완다가 더블클릭을 하니 작은 오렌지색 아이콘이 나타나 목적지를 보여주었다. 근처를 살피다 보니 **'가스캔. 영업 시간: 영구 종료.'**라는 팝업 창이 나타났다. 뭘 하는 곳인지, 언제 닫았는지에 대한 정보는 없었다. 하지만 가게의 이름만으로도 페브러리는 어쩐지 더 불안해졌다.

경찰에게 알려야 할까?

완다가 고개를 저으며 지갑을 챙겼다.

우리가 먼저 애들을 찾아야지.

87. 브이로그: 콜슨에 연쇄살인범이?! #콜슨아이들구하기

HTTP://YOUTUBE.COM/GABBYSDEAFWORLD/WATCHV_87

안녕, 친구들, 반가워. 개비의 농인 세상에 온 걸 환영해.

오늘 아침엔 뉴스 속보가 하나 있어. 솔직히 말할게. 지금 좀 무서워. 어젯밤에 내 친한 친구들이 바로 여기 리버밸리 농인학교 기숙사 안에서 유괴됐거든.

나도 충격이야. 너무 무섭고. 지금도 그 연쇄살인범이 우리 학교를 어슬렁거리고 있으면 어떡해? 피해자가 바로 내가 될 수도 있었고 우리 중 누가 될 수도 있었어. 알잖아, 내가 친구들을 정말 사랑한다는 걸.

[가브리엘라가 티슈로 눈가를 훔친다.]

웬 변태가 친구들을 데려간 건지 생각만 해도 정말 끔찍해.

DM으로 날 걱정해준 친구들 다들 고마워. 너희는 오스틴이 얼마나 못되게 내 마음을 짓밟았는지 알지? 그래도 난 그 일을 다 묻고 더 큰 사람이 되기로 했어. 지금은 우리가 하나로 뭉쳐야 할 때잖아.

혹시라도 내 친구들의 행방에 대해 아는 게 있으면 콜슨 카운티 보안관 사무실로 연락해줘. 아니면 나한테 메시지를 보내도 좋고. 내가 전달할게.

그럼 오늘은 여기까지만 할게. 좋아요와 댓글, 구독 잊지 마. 라이브 방송을 보고 싶으면 내 인스타 스토리를 확인해봐. 다들 안전하게 지내!

슬래시가 이제 두세 시간만 있으면 작업이 끝날 거라고 말했다. 그래도 움직이려면 어두워질 때까지 기다려야 할 것이다. 렘과 슬래시가 지도를 보기 위해 프라이빗 인터넷 브라우저를 쓰는 일을 두고 싸웠다. 하지만 슬래시가 얼마나 단호한지 결국 쓰지 않기로 했다.

우리만 있으면 그럴 수도 있겠지만—

슬래시가 찰리를 가리켰다.

대신 그는 찰리에게 집에서 공장으로 가는 길을 그려달라고 했다. 나중에 길을 헷갈려 사람들 앞에서 수어를 하는 일을 피하기 위해 그들은 머릿속으로 길을 외워두었다.

잠시 후 찰리는 작은 투명 비닐 팩이 쌓인 곳 앞에 앉았다. 비닐에는 나사와 못이 들어 있었다. 슬래시는 압력솥만으로도 폭발력이 아주 강할 거라고 했다. 비닐 팩을 열고 나사와 못을 채우는 단순 작업을 하다 보니 잡생각이 들기 시작했다.

엄마를 보면, 사랑은 늘 단수형이었다. 영원하지는 않을지언정, 하나의 사랑이 시들면 그곳에서 또 다른 사랑이 자라나는 식으로 말이다. 그런데 지금 찰리는 사랑이 복수형이며 동시에 일어날 수 있는 거라고 느껴졌다. 그녀는 새로운 장치를 납땜해 붙이고 있는 슬래시와 오스틴을 바라보았다. 각자의 매력이 있는 잘생긴 소년들이었다. 찰리는 삶이 필요한 때에 필요한 것들을 그녀에게 가져다주는 방식에 새삼 놀랐다.

시간이 되자 그들은 진지한 얼굴로 완성된 장치들을 하나씩 안고 지하실 계단을 올랐다. 문 앞에 선 찰리는 신발 끈을 풀어 다시 단단히 묶었다. 슬래시가 합판을 들어 올리고, 그들은 집을 나섰다.

페브러리가 운전을 하는 동안 완다가 구글 맵을 보며 길을 안내했다. 거리에 드리워진 긴 그림자 때문에 도시의 음산함이 더 짙게 보였다.

여기서 꺾어야 돼!

완다가 외쳤다.

완다가 바인에서 일방통행 도로를 가리키자 페브러리는 급하게 운전대를 꺾었다.

미안. 그게— 이 길을 보니까
옛날 생각이 나서.

괜찮아.

페브러리가 영문을 모른 채로 대답했다.

페브러리는 완다가 이곳 출신이 아니라는 사실을 알고 있었다. 하지만 이스트 콜슨은 이 나라의 러스트 벨트 안에 있는 수많은 마을과 별반 다르지 않을 것이다. 페브러리와 완다는 어릴 때 얘기는 별로 한 적이 없었다. 완다와 함께 있을 때 페브러리는 그녀에게 홀딱 빠져버려 다른 걸 생각할 만한 여유가 없었다. 페브러리는 완다의 이런 점이 좋았다. 멜의 어린 시절에 대해서는 사소한 기쁨과 불행까지도 다 꿰고 있었고, 그래서 멜을 더 사랑하게 된 것과 비슷한 이치였다. 마음이 정반대의 것—멜과 완다의 사이도 정반대만큼이나 멀다—을 갈구하는 것이 사랑의 위대한 점인지 혹은 크나큰 결점인지는 알 수 없었다.

이윽고 둘은 차를 세운 뒤 내려서 거리를 살폈다. 완다가 손을 들어 건너편에 있는 까만 건물을 가리켰다. 외벽에 누군가 손으로 쓴 듯한 '가스캔'이라는 글자가 보였다. 술집에 들어서며 그 음침한 실내를 보자 페브러리는 이것이 전부 술이나 진탕 먹고 싶었던 10대 청소년들의 평범한 일탈이기를 더욱 간절히 바라게 되었다.

저희는 미성년자한테 술 안 팔아요.

페브러리가 묻자 입을 굳게 다문 바텐더가 겨우 한마디를 내뱉었다.

그리고 돼지들이랑도 얘기 안 하지!

주방에서 누군가가 소리쳤다.

우리는 돼— 경찰이 아니에요. 사실 농인학교에서 왔어요.

그럼 경찰에게 아까 했던 말을 똑같이 해야겠네요. 만약 여기에 농인인 애들이 왔다면 내가 알았을 거예요.

이봐요, 그건 제가 한 질문에 대한 답이 아니잖아요.

페브러리가 말했다.

뭐, 그런 거 같네요.

바텐더가 답했다.

두 사람은 돌아설 수밖에 없었다. 페브러리가 완다에게 통역을 해주었지만 완다는 이미 상황을 이해하고 있었다. 다음으론 콜슨 어린이 병원으로 향했다. 그곳에도 아이들은 없었다. 아무런 소득 없이 다시 텅 빈 학교 주차장으로 돌아왔다. 학교에는 잃어버린 아이들은 물론이고, 아무도 남아 있지 않았다. 완다가 뒤로 털썩 기댔다.

난 정말 애들이 여기 있을 줄 알았어.

완다는 공식이나 계산을 따르는 사람이었다. 틀리는 걸 참지 못했다. 페브러리가 위로하듯 완다의 어깨를 쓰다듬었다.

여긴 쥐 죽은 듯 조용하네.

시위에 적합한 곳은 아니지.

하지만 애들이 그런 방식을

원한 거라면…….

왜 아무도 보지 않는 곳에서

시위를 벌이고 싶어 하겠어?

완다의 얼굴에 페브러리만 알아볼 수 있을 만큼의 희미한 미소가 얼핏 스쳤다. 페브러리는 손을 뻗어 완다를 만지고 싶지만 꾹 참고 대신 자기 뺨을 문질렀다. 그렇게 하면 손가락에 끼워진 결혼반지가 보였다. 반지를 한 번 힐긋 보고 손을 다시 무릎 위로 내려놓았다.

왜 일부러 비어 있는 곳을

노려서 시위를 하겠냐고.

나도 몰라. 그냥 다른 방법을

택한 걸 수도 있잖아.

그래피티라든가, 아님 불을 지른다든가.

공공 기물 파손 같은 걸

말하는 거야?

페브러리는 순간 머리가 하얘졌지만 마음을 가다듬었다. 그렇다면 아이들은 절대로 경찰을 만나서는 안 된다. 아주 작은 위험 물질이라도 가지고 있다는 낌새를 내비치면 '구두 명령에 응답하지 않았다'는 사실은 경찰의 정당방어 사유가 될 수 있었고, 위험한 상황이 생길 수도 있었다.

그렇게 무서운 얼굴 좀 하지 마.

그래봤자 걔넨 10대 청소년들일 뿐이라고.

그리고 어쨌거나 내가 틀렸고.

완다가 텅 빈 교정을 가리켰다.

정말로 어디 숲에서 술이나 진탕

마시고 있을지도 몰라.

응, 어쩌면.

하지만 페브러리는 완다의 얘기가 머릿속을 떠나지 않았다. 처음엔 페브러리도 왜 자꾸 그게 마음에 걸리는지 이유를 알지 못했다. 그런데 찰리와의 마지막 수업을 계속 상기하다 보니, '불법으로 버스를 탈취한다'는 게 무슨 의미인지 설명해줄 때 찰리의 눈이 지나치게 반짝거렸던 것이 왠지 모르게 자꾸 신경이 쓰였다.

혹시 모르니 디스트릭트 청사에

한번 가보자.

난 스윌 교육감이 작은

방화 사건 하나 정도는

감수해야 한다고 보지만.

페브러리가 고개를 끄덕이며 차를 몰아 인터스테이트로 향했다. 콜슨 외곽을 달리는데 그 순간 누가 먼저랄 것도 없이 페브러리와 완다가 동시에 외쳤다.

잠깐!

너 설마— 아니겠지.

페브러리가 말했다.

하지만 맞았다. **페브러리도** 같은 생각이었다. 그녀는 고속도로 진입로를 지나쳐 그대로 거대한 벽돌 건물을 향해 달렸다. 건물 외벽에 정자체로 쓰인 커다란 파란색 글자가 환한 빛을 내고 있었다. **에지 바이오닉스.**

건물을 천천히 두 바퀴 돈 페브러리와 완다가 길 한쪽 구석에 차를 세웠다. 그리고 공장을 한 바퀴 크게 걸으며 주위를 살폈다. 공장 정문과 하역장 위에 대형 감시 카메라가 설치돼 있었지만, 너무 낡아 페브러리는 그것들이 굿이어가 있던 80년대부터 달려 있었을 거라 짐작했다. 얼룩무늬 고양이 한 마리가 정문 앞을 어슬렁대자 움직임을 감지한 카메라 센서가 불빛을 깜박였다. 페브러리와 완다는 센서를 피해 공장 맞은편으로 건너갔다.

둘은 폐업한 여행사 건물 앞에 몸을 잔뜩 웅크리고 서서 손에 호호 따뜻한 입김을 불어 추위를 녹였다. 순찰차가 다가오는 모습에 페브러리는 머리가 정지할 만큼 겁이 났지만 그들은 속도를 늦추지도 않고 쌩 지나가버렸다. 그제야 미친 듯이 팔딱이던 페브러리의 관자놀이가 진정되는 듯했다.

마침내 파란색 점이 지평선 너머로 사라지고 페브러리와 완다도 자리를 떠나려던 순간이었다. 그런데 바로 그때, 공장 블록의 북쪽에 누군가가 나타났다. 검은색 복면으로 얼굴을 가리고 있었지만 페브러리는 한눈에 그들이 그녀의 학생이란 걸 알 수 있다. 군용 상의를 입고 번득이는 기다란 원통을 품에 안은 찰리 옆에 오스틴과 엘리엇이 있었다. 페브러리의 가슴이 철렁 내려앉았다. 네 번째 아이는 누구지?

아이들이 밝은 조명에 노출되기 전에 얼른 붙잡아야 했다. 페브러리가 달리기 시작했다. 동시에, 어둠 속에서 그들을 놀라게 하는 건 좋은 계획이 아니라는 생각이 머리를 스쳤다.

하지만 한발 늦고 말았다. 찰리가 깜짝 놀라 휘청거리는 바람에 오스틴을 밀쳤다. 오스틴도 뭔가를 들고 있었는데 가까이에서 보니 찰리의 것과 똑같았다. 그 원통형 물체는 멜의 인스턴트 팟과 비슷했다. 역시나 같은 것을 안고 있던 엘리엇도 자리에 얼어붙었다. 정체불명의 소년이 달아나려고 했지만 등 뒤에 있던 완다를 발견했다. 페브러리가 맞은편 공터를 가리켰고 그들은 페브러리와 완다에게 포위된 채로 길을 건넜다.

이것들이 다 뭐지?

페브러리가 그들이 들고 있는 것들을 가리키며 물었다.

아, 아는 사람이구나. 하, 다행이다.

세 번째 소년이 말했다. 들어본 적 없는 목소리에 농인의 억양도 없었다. 페브러리는 자기도 모르게 안도의 숨을 내쉬었다.

이 사람들한테 아무것도 말하면 안 돼!

소년이 찰리에게 말했다. 하지만 어두운 데다 얼굴도 가려져 있어 그의 말을 들을 수 있는 사람은 페브러리뿐이었다.

넌 가만히 있어.

엄하게 말하려 했지만, 페브러리는 권위주의적인 방식으로 구어를 써본 적이 없었다. 소년의 눈에선 두려움을 찾아볼 수 없었고 오로지 반항심만이 가득했다. 페브러리는 학생들을 돌아보았다. 페브러리의 분노가 찰리에게 닿는 걸 막기라도 하려는 듯 오스틴은 찰리 앞에 서서 한쪽 팔로는 솥 같은 걸 들고 한 손으로 말했다.

이게 다 대체 무슨 일이니?

진짜 이야기를 듣고 싶으세요?

오스틴이 물었다.

오스틴이 이야기를 마쳤을 때, 페브러리는 무슨 말을 해야 할지 몰랐다. 완다를 흘깃 보니 화는커녕 감동받은 얼굴을 하고 있었다. 결국, 페브러리는 실용적인 노선을 택하기로 했다.

경찰이 앰버 경보를 발동했어.

이제 언제라도 들이닥칠 수 있다고.

대체 어떻게 그런 생각을 한 거니?

소년들은 아무 말이 없었다. 페브러리의 시선이 찰리에게 닿자 찰리가 페브러리의 두 눈에 똑바로 맞섰다. 그제야 페브러리는 깨달았다. 이들을 하나로 묶는 실은 찰리였던 것이다. 그리고 아이들이 서로에게 좋은 영향을 주길 바랐던 것은 바로 페브러리 자신이었다. 그러니 그녀가 학생들을 그렇게 만든 것이다.

농인들은 직접 행동해야 해요.

선생님이 말씀하셨던 것처럼요.

찰리가 말했다.

하지만 이건— 누가 다치기라도

하면 어쩌려고 그랬니?

그럼 너흰 감옥에 가게 된다고!

페브러리의 협박에도 그들은 그다지 동요하지 않았다. 두려운 것이 없는 이들에게 논리는 필요하지 않은 법. 청인 소년은 그저 어깨를 으쓱했다.

이건 그냥 공장만 폭발시키는 거예요. 밤에는 아무도 없다고요.

소년이 말했다.

넌 어디서 나타난 애니?

페브러리가 중얼거렸지만 그녀도 궁금해서 물은 게 아니었고 소년도 대꾸할 생각이 없어 보였다. 페브러리는 가로등 불빛 아래 어슴푸레 빛나는 아이들의 흉터를 차례로 바라보았다. 꿰맨 자국이 여전히 선명한 찰리의 푸르스름한 살점, 복면 아래 감추고 있는, 하얀 물줄기 같은 엘리엇의 흉터. 그리고 털끝 하나 다치지 않았지만 아마도 가장 극렬한 분노를 품고 있을 오스틴이 있었다.

페브러리가 오스틴이 안은 것을 가리키자 오스틴은 순순히 그것을 넘겼다. 페브러리가 완다에게 말했다.

애들을 차로 좀 데려가줄래?

엘리엇과 찰리도 들고 있던 것을 페브러리의 발치에 내려놓고 고개를 숙인 채 완다를 따라갔다. 폭발 장치에서 눈을 떼지 못하는 청인 소년이 불안해하며 다리를 조금씩 움직였다. 소년이 달아나려고 한다는 걸, 몇 개나 들고 도망칠 수 있을지 속으로 재고 있다는 걸 페브러리는 알 수 있었다.

잠깐.

페브러리의 목소리에 고개를 든 소년과 눈이 마주치자 오히려 페브러리가 놀랐다. 마주 보니 소년의 키가 제법 컸다. 그녀의 학생들보다는 나이가 더 들어 보였지만 그리 큰 차이는 아닐 것 같았다. 소년의 이마에도 날카로운 사선의 흉터가 있었다. 소년이 천천히 페브러리를 향해 손을 뻗었고 페브러리는 안고 있던 것을 그에게 건넸다. 페브러리의 시선이 그녀의 발 옆에 놓인 것들로 옮겨가자 어리둥절해진 소년이 뭔가를 물으려다 이내 고개를 흔들어 호기심을 떨쳤다. 소년의 뒤쪽에서 뭔가가 움직였다. 복면으로 얼굴을 가린 또 다른 멀쑥한 실루엣이 어둠 속에 웅크리고 있었다.

오늘은 안 돼.

페브러리가 말했다.

소년이 고개를 끄덕였고 페브러리는 길을 건너 차로 돌아갔다. 그녀는 소년 일행을 돌아보지 않았다. 그들이 압력솥을 주워 마치 부모가 자식을 품듯 품에 안고 가는 모습을 보지 않았다. 그녀는 그들이 이 밤, 어디로 사라지는지 알지 못했다.

장갑이랑 복면.

페브러리가 뒷좌석으로

손을 내밀며 말했다.

아이들이 복면을 내놓았고 페브러리는 그것들을 가방 깊숙한 곳에 쑤셔 넣었다.

어디—

다 버렸어.

페브러리가 말했다.

그냥 그렇게 버려도……

안전한 걸까?

완다가 물었다.

다 분해했어.

이제 그냥 고철 덩어리야.

페브러리가 백미러를 보며 말했다. 아이들이 머릿속으로 무슨 생각을 하고 있는지는 표정에서 드러나지 않았다. 그리고 그건 페브러리도 마찬가지였다.

이제 집에 가자.

페브러리가 말했다.

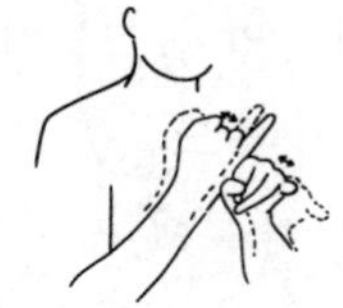

그로부터 8일 후, 오스틴은 해가 뜨기 전에 학교 구내식당으로 일하러 갈 준비를 하면서 무심히 휴대폰을 스크롤 해 뉴스를 확인하고 있었다. 이스트 콜슨에서 폭발 사고가 있어 에지 바이오닉스 공장이 큰 손해를 입었다는 소식이었다. 오스틴이 엘리엇을 흔들어 깨웠고 둘은 게슴츠레한 눈을 비비며 오스틴의 책상으로 가 10번 채널의 뉴스를 켰다. 상공을 맴도는 헬리콥터가 보일 뿐 그 아래로는 뿌연 재 때문에 아무것도 보이지 않았다. 14부대 소방 지휘관이 나와 기자들에게 인명 피해 없이 화재가 진압되었다며 이에 협조해준 3부대와 5부대에 고맙다는 인사를 전했다. 날씨에 따라 달라지겠지만 연기는 한동안 사라지지 않을 것이고, 화재 원인은 조사 중이라고 했다.

지금 뭔가를 기록으로 남기는 것은 현명하지 못한 처사였지만 이 소식을 둘만 알고 있을 수는 없었다. 오스틴과 엘리엇은 찰리에게 보낼 메시지를 신중히 골랐다. 그들의 성공과 경고를 모두 담은 메시지

여야 했다. 그리하여 그들은 학교 화장실, 로커 룸, 책상, 카페테리아 벤치 등 캠퍼스 거의 모든 곳에 낙서처럼 휘갈겨 쓰인 그 문장으로 골랐다. 그건 그럴듯한 핑계가 되어줄 수도 있고, 누구에게도 해를 입히지 않으며, 학교 사람들이라면 누구나 즐겨 하는 농담이니까. 오스틴이 메시지를 쓴 뒤에 전송 버튼을 누르기 전 엘리엇을 쳐다보자 엘리엇이 고개를 끄덕였다.

침묵은 금이다

• • •

한편, 올드 쿼터에서는 페브러리가 창가에 기대 낡은 TV에서 흘러나오는 아침 뉴스를 보고 있었다. 그녀는 커피 잔을 들어 입가에 걸린 미소를 애써 감추고 삐걱삐걱 나선형 계단을 내려가 집으로 향했다. 멜을 괜히 놀라게 할 것 같아 일부러 초인종을 눌렀다. 파자마 차림의 멜이 머그잔을 든 채 현관에 나타났다.

우리 얘기 좀 할까?

페브러리가 물었다.

멜이 문을 활짝 열어 페브러리를 맞았다.

아침 햇살이 학교 뜰을 건너고 블라인드와 창턱을 넘어 찰리의 방으로 흘러들어 오고 있다. 침대 옆 테이블 위에 놓인 찰리의 휴대폰이 드르륵 진동한다. 소년들은 그녀를 깨우지 못해 안달이지만 찰리는 평온히 잠들어 있다. 150년 전부터 이곳에서 생겨났던 수많은 장난과 가슴 시린 실연, 까진 무릎, 장염 바이러스, 아침 급식, 몰래 피운 담배의 잔영이 찰리를 에워싼다. 어두운 과학실 불꽃 속에서 달아오른 실험들과 이불 아래에서 가빠지던 숨들도. 허공을 가득 메운 소리 없는 대화들은 학교 벽 안에 깊이 스며들어 있다. 만약 벽이 말할 수 있다면 이것들이 중요해질 수 있을까? 이제 우리가 품은 비밀을 누가 들어주지?

작가의 말

내가 농인 커뮤니티의 일원이라는 점은 내 인생의 크나큰 기쁨의 원천이었으며, 나를 더 좋은 작가이자 사유자, 부모, 친구가 될 수 있게 해주었다. 소설 속에 등장하는 리버밸리는 가상의 공간이지만, 농인의 언어, 역사, 미래에 대한 꿈을 지키는 농사회의 구심점으로서 농인학교가 가진 본질적인 특성은 현실과 대단히 흡사하다.

농인학교의 폐교에 따라 농인들만이 가진 풍부한 문화와 전통 또한 소멸될 위기에 처했다. 오늘날을 지배하는 교육 철학은 주류의 관점을 따르고 있지만, 그 대가는 무엇인가? 결국 수많은 농인, 난청인 학생은 '통합'이라는 보기 좋은 허울 아래 진정한 의미의 평등을 누리지 못하게 되었다. 사회는 남들과 다른 고유성을 지닌 청인 아동들에게는 갈채를 보내면서도 농인 아동들에게는 그들이 또래에 비해 뒤떨어진 존재이니 모든 노력을 쏟아 주류에 적응하라고 가르치고 있다. 서로에게서 격리된 농인 아동들은 언어에 대한 완전한 접근이 불가능하여 수준 이하의 교육을 받고 있으며, 큰 공동체 안에서 대표되고 소속됨으로써만 획득할 수 있는 올바른 자아 인식의 기회 또한 박탈당하고 있다.

청인의 세상에서 농인의 자주권과 존엄, 다양성의 가치를 위해 우리와 함께 연대해 싸워줄 이들을 찾을 수 있기를 나는 간절히 바란다. 소수자를 고립시키는 교육과 유전자 조작의 힘이 너무나 거대해 늦어버리기 전에, 결국 돌이킬 수 없게 돼버리기 전에 말이다.

Alabama School for the Negro Deaf-Blind, 1891~1968

Austine School for the Deaf, 1904~2014

Braidwood Institute for the Deaf and Dumb (Cobbs School), 1812~1821

Central North Carolina School for the Deaf, 1975~2000

Colored Department for the Arkansas & Madison School for the Deaf, 1887~1965

Crotched Mountain School for the Deaf, 1955~1979

Detroit Day School for the Deaf, 1893~2012

Florida Institute for the Blind, Deaf, and Dumb Colored Department, 1882~1967

Georgia School for the Negro Deaf, 1882~1975

Kentucky School for the Negro Deaf, 1884~1963

Maryland School for the Colored Blind and Deaf, 1872~1956

National Deaf Academy, 2000~2016

Nebraska School for the Deaf, 1869~1998

North Carolina School for Colored Deaf and Blind, 1869~1967

Oklahoma Industrial Institution for the Deaf, Blind, and Orphans of the

Colored Race, 1909~?

South Carolina Institution for the Education of the Deaf and Dumb and the Blind, Colored Department, 1883~1967

South Dakota School for the Deaf, 1880~2011

Southern School for the Colored Deaf and Blind, 1938~1978

Tennessee School for the Colored Deaf and Dumb, 1881~1965

Texas Blind, Deaf and Orphan School, 1887~1965

West Virginia School for the Colored Deaf and Blind, 1919~1955

Wyoming School for the Deaf, 1961~2000

감사의 말

이 책을 쓰며 많은 이들에게 큰 빚을 졌다. 그들 모두에게 감사의 인사를 전한다.

내게 수어와 자부심을 선물해준 농인 커뮤니티, 당신들이 없었다면 이 책은, 아니 그 어떤 책도 세상에 나올 수 없었을 거예요.

멋진 케이틀린 매케나, 이 책은 당신 덕분에 더 현명하고 더 깔끔하고 모든 면에서 더 좋아졌어요. 당신의 열정과 인내심에 고마움을 전해요.

와일리와 놀라운 팀, 진, 알렉스, 알바, 엘리자베스, 그리고 나의 절친한 친구이자 천재 크리스티나, 당신들은 최고의 에이전트이자 지지자들이에요.

이 낯설고 힘든 시간 동안 책이 나올 수 있게 애써준 에마와 랜덤하우스 식구들 모두 고마워요. 3차원의 수어를 종이 위에서 살아 숨쉬게 만들어준 사려 깊은 디자인팀, 제작팀에도 인사를 전해요. 내

작고 이상한 책을 세상에 내보내기 위해 벌써부터 열심히 일하고 있는 홍보팀과 마케팅팀, 고마워요.

브리트니, 당신의 아름다운 삽화와 언어에 관한 전문성에 고마움을 전해요. 당신의 작업이 없었다면 이 책은 나오지 못했을 거예요.

테라차 플로렌스, 우리 커뮤니티 안에 존재하는 교차 정체성을 잘 그려낼 수 있게 도와줘서 고마워요.

미국 전역에 있는 농인학교 학생 여러분, 이야기와 식사, 꿈을 내게 나눠주어 고마워요. 조사를 하러 다니며 도움을 많이 받았어요. 어린 시절에 받은 교육 경험들을 공유해준 성인 농인들에게도 고마움을 전해요. 특히 로사 리 팀, 조지프 티엔, 알렉산더, 드루 볼슬리에게요.

캐슬린 브록웨이, 당신의 폭넓은 역사적 지식을 기꺼이 내게 나눠주어 고마워요. 내게 '결말'에 대한 실마리를 주고 등장인물의 세계관에 대한 힌트까지 준 테드 에반스에게도 고마움을 전합니다.

이 책을 쓰는 동안 여러 단계에서 나를 먹여주고 재워주고 기쁨을 준 앤더슨 센터, 헤지브룩, 시비텔라 레지던시 고마워요. 이 공간에서 동료 예술가들에게 많은 걸 배웠어요.

늘 나를 응원해주고 나무라기도 해주는 친구들, 특히 샘, 엘리자, 로렌, 자미, 고마워.

변함없이 열렬히 내 편이 되어주는 부모님과 나의 자매, 고마워요. 하루에도 몇 번씩 내 마음이 바뀌는데도 말이죠. (그래서 원하는 게 뭐냐고!)

잭, 언제나 조용히 곁에서 내가 똑바로 설 수 있게 지지해줘서 고마워. 같은 챕터를 반복해서 읽어주는 것도. 사랑해.

설리, 매일 아침 내게 새로운 세상을 선물해줘 고마워.

마지막으로 세인트 리타 소녀들, 그날 밤 기숙사를 빠져나와 내게 영감을 주고 이야기도 나눠주어 고마워요. 뉴욕에 잘 도착했길!

트루 비즈

초판 1쇄 인쇄 2025년 2월 20일
초판 1쇄 발행 2025년 3월 5일

지은이 사라 노빅
옮긴이 김은지
펴낸이 최순영

출판2 본부장 박태근
스토리 팀장 김소연
편집 김해지
디자인 정명희

펴낸곳 ㈜위즈덤하우스 **출판등록** 2000년 5월 23일 제13-1071호
주소 서울특별시 마포구 양화로 19 합정오피스빌딩 17층
전화 02) 2179-5600 **홈페이지** www.wisdomhouse.co.kr

ISBN 979-11-7171-373-8 03840